O LIVRO DE RECEITAS
DE EVA THORVALD

J. RYAN STRADAL

O LIVRO DE RECEITAS DE EVA THORVALD

TRADUÇÃO DE MARCIA FRAZÃO

Título original
KITCHENS OF THE GREAT MIDWEST

Este livro é uma obra de ficção. Nomes, personagens, lugares e incidentes são produtos da imaginação do autor, foram usados de forma fictícia, e qualquer semelhança com pessoas reais, vivas ou não, empresas comerciais, companhias, acontecimentos, ou localidades é mera coincidência.

Copyright © 2015 *by* J. Ryan Stradal

Todos os direitos reservados, incluindo o de reprodução no todo ou em parte sob qualquer forma.

"Edição brasileira publicada mediante acordo com Pamela Dorman Books, um selo da Viking, um membro da Penguin Group (USA) LLC, uma Penguin Random House Company."

Direitos para a língua portuguesa reservados com exclusividade para o Brasil à
EDITORA ROCCO LTDA.
Av. Presidente Wilson, 231 – 8º andar
20030-021 – Rio de Janeiro, RJ
Tel.: (21) 3525-2000 – Fax: (21) 3525-2001
rocco@rocco.com.br
www.rocco.com.br

Printed in Brazil/Impresso no Brasil

preparação de originais
BRUNO FIUZA

CIP-Brasil. Catalogação na fonte.
Sindicato Nacional dos Editores de Livros, RJ.

S889L	Stradal, J. Ryan
	    O livro de receitas de Eva Thorvald / J. Ryan Stradal; tradução de Marcia Frazão. – 1ª ed. – Rio de Janeiro: Rocco, 2016.
	
	    Tradução de: Kitchens of the great midwest
	    ISBN 978-85-325-3023-3
	
	    1. Romance norte-americano. I. Frazão, Marcia. II. Título.

16-30902	CDD-813 CDU-821.111(73)-3

Para Karen
Que sempre deu o melhor de si

SUMÁRIO

LUTEFISK   9

HABANERO CHOCOLATE   44

GELEIA DE PIMENTA   67

WALLEYE   106

GOLDEN BANTAM   150

CARNE DE VEADO   184

BARRAS   216

O JANTAR   264

LUTEFISK

Lars Thorvald amava duas mulheres. Era isso, pensou ele de passagem enquanto sentava nos frios degraus de concreto do prédio onde morava. Talvez tivesse amado mais que duas, mas naquele momento isso simplesmente não pareceu relevante.

Naquela manhã, enquanto desafiava as ordens do médico preparando um refogado de paleta de porco, ele olhava da janela da cozinha para a neve no telhado do restaurante Happy Chef, do outro lado da estrada, cantarolando uma canção de amor para uma dessas duas garotas, a filhinha que dormia no chão da sala de estar. Cantarolava uma música dos Beatles, substituindo o nome da menina da velha canção pelo nome da menina na sala.

Ele nunca dissera "eu te amo" para uma mulher até ter vinte e oito anos de idade. E não perdera a virgindade até os vinte e oito também. Pelo menos tinha conseguido dar o primeiro beijo aos vinte e um anos, embora a mulher tenha deixado de retornar as chamadas menos de uma semana depois.

Lars atribuía essa sorte desoladora com as mulheres à ausência de romance em sua adolescência e atribuía essa ausência de romance na adolescência ao fato de que ele era o garoto mais fedorento da classe, ano após ano. A cada Natal ele fedia como chão de mercado de peixe, isso desde os doze anos, e, mesmo quando não fedia, as outras crianças agiam como se ele estivesse fedendo, porque é assim que as crianças agem. "Garoto Peixe" era como o chamavam ao longo do ano, e tudo por culpa de uma velha sueca chamada Dorothy Seaborg.

• • •

Em certa tarde de dezembro de 1971, Dorothy Seaborg, de Duluth, Minnesota, escorregou no gelo e quebrou o quadril enquanto caminhava até a caixa de correio, interrompendo a linha de fornecimento de lutefisk para os jantares do Domingo do Advento da Igreja Luterana de Santo Olavo. O pai de Lars, Gustaf Thorvald – da padaria Gustaf & Sons, em Duluth, um dos noruegueses mais notáveis entre Cloquet e Two Harbors –, prometera a todos os presentes no salão da igreja que não haveria quebra na continuidade de lutefisk; sua própria família entraria em cena e continuaria a brutal tradição escandinava em benefício de toda a região de Twin Ports.

Pouco importava que nem Gustaf, nem sua esposa Elin, nem seus filhos jamais tivessem visto um bacalhau vivo, muito menos pescado um, nem batido nele, secado, deixado de molho em soda cáustica, demolhado em água fria e executado o cuidadoso cozimento necessário para se obter algo que, quando preparado à perfeição, parecia uma fumaça gelatinosa que cheirava à água de aquário fervida. Já que ninguém na casa era qualificado para isso, o trabalho sobrou para Lars, na ocasião com doze anos, e para seu irmão mais novo Jarl, com dez, deixando de lado o irmão caçula Sigmund, de nove anos, só porque ele realmente gostava de lutefisk.

– Lars e Jarl não gostam – disse Gustaf para Elin. – Posso ter certeza de que eles não vão comer um só bocado. Isso elimina perdas e estragos.

Gustaf se deu por satisfeito com esse raciocínio, e Elin continuou pensando que aquilo era uma crueldade com os filhos ainda pequenos, mas não disse nada. Era um casamento inter-racial – mistura de norueguês e dinamarquês –, e assim todas as coisas culturalmente importantes para um e não para outro recebiam passe livre e só eram criticadas quando em companhia não mista.

O contato íntimo anual com o patrimônio cultural da família não era suficiente para influenciar a sensibilidade dos meninos Thorvald. Jarl, que ainda comia a própria meleca, preferia o gosto da meleca ao de lutefisk, pois ambos tinham a mesma cor e consistência. Enquanto isso, Lars se mostrava perplexo quando as senhoras escandinavas da igreja diziam que "todo jovem que faz lutefisk como você se torna muito popular entre as mulheres". Por experiência própria, Lars sabia que as habilidades com o lutefisk geralmente inspiravam repulsa ou, na melhor das hipóteses, indiferença entre suas paqueras em potencial. Até mesmo as meninas que diziam gostar de lutefisk não queriam sentir o cheiro daquilo quando não o estavam comendo, e Lars não deixava muita escolha para elas. A temporada de festas, pela qual ele costumava ansiar, tornara-se um mês cruel de mau cheiro e rejeição, e, graças aos meninos da escola, seus efeitos sociais pareciam nunca terminar, mesmo depois que todas as árvores de Natal secavam e eram abandonadas nas calçadas.

Quando Lars tinha dezoito anos, qualquer tolerância que ele pudesse ter em relação a essa intransigente tradição já estava corroída há tempos. Suas mãos eram calejadas por conta dos muitos Adventos de imersão do bacalhau em soda cáustica, e a cada ano o cheiro aderia mais forte em seus poros, unhas, cabelos e sapatos, e não apenas porque a superfície do corpo aumentara com a idade. Lars também tinha crescido e se tornado um pequeno mago na cozinha, e, pela forma fortuita com que dominara o trágico passatempo de preparação do lutefisk, a fama do prato se espalhou. Luteranos dos lugares mais distantes, como Fergus Falls, apareciam para experimentar o "lutefisk Thorvald", sem que houvesse uma única jovem atraente entre eles.

Como se para zombar ainda mais de Lars, a cada Natal, o pai lhe enfiava uma garfada daquela porcaria em seu rosto.

— Só uma mordidinha — dizia Gustaf. — Seus antepassados comiam isso para sobreviver aos longos invernos.

— E como sobreviveram ao lutefisk? — perguntou Lars uma vez.

— Orgulhe-se do seu trabalho, filho — retrucou Gustaf, tirando-lhe o pão lefse como castigo.

Em 1978, Lars se formou no colegial e caiu fora de Duluth. Embora tivesse notas suficientes para entrar em alguma escola luterana decente, como a Gustavus Adolphus ou a Augsburg, ele queria ser chef, e uma boa faculdade poderia atrasar esse objetivo por quatro anos. Ele então se mudou para a capital à procura de uma namorada e de um trabalho qualquer de cozinha, exigindo apenas que não insistissem para que ele preparasse o lutefisk. Uma atitude que certamente lhe abriu muito mais opções do que seu pai previra.

Depois de um estágio não remunerado de dez anos na Gustaf & Sons, Lars tornara-se exímio na arte da confeitaria – indiscutivelmente a mais difícil entre as artes culinárias –, mas não queria retornar a ela. Como somente escolhia empregos onde podia aprender alguma coisa, e só tinha encontros com a mesma frequência com que restaurantes vegetarianos abrem junto a uma rodovia interestadual, ele adquiriu um conhecimento bastante razoável das cozinhas francesa, italiana, alemã e americana em pouco menos de uma década.

Em outubro de 1987, enquanto o estado natal de Lars se extasiava com a vitória do Twins em sua primeira World Series, ele conseguiu um emprego como chef do Hutmacher's, um restaurante moderno à beira de um lago que atraía grandes celebridades como meteorologistas, senadores estaduais e atletas profissionais da região. Foi dito durante anos que qualquer jogador do Twins podia desfrutar refeições no Hutmacher's sem ser reconhecido e incomodado, mas, na semana em que contrataram Lars, os jogadores transitavam regularmente em alegres celebrações.

Face à circunstância de uma resignada espera pelo sucesso da equipe, a estranha alegria pela vitória se espalhou pelo restaurante. Foi durante essas semanas felizes que Cynthia Hargreaves, a garçonete mais inteligente do grupo e imbatível na recomendação de vinhos, pareceu demonstrar interesse por Lars. A essa altura, com vinte e oito anos de idade e uma crescente floresta de pelos pubianos loiros, ele estava ficando calvo. A garota era meio estabanada e tinha dentes salientes, mas era bonita e tinha 1,82 de altura, mas não parecia uma estátua ou uma propaganda de perfume. Era bonita de um modo realista, como um caminhão ou uma pizza no momento em que mais são necessários. Aos olhos de Lars, isso a tornou acessível.

Ela voltava para a cozinha, com os caras olhando-a abertamente de cima a baixo, mas Lars se controlou e, olhando-a nos olhos, disse:

– Diga a eles que a vitela sairá em cinco minutos. – Ele acrescentou: – Não, não vou me conter no alho... isso é pesto.

— Ora, você não pode fazer um molho apenas com pinoli, azeite, manjericão e queijo pecorino? — ela perguntou.

Ela conhecia os outros ingredientes de cabeça, e isso o deixou impressionado. Talvez não fosse para tanto, mas não era o tipo de conhecimento que ele esperava de alguém que não trabalhava na cozinha. Ele notou que tinha deixado transparecer o espanto quando ela retribuiu o sorriso, como se o tivesse pegado em flagrante.

— Bem, sabe, posso tentar — ele disse. — Mas não será mais pesto, e sim outra coisa.

— O manjericão está fresco? — ela perguntou. — O pesto vive ou morre conforme o estado do manjericão.

Ele admirou essa maneira decisiva de frasear uma opinião incorreta. Na verdade, a preparação do pesto é que determinava a sua qualidade; um pesto adequado, como ele aprendera no trabalho anterior no Pronto Ristorante, é feito com almofariz e pilão. Isso faz toda a diferença.

— Já tem dois dias — ele respondeu.

— Onde o adquiriu? No Mercado de Produtores de St. Paul?

— Sim, com Anna Hlavek.

— Ora, seria melhor com Ellen Chamberlain. Ellen cultiva o melhor manjericão.

Que opiniões incrivelmente equivocadas sobre comida! Isso deixou Lars irritado. Ocorre que, nos seus últimos anos em Minneapolis, sem o fedor e sem a reputação em relação ao lutefisk, ele sempre repelia as mulheres por conta da "ânsia" que elas atribuíam a ele e não podia permitir que isso acontecesse outra vez.

— Ora, ela tem isso agora? — disse Lars sem parar o trabalho e sem olhar para Cynthia.

— Tem, sim. — Ela deu um passo em direção a ele, tentando provocá-lo. — Anna cultiva milho e manjericão no mesmo terreno. Você sabe o que o milho provoca no solo.

Ela estava com a razão, caso isso fosse verdade.

— Eu não sabia que Anna cultivava milho.

— Ela não o comercializa. — Cynthia sorriu novamente para ele. — De qualquer forma, direi ao cliente que ele não sentirá gosto de alho no pesto.

— Por quê?

— Quero ver você trabalhando duro aqui atrás — ela disse.

Lars não pôde evitar — ele já estava apaixonado quando ela saiu da cozinha. Mas o amor o fez se sentir triste e condenado, como de costume. O que ele não sabia é que ela havia sofrido por uma década com homens frios, avessos a compromisso, e que tudo o que ela queria naquele momento era um parceiro com a gentileza e o entusiasmo efusivo que ele tinha demonstrado.

Cynthia estava grávida, embora sem aparentar, quando eles se casaram no final de outubro de 1988. Lars ainda era chef no Hutmacher's, e ela ainda era a garçonete mais popular; no entanto, apesar do romance de conto de fadas que florescera naquele restaurante, os proprietários recusaram-se a fechá-lo no sábado para sediar a recepção do casamento.

Ainda enfurecido com o filho mais velho que abandonara a padaria da família e a responsabilidade de fornecer lutefisk para milhares de escandinavos intransigentes, o pai de Lars boicotou o casamento e se negou a apoiar qualquer aspecto da cerimônia. Já que Elin ganhava o primeiro neto de Lars, ela bem que poderia ter mostrado vontade de ajudar, mas a essa altura estava ocupada com os dois filhos de Sigmund, o irmão caçula de Lars que nunca tinha feito um lutefisk na vida e que perdera a frutuosa virgindade lá pelos dezessete anos.

O casal passou a lua de mel em Napa Valley, uma cidade que mesmo tendo passado uma década continuava envergonhada pelo vexame do Julgamento de Paris, um evento de degustação de vinho. Mas felizmente agora amadurecia com uma nova investida do enoturismo. Lars, que jamais experimentara uma degustação de vinho, sorvia doses da bebida enquanto Cynthia consumia os rótulos, os passeios pelas vinhas e os mapas. Era a primeira vez que ela visitava a Califórnia e, mesmo inteiramente sóbria, seu corpo bambeava perante a visão das vinhas, e sua alma florescia naquela selva de jargões: *varietal, Brix, porta-enxerto, fermentação malolática*. No carro alugado, Lars fechou os olhos para tentar dormir após uma tarde inundada de vinho tinto, sentindo o sorriso da esposa que conduzia ele e o filho por nascer pelas cintilantes colinas da Califórnia.

— Amo demais isso — ela disse.

— Eu também te amo — ele disse, embora ela não tivesse dito a mesma coisa.

Ambos concordaram, se fosse menino, que Lars escolheria o nome do bebê; se fosse menina, isso ficaria por conta de Cynthia. Eva Louise Thorvald nasceu em 2 de junho de 1989, duas semanas antes do previsto, chegando ao mundo com quase cinco quilos. Lars segurou-a nos braços com o coração derretendo na menina como manteiga no pão quente, uma emoção nunca sentida por ele. Quando a mãe e o bebê dormiram no quarto do hospital, ele seguiu até o estacionamento, sentou-se no Dodge Omni e chorou como se nunca tivesse desejado outra coisa na vida.

— Vamos esperar cinco ou seis anos antes de ter outro filho — disse Cynthia, submetendo-se à inserção de um DIU. Lars queria no mínimo três filhos, como na família dos seus pais, mas supôs que haveria tempo. Na tentativa de persuadir Cynthia, argumentou que, se tivessem muitos filhos, pelo menos alguém estaria sempre por perto e eles não morreriam sozinhos se escorregassem no chuveiro ou despencassem pela escada do porão. Lars ressaltou que depois que tinha saído de Duluth, junto com Jarl, o irmão do meio, Sigmund é que tinha assumido a padaria e as extraordinárias demandas dos pais moribundos, e que isso funcionava muito bem para todos. Uma linha de argumentação que não pareceu convincente para a esposa de vinte e cinco anos de idade. Cynthia queria se especializar em vinho.

Da mesma forma que um pai músico se preocupa com as músicas que os filhos escutam, Lars passou semanas na organização de um menu para os primeiros meses da filha:

Semana um
SEM DENTES, ENTÃO:

1. Guacamole caseiro.
2. Purê de ameixas (bebês gostam de ameixas secas?).
3. Purê de cenouras (o ideal é que sejam de verão, mas é mais provável que sejam de outono).
4. Purê de beterraba (folha verde, tipo Lutz).
5. Papinha de maçã e mel (comprar maçãs de Dennis Wu).
6. Homus (de grão-de-bico enlatado? Talvez esperar pela semana 2).
7. Tapenade (talvez com purê de azeitonas Cerignola? Perguntar a Sherry Dubcek sobre o melhor tipo de azeitona para um recém-nascido).
8. O que para proteína e ferro?

Semana dois
AINDA SEM DENTES, ENTÃO:

1. Definitivamente homus.
2. O resto, igual acima, até os dentes nascerem.

Semana doze
DENTES!

1. Paleta de porco (purê? Ou fazer um demi-glace à base de porco?).
2. Espaguete de abóbora. Que criança não amaria isso? Vai explodir a mente dela! (Que sorte ela estar com dentinhos ali pelo início da estação da abóbora!).
3. Ossobuco (obter cortes de vitela de Al Norgaard no Hackenmuller's).

Semana dezesseis
TEMPO PARA PRAZERES CULPADOS!

1. **Ensopado de galinha com arroz selvagem da mamãe (receita abaixo)**

    1 pacote pequeno de arroz selvagem
    2 xícaras de frango cozido (em cubos)
    1 lata de sopa de cogumelos
    ½ lata de leite
    Sal e pimenta-do-reino
    ¼ de xícara de pimentão verde picado

    Aqueça o forno a 165°C. Cozinhe o arroz de acordo com as instruções. Misture arroz, frango, sopa de cogumelos, leite, sal, pimenta-do-reino e pimentão verde. Coloque em uma tigela untada. Asse por 30 minutos.

2. **Croquete de salsicha (provavelmente ótimo para roer! Encontre a receita da State Fair).**

3. **Bolo de cenoura da mamãe (receita abaixo)**

    2 xícaras de açúcar (talvez usar menos)
    1½ xícara de óleo (encontrar substituto)
    4 ovos
    2 xícaras de farinha
    2 colheres de chá de bicarbonato de sódio
    1 colher de chá de sal
    3 colheres de chá de canela
    3 xícaras de cenouras raladas
    1 xícara de nozes picadas (risco de alergia a nozes?)
    1 colher de chá de baunilha

    Combine açúcar, óleo, ovos, farinha, bicarbonato de sódio, sal, canela, cenouras, nozes e baunilha e despeje em forma untada. Asse durante 45 minutos a 162°C.

Receita de cobertura:

½ xícara de manteiga (de primeira qualidade)
1 pacote de cream cheese
3½ xícaras de açúcar de confeiteiro

Misture e espalhe sobre o bolo de cenoura frio.

Tal plano de refeição parecia ser uma boa estratégia para Lars, de modo que ele continuou atento aos produtos da estação e a tudo que sustentara a família dos pais durante os longos invernos em Duluth. Sua principal preocupação eram as nozes picadas na receita do bolo de cenoura. Ele ouvira em algum lugar que as crianças podiam desenvolver alergia quando ingeriam nozes muito cedo. Mas quão cedo era muito cedo? Ele precisava conversar com o obstetra; dr. Latch tinha bigode espesso e olhos bondosos, o que Lars interpretava como expressão permissiva.

Na consulta, dr. Latch ouviu a pergunta e olhou para Lars do jeito que se olha para um garoto que segura uma faca afiada.

– Você quer alimentar um bebê de quatro meses com bolo de cenoura? – perguntou o médico.

– Não um monte de bolo de cenoura – disse Lars. – Só uma porçãozinha. Uma porçãozinha para bebê. Só estou preocupado com as nozes da receita. Quer dizer, acho que posso fazê-la sem nozes. Mas mamãe sempre fez com nozes. O que acha disso?

– Dezoito meses. No mínimo. Mas talvez seja melhor esperar até os dois anos, por segurança.

– Se não me engano, os meus irmãos mais novos comeram bolo de cenoura desde pequenininhos. Há uma foto do meu irmão Jarl no dia do seu aniversário de um ano. Ele comeu um pouco de bolo de cenoura e ficou com o cabelo todo lambuzado.

– Provavelmente o melhor resultado nessa situação.

– Bem, ele já está careca.

– Pensando bem, faço algumas reservas a esse seu plano de dieta.

– Como o quê?

— Bem, paleta de porco para um bebê de três meses. Convenhamos, não é aconselhável.

— Quem sabe em forma de purê? – Lars insistiu. – Eu poderia refogá-la primeiro. Ou talvez apenas assar os ossos e fazer um caldo de carne de porco para um demi-glace. Mas essa não seria a minha primeira escolha.

— Você não trabalha no Hutmacher's? – indagou dr. Latch. – Claro que faz uma excelente paleta de porco. Mas espere pelo menos dois anos.

— Hein, dois anos? – Embora ele não tenha confessado que estava com o coração partido pela conversa, o médico pareceu perceber.

— Entendo que você queira compartilhar a paixão de sua vida com seu primeiro filho. Vejo diferentes versões disso o tempo todo. Chegará o tempo certo. Por enquanto, apenas leite materno e a fórmula para os primeiros três meses.

— Isso é terrível – disse Lars.

— Talvez para você – retrucou dr. Latch. – Mas sua filha ficará extremamente satisfeita com essa dieta. Confie em mim. Vou encaminhá-los para o pediatra mais zeloso que conheço.

De volta ao apartamento em St. Paul, Lars tirou a esdrúxula bagagem de bebê do carro, dando graças pelo fato de poder pagar um lugar com elevador. Enquanto esperava que as portas se abrissem, observou a escada de concreto do prédio, raramente utilizada, uma escada que ele às vezes subia para se exercitar. Ao sentir a pressão das tiras do saco de fraldas no ombro e da alça de plástico do assento portátil de bebê na palma da mão, pensou consigo que não voltaria a utilizá-la novamente.

Quando não estavam dormindo, ou tentando dormir, ou segurando o bebê recém-nascido, Lars e Cynthia geralmente estavam na cozinha. Lars não queria tirar os olhos de sua linda menininha nem por um minuto, de modo que a mantinha no bebê-conforto em cima da bancada da cozinha.

— Não acha que mantê-la aqui pode ser perigoso? – perguntou Cynthia na segunda noite, enquanto picava alho e salsa para o molho Alfredo.

— O médico pode tirar o direito de nossa filhinha comer, mas não pode impedi-la de sentir os aromas – disse Lars. – De estar próxima das melhores coisas, você sabe.

— Claro. Cheirando um monte de comida que ela não pode comer. Talvez seja frustrante, um inferno para ela.

— Bem, estamos aqui, e a quero junto de nós.

— Não sei, não; deixar um bebê perto de facas e água fervente; não sei, não.

— Onde gostaria que ela ficasse?

Cynthia meneou a cabeça.

— Em outro lugar.

Lars se virou para a filha. Eva usava um gorro cor-de-rosa que a mantinha aquecida e luvas para que não arranhasse o próprio rosto com suas pequeninas unhas. Ele nunca tinha a intenção de olhá-la por muito tempo, mas isso sempre acontecia. E quando os olhos de ambos se encontravam, *bam*, já tinham se passado cinco minutos. Ou vinte.

Cynthia deu uma palmada no ombro dele.

— A água está pronta para a massa.

— Onde está o fettuccine? – ele perguntou, abrindo a geladeira.

Ela retirou uma caixa verde de Creamette de cima da bandeja giratória aos pés dele.

— Pensei em experimentarmos esta marca. Está em promoção.

— Lembro de quando fazíamos a nossa massa. Acho que aqueles dias se foram.

— Graças a Deus – disse Cynthia. – Era um pé no saco.

Nos seus vinte e cinco anos de idade, Cynthia logo teve de volta o corpinho esbelto, as bochechas coradas e os seios fartos, enquanto Lars tornava-se cada vez mais calvo, mais gordo e mais lento. Antes mesmo da gravidez da esposa, ele sempre a segurava pela mão ou tocava nela em lugares públicos para que os outros homens soubessem que eles eram um casal. E agora que ela era mãe de sua filha, ele se mostrava ainda mais cauteloso; rosnava quando passava por sujeitos com bigodes à Tom Selleck e cabelos à Bon Jovi. Quando o casal atravessava os mercados de produtores no inverno, Cynthia empurrava o carrinho de bebê sem se importar com a seriedade desmedida ou a cara feia do marido para os impertinentes pervertidos; o que a deixava mais feliz era poder voltar a beber.

– O Hutmacher's está à procura de um novo *sommelier* – disse Cynthia certa manhã, enquanto Lars trocava a fralda de Eva. Se o nariz apurado de Cynthia não conseguia lidar com o cheiro de cocô da filha, a experiência de Lars após uma década no preparo de lutefisk tornava isso tão fácil quanto virar uma omelete no ar.

– Só passou um mês – ele retrucou. – Eles disseram que você poderia dispor de três.

– Eles disseram que eu poderia voltar depois de três meses. Isso não queria dizer que eles me pagariam licença-maternidade.

– Então, dispense os três completos. Nós temos economias. – Não era bem assim depois das contas do hospital, mas Lars não queria que Cynthia se preocupasse com tudo isso.

– Eu sei, mas vou acabar pirando aqui dentro. Estamos no meio do verão e não posso fazer nada útil com essa criança grudada em mim. Sem falar que não suporto a programação da tarde na TV. E não consigo ler mais que vinte páginas de um livro sem que ela comece a chorar.

– Você quer voltar a trabalhar mais cedo?

– Estive pensando nisso. Aposto que podemos elaborar um cronograma, de modo que um de nós esteja sempre em casa, e Jarl e Fiona estarão por perto se precisarmos deles.

Jarl e sua namorada também residiam em St. Paul, a poucos quilômetros de distância, e estavam ansiosos para tomar conta da sobrinha, mas no fundo Lars não queria que seu bebê ficasse afastado do pai e da mãe ao mesmo tempo, a não ser em caso de absoluta emergência.

– Você não terá que fazer um curso ou algo assim para ser *sommelier*?

– Conheço o restaurante e os clientes melhor que todos os outros. E também conheço aquela carta de vinhos de trás para frente. Eu mesma escolhi alguns. Fui eu que escolhi o Chardonnay Tepusquet da ZD Wines.

– Não sei, não. – Lars pensou consigo que, se estivesse conhecendo a esposa naquele dia, ele a teria incentivado a ir fundo, a perseguir os sonhos que tinha, todo esse tipo de coisa. Mas naquele momento, olhando-a tão linda e tão impulsiva, ele se lembrou de sua mãe, estoica e pragmática. Se algum dia Elin tinha desejado ser mais do que mãe de três meninos e balconista não remunerada de uma padaria, Lars nunca ouvira um único pio sobre isso. Ele estaria sendo egoísta ou objetivo demais em querer o mesmo para Cynthia, em querer admirar os braços, as pernas, os quadris e a devoção da esposa enquanto engrossavam? Ele não sabia.

– Pelo visto você não quer que eu faça coisa alguma com minha vida além de ser mãe. Bem, isso é uma besteira – disse Cynthia saindo da sala.

Se isso fosse verdade, seria uma besteira, e em parte era. Sim, o que ele queria é que ela só quisesse ser mãe, tal como ele era pai em primeiro lugar, com todo o sangue dele, de modo que tudo mais no mundo não passava de um obscuro segundo lugar, incomensuravelmente distante.

Deitado no surrado tapete marrom, Lars estava lendo *Beard on bread* para a filha, um livro de culinária de James Beard, quando Cynthia empurrou a porta de entrada. Pelos passos pesados, ele sabia como a esposa tinha se saído na reunião. Em vez de Cynthia, o restaurante contratara Jeremy St. George, "o famoso e respeitado *sommelier* da Costa Oeste", e para ela oferecera o cargo de "garçonete supervisora", o que não era propriamente um cargo, e sim algo criado na hora para apaziguá-la. Foi quando ela fez uma cena.

Cynthia estava tão furiosa que à noite abriu a garrafa de um Merlot *single-vineyard* da Stag's Leap guardado a sete chaves, acompanhado por uma tigela de macarrão e queijo de caixa.

– Por que esse cara saiu de São Francisco para assumir um trabalho aqui? – ela perguntou, como se Lars soubesse. – Ele poderia conseguir um trabalho como *sommelier* em qualquer lugar do país!

Ela disse que o gerente mostrara o currículo e a foto de Jeremy St. George, uma vez que todos os grandes *sommeliers* da Califórnia tinham fotos que os faziam parecer estudiosos e sensuais. E disse ainda que o cara devia ter uns trinta e poucos anos e que se formara na UC Davis e que tinha sido *sommelier* em Napa Valley e São Francisco e que parecia um modelo de roupas íntimas. Lars se perguntou por um segundo por que a esposa tinha dito "roupas íntimas" e não apenas "modelo".

De todo modo, o que mais o preocupava era a *caixa* de macarrão e queijo. Isso tinha sido um belo de um deslize, da compra da primeira massa industrializada aos primeiros laticínios processados, e ele teve que admitir que a situação financeira de ambos era em grande parte responsável por isso. Eles estavam vivendo só com o salário dele, e se aqueles que não conheciam o mercado de restaurantes pensavam que trabalhar como chef em lugares de renome era um caminho para a riqueza, certamente esse não era o caso. Mesmo com o trabalho de cinquenta horas semanais como chef de cozinha do Hutmacher's, eles teriam meses apertados pela frente.

Lars odiou admitir que se os dois quisessem se alimentar melhor e oferecer alimento mais fresco e nutritivo para a filha – a essa altura com idade suficiente para ingerir papinhas de frutas e legumes –, Cynthia teria que voltar a trabalhar.

Lars sugeriu que Cynthia pedisse para trabalhar meio período como *sommelier*, caso ela retornasse ao Hutmacher's, e embora irritada com a ideia de ser uma espécie de "assistente" de uma celebridade da Costa Oeste, ela reconheceu que, se assumisse um cargo, qualquer cargo, com a palavra *"sommelier"*, isso tornaria o retorno mais suportável.

Os proprietários do Hutmacher's concordaram com o novo cargo de assistente de *sommelier*, com seus respectivos deveres, contanto que ela também assumisse turnos como garçonete. Jeremy St. George aprovou a coisa toda, argumentando que primeiro teria que se encontrar com ela, e depois que a conheceu declarou que tinha esperado por uma assistente como Cynthia durante toda a vida.

Na noite do seu primeiro turno, Cynthia chegou em casa mais tarde, noventa minutos após o fim do expediente. Entrou pela porta adentro correndo e cantarolando. Fazia mais ou menos um ano que Lars não a ouvia cantar uma única vez.

— Como foi? — ele perguntou, imaginando a resposta.

No final da noite, ela se virou para ele e disse antes de cair no sono no seu lado da cama:

— Obrigada.

Até mesmo durante o sono, o rosto de Cynthia irradiava amor, e Lars preferiu manter-se tranquilo.

Com Cynthia fora da cidade, uma vez que as viagens para pesquisa de vinhos faziam parte de seu novo trabalho, os passeios de Lars tornaram-se logisticamente mais difíceis no Mercado de Produtores de St. Paul, mas ainda eram divertidos. Se para alguns é cansativo e complexo empurrar um carrinho de um lado para outro com um bebê de dois meses e um saco de fraldas, isso revigorava Lars, mesmo quando tinha que fazer tudo sozinho. Com Jarl e Fiona oficialmente no cargo de babá durante as horas em que os turnos de Lars e Cynthia coincidiam, Lars queria aproveitar ao máximo cada minuto com a filha.

Ele botou o pé fora de casa, sentindo o corpo inundado de calor, e ainda estava no elevador quando as manchas de suor nas axilas transpareceram nas mangas da camiseta Fruit of the Loom, e já estava ofegante quando colocou Eva e o material de bebê no carro. Mas o Mercado de Produtores de St. Paul recompensaria tais esforços, como sempre. Setembro marcava o fim da temporada dos tomates de colheita tardia, e Lars fazia planos para as sopas frias, os cremes e os molhos leves que certamente o paladar infantil de Eva adoraria, baseado no prazer que ela sentia com o pouco, infelizmente, que o dr. Latch lhe permitia comer.

Só quando a esposa começou a viajar é que ele se deu conta de como os casais dominavam o cenário do mercado. Nas manhãs de sábado serpenteavam felizes pelos corredores de maçãs, beterrabas e alfaces, e muitos com carrinhos de bebê ou crianças conduzidas pela mão. Os que ainda não tinham filhos ruborizavam ao sabor do amor verdadeiro e das reciprocidades inebriantes, as mãos buscavam umas às outras, como se para se assegurar de que o outro ainda estava presente. Lars tentava se lembrar de como era sentir isso, mas os transeuntes que paravam para admirar Eva o faziam esquecer que tinha que lidar com a ausência de um membro de sua pequena família.

— Você sabia que metade de um copo de molho marinara contém quase oito vezes o teor de licopeno existente no tomate cru? — ele perguntou para a filha enquanto empurrava o carrinho em meio à aglomeração de casais que se movimentava lentamente ao redor. — Hoje encontraremos bons tomates para o molho.

Eva apertou as pálpebras contra o céu brilhante, fazendo um feliz contato visual que parecia dizer *amo você, papai*, ou talvez *acabei de ter a maior diarreia que papai jamais viu*. Com os olhos ofuscados pela luz do sol, era difícil dizer.

A primeira e única parada de Lars para comprar tomates era na barraca de tomates de Karen Theis, que por quase uma década abastecia os cinco condados da área metropolitana com lindos e sólidos tomates de diferentes tipos: romano, ameixa, caqui e genovês — nada extravagante, apenas os principais híbridos. Mas, naquela manhã de setembro, um homem forte e uma mulher robusta estavam sentados em cadeiras vermelhas de praia naquele mesmo lugar, vendendo ruibarbos feios, sujos e cheios de estrias (a colheita dos melhores ruibarbos já tinha passado) sobre uma caixa de papelão manchada.

— Oh, o que houve com Karen? — perguntou Lars à mulher robusta.

Ela o encarou.

— Quem é Karen?

— Vai querer um pouco de ruibarbo? — perguntou o grandalhão. — Estamos abertos a barganhas. — As moscas pousavam e esfregavam as patas dianteiras nos talos açucarados. O casal não fazia nada para repeli-las.

— Karen teve uma barraca de tomates aqui nos últimos oito anos, exatamente neste lugar. Só quero saber o que aconteceu com ela, se ela se mudou ou se apenas está de férias ou o que for.

— Ah, sim, esse nome me soa familiar — disse o sujeito, virando-se para a mulher. — Por que esse nome me soa familiar?

— As pessoas perguntaram por ela por toda essa manhã.

O homem balançou cabeça.

— Foi isso, então.

Esse era o tipo de troca que se podia esperar de gente que tentava vender ruibarbo em meados de setembro.

— E então, o que houve com ela? – perguntou Lars novamente.

A mulher olhou para Eva no carrinho.

— Seu bebê é uma gracinha. Está com quantos meses?

— Três meses e meio, mais ou menos. É grande para a idade que tem. E então, sabem o que houve com a barraca de tomates de Karen?

Quando o homem se inclinou para a frente da cadeira, Lars notou que um dos encostos de braço estava quebrado e que o antebraço esquerdo do homem tinha círculos vermelhos brilhantes de tanto pressionar contra a parte quebrada do encosto.

— Senhor, se eu sei de alguma coisa – disse o homem –, é que nunca se deve chamar uma mulher de gorda. Sobretudo em tenra idade, quando isso se infiltra no inconsciente.

— Alguém sabe onde está Karen Theis? – gritou Lars, olhando para os vendedores nas proximidades.

— Fora do negócio – disse um fornecedor de cenouras do tipo Nantes. – Os orientais a colocaram para fora.

— Os orientais não a colocaram para fora; eles cultivam os melhores tomates – disse aos gritos Anna Hlavek, que vendia ervas aromáticas em outra barraca.

Lars olhou para Anna, aparentemente receptivo ao argumento dela.

— Nosso amigo oriental está mais adiante. É lá que o New French Café compra os tomates agora – disse Anna, referindo-se ao mais badalado dos novos restaurantes de Minneapolis. – Como está sua menina? – Ela saiu de trás da barraca, pegou as mãozinhas de Eva e ergueu-as. – Ela está tãoooo grande! Tãoooo grande!

Lars gostava de Anna, mas o sangue lhe subia à cabeça quando tocavam na filhinha dele sem pedir permissão.

— Diga de novo – disse Anna. – Ela está com um ano e meio?

— Não, três meses e meio. Ela é só... avançada para a idade que tem.

— Onde está sua linda esposa? Ainda na Califórnia?

— Sim – disse Lars. – É tempo de colheita, para algumas variedades.

— Oh, meu Deus, quanto tempo ela vai ficar por lá?

— Duas semanas, acho. – Já fazia quatro semanas, mas Lars sabia que isso soaria mal.

— Que mãe é essa que deixa a filha distante por tanto tempo. Levo o meu Dougie para toda parte comigo. Não o deixo fora de vista nem por um minuto. – A pouca distância da barraca, Lars notou um garotinho embirrado de cabelos claros com uns quatro anos de idade que apunhalava as rachaduras na calçada com uma faca de plástico.

— Isso acontece no negócio de vinho – explicou Lars. – E onde então posso encontrar alguns tomates?

O fornecedor do Sudeste Asiático estava sentado sobre um engradado azul de leite Land O'Lakes; seu corpo, largo e alongado como uma batata-doce; suas pernas, gorduchas, bronzeadas e estendidas. Por trás das lentes dos óculos Ray-Ban, ele mantinha um olhar firme e sisudo para tudo ou para nada. Ao lado, brilhando sob o calor intenso, em grades bem definidas e marcadas sobre uma mesa de cavalete, cobertos por uma toalha de mesa quadriculada impecavelmente limpa, um pelotão de bonitos tomates estrangeiros em deslumbrantes tons de laranja, vermelho, amarelo e roxo; e listrados.

Enquanto Lars empurrava o carrinho à volta do estande, Eva se esticava com olhinhos brilhantes em direção aos tomates e agarrava o ar com seus dedos gordinhos.

— Olá. Você tem amostras? – ele perguntou.

— Sem amostras – disse o homem, sem tirar os olhos das mãozinhas estendidas de Eva. – Você compra e experimenta.

— Então, talvez eu faça isso – disse Lars. – Estou procurando tomates para um molho, com elevado teor de licopeno, como o romano VF. Você tem à venda algum parecido com o romano VF?

— Eu não vendo nada parecido com o romano VF. Eu vendo tomates.

— Tudo bem. Sabe o que é um romano VF?

— Um tomate feito em laboratório por cientistas.

— Tudo bem.

— Senhor, se quiser um tomate rico em licopeno, você precisa do tomate Moonglow, com maior quantidade de licopeno. Dentre todas as variedades.

O vendedor mostrou um pequeno globo laranja, com diâmetro entre uma bola de golfe e uma bola de beisebol, mas não entregou o tomate para o freguês.

Lars estendeu a mão, mas o vendedor recolocou o tomate junto aos outros.

— O Moonglow é para saladas e salsa picante – continuou o vendedor. – Se quiser um molho de tomate, você precisa do San Marzano. O melhor do mundo para extratos e molhos. – Ele ergueu um tomate vermelho e comprido, quase igual a um pimentão, e cuidadosamente o deixou na palma da própria mão.

— Vou comprar um Moonglow para experimentar.

— Trinta centavos – disse o vendedor.

— Bem caro – disse Lars. – A esse preço terei que gastar dois dólares para fazer alguma coisa.

— É mais barato quando comprado a quilo. Por unidade, trinta centavos.

Lars suspirou e trocou duas moedas cinzentas por uma bola laranja suave e brilhante. Era preciso experimentar. Ele então mordeu o tomate, como se mordesse uma maçã, e de sua boca escorreu um líquido alaranjado até a barba. Isso o incomodou por um segundo, e logo o sabor das sementes explodiu no palato.

Era uma sensação maravilhosamente doce, sem ser açucarada ou excessiva; era apenas um sussurro de acidez cítrica. Ele fechou os olhos e mastigou a carne sólida do Moonglow, concentrando-se na doçura fugaz em sua boca. Lembrou-se da última vez em que tinha estado com Cynthia naquele lugar, comprando tomates italianos VF para um prato que seria acompanhado de um Corvina Veronese levemente encorpado. Lembrou que ela adorava aquilo e que acertava a combinação de vinhos para cada variedade de tomate, e se perguntou onde ela estaria na Califórnia naquele instante. E por fim pensou que aquela viagem estava sendo longa demais e que fazia três dias que não tinha notícias da esposa.

Lars varreu os pensamentos da cabeça e se ajoelhou para esfregar a outra metade do Moonglow na boca de Eva. Sorrindo, ela ergueu a carcaça brilhante do tomate e lambuzou o próprio rosto, subitamente radiante.

Só então ele se apresentou para o vendedor, dizendo o que fazia e perguntando o nome dele.

– John – respondeu o homem, apertando-lhe a mão com firmeza, mas rapidamente e sem sorrir.

– Foram os melhores trinta centavos que já gastei em minha vida, John – disse Lars. – Eu não fazia ideia que os hmong cultivavam tomates tão brilhantes.

– Eles não cultivam. Mas se tiverem sorte, talvez eu os ensine a fazer isso.

– Caramba, eu pensei que você fosse um hmong.

– Cristo, essa sua gente. Eu sou laosiano, do Laos. Bem diferente. Nós assimilamos os hmong da Mongólia. Nunca devíamos ter feito isso. Eles foram um problema desde o início. A tal Planície dos Jarros deles? Um monte de campos de papoula naquela região. Nem preciso dizer o que conservavam naqueles jarros. Água é que não era.

Lars fora ensinado a sempre ouvir educadamente, mas os preconceitos daquele cultivador de tomates – um tanto de críticas contundentes relacionadas à nacionalidade das pessoas – o deixaram um tanto desconfortável. Com a atenção turvada, ele olhou de soslaio para Eva, que agarrou uma ponta da toalha e puxou os tomates. O suave baque de tantos frutos contra o solo era inconfundível para quem trabalhava com comida.

– Que merda! – exclamou Lars, olhando para a pilha de tomates no chão. – Que merda, que merda, que merda.

John passou por Lars com a decidida impulsão de um socorrista na cena de um acidente, ajoelhou-se sem sentimentalismos frente aos tomates e separou os intactos dos irremediavelmente espatifados.

Lars não acreditou quando limpou os tomates esmagados no rosto da filha e descobriu que ela não estava chorando, e sim tentando enfiar um Moonglow partido na boquinha.

Se Lars e John conseguiram salvar grande parte dos San Marzano, quase metade dos Moonglow e dos tomates-rosa estavam macerados ou partidos devido ao impacto contra o solo, o carrinho de bebê e Eva.

– Quanto lhe devo? – Lars fez a pergunta sem conseguir encarar o outro.

– Acidentes acontecem – disse John enquanto guardava os frutos macerados dentro de uma caixa sob a toalha da mesa, sentando-se em seguida no engradado de leite.

Lars retirou uma nota de vinte e uma de dez da carteira e estendeu-as para John. Foi doloroso, isso era quase metade do salário de um dia.

– Aqui – disse. – Por favor, pegue.

O vendedor não disse nada, nem sequer olhou para o dinheiro. Os transeuntes e os outros vendedores olharam fixamente nos olhos de Lars, a essa altura ardendo de vergonha. Depois de uma luta de alguns segundos de silêncio, ele guardou as notas, só então entendendo que a profundidade daquela dívida ocupava um espaço que o dinheiro não podia preencher.

No quarto dia sem notícia alguma de Cynthia, Lars começou a telefonar. Seu gerente, Mike Reisner, não sabia de nada, e os proprietários, Nick Argyros e Paul Hinckley, não tinham recebido qualquer notícia de Cynthia ou de Jeremy. À tarde, ele telefonou para as vinícolas provavelmente visitadas pelos dois: Stag's Leap, Cakebread, Shafer, Ridge, Stony Hill e Silver Oak. Chegou até a se comunicar com algumas dos Rhone Rangers, como Bonny Doon e Zaca Mesa; todos conheciam Jeremy St. George, mas ninguém tinha visto nem ele nem Cynthia.

– Tem certeza? – perguntou Lars para o sujeito da Shafer. – Eles iriam aí para a colheita.

– Nossa colheita não leva muitas semanas – respondeu o outro.

Jarl, o irmão de Lars, não pareceu alarmado.

— Talvez estejam dirigindo de volta — disse enquanto se deitava no tapete felpudo de Lars, ainda de camisa branca e gravata de advogado-assistente. Depois que abandonara a tirania do império do pai, Jarl optara por um emprego que o obrigava a usar gravata todos os dias; no mundo dos que vestiam gravatas, não era preciso fazer lutefisk, nem meter as mãos em fornos quentes, nem levantar paletes de pães, nem sofrer fisicamente pelo controle das horas.

— Mas eles foram de avião — lembrou Lars.

— Não há empresas vinícolas no Arizona, no Texas e em outros lugares?

— Ninguém os viu nos grandes lugares em Napa — disse Lars da poltrona. Sentada em seu colo, Eva sugava a ponta de uma seringa de temperar peru.

— Talvez não tenham ido para os grandes lugares — retrucou Jarl. — Ou talvez estejam em algum lugar bom, como Riunite.

— Riunite não é um lugar.

— É, sim. É aqui. — Jarl apontou para o próprio coração. — Tente se superar e ao menos uma vez na vida gostar de alguma coisa normal, como as outras pessoas.

— Eu gosto de coisas normais. Só que gosto de coisas de qualidade e também saudáveis.

— Às vezes eu gosto de coisas de qualidade e saudáveis — disse Jarl.

Isso não era verdade. Para alguém que insistia em se vestir bem o tempo todo, ele tinha um gosto terrivelmente provinciano quando se tratava de comida e vinho.

— Você! Não vejo você comer um vegetal desde os anos oitenta.

Jarl pareceu surpreso.

— E onde foi isso?

— Quase não conta. A salada de repolho no Charlie Café Exceptionale.

— Era o melhor lugar da cidade. Não um ponto esnobe como o Faegre's.

Lars balançou a cabeça em negativa.

— A melhor salada Caesar que já comi.

— Cristo, você é mesmo esnobe — disse Jarl, olhando para Eva. — Admita. E está criando essa menina para também ser esnobe. Ela vai ser a maior esnobe de todos os tempos. Entre vocês dois, um chef de cozinha extravagante e uma degustadora de vinho extravagante. Da próxima vez que tomar conta de sua filha, vou dar Cheetos para ela.

– Nem pense nisso.

– Cheetos e suco de caixinha.

– Não, por favor.

– Comíamos esse tipo de coisa quando éramos crianças. Qual é seu problema com isso agora?

– Só quero que meus filhos comam coisas realmente nutritivas.

– Filhos? – indagou Jarl. – Recebeu alguma notícia?

– Sim, teremos outro filho.

– Quando? Pensei que vocês esperariam cinco anos ou por aí.

– Não, deixei claro na última conversa com Cynthia que queria outro filho agora. Não quero ser um velho gordo que corre ao redor de uma criança.

– Então, perca um pouco de peso, de gordura – sugeriu Jarl.

O telefone de Lars tocou.

– Pode atender? – pediu Lars, apontando para o bebê no seu colo.

– Ah, claro. – Jarl fez quatro flexões espaçadas, com a gravata estendida no chão como uma língua listrada e comprida, e se levantou para pegar o fone na cozinha. – Alô, residência dos Thorvald.

– Quem é? – perguntou Lars.

– Do seu trabalho. Um tal de Paul.

– Um dos proprietários – disse Lars, colocando a filha no tapete e correndo até a cozinha. – Fique de olho na Evie – acrescentou para Jarl enquanto levava o telefone ao ouvido.

– Hei, Lars – disse Paul Hinckley. Embora tivesse sido um grande advogado na capital, porém com um conhecimento restrito de culinária, ele era mais do que qualificado como dono de restaurante. Além de não contratar designers gráficos ou decoradores de interiores para qualquer coisinha, ele escolhia logotipos, tipos de letras do menu, conjunto de cores da sala de jantar, modelos de louças, talheres e taças, e até mesmo os nomes de alguns dos pratos. E sempre queria saber o que estava acontecendo com todos da equipe.

— Olá, Paul. O que houve?

— Bom, oi, Lars. Tem uma pequena novidade para você aqui.

— Claro, o que houve?

— É só para dizer que abriu uma vaga no estacionamento da equipe, e pensamos que talvez você quisesse ficar com ela... sabe, por todo o trabalho duro que tem feito por nós.

— Sim, claro, seria bom estacionar lá.

— Foi o que pensamos... eu e Nick. Pensamos, quem merece a vaga? Seu nome apareceu em primeiro lugar.

— Sim, é isso, então?

— Sim, só isso. Mas achei que talvez você gostasse de saber que a vaga aberta se deve ao fato de que Jeremy St. George se demitiu hoje, com efeito imediato. Enfim, você terá sua vaga quando chegar ao trabalho esta tarde.

— Vocês tiveram notícias de Jeremy St. George?

— Sim, telefonou do aeroporto e nos falou que estava saindo.

— Falou algo sobre Cynthia? Falou alguma coisa sobre Cynthia? Ela está com ele, você sabe.

— Ah, achei que ela tivesse conversado com você. Bem, nós perguntamos, nós perguntamos, e ele disse que ela é que tinha que tomar a própria decisão; então, veremos, acho eu. Veremos. Ah, uma ligação na outra linha. Pode aguardar, por favor?

— Não, tudo bem – disse Lars. Ele desligou o telefone e olhou para a sala e depois para a filha, que sugava um separador de ovo deitada de costas enquanto o tio tentava fazê-la sorrir.

Três dias depois, Lars abriu a caixa de correio e encontrou uma carta com o carimbo de São Francisco. Vislumbrou os volteios da mão por trás da caneta azul que tinha escrito o endereço e abriu o envelope de imediato.

Querido Lars,

Nem sei como dizer isso. Um telefonema teria sido melhor, mas, toda vez que pegava o telefone e discava o nosso número, eu começava a chorar. Além disso, eu sabia que você tentaria me convencer a desistir, e nesta questão você não conseguiria. Desde que o vi pela última vez, cinco semanas atrás, tive experiências e fiz escolhas que me impossibilitam de voltar para você de coração inteiro. Você poderia argumentar, tentar me convencer a regressar, mas faz muito tempo que a pessoa que você quer não existe mais e talvez nunca tenha existido.

Você é o melhor pai do mundo. Mas não fui talhada para ser mãe. O trabalho de mãe é como uma prisão para mim. Sei que isso pode soar terrivelmente egoísta, mas aqui na Califórnia redescobri a sensação de felicidade que não tinha desde antes de engravidar. Se você realmente quer que eu seja feliz, tente entender isso. Nunca serei feliz sendo mãe. Conceber um filho foi o maior erro de minha vida e, sinceramente, acredito que para nossa filha será melhor não ter mãe a ter uma ruim.

Estou partindo hoje para Austrália ou Nova Zelândia. Ainda não decidi qual dos dois lugares, mas, quando você estiver lendo isso, já estarei nessa parte do mundo. Fique livre para conservar, doar ou jogar fora as coisas que deixo para trás. Não envie nada para mim e, por favor, não me procure.

Um advogado entregará os papéis do divórcio para você. Concedo-lhe a custódia total de nossa filha e a posse completa de nossa propriedade compartilhada. Por favor, assine o documento conforme está escrito. Caso contrário, isso só irá prolongar o processo porque não voltarei para os EUA, por qualquer que seja o motivo, provavelmente por um longo tempo.

Talvez essa ruptura não pareça certa para você, mas o que me leva a fazê-la de modo tão frio é porque isso é absolutamente devastador para mim. Amo você demais e pensarei em você todos os dias e pelo resto de minha vida. Você fez de mim uma pessoa melhor, uma pessoa corajosa a ponto de saber o que é e o que não é.

Sinto muito por colocá-lo nessa situação. Eu não queria perdê-lo. Mas você é tão apaixonado como pai que acho que o melhor a fazer *é livrá-lo de nosso casamento para que você possa encontrar uma mulher que esteja igualmente empenhada em ser mãe. Sei que ela está lá fora, esperando em algum lugar por você. Você é um homem incrível, o homem mais gentil que já conheci, e para qualquer mulher seria uma sorte ter você. Eu desejo que você realmente tenha a vida e a família que sonhou em ter comigo. Se eu voltasse, você não teria isso.*

Tenho que ir. Sentirei muita, muita saudade.
Todo o meu amor, para sempre,
Cynthia

Lars abriu a porta de entrada de seu apartamento silencioso. Eva só ficou sozinha por um momento, enquanto ele foi pegar a correspondência. Ela continuava dormindo sobre um cobertor no meio do chão da sala, como se ele nunca tivesse saído, como se nunca tivesse existido o que ele tinha encontrado na caixa de correio. Depois de levar a carta até a cozinha, ele abriu suavemente a gaveta da bancada com trava à prova de criança. Sua filha nunca leria aquela carta, nunca leria aquelas palavras. De repente, ele decidiu queimá-la na pia, mas onde é que estava o acendedor da churrasqueira? Ele também não encontrou o maçarico que usava para o crème brûlée. Se a carta fosse queimada naquele instante, talvez todos os maus pensamentos também fossem queimados.

A filha de Lars começou a se agitar e choramingar. Ele acendeu uma boca de gás do fogão e manteve a carta sobre o fogo. Foi tão rápido que a deixou cair e a observou enquanto ardia em chamas no piso de vinil marrom da cozinha.

A menina caiu em prantos.

— Só um minuto. — Ele pegou o restinho da carta e a deixou queimar sobre a chama do gás. A carta se enrolou em chamas, e o calor a fez se erguer no ar e tombar exatamente na fenda entre o fogão e a bancada da cozinha.

— Merda. — Ele despejou sobre o restinho de carta uma caneca de café com água morna que estava na pia.

Depois de evitar o incêndio na cozinha, Lars correu até a sala de estar e pegou a filha no colo. Eva nunca saberia de nada daquilo, ele decidiu. Eva nunca leria aquela carta na qual a mãe a abandonava, sem mesmo dizer *eu te amo*. E ainda mais, enquanto ele vivesse, ela nunca ouviria uma única palavra ruim sobre a mãe, nenhuma – pelo menos, não dita por ele. Ele não decidiu o que diria para ela porque ainda não era hora de pensar nisso. Era hora de sentar-se com sua pequena família de duas pessoas e chorar.

Jarl afrouxou a gravata, abriu a camisa marrom e amarela de poliéster e coçou a barriga peluda.

– Está dizendo que ela o deixou e partiu para a Austrália porque você é gordo e feio?

Sentada ao lado de Jarl na bancada da cozinha de Lars, Fiona levou a mão à boca carnuda pintada de batom cor de cereja.

– Oh, meu Deus! – exclamou com olhos arregalados sob as sobrancelhas pintadas que mais pareciam montanhas de desenho animado. – Sinto muito, Lars. – Ela se levantou e, quando o abraçou, ele se deu conta de que fazia algumas semanas que não era tocado por uma mulher. Isso o deixou desorientado, como se ele estivesse acordando de um cochilo ao volante, mas aquele corpo doce, irregular e perfumado próximo ao dele o reconfortou.

Jarl tomou um gole de sua cerveja Grain Belt Premium.

– Fiona, claro que você não diria que ele é gordo e feio.

– Mas estou gordo e feio – disse Lars. – Nunca estive tão mal.

– Precisamos fazer você entrar em forma. É o que venho dizendo – disse Jarl, virando-se para Fiona. – É o que venho dizendo para ele.

Lars deu de ombros e ergueu a cerveja, mas Jarl o impediu de levá-la à boca.

– Vamos começar agora mesmo – disse. – Chega de cerveja.

– Foi você quem trouxe.

– Eu não consigo acreditar que mãe alguma possa abandonar a filha dessa maneira – disse Fiona. – Ela não deve estar falando sério.

– Ela não abandonou nossa filha – disse Lars. – Ela foi muito clara sobre isso. Abandonou apenas a mim. Eu não estava fazendo o suficiente. Fui desleixado com meu corpo. Tudo tem a ver comigo.

– Quando ela voltar – continuou Fiona –, talvez a gente possa incutir nela algum bom senso.

Jarl assentiu.

– E arrastar esse tal de Jeremy St. George atrás de um carro, isso é o que eu gostaria de fazer. Ele a seduziu, aposto. Aposto que foi tudo ideia dele.

– Vamos deixá-los em paz, Jarl – pediu Lars. – Eu preciso seguir com minha vida.

– Aquela vadia comprida e magra – disse Fiona.

– Por favor – disse Lars. – Nunca mais fale dela assim, sobretudo perto da minha filha.

Jarl olhou por cima do ombro.

– Ela está dormindo.

– Nunca mesmo. Está bem?

– Mas ela fez uma coisa ruim para sua família – disse Jarl.

– Talvez ela tenha feito uma coisa ruim para mim – falou Lars. – Mas não para Eva.

– Mas ela a abandonou.

– Ela ama demais a filha – disse Lars. – Só precisa encontrar o próprio caminho na vida.

– Isso é tão egoísta – disse Fiona. – Esqueça-a. Para mim, ela está morta.

Lars inclinou-se sobre a bancada.

– O que é mais egoísta? Fazer um trabalho que você odeia apenas para voltar para casa e ser aquele tipo de mãe exausta, frustrada e infeliz? Ou seguir os próprios sonhos e se tornar uma mulher bem-sucedida da qual nossa filha poderá se orgulhar?

– Acho que todo bebê quer ficar com a mãe – retrucou Fiona. – E toda mãe deve querer ficar com seu bebê.

– E se a mãe não quiser ficar comigo? – perguntou Lars.

– Concordo com Fiona – disse Jarl. – Foda-se ela.

— Isso mesmo, foda-se ela — disse Fiona. — A propósito, quero dizer outra palavra.

— Ah, além do mais, Fiona tem uma tonelada de amigas solteiras — disse Jarl. — A maioria mais jovem que você, mas algumas são muito atraentes. E não se importariam com o fato de você estar careca, não é?

Fiona fez que não com a cabeça.

— Assim que você estiver pronto.

Lars assentiu.

Fiona se virou para Jarl.

— Quais as que você acha mais bonitas?

Jarl ignorou a pergunta e tomou um gole de cerveja.

— E então, nós ficamos aqui esta noite ou a levamos de volta para nossa casa?

— Como quiserem.

— E... hum, tenho pensado em lhe fazer uma pergunta — disse Jarl, levantando-se. — Talvez não seja o melhor momento para abordar o tema, mas tenho mesmo pensado que toda noite ela dorme no seu quarto e que sobra um quarto vazio... talvez pudéssemos passar um tempo aqui e dividir o aluguel com você.

Fiona balançou a cabeça em assentimento.

— Isso realmente seria uma grande ajuda.

A essa altura Lars não queria admitir que poderia necessitar ainda mais deles; por isso, naquele seu jeito clássico de ser, disse apenas que pensaria a respeito e caminhou até o quarto para se vestir para o trabalho. Enquanto abotoava a camisa branca, ele pensava nos móveis que teria que mudar de lugar, no bem e no mal, na profunda necessidade humana de tudo aquilo, no fato de que ninguém jamais faria nada sem a família, e no fato de que alguém poderia ter selado um envelope com a mesma rapidez e a mesma saliva que usara para selar um casamento.

O Natal só é emocionante com crianças envolvidas, e é lindo e triste quando três adultos com empregos de expedientes incertos amontoam presentes debaixo de uma árvore para um bebê de seis meses de idade. Fiona estava particularmente engajada em introduzir a pequena Eva nas tendências modernas, como *leggings* de bebê, macacão de dormir do Meu Pequeno Pônei e alguns sapatinhos Stride Rite cor-de-rosa.

Os adultos não tinham listas de desejos, mas Lars arquitetava uma surpresa para Jarl. Definitivamente, ele próprio não faria essa surpresa, mas sorte que ele conhecia um açougueiro de uma velha loja de família no sul da capital em funcionamento há oitenta anos que parecia oferecer o lutefisk mais fresco da área metropolitana. Lars faria o molho cremoso de acompanhamento no restaurante onde trabalhava – assim o lutefisk seria apenas um assalto sensorial hostil, e não algo repugnante –, e o conjunto da obra é que seria uma surpresa para Jarl, como uma grande brincadeira de véspera de Natal.

Ainda restava muita coisa a pensar sobre a noite de Natal. Graças a Deus, o restaurante estava fechado, uma vez que Lars planejava uma refeição de cinco pratos para ele próprio, Eva, Jarl e Fiona, e para mais quatro pessoas que chegariam de West Des Moines: Amy Jo, irmã de Fiona, seu marido Wojtek, professor de arte, e seus filhos, Rothko e Braque. Wojtek e Amy Jo eram realmente apaixonados por comida e cultura, pelo menos assim disseram para Lars. Ambos se sentiram atraídos pela ideia de uma ceia de Natal preparada por um chef profissional, o que parecia ser uma propaganda de Fiona. Lars ainda não os conhecia, mas, como vinham de muito longe e à noite estariam no hotel, ele se sentiu inspirado e se libertou – paleta de porco, abóbora, almôndegas de carne de veado, salada de arroz selvagem, crème brûlée e, claro, a surpresa para Jarl.

Eram dez da manhã e Lars estava prestes a fazer a corrida de carro até o velho açougue para comprar o ingrediente-chave da surpresa quando o Mazda 626 de Amy Jo e Wojtek Dragelski estacionou na vaga de convidados do estacionamento. Lars observou da janela da sala de estar enquanto a família, que devia ter saído de Iowa às seis da manhã para chegar tão cedo, caminhava pela neve em direção ao saguão do prédio.

– Fiona, eles chegaram – Lars chamou a noiva do irmão. Ambos haviam noivado algumas semanas antes, na Black Friday. Jarl achou que poderiam conseguir um preço melhor para as alianças nesse dia.

Fiona largou a revista e pulou do sofá; Lars nunca a tinha visto se mover com tanta rapidez.

– Vamos descer para cumprimentá-los na porta – ela disse enquanto calçava os sapatos.

Os Dragelski eram um desses casais estranhos cujas individualidades não parecem pertencer ao mesmo grupo, apesar de algumas vagas semelhanças. Amy Jo, a mãe, vestia-se e comportava-se como uma guia de museu; Fiona descrevera a irmã mais velha como "chique" e "convencional" – certamente seria a única capaz de despertar a família antes do amanhecer para uma viagem de carro de quatro horas no auge do inverno. Wojtek, o pai com barba preta e farta, vestia uma jaqueta de couro marrom sobre um tronco largo e tinha o rosto cansado de um homem no piloto automático. Rothko, ou "Randy", como o filho de treze anos com cabelo encaracolado de roqueiro preferia ser chamado (e quem poderia culpá-lo?), usava brinco de prata pendurado na orelha, botas com bico de metal e camiseta de manga comprida que estampava um disco dos Guns N' Roses, *Appetite for Destruction*. Braque, a filha de oito anos, uma loirinha impressionantemente alta, usava uma jaqueta do time Iowa Hawkeyes Starter e tênis Nike novos e brilhantes.

Lars observou enquanto Fiona abraçava a todos, alguns mais receptivos que outros. Ele sabia que ela amava a irmã mais velha Amy Jo e considerava aquela família um modelo de sofisticação, de modo que quando Fiona o apresentou sentiu-se exibido como uma prova de que ela também poderia ser sofisticada.

– Preciso mijar – disse Randy, olhando para os crânios na sua camiseta.

– Randy! – disse a mãe.

– Bem, eu preciso mesmo – retrucou Randy, como se o fato e não o linguajar tivesse sido posto em causa.

A porta do elevador se abriu e Jarl saiu de dentro, com Eva em uma das mãos e uma garrafa de Grain Belt Premium na outra. O bebê dormia a sono solto, mas lançou um feitiço nas seis pessoas no saguão, como a maioria das crianças costuma fazer.

Fiona franziu a testa frente à garrafa de cerveja na mão de Jarl.

— Tem certeza que pode lidar com ela?

Jarl franziu o cenho pela pergunta idiota. Todos sabiam que ele era ótimo com Eva, até então, e todos sabiam que ela simplesmente o adorava; até quando estava chorando, parava logo que ele a pegava no colo. Era impressionante.

— Posso segurá-la? – disse Braque aos gritos, se projetando em direção a Eva, sem esperar pelo consentimento. Droga, aquele bebê não era uma coisinha fácil.

Lars observou que Jarl passou o bebê para Braque sem titubear e sem largar a cerveja. Embora preocupado com a filha no colo daquela menina espevitada, ele precisava sair e não fez um dramalhão.

— Hei – disse. – Tenho algo a fazer no sul da cidade. Estarei de volta em uma hora, mais ou menos. Fiona, fique no comando. Tem café e almôndegas de carne de veado lá em cima.

A família Dragelski acompanhou Fiona e Jarl até o elevador. Lars olhou para Randy e acrescentou:

— Ah, o banheiro estava vago na última vez em que verifiquei.

— Obrigado, senhor – disse Randy, o que não era bem o que Lars esperava ouvir, mas se acalmou em relação aos seus novos e estranhos hóspedes enquanto caminhava até o carro.

O corpanzil do homem de bigode bem-cuidado atrás do balcão do velho açougue mostrava que ele lia coisas como AÇOUGUEIROS NÃO ENVELHECEM – SÓ PASSAM DO PONTO. Quando Lars explicou que só queria meio quilo de lutefisk, o açougueiro agiu como se fosse um desperdício de tempo se mexer para uma venda tão insignificante.

— Isso não alimenta uma família – disse.

Com a loja vazia, ninguém ajudaria a combater esse argumento.

— Na verdade, é até demais – disse Lars. – Lá em casa isso chega a ser uma piada. Eu não posso em sã consciência obrigar ninguém a comer isso.

— Pode, sim – retrucou o açougueiro. – Quem é que manda na sua casa?

Em algum lugar, esse homem deve ser parente de sangue de Gustaf Thorvald, pensou Lars.

— Só meio quilo — disse. O açougueiro sacudiu a cabeça e cortou um pedaço de um bacalhau cor de meleca que mais parecia uma capa dura de livro. O cheiro quase deixou Lars com transtorno de estresse pós-traumático. Mas valeu a pena; ele mal podia esperar para ver o olhar de Jarl.

— Tenha um bom dia — disse ao sair da loja.

— Assim espero — disse o velho açougueiro, sentando-se aliviado por se ver livre de um turista curioso por lutefisk.

Enquanto Lars dirigia de volta para St. Paul, começou a nevar, e o rádio anunciava "pista escorregadia" e acidente no sentido oeste entre Minneapolis e St. Paul. Ele pensou em Cynthia, que estaria na Austrália ou na Nova Zelândia, e como era verão naquela parte do mundo. Jarl e Fiona estavam irritados porque ela não tinha mandado um presente de Natal para Eva e ameaçavam contratar um investigador particular para rastreá-la na Austrália.

Mas Lars não queria isso. Encarava a negligência de Cynthia em relação ao primeiro Natal de Eva como uma prova decisiva de que era séria a afirmação de que ela não tinha talento para ser mãe e não voltaria nunca mais. E durante o trajeto ele arquitetou uma história que seria contada no Natal: um telefonema da polícia de Sydney informara a morte de Cynthia em um acidente de carro e que ela seria enterrada naquela cidade. Como ela não tinha ligações com a mãe e o pai tinha falecido quando ela ainda era adolescente, provavelmente ninguém levantaria a tampa da história; ele recebeu a notícia e, como não conhecia outro interessado, compraria uma passagem dos Estados Unidos à Austrália para comparecer ao funeral.

Ao subir a escada até o apartamento, uma escada agora sempre usada, ele pensou nas amigas de Cynthia no restaurante. Será que ela ainda mantinha contato com alguma delas? Com Allie, Cayla, Amber, Amy ou Sarah? De qualquer maneira, ele quase não as conhecia. Talvez não fosse interessante conversar com elas.

Fazia frio naquela escada de concreto, mas Jarl estava certo; era importante entrar em forma. Lars já tinha perdido dois quilos em duas semanas, o que se devia em muito à escada. Se ele tinha que atrair alguém que pudesse ser uma boa mãe para Eva, o que provavelmente teria que ser feito, era melhor perder alguns quilos mais. E era preciso começar de algum ponto.

Ele estava chegando ao terceiro andar quando percebeu que tinha esquecido o lutefisk no porta-malas e que teria que descer toda aquela escada para pegá-lo. Bem, era uma boa desculpa para se exercitar um pouco mais. Um esquecimento inconsciente, talvez por conhecer os danos provocados pela explosão de calorias durante as festas de fim de ano. Ele se apressou escada abaixo, com a respiração nublando a vista, e saiu correndo até o Dodge Omni azul enferrujado, oxidado pelo sal, de cujo porta-malas retirou a surpresa para Jarl.

Na metade do terceiro lance da escada, Lars sentiu uma dor no ombro e se engasgou com o ar frio que entrava pela boca. Sentou-se na escada para descansar, e uma pontada intensa e aguda o deixou ainda mais cansado. Fechou os olhos, largou o lutefisk, encostou a cabeça na grade e, sem qualquer movimento voluntário, o corpo dele tombou no degrau.

HABANERO CHOCOLATE

Eram 7 da manhã da véspera do seu aniversário de onze anos, e Eva trabalhava arduamente em seu closet. Fazia isso de joelhos e com a calça jeans azul strech que mais gostava. Ela verificava o teor de umidade de suas pimenteiras hidropônicas quando a mãe bateu à porta.

— Entre. — Eva se empertigou e se voltou para Fiona, que vestia um terninho verde na cor de pimenta serrano, combinando com os sapatos e os grandes brincos de argola de prata. Fiona parecia uma versão mais baixa e mais forte de Hillary Clinton, mas com a postura e a atitude de quem encarava cinquenta e oito horas de uma semana de sessenta horas de trabalho.

— Que tipo de guloseima você quer servir para sua turma no seu aniversário? — perguntou Fiona. — Posso buscar depois do trabalho hoje à noite, se ainda tiver energia.

Sob a perspectiva de Eva, a pior tradição de aniversário na história do mundo era a obrigação de *servir* guloseimas para toda a sala de aula no *seu* aniversário. Bem, pensou consigo mesma, se era mesmo preciso alimentar todos os colegas do sexto ano, seria com alguma coisa que ela realmente apreciava.

— Pensei em servir sorbet de mirtilo vegano do New City Market.

— Oh, Cristo. Sério?

— Você sabe o que eles colocam no sorvete... especialmente no sorvete de chocolate?

— Você me disse.

— Acrescentarei alguns anos à vida daquela turma, o que é mais do que aqueles ratos de esgoto merecem.

Fiona balançou a cabeça, em negativa.

— Eles não podem ser todos ratos de esgoto. O que me diz de Bethany Messerschmidt, ela não é legal?

Em relação à vida de Eva, a percepção de Fiona era a de um peixinho de cinquenta centavos; aparentemente, alguns zeladores da escola tinham mais iluminações a respeito do coração de Eva que os próprios pais dela. Ainda bem que eles tinham se mudado para West Des Moines, Iowa, a fim de estar mais perto de Wojtek Dragelski, o tio maneiro de Eva, e de sua esposa, tia Amy Jo, e seu filho Rothko (que todos chamavam de Randy), e sua filha Braque (que todos chamavam de Braque), seus incríveis primos mais velhos. Bethany Messerschmidt sempre zombava pelas costas das pessoas e não se interessava por coisas legais como comida, arte, livros ou música, ao contrário de Randy. No entanto, uma vez ela disse que Randy era um "gatinho", o que soou superestranho.

Mas o pior é que uma vez Bethany chamou Eva de "vaca do Pé Grande" na frente de todos, porque Eva se negara a lhe emprestar cinco dólares no McDonald's depois da escola. Embora Eva tivesse bebido café e fumado cigarro umas duas ou três vezes, além de outras coisas mais para frear o crescimento, o seu 1,73 de altura continuou na mesma e não restava mais nada a fazer a respeito. Se ela já era odiada pela criançada da nova escola por ser mais nova e mais inteligente, a partir daquele dia passou a ser chamada de Pé Grande, e isso doía mais que qualquer outra coisa. Ela não reclamava, mas o apelido era como uma facada no cérebro.

— Bethany Messerschmidt está morta para mim — disse Eva, sem mencionar para a mãe que até o cheiro do McDonald's trazia aquela lembrança de volta, até porque os pais dela amavam fast-food, especialmente do McDonald's. Fazer uma correlação do lugar com o trauma só os faria parecer insensatos cada vez que levassem comida de lá para casa, e eles adoravam tanto que nunca desistiriam daquilo.

— Bem, você precisa de amigos de sua idade. Randy e aquela chef mexicana amiga dele não contam.

– As meninas da minha idade são horríveis. Nem humanas elas são.

– De qualquer forma, você precisa dar algum espaço para Randy, até que ele saia da liberdade condicional.

– Mas ninguém da família fala com ele.

– Você sabe que só tem alguns anos para deixar de ser criança. Aproveite esse tempo. Você tem o resto da vida para se ajoelhar no chão e trabalhar como escrava. Agora, se apresse. O ônibus chega em quinze minutos.

Uma das coisas que Eva mais odiava era ouvir dos outros que a infância é o momento mais feliz da vida, e que se ela crescesse devagar poderia desfrutar esses dias despreocupados enquanto durassem. Nessas ocasiões, sentindo o próprio corpo como a menor prisão do mundo, ela escapava mentalmente até as pimenteiras repousadas em placas de lã de rocha sob lâmpadas dentro de um armário no quarto, tão prisioneiras da robustez da zona 5b do Departamento de Agricultura quanto ela própria.

Ao contrário de Eva, as plantas eram bonitas, tal como planejadas por Deus. O pé mais alto de pimenta habanero chocolate alcançava a cintura da menina, e os talos verdes e firmes agora abrigavam famílias de lindas e brilhantes pimentas amarronzadas em plena maturação. Quando passava o dedo ao redor da suave circunferência das pimentas, ela sentia o calor, a vida e a vontade das pimentas por vir.

Para preservar as propriedades das plantas pelo resto do ano, Eva transformou a maioria das pimentas em pó – os pais aprenderam a evitar a cozinha e a encomendar pizza nos dias em que ela fazia isso –, e com a primeira colheita daquele ano fez óleo de pimenta, usando a seguinte receita:

    1 xícara de pimentas secas
    2 xícaras de óleo de semente de uva

Corte as pimentas habanero chocolate em pedaços pequenos e coloque-os em uma panela com óleo de semente de uva. Aqueça lentamente em fogo baixo, até que as bolhas comecem a subir. Desligue o fogo e deixe o óleo arrefecer à temperatura ambiente. Despeje a mistura de pimenta e óleo em uma tigela de vidro e tampe. Guarde na geladeira por dez dias. Filtre a mistura com um filtro de vinho e transfira o líquido para garrafas esterilizadas.

Eva mal podia esperar para experimentá-lo em alguma receita, mas primeiro queria levá-lo para a amiga Aracely Pimentel, chef coexecutiva da cozinha do Lulu's, o melhor restaurante mexicano da área metropolitana de Des Moines e, provavelmente, de todo o estado de Iowa. Mas, antes disso, ela precisava atravessar mais um dia.

A viagem de ônibus pela manhã era a parte mais dolorosa do dia. Nem todos saíam da escola no mesmo horário – a maioria dos piores meninos permanecia na escola para praticar esportes –, mas todos chegavam no mesmo horário, e outras opções de transporte eram escassas. Colocando em prática os fracassados conselhos de moda recebidos da mãe, Eva usava uma de suas duas roupas femininas: um vestido azul-marinho estampado com duas águias americanas em combate. Era um presente de aniversário de seu primo Randy do ano anterior, pouco antes de outra recaída sofrida por ele, e ela ainda cabia dentro dessa roupa. Desde o incidente com Bethany Messerschmidt no McDonald's, cada vez que Eva caminhava pelo corredor do ônibus, alguns meninos e muitas meninas gritavam aquele terrível apelido. Para lidar com isso, ela colocava um walkman e ouvia as fitas feitas pelo primo. Nesse dia era uma fita na qual Tom Waits cantava algumas coisas bacanas sobre as prostitutas de Minneapolis; isso a fez pensar que um dia todos aqueles garotos provavelmente iam se tornar frentistas.

– Ei, Pé Grande. Estou falando com você – disse Chadd Grebeck, um robusto jogador de futebol da turma de Eva. Ela virou a cabeça e olhou para fora da janela, mas ele arrancou o fone do ouvido esquerdo dela e sussurrou lá dentro. – Pé-Gran-de. Pé-Gran-de. Pé-Gran-de.

– Ei, cara, por que não namora com ela? – perguntou um dos amigos de Chadd, um menino alto, com cara de idiota, chamado Brant Manus, daquele tipo que gosta de espremer as próprias espinhas e esfregar o pus nos outros meninos.

— Namore você, seu Mão de Ânus – retrucou Chadd.

Dylan Sternwall, outro amigo de ambos, se meteu na conversa por trás de Eva:

— Pago cinco dólares, seus chupadores de pau, para qualquer um que beijá-la... na boca.

— Beije você, seu esguichador de porra em paredes – falou Chadd.

— Pago cinco dólares.

— Não fode, sem essa.

— Dez.

Na medida do possível para seu raciocínio, Chadd pensou sobre a proposta por um momento.

— Primeiro a grana, seu merda.

— Não, a grana depois. Os honorários serão pagos apenas por serviços prestados.

— Merda – disse Chadd, inclinando-se até o rosto de Eva, que se esforçou para repeli-lo. – Ela cheira a sujeira. – Ele se moveu e deu um beijo rápido na bochecha da menina. – Feito, pague agora.

— Tem que ser na boca.

— Quieta, Pé Grande – ordenou Chadd para Eva. – Fique sabendo que não gosto disso mais que você. – Ele cheirava a suco de maçã barato e era nojento como maionese escorrendo pelas bordas de um sanduíche. Mas havia também certa frieza – uma forma de ameaçar como um adulto –, e talvez apenas um tênue decoro por estar em público que o impedisse de fazer muito mais, muito pior.

A essa altura, metade da traseira do ônibus estava em alvoroço, e a motorista, uma senhora de meia-idade atordoada, acabou percebendo que estava acontecendo alguma coisa.

— O que está havendo aí atrás? Para os seus lugares, caras viradas para frente!

A garotada se debruçou sobre o encosto dos assentos e observou a ação ao mesmo tempo em que fazia uma barreira entre Eva, Chadd e o retrovisor do ônibus, de modo que a motorista não viu quando Chadd agarrou Eva pela cabeça e lambeu-lhe a boca fechada como um picolé. E depois cuspiu vigorosamente pela janela.

– Todo mundo sentado aí atrás! – A motorista soltou um grito. As crianças obedeceram em meio a zombarias e risos.

A coluna de Eva tremeu dentro do corpo, e ela recolocou o fone na orelha esquerda com as mãos trêmulas. Ela sentiu a dureza malvada das mãos de Chadd apertarem o seu crânio, e lágrimas brotaram de seus olhos. Ela conteve as lágrimas em silêncio, empurrou as mãos de Chadd, enxugou os lábios e recuperou o fôlego em meio aos tremores.

– E então, cadê os meus dez dólares? – perguntou Chadd para Dylan.

– Tá maluco, cara? – disse Dylan. – Eu só queria ver se você a beijaria.

Chadd saiu do banco que dividia com Eva, pulou em cima de Dylan e lhe aplicou uma gravata, sob os gritos da motorista.

Esse beijo, como seria lembrado, foi o primeiro que Eva Thorvald recebeu de um menino.

Sem que a mãe de Eva soubesse, às vezes Randy buscava a menina depois da escola com um Volkswagen Jetta preto bacana. Cinco minutos antes de tocar o sinal de saída, ele encostava o carro no meio-fio branco e logo ecoava o som estridente de Nick Cave, Nine Inch Nails ou Tool pelas janelas abertas. Com cabelo comprido tingido de preto, camiseta preta, jeans rasgado e óculos escuros, Randy parecia ainda mais assustador que Trent Reznor. Para Eva e a criançada da mesma idade, tratava-se de um visual *descolado*, que implicava ninguém mexer com Eva dentro de um perímetro de cento e cinquenta metros daquele cara.

Na primeira vez que Chadd, Brant e Dylan seguiram Eva na saída da escola, Randy apenas jogou o cigarro fora e caminhou decididamente em direção aos pequenos pilantras, que se dispersaram como balas pela rua. Depois, deixaram de sair pela mesma saída. Aos olhos de Eva, o primo era um semideus intocável, com asas de anjo quebradas como numa estátua antiga, enviado para ajudá-la a pairar acima de todas as coisas insípidas e desoladoras.

Certa manhã, após sete anos de excessivos cuidados no cultivo da *indica* hidropônica, Randy despejou o último quilo e meio da maconha no rio Des Moines, sem que Eva soubesse exatamente o porquê. No aniversário dela daquele ano, contra a resistência inicial de Fiona e Jarl, o primo a presenteou com um conjunto caríssimo de lâmpadas e material de jardinagem. E depois seguiu para um lugar chamado Hazelden, uma palavra que a fez se lembrar do dia em que sugeriram a Jarl que se mudasse para lá depois que o demitiram do escritório de advocacia em Minnesota. Era um lugar para tipos com problemas sérios e reais como Randy – Eva ouviu quando Jarl disse isso para Fiona –, e não para "tipos funcionais" como o próprio Jarl. Eva se perguntou se era por isso que o pai não queria nada com Randy; talvez os bêbados se sentissem superiores aos drogados, só porque as drogas eram ilegais. Isso, para Eva, era como se uma pessoa de uma perna só fosse rude com uma pessoa sem pernas, o que ela não conseguia entender.

Nos anos seguintes, porém, o presente de Randy ajudou-a a evoluir de uma menina de oito anos ligeiramente alta para uma menina de onze anos quase gigante, que batalhava para cultivar as primeiras pimenteiras no armário e que fornecia pimentas para os pratos exóticos do restaurante mexicano mais popular da cidade. Eva não precisava que os pais se orgulhassem dela; Randy se orgulhava dela, e, quando os dois estavam juntos, ela se sentia parte de algo adulto e sofisticado. O amor do primo a fazia se sentir como se estivesse de óculos escuros, mesmo quando não estava.

Eva jogou os braços em volta de Randy, que estava encostado no carro, e abraçou o primo com tanta força que ele deixou cair o Marlboro Red sem filtro na calçada.

– Merda – ele disse sorrindo. – Entre, vamos para o Lulu's.

– Oba – comemorou Eva, sorrindo pela primeira vez desde que estava sozinha em seu quarto naquela manhã.

Ele acelerou o carro para longe da escola ao som de Nick Cave and the Bad Seeds e em seguida perguntou se ela estava com a pimenta em pó.

– É só para saber se teremos um bom motivo para uma parada lá – acrescentou. – Falei para Aracely na última vez em que a encontrei que você tinha uma coisa para ela.

A culinária de Aracely Pimentel atraía uma clientela regular dos lugares mais distantes, como Fort Dodge e Ottumwa, e ultimamente atraía duas pessoas que sempre chegavam de carro de Minneapolis. Eva achava incrível que pudessem dirigir de tão longe só para comer! Isso era inimaginável. Isso a fazia fantasiar que Randy e Aracely se casariam, e que ela moraria com o casal e cultivaria ingredientes para o dia a dia do restaurante. Qualquer coisa, só para fazer parte disso. Foi o que ela disse uma vez para o primo.

– Um passo de cada vez – disse Randy.

No percurso de West Des Moines para Des Moines, Randy perguntou como tinha sido o dia de Eva, e ela contou o que tinha acontecido no ônibus. Ele xingou e socou o volante, dizendo que gostaria de voltar ao sexto ano só para dar uma lição naqueles babacas. Esse era o tipo de coisa que os pais de Eva nunca diriam nem em bilhões de anos, e era exatamente o que ela queria ouvir.

Randy dirigia com a mão esquerda, e com o braço direito enlaçou os ombros de Eva. Ao sentir-se tocada nas costas, a força de vontade empregada para conter as emoções nas últimas sete horas se desfez, e lágrimas brotaram dos olhos dela. À medida que repetia para si mesma o apelido pelo qual os meninos a chamavam no ônibus, o pranto aumentava sem que ela soubesse ao certo por que chorava. Ela odiava aqueles meninos estúpidos que emitiam opiniões infundadas, e por isso o impacto que eles teriam no planeta seria medido apenas por emissões indiferenciadas de metano e nitratos. Mas, mesmo assim, aquilo doía e doía e doía, e a ela só restou cobrir os olhos e esconder o rosto no próprio peito, tremendo da cabeça aos pés sob a mão quente e firme de Randy.

– Garota, você vai se atolar em catarro! – Randy a consolou e, no sinal de trânsito, procurou um lenço que obviamente não tinha no carro e depois se inclinou para enxugar o rosto da prima com a camiseta preta.

— Pronto, é melhor manter esse catarro longe das águias para que elas sobrevoem em outro lugar.

Eva esboçou um sorriso.

— Sabe de uma coisa? — Ele continuou: — Tive uma ideia para esses garotos.

— Qual?

— Antes se assegure de que vão tramar alguma coisa. Só não venda tudo que fez para Aracely.

Às 15:10, o restaurante ainda estava silencioso. Faltavam umas duas horas para abrir, justamente quando Randy gostava de aparecer. Quando os dois passaram pelos bancos e cabides de madeira do vestíbulo, Eva se deteve para observar um retrato em tom sépia dos proprietários Jack Daugherty e Ishmael Mendoza e um quadro da "História do Lulu's", imagens que distraíam os clientes à procura de algo para tolerar as longas esperas.

Eva decidiu que quando tivesse um restaurante também exibiria a própria história no vestíbulo, na qual estariam Randy e Aracely, e ainda sua prima Braque, que, além de ter ganhado uma bolsa para softbol na Northwestern, a tinha convidado para visitar Chicago quando quisesse. E, provavelmente, ninguém mais. Não que ela odiasse os pais ou coisa que o valha — eles eram bem-intencionados, ela sabia disso. O fato é que Eva pertencia a outro lugar, um lugar com chefs autênticos e importantes como Aracely Pimentel, que não perdiam tempo com amigos estúpidos ou com eventos sociais estúpidos e que não se submetiam a compromissos que poderiam arruinar a vida de qualquer um, como fazia a mãe de Eva.

Sentada no bar, Aracely vestia seu traje branco de chef e calça listrada, lendo uma revista enquanto tomava um café. Seus cabelos negros cortados por mechas grisalhas estavam puxados para trás num coque apertado, pronto para cozinhar. Seu rosto bonito sem maquiagem irradiava uma aura de não-se-meta-comigo típica dos agentes do Serviço Secreto e dos roqueiros britânicos, mas ela sempre gostava de ver Eva.

– Olá! – disse Aracely, abrindo um sorriso largo enquanto guardava a revista na bolsa, batendo na banqueta ao lado para que Eva se sentasse. Randy caminhou para abraçá-la, mas percebeu que estava com a camisa suja quando os olhos de Aracely se cravaram na mancha de muco.

– Alergia? – perguntou Aracely para ele.

– Ah, merda. Já volto – disse Randy a caminho do banheiro masculino.

– Vou lhe mostrar o que fizemos por sua causa – disse Aracely, levantando-se do banco e dirigindo-se ao canto do maître. Eva ficava fascinada com aquele bar vazio, cujos frascos coloridos exibiam formas e nomes exóticos como Galliano, Cynar e Midori. Segundo Randy, aqueles frascos estavam entupidos de veneno, capazes de arruinar a vida de qualquer um, mas eram tão lindos que não podiam apenas fazer mal.

Eva também amava o painel da GALERIA DA FAMA pregado na parede em frente ao bar, onde constavam os nomes dos que "sobreviviam" ao "Combo Caliente". O negócio era você gastar um dinheirão, algo em torno de quarenta dólares, comendo tudo o que vinha no Combo Caliente – burrito de frango, enchilada de queijo, pimenta recheada, dois tacos de carne assada, arroz e feijão, tudo infundido por pequenas quantidades das pimentas ardidas de Eva. Se você comesse tudo, ganhava uma camiseta, e sua foto era estampada na Galeria da Fama. Diziam que o Combo Caliente não existiria sem as pimentas habanero chocolate de Eva. Devia ser um prato difícil de ser ingerido, pois constava do menu desde a última colheita e só havia nove fotos na parede. A mais recente era de Edgar Caquill, que viera de St. Paul, Minnesota. Eva terminara o prato duas vezes – um desafio apenas pela quantidade de comida, não pelo grau de ardência das pimentas. Mas até então os proprietários ainda não tinham exposto a foto de Eva na parede nem tinham dado uma camiseta para ela.

Quando Aracely retornou ao bar, Eva abriu um menu e apontou para o *Chimole do Abuelito Matias* – *PELIGRO! MÁS CALIENTE!*

– Por que colocou o aviso?

— A clientela estava devolvendo o prato – explicou Aracely. – Apenas um de cada cinco clientes consegue terminá-lo. Essas muitas unidades de Scoville são bem difíceis para a maioria das pessoas.

Segundo os amigos de Aracely do Laboratório de Ciência Gastronômica do estado de Iowa, o último lote de pimentas habanero chocolate de Eva atingira pouco mais de 500 mil unidades na escala de Scoville, e esse número era insuportável para a maioria das pessoas. A última safra de Eva era estimada em quase o dobro, o que adicionava às pimentas um índice calorífero quase a meio caminho de uma arma de spray de pimenta.

— Posso ultrapassar os quinhentos mil.

— É muito. Meus cozinheiros não podem lidar com isso sem luvas.

Eva vasculhou a mochila.

— Caprichei ainda mais este ano. Por que você não leva algumas dessas para o laboratório? – Ela ergueu uma garrafa de um litro quase cheia de um pó castanho-escuro e outra de 120 mililitros cheia até a boca de um líquido cor de cobre. – Tenho mais óleo em casa – disse. – Só quero que você avalie, porque é a primeira vez que faço isso por infusão quente, como você me ensinou.

Aracely observou a garrafa.

— Está me dizendo que esse material é mais forte que aquele que usamos no chimole?

— Ah, sem dúvida alguma.

— Quantas eu posso comprar?

— Espere aí – disse Randy. – Não venda tudo.

— Por que não? – perguntou Eva. – Já estou com muitos custos indiretos. E vocês sabem que não planto pimentas no quintal. Sem falar que tenho que comprar água destilada e alguns tipos especiais de nutrientes e outras coisas do gênero.

— Eu tive uma ideia, Aracely. Você pode me vender uns trinta churros redondos daqueles que você faz? – perguntou Randy.

Aracely pareceu cautelosa.

— O que vai fazer?

— Surpresa de aniversário – disse Randy confiante. Ele reparou que Eva abriu a garrafa de óleo de pimenta e aplicou um pouco nos lábios com um conta-gotas. – Vai com calma! – gritou.

— Ei, estou bem — disse Eva, com o óleo de pimenta escorrendo da boca.

— Ai, meu Deus, não! — Aracely a segurou pelo braço.

— Estou bem — repetiu Eva.

— Vamos pegar um pouco de leite — disse Aracely, puxando-a na direção da cozinha. — Essa não, essa não.

— Estou bem — insistiu Eva enquanto desaparecia num canto.

Passados vinte minutos, o choque dos adultos transformou-se em mera surpresa, e eles então pediram a Eva que fizesse tudo de novo. Randy lembrou que teria que levá-la para casa antes que os pais dela chegassem do trabalho.

Eva e Randy sentaram-se no Jetta estacionado no Lulu's, com uma caixa de churros, um pote de habanero chocolate em pó e um conta-gotas. Levaram dez minutos para introduzir um pouco do pó corrosivo dentro de um churro do tamanho de um bolinho de batata, sem despedaçá-lo nem rachá-lo. Pelo tempo que gastaram, conseguiram o considerável feito de danificar dois churros sem chances de reparo.

— Apesar de ter sido ideia minha, levanto uma questão prática — disse Randy. — Os alunos do sexto ano gostam de churros?

— Claro que gostam — respondeu Eva. — Uma vez Bethany Messerschmidt levou churros para a turma. Eles são tão populares quanto qualquer outra coisa basicamente feita de açúcar e gordura.

Randy olhou para o relógio do painel.

— Merda. Você pode terminar os outros vinte e nove em casa hoje à noite?

Eva notou que ele se sentiu culpado por deixá-la com todo o trabalho, um aspecto do primo que ela adorava. Ambos eram párias, cada um a sua maneira; ele era mais destemido e mais resistente, mas cuidava da prima, que, por sua vez, sabia que nada de ruim aconteceria a ela enquanto ele estivesse por perto.

A primeira coisa que Eva fazia quando chegava em casa era ver se a luz de cultivo ainda estava ligada no armário. Uma ou duas vezes por ano uma das lâmpadas queimava; isso era devastador. Às 6:30 de cada manhã, para simular os dias longos e quentes do clima tropical, Eva ligava a lâmpada fluorescente Hydrofarm em cima das plantas e a mantinha acesa até as dez da noite. Os pais não gostavam do resultado disso nas contas de luz, mas apenas se queixavam e raramente faziam ameaças.

Quando eles chegaram em casa, Eva estava à mesa da sala de jantar, fazendo o dever de casa de vocabulário – um dos exercícios ensinava a usar palavras novas nas frases. Ela as escrevia em pentâmetro iâmbico para torná-las mais interessantes.

Ninguém sabia o que fazer com alguém como Eva. O professor, sr. Ramazzotti, era adorável, mas passava noventa por cento do tempo lidando com os cinco cretinos mais chatos da turma, que encrencavam com tudo, inclusive com a rotina de prestar atenção redobrada no dobro de tempo requerido. Aonde é que isso levaria alguém que sonhava em ter o maior cultivo de pimentas de Iowa? Será que ela teria que esperar mais sete anos de suplício? Era como se você soubesse que um dia estaria livre – em algum mês de junho, alguns anos após aquele momento –, mas que durante cada segundo até lá seria atropelado pelo rolo compressor mais lento do mundo, e que todo dia isso quebraria um osso seu, e o quebraria de novo, e de novo, e quando você tivesse dezoito anos restaria apenas um corpo empoeirado, erguido e transportado para o futuro, como uma bandeira solta do próprio mastro.

Felizmente, Eva chegou em casa antes dos pais e encontrou um pacote de aniversário enviado pelo correio por sua prima Braque, que estava em Northwestern – uma camiseta com a estampa de algo chamado "Bikini Kill". O que era isso? Ela não sabia. Era uma banda? De todo modo, era um presente de Braque e, portanto, definitivamente bacana.

Eva terminava a penúltima das sentenças do dever de casa quando a mãe chegou e entrou na sala de jantar de terninho verde e cabelo despenteado ao estilo Hillary, sabe-se lá por quais tarefas do dia realizadas num trabalho temporário. Carregava dois sacos pesados de supermercado e os largou no chão da cozinha.

Eva olhou para ela.

– Como foi o trabalho, mãe?

Fiona transferia leite, manteiga e sorvete dos sacos do supermercado para a geladeira e o freezer.

– Foi bom, acho que agora acabou. Olhe só, peguei no posto de gasolina um pouco de sorvete com gotas de chocolate e algumas xícaras e colheres cor-de-rosa.

No azulejo da cozinha jazia um pote de plástico de sorvete Blue Bunny, esmaecido por uma camada de gelo. Pelo menos a marca era local.

– Bem legal, mãe.

– Mil desculpas, mas não encontrei aquele treco orgânico que você vai levar para a sala de aula – disse Fiona. – Sei que é seu aniversário.

Eva sabia que a mãe não tinha comprado o sorvete vegano porque era muito caro. Naquela casa, o preço era a principal razão para que não acontecesse alguma coisa boa.

Fiona mostrou uma pequena caixa de papelão branco de sorbet vegano de mirtilo, da marca N.W. Gratz.

– Enfim, só tenho este aqui, só para você.

Eva não pôde acreditar. Sua mãe tinha atravessado a cidade apenas para conseguir aquele sorvete. Às vezes ela se esquecia de que seus pais eram realmente capazes de fazer coisas boas. Na maioria das vezes ela só se concentrava nas circunstâncias ruins e injustas, sobretudo quando a impediam de fazer algo como, por exemplo, ir sozinha à feira de produtores no centro da cidade. Ela só poderia fazer isso quando tivesse dez anos, e mesmo assim só deixaram quando ela completou dez anos e dois meses. Outra coisa ruim eram as regras estúpidas a respeito de Randy.

Ela estendeu a mão para pegar a embalagem, mas a mãe a puxou para si.

– Amanhã – disse Fiona. – Espere até o seu aniversário.

Ainda de gravata e camisa após um dia de trabalho no almoxarifado da Pioneer Seeds, o pai de Eva, Jarl, pegou uma Busch Light na porta da geladeira.

— Oi, pai — disse Eva enquanto ele abria a cerveja e se sentava à mesa de jantar.

— Sorbet vegano — disse Jarl para ninguém em particular. — Você não pode fazer isso em casa?

— Acho que sim — respondeu Eva. — Ainda não tinha pensado nisso.

— Como foi na escola? — perguntou a mãe, que agora requentava a sobra do café da manhã no micro-ondas; ela sempre fazia isso em vez de preparar outro café.

— Tudo bem — disse Eva.

— E o que fez depois da escola?

— Nada.

— Randy não foi buscá-la?

— Foi, mas me trouxe direto para casa.

— Veja, não posso impedi-la de ir ao Lulu's, se essa é sua vontade. Pessoalmente, não vejo nada de tão especial no Randy e naquela chef mexicana, mas sei que são as pessoas que você mais gosta no mundo. Acontece que eles não compram sua comida nem colocam um teto sobre sua cabeça e outras coisas mais. Com toda certeza não fazem nada disso. — O pai balançou a cabeça em negativa e bebeu a cerveja.

Eva apoiou a testa na mesa de jantar e empurrou-a para frente e para trás enquanto a mãe falava.

— Eles são boas pessoas — ela disse. — E gostam das mesmas coisas que gosto.

— Randy dá cigarros ou maconha ou outra coisa qualquer para você?

— Não! Por Deus, mãe.

— Bem, ainda não. Talvez seja melhor dar uma pequena pausa no Randy, por um tempo.

— Mas mãe...

Jarl pegou o anel da lata de cerveja.

— Você sabe que ele costumava dirigir drogado. Foi preso por causa disso. Ele podia ter matado alguém. Ou podia ter se matado.

— Eu sei — disse Eva. — Ele não dirige mais drogado.

— Pois é, mas não acho que já esteja fora de perigo — continuou Jarl. — Desse problema com as drogas.

— Como pode saber? — perguntou Eva, recolhendo o dever de casa da mesa e se dirigindo para o quarto, para longe daquele papo furado. — Você nem sequer conversa com ele.

Eva pensou ter ouvido o pai dizendo "só não quero perdê-la" antes de fechar a porta do quarto, mas sem ter certeza disso.

Sozinha, na mesa de criança pequena demais em seu quarto, Eva terminou a última linha da frase mais sem sentido do mundo e, embora quisesse começar imediatamente a verdadeira missão da noite, deixou a caixa de churros fechada debaixo da cama. Nos dias úteis seus pais se recolhiam às dez horas para dormir. Só restavam mais três horas e meia de espera.

Depois de outro jantar descaradamente sem vida, apenas peixe empanado e ervilhas congeladas, Eva correu de volta para o quarto. Felizmente, os pais não tinham trazido de novo o assunto Randy à tona. Se tivessem, Eva teria se levantado da mesa em um segundo.

Ela estava sentada na cama, lendo receitas de um velho exemplar de *Beard on Bread*, de James Beard — por alguma razão se reconfortava com esse livro —, quando o pai bateu à porta e a abriu, cheirando a suor e cerveja choca. Ainda estava de gravata, mas agora com uma calça de moletom cortada na altura dos joelhos. Talvez o traje mais idiota de todos os tempos.

— Sim? — Eva olhou para o rosto do pai, cujo corpo largo e macilento preenchia a porta.

— Como vai indo? — perguntou Jarl. — Está tudo bem?

Eva balançou a cabeça, sem tirar os olhos do livro.

— Sim.

— Não parece muito animada com seu aniversário amanhã, só isso. As coisas melhoraram na escola?

Fazia um mês desde o dia em que algumas meninas tinham despejado uma latinha de Pepsi na cabeça dela durante o recreio e que Eva tinha cometido o erro de contar isso para o pai, que depois telefonou para a escola e reclamou das meninas. Isso piorou as coisas, porque agora além de Pé Grande ela também era dedo-duro.

— Melhoraram — disse Eva.

— Você pode me contar. Você pode me contar qualquer coisa. Conte primeiro para mim e não para o Randy.

Ah, então era disso que se tratava. Uma mensagem antiprimo e pró-pai, se bem que o pai queria fazê-la acreditar que poderia protegê-la daquele mundo terrível que só começava do outro lado da porta de entrada daquela casa.

— Pode deixar — respondeu ela.

— Está bem. — Jarl pareceu subitamente triste e confuso, como um elefante demitido do circo e que vagava à margem da estrada sem ter para onde ir. Um pensamento passou pela cabeça de Eva: se o pai confrontasse aqueles meninos, eles zombariam do aspecto gorducho, bondoso e fraco dele, da mesma forma que zombavam brutalmente dela, e ela precisava protegê-lo disso; o ego do pai era muito frágil.

— Tudo está bem melhor, pai. Eu juro.

— Feliz aniversário antecipado — ele disse sorrindo ao fechar a porta do quarto. — Eu te amo, você sabe. Nós te amamos.

— Claro, sei disso.

Eles a amavam. Eva sabia disso. Sabia que Lars, o irmão mais velho de Jarl, falecera de um ataque cardíaco poucos meses depois que ela nasceu, e sabia que talvez isso tivesse deixado Fiona e Jarl paranoicos em relação à perda de outro membro da família. Eva obviamente não se lembrava de Lars, mas aparentemente tratava-se de um cara supermaneiro que não media esforços em ajudar Fiona e Jarl quando eles ainda estavam começando. E Lars tinha sido chef de cozinha, isso era incrível. Era realmente incrível saber que ela estava ligada a um verdadeiro chef. Seu outro tio por parte de pai era dono de uma padaria em Duluth, embora a tivesse vendido uns seis anos antes. De qualquer forma, eles nunca o viam. Mas todos afirmavam que Lars Thorvald era uma lenda na cozinha.

Os pais de Eva, por outro lado, ficavam o mais distante possível da cozinha. Até alguns anos antes, Fiona era uma consultora independente de vendas da Madison May Cosmetics, mas ultimamente fazia um trabalho temporário sob a alegação de que preferia trabalhar em ambientes de escritório, o que parecia uma boa maneira de experimentar funções diferentes. Em contrapartida, fazia três anos que Jarl se mantinha no mesmo emprego no almoxarifado da Pioneer Seeds, um verdadeiro recorde. Ambos trabalhavam arduamente e quase não podiam gastar dinheiro com coisas apenas para eles. Mas Eva observava as coisas que os pais das outras crianças compravam – moto para neve, viagens em campings, cruzeiros de férias em navios – e se perguntava se algum dia os pais dela também as comprariam. Ela não sabia ao certo o que acontecia com o dinheiro que os pais ganhavam. Talvez a mãe não estivesse mentindo quando dizia que tudo era para a manutenção da casa, para as prestações do carro e para mantê-los à tona, e por isso a secadora era barulhenta, o deque não seria reformado tão cedo, e a descarga continuaria estragada e seria preciso uma tremenda ginástica para usá-la. Segundo Fiona, tudo isso indicava que a casa estava caindo aos pedaços. Mas Eva não sentia isso. A casa estava segura. Ela podia cultivar pimenta no armário, percorrer a cidade de ônibus sozinha e passar algum tempo com Randy, desde que tivesse cuidado. E quando as coisas se tornavam ruins, como muitas vezes acontecia na escola, ela mesma é que decidia como reagir. Claro, talvez a ideia dos churros tivesse partido de Randy, mas caberia a ela executá-la. E ela executaria.

Já certa de que os pais estavam dormindo, Eva se levantou e se sentou à penteadeira do quarto, com a caixa de churros e o frasco de pimenta em pó. Lembrou-se de Aracely dizendo que mesmo meia colher de chá misturada a um prato já era demais para oitenta por cento dos adultos de Iowa que pediam chimole; eles tossiam e saíam ofegantes para o banheiro, ou bebiam alguns copos de leite após duas garfadas. Talvez meia colher de chá para um quilo de comida. Ela pensou em Chadd Grebeck, Dylan Sternwall, Brant Manus e Bethany Messerschmidt enquanto injetava com todo cuidado uma colher de chá de pimenta em pó nas entranhas açucaradas de cada churro. Ela parou uma vez para considerar se uma colher de chá inteira era uma dose excessiva; embora não tivesse amigos na classe, talvez nem todos merecessem a sensação de ter as papilas gustativas incendiadas, muito menos uma diarreia fulminante. Mas de forma alguma nem Chadd, nem Brant, nem qualquer outro menino idiota poderia receber um churro que não tivesse pimenta dentro, de modo que precisava injetá-la em todos.

Quando Eva terminou, pouco antes da meia-noite, lambeu a mistura de canela, açúcar e pó de habanero chocolate que estava grudada nos dedos e sentiu uma intensa e agradável queimação nos lábios e na boca.

Ela sabia que tinha esgotado grande parte da substância P dos tecidos moles da boca e das mãos naqueles mais de três anos de manuseio e ingestão de pimentas extremamente ardidas, que não se recomporiam nem mesmo com o tempo; a principal razão pela qual cultivava pimentas cada vez mais ardidas e exóticas era encontrar algo com capsaicina suficiente para liberar as endorfinas que se tornavam cada vez mais inacessíveis com o aumento da tolerância ao calor. Ela queria sentir o poder das lavas nos olhos, no nariz e na boca novamente, como na primeira vez que ingeriu uma habanero com o primo Randy, na época em que ainda deixavam que ele tomasse conta dela. Depois de raspar com um dedo molhado a última colher de chá de pimenta em pó do frasco, ela o levou à língua e se deitou na cama. Fechou os olhos e, enquanto um calor sem graça endurecia os tecidos moles e os anjos cantavam em seu sangue, fez oficialmente onze anos.

Na manhã seguinte, Fiona ofereceu carona até a escola para Eva, o que geralmente era raro. Ela teria pulado para dentro do carro, mas isso implicaria em revelar a presença dos churros e não poder esquecer acidentalmente o sorvete; enfim, em vez da carona, ela pegou o ônibus e se sentou dois lugares atrás da motorista, um espaço odiado porque pertencia aos idiotas e medrosos, sem falar que apenas as crianças pequenas sentavam na frente.

Naquele dia não havia outro jeito de escapar daqueles meninos terríveis.

— Hei, bafo de merda – disse Dylan Sternwall para Chadd. Ele estava sentado quatro assentos atrás de Eva. – Dez dólares pra beijar a Pé Grande outra vez.

— Primeiro me passa a grana, pinto de esquilo.

Dylan estendeu uma nota amarrotada de vinte dólares que tirou do bolso.

— Pagarei por esta vez *e* pela anterior. Após os serviços prestados.

— Ouviu isso, Pé Grande? – perguntou Chadd. – Vou te pegar de novo hoje. Lá fora. Se correr pra dentro da escola, vou tirar sua calcinha.

Eva se limitou a um aceno e baixou os olhos. O nível mais elevado das ameaças era tirar a calcinha. Mesmo que conseguissem isso, os meninos teriam uma punição ilusória, sobretudo porque os pais deles eram treinadores da escola ou gerentes de concessionárias de veículos, além de serem ricos e mais populares na cidade que a pequena família dela. Ela já tinha ouvido uma ou duas vezes que os pais dela eram a "escória branca", e rapidamente descobriu que ninguém protegia ou se insurgia para defender a escória branca, e que ninguém de fora da escola a defenderia. Chamar alguém de escória branca era o mesmo que dizer que esse alguém estava entregue à própria sorte.

— Encontre-nos no final da cerca, lá no canto.

Era um lugar fora do perímetro escolar. Eva assentiu com a cabeça e percebeu quando ele olhou para a caixa de churros.

— Outra porcaria mexicana para a escola? – perguntou ele. – Isso é uma merda.

Chadd puxou a caixa com um movimento brusco de mãos engorduradas e a manteve sobre a cabeça de Eva.

Ela se levantou.

— Devolva!

— O que foi isso?! – gritou a motorista do ônibus.

Chadd se deslocou para um banco do outro lado do corredor, esmagando com seu corpo robusto dois alunos da terceira série, e deslizou a caixa para fora da janela aberta.

— Ops! – exclamou.

– Não!

Eva abriu a janela e só teve um tênue vislumbre de uma caixa cor de lavanda rolando na estrada.

A motorista parou o ônibus, se virou e olhou diretamente para Chadd.

– Você. Saia e saiba que está suspenso deste ônibus.

– Você não pode fazer isso. – Chad sorriu. – Como vou chegar à escola?

– Venha pra cá – disse a motorista, apontando para um banco logo atrás dela.

Os amigos de Chadd soltaram risinhos de deboche quando ele se sentou no banco da frente do ônibus. Ele fez uma pausa e depois mostrou a língua para Eva, que a essa altura estava com a cabeça afundada nas mãos e não viu quase nada.

Um minuto depois, um quarteirão antes da chegada do ônibus na escola, Eva retirou da mochila o pequeno frasco de óleo de pimenta concentrada. Primeiro sujou a ponta dos dedos, depois derramou o resto na boca e manteve o líquido como se para bochechar. Embora deixando a boca e as mãos em brasa, aquele ingrediente era especial, a pele dos dedos e as paredes internas da boca pareciam arder em chamas. Ela baixou os olhos para ver se a pele dos dedos estava mesmo escamada. Manteve uma expressão plácida quando saiu do ônibus e dobrou à direita quando todos os outros alunos dobraram à esquerda. Caminhou até o fim do pátio e contornou a cerca ouvindo os risinhos de Dylan, Chadd e Brant logo atrás. Aproximou-se da cerca, fronteira oficial da escola, e esperou.

Quando se viu cercada pelos meninos, ficou imóvel como um vaso de terra seca, aguentando o fogo nas bochechas. Talvez as coisas tivessem corrido conforme o plano se Chadd não a tivesse girado por trás, o susto a fazendo cuspir o lancinante óleo no rosto do menino antes que pudesse beijá-la.

Chadd despencou na grama aos gritos, e Eva o encarou por um segundo. A coisa estava funcionando. Ela agarrou Dylan pela cabeça e espalhou o óleo de pimenta que gotejava das mãos nos olhos dele, a ponto de sentir os globos oculares do menino sob a ponta dos dedos. Depois de empurrá-la aos gritos, ele tombou contra o poste na borda da cerca e ainda aos gritos começou a chorar enquanto agarrava o próprio rosto, como se transformado num desesperado Édipo.

Brant olhou para a boca e os dedos avermelhados e inchados de Eva e, entre essa visão e os gritos dos amigos, o instinto de fuga se tornou mais forte, e ele saiu em disparada até a escola. Eva nunca tinha visto um menino correr tanto.

Ajoelhado e sem parar de gritar, Chadd arrancava punhados de grama e terra para esfregar no fogo que consumia o rosto – assim como Dylan, que ainda esfregava os olhos e chorava, isso depois de ter largado a nota de vinte dólares, que Eva pegou, dobrou e enfiou no bolso de trás da calça de Chadd. Por fim, ela se aprumou e caminhou em direção à escola.

Eva mal dera dois passos dentro da sala de aula quando se viu de novo abordada pelas costas, desta vez por adultos, que a levaram para a sala do diretor. O olhar doce e cansado do sr. Ramazzotti pareceu dizer: *Por que ela? Uma das minhas melhores alunas.*

Escoltada à frente da mesa dos administradores na área da secretaria, Eva ouviu o soar de uma ambulância. A porta principal de madeira pesada se abriu para aquilo que aos olhos dela era o segundo escritório mais chique já visto, depois do gabinete do chefe do pai dela, e ela então obedeceu à severa ordem do diretor para se sentar na cadeira de frente para a mesa.

No mesmo instante em que o diretor perguntou *O que você fez com aqueles meninos*, ela ouviu os gritos e a choradeira de Dylan Sternwall, que estava sendo levado para a enfermaria – ela nunca tinha ouvido um menino daquela idade chorar tão alto. Que barulheira fantástica. Ela mordeu os lábios ardentes e inchados para repelir o sorriso e parecer contrita. Não havia como voltar atrás – ela havia acabado de se lançar numa viagem sem volta –, e quando o diretor ergueu o telefone sem fio da mesa para ligar para Fiona, ela se deu conta de que nem tudo seria tão agradável quanto aquele instante. E quando o telefone soou no escritório onde Fiona trabalhava, Eva se inclinou para trás na cadeira, enquanto ouvia aquele surpreendente soar de justiça, sem mais fingir um olhar de pesar.

GELEIA DE PIMENTA

~~~~~~~~

Programação de Braque Dragelski para 2 de junho:

5:30 – Mexer minha bunda e sair da cama; água quente com limão (~0 caloria), abluções matinais

5:50 – Café da manhã (sanduíche de manteiga de amêndoa, abacate & banana, claras de ovos; ~800 calorias)

6:20 – Banho (temperatura da água ~43°C)

6:30 – Estudar para prova final de História Americana 210-2

8:10 – Encontrar Patricia na SPAC; 20 min. de aeróbica, 70 min. de localizada & musculação

9:40 – Banho (temperatura da água ~27°C)

9:50 – Sair da SPAC; beber um shake de proteína (~200 calorias)

10:00 – Lanche no Whole Foods (~600 calorias)

10:30 – Micro 1 grupo de discussão 310-1

11:50 – Sair do grupo de discussão do Micro 1

12:00 – Grupo de discussão de História Americana

12:50 – Sair do grupo de discussão de História Americana

13:00 – Almoço (frango grelhado, arroz integral, legumes cozidos a vapor; ~550 calorias)

13:30 – Estudo para prova final oral de Francês 203-0

15:00 – Seminário oral de Francês

15:50 – Sair do seminário de Francês

16:00 – Mudança; corrida curta em torno do lago

16:40 – Jantar (misto de verduras, quinoa, shake de proteína; ~350 calorias)

17:00 – Estudar para prova final de Economia & Sociedade 215-0

19:00 – Lanchinho (maçã, cenoura crua, kombucha; ~200 calorias)

19:15 – Estudar para prova final do Micro 1

21:15 – Último lanchinho (⅓ de xícara de abacate com seis biscoitos integrais; ~200 calorias)

21:30 – Responder e-mails pendentes, mensagens de textos, ligações telefônicas; escrever cronograma de tarefas para amanhã

22:30 – Apagar as luzes, sem exceções

8:03

As pessoas de Evanston se movimentavam de um modo irritantemente lento. Era um horror quando as calçadas estavam cobertas de gelo e neve. Mas era junho, um dia após o aniversário de Eva, a prima de Braque, o que significava uma grande festa familiar que marcava o início do verão, pelo menos antes da partida do pai de Braque e da entrada de Randy, irmão dela, na reabilitação. Naquele tempo, quando todos estavam juntos, a mãe de Braque costumava dizer que as pessoas de Iowa sabiam apreciar as duas coisas mais preciosas da vida: a família e o tempo quente.

Levando em conta que muitas vezes o verão de Iowa era fugaz, a mãe de Braque estava fazendo uma justaposição um tanto forçada, especialmente considerando os acontecimentos anteriores e o que aquela mulher insana tinha feito, e ainda fazia, a todo mundo. Mesmo assim, muito de vez em quando, Braque ouvia toda aquela baboseira, como desejava a mãe, e aquelas palavras particularmente lhe vieram à mente naquele sombrio e depressivo subúrbio de Chicago, à medida que os idiotas da rua Clark se recusavam a abrir caminho para uma passante que ansiava aproveitar ao máximo o primeiro dia bonito do ano.

Mas aqueles palhaços molengas e suburbanos não chegavam nem perto de ser a pior parte da manhã. Do outro lado da rua, na esquina da Clark com a avenida Orrington, o cheiro de peido e gordura do Burger King fez Braque cobrir o rosto. O lugar sempre cheirava a bunda, mas de repente se tornou tão avassalador que ela teve ânsia de vômito. O pior é que aquele maldito fedor também a fascinava, porque trazia de volta memórias de quando visitava a casa de sua tia Fiona e seu tio Jarl e recebia sacolas de um fast-food delicioso e viscoso para o almoço. Merda, ela adorava o sanduíche Big Fish do BK. Trinta e dois gramas de gordura e 1.370 miligramas de sódio – noventa e um por cento da ingestão diária recomendada. Espantava só de pensar que aquilo alimentava uma criança. Pelo menos naquele ano 2000, aqueles estabelecimentos também tinham um cardápio com opções supostamente saudáveis. Mesmo assim, aquele fedor...

Braque podia jurar que tinha percebido um cheiro de peixe naquela brisa engordurada. Ah, e se ela comesse só um, só uma vez? Ou metade de um? Ora, foda-se! Foda-se aquilo! Gordura ruim, calorias vazias, e ainda adicionavam xarope de milho a tudo, até no pãozinho. Ela destruiria o estômago e de bônus teria um pico glicêmico. Não, obrigada. Ela seguiu apressada em direção ao campus, purificando o olfato com odores de calçada molhada, grama recém-cortada do Deering Meadow e a lavanda explosiva do Jardim Shakespeare. A lavanda em plena floração fez sua parte; tudo melhorou.

Depois de ativar o ID de estudante na recepção do ginásio, ela percebeu que a SPAC estava mergulhada no cheiro alcoólico-cítrico do produto utilizado na limpeza dos equipamentos. Todos se preocupavam demais com o suor e os germes dos outros, especialmente os guerreiros de fim de semana e os atletas não competitivos. Braque jogava softbol. Isso significava uma vida na sujeira, uma vida tocando na sujeira, uma vida tocando nas coisas que tocavam na sujeira. Será que Dot Richardson esterilizava todo lugar onde tocava para ganhar uma medalha de ouro? Até parece. Braque esperou e, quando se sentiu observada pelos outros, cuspiu nas mãos e levantou da barra de apoio um supino de quase nove quilos. Patricia Bernal, parceira de treino e companheira de premiação na Academic All-American como jogadora de softbol, chegaria em trinta minutos para encontrá-la; enquanto isso, ela faria exercícios de balanço com o *kettlebell* e as escadas.

O balanço com um *kettlebell* de mais de oito quilos era um pouco mais difícil do que com os sete quilos habituais, mas, naquele dia, ufa. O aparelho não fazia o costumeiro aperto abdominal. Era como um soco que quebrava a parede intestinal e estendia os dedos por dentro do corpo. Com a bile arranhando a garganta, ela largou o *kettlebell* no chão.

• • •

De frente para o vaso sanitário, Braque sentiu o sabor da bile cuspida na água. Outra mulher vomitava em alguma outra cabine, e outra puxava a descarga, e o maldito cheiro de merda e bile era insuportável. Ela tapou o nariz com as costas da mão esquerda enquanto o vômito estourava na boca. Ela vomitou tanto que começou a lacrimejar.

Lavou o rosto e a boca algumas vezes, para que o ácido do estômago não consumisse o esmalte dos dentes. Era uma droga abandonar a parceira de exercícios, mas pior ainda era ter uma intoxicação alimentar. Ela se perguntou se Patricia tinha tido aquele mesmo treco. No dia anterior ambas tinham comido a mesma coisa, pelo menos uma vez – frango grelhado e legumes. Embora nunca tivessem passado mal antes, quem sabe. Ela jogava na defesa – a parceira no meio do campo –, e por isso muitas vezes as duas pensavam e se moviam em conjunto.

8:51

Braque nunca frequentava o Whole Foods naquela hora da manhã. Havia menos grosseirões que na hora do almoço. Foi uma droga ter que pular o treinamento com pesos, mas depois de vomitar ela precisava de duas bananas, água purificada, um shake de proteína para reabastecer e outro shake de proteína para Patricia ficar de bem com ela.

Enquanto lia os ingredientes da proteína vegana N. W. Gratz, algo no meio da lista de nutrientes causou-lhe estranheza: GELEIA DE PIMENTA, em destaque, letras maiúsculas.

Sabe-se lá o que a fez estremecer. Enquanto recolocava a embalagem de proteína vegana na prateleira, as três palavras estranhas saltaram-lhe à vista; ela virou a garrafa e a parte da frente ficou para trás. Alguma bobagem assustadora, com toda certeza. Ainda assim, o medo é uma escolha, lembrou a si mesma, por que então optar pelo medo? Ela se convenceu de que aquelas palavras estranhas na garrafa não existiam e nunca tinham existido. Era o próprio cérebro faminto por alimento em curto-circuito.

Logo depois ela pegou a garrafa e a observou outra vez. O texto em negrito se esmaeceu, substituído pela porcaria habitual sobre proteína isolada de soja e açúcar de cana orgânico. Sem dúvida alguma, ela estava em processo de hipoglicemia devido à intoxicação alimentar e à falta de alimento. As têmporas começaram a doer; era preciso colocar alguma coisa no sistema, e rapidamente.

Em seguida apareceu alguém no corredor que Braque odiava, mas a deixou aliviada. Lá estavam as tranças grossas e o perfume de óleo de patchouli de Lolo McCaffrey. Agachada na prateleira de barras nutricionais, observava com rosto de lua o rótulo de uma Clif Bar, como se não soubesse ler. Lolo era a treinadora de condicionamento de força que obrigava a equipe a fazer ioga e meditação e que estava se encontrando secretamente com Tarah Sarrazin, uma experiente jogadora da segunda base que tinha perdido a posição para Braque Dragelski. Ela olhou para Lolo, que coincidentemente estava naquela mesma loja naquele mesmo instante, e considerou a possibilidade de que seu jantar do dia anterior tivesse sido envenenado por ela ou por Tarah. Ela não esqueceria aquela dupla de invejosas, isso era certo.

– Lolo – disse Braque, encarando-a. Era fácil intimidar e era bom para a alma intimidar uma treinadora que pregava bondade e atenção amorosa; a dor de cabeça e a confusão desapareceram como por encanto quando ela se aproximou daquela mulher mais baixa. – O que está fazendo aqui?

– Olá, Dragelski. – Lolo acenou com a cabeça, sem tirar os olhos da Clif Bar.

– E vocês, o que você e Tarah pensam que estão fazendo? – indagou Braque.

Lolo baixou os olhos; ela nunca conseguia olhar no rosto de Braque.

– Já sei o que vai dizer e não vejo como nosso casamento possa afetar sequer um tiquinho o time. – Ela encarou Braque pela primeira vez.

– Casamento? Uau! – Braque não sabia disso ainda. Só tinha ouvido algumas semanas antes que as duas estavam namorando, mas não que desse importância. – Vocês não têm que ir para Vermont ou algo assim?

– Bem, esse é o plano – disse Lolo, que pareceu se dar conta de que tinha oferecido mais informações do que pretendia.

— Se as menininhas estão planejando uma fuga, por que de repente Tarah resolveu me sacanear?

— Exatamente neste momento Tarah está em Wyoming, tendo uma conversa muito importante com a família dela. Duvido que ela tenha se dado ao trabalho de pensar por um segundo em qualquer coisa que você esteja fazendo.

— Por que então você está me perseguindo aqui?

— Eu nem sequer notei que você estava por perto, até que você apareceu e começou esse seu discurso desequilibrado sobre uma possível sacanagem, o que, por sinal, me deixou totalmente descentrada; muito obrigada.

— Jesus! — exclamou Braque. Aquelas hippies praticantes de ioga eram o que havia de pior, podiam foder com a vida de qualquer um.

— É melhor refletir sobre o que está dizendo e fazendo — disse Lolo. — Você está jogando energia negativa no mundo, e a energia retorna ciclicamente. É o que acontece, é a lei do retorno.

Bocejo. Agora Braque tinha quase cem por cento de certeza de que Lolo e talvez Tarah não tivessem nada a ver com coisa alguma; era hora de embrulhar aquela merda e seguir com o próprio dia.

— Você sabe — disse. — Agora, se me dá licença, preciso repor meu trato gastrintestinal.

— Enjoo matinal?

— Rá. Vá se foder.

Lolo olhou para Braque, esboçando um sorriso.

— Fui doula por cinco anos. Para mim, você parece estar grávida. Acho que de cinco ou seis semanas.

— Bobagem — disse Braque caminhando até o caixa. Aquela vadia com cara de lua a tinha pegado pelo pé. Isso era quase admirável; era a primeira vez que ela sentia nas próprias vísceras a autoridade de Lolo. E de repente isso a deixou um tanto assustada.

9:39

Braque estava no banheiro feminino do térreo do Chapin Hall, com as calças arriadas, mas seu dia ainda não estava de todo fodido. Sim, aquele era um desvio substancial, mas ainda lhe restava uma hora até o grupo de discussão Micro 1, antes da prova final. De acordo com sua agenda, sua última menstruação ocorrera trinta e três dias e dezesseis horas antes; portanto, ainda era possível um cenário pior, e ela precisava descobrir isso, rapidamente.

O banheiro era uma dessas obras branco sobre branco, com azulejos brancos no piso e uma janela igualmente branca fechada. Um papel higiênico tão vagabundo que dava para ler uma revista através dele; o lugar cheirava a mofo porque algumas idiotas tomavam ducha diariamente, fazendo a umidade se concentrar no espaço da janela que não podia ser aberta. Mas era um lugar perfeito para operações estúpidas, como um teste de gravidez em segredo.

Patricia, claro, ficou apavorada quando Braque lhe enviou uma mensagem de texto sobre o ocorrido e insistiu em deixar de lado o treinamento de peso para ajudar Braque com aquele maldito teste de farmácia. Aquilo não era necessário, mas tudo bem. Nos jogos fora de casa contra Michigan e Purdue, Patricia já tinha visto Braque fazer coisas bem mais constrangedoras, como, por exemplo, derrubar a receptora numa jogada de bloqueio da *plate* ou anular a defensora esquerda numa bola que acabou ficando a meio caminho da trilha de advertência.

— Uau, Tarah e Lolo vão se casar — disse Patricia enquanto Braque tirava da caixa o teste de gravidez da Osco. — Juro que não esperava por isso.

— Quem se importa? — disse Braque, levando o bastonete de plástico branco à luz. — O xixi vai cair todo na minha mão. Será que posso fazer xixi num copo e pôr a vareta dentro?

— Já foi a um casamento de lésbicas?

— Não. Odeio qualquer casamento.

— Gosto da parte da dança. Até a dança da galinha. Sou louca pela dança da galinha.

— Ugh. Segura isso aqui. — Braque se agachou, apoiou as mãos nos joelhos e examinou o armário branco embaixo da pia entupido de rolos de papel higiênico vagabundo e produtos de limpeza não orgânicos. — Será que não tem um copo de papel neste banheiro onde se possa fazer xixi?

Patricia chutou suavemente a parte de trás do sapato da amiga.

– Por que não se senta no chão e faz xixi nas próprias mãos? A urina é pura, você sabe.

– Tudo bem, foda-se. – Braque arriou a calcinha até os tornozelos e sentou-se no vaso sanitário. – Passa pra mim essa maldita vareta.

Uma batida na porta. O edifício só tinha aquele banheiro privado; por isso mesmo, bastante frequentado.

– Vai demorar um pouco! – Braque gritou.

– Tudo bem, eu espero – disse uma débil voz feminina. Era Katelyn Pickett, companheira de quarto de Braque. Ela só usava aquele banheiro.

– Eu não faria isso se fosse você – disse Braque ao perceber pela sombra na porta de vidro opaco que Katelyn não tinha se movido.

Quando Braque começou a fazer xixi, ecoou uma explosão musical do bolso de sua calça esportiva.

– Acho que é meu celular – disse.

Patricia pareceu surpresa.

– É aquele cara francês?

– Tuna Can? Duvido.

– Eu atendo – disse Patricia, alcançando a calça aos pés de Braque.

– Não, não. – Braque se levantou e se inclinou para frente, sem parar de fazer xixi; vazou urina por todo lado, na vareta, no assento. – Que merda! Falei pra você não tocar nisso – ela disse aos gritos. Colocou-se de pé, pôs a vareta na pia, puxou a calcinha e arrancou o celular das mãos de Patricia.

O telefone soou na mão de Braque. Estava escrito: CHAMADA DE AMY JO DRAGELSKI.

– Mãe, agora não é um bom momento – ela disse ao atender.

– Sua prima está desaparecida – disse a mãe.

– Claro que está.

Braque sempre se valia desse tipo de porcaria; até onde se lembrava, a mãe dela era mestra em coordenar cada passo da ansiedade. Ela e seu irmão Randy ainda eram crianças quando a mãe os acordava às 5:30 para evitar o tráfego em viagens rodoviárias de família; havia travas de segurança por toda a casa até Braque completar onze anos; não havia

TV e, tão certo quanto a morte, nada de doce, nem de pipoca nem de álcool ou cigarro; a mãe passava os lençóis a ferro, lavava as roupas íntimas com água sanitária e limpava os banheiros duas vezes ao dia, no mínimo. A ameaça de tamanha mania de perfeição tornava impossível relaxar – e nada de amigos, a menos que quisessem ser sugados por um aspirador de pó da Sears. Braque tinha certeza de que fora esse o motivo pelo qual o pai, Wojtek, professor de arte, traiu a mãe, quando ela e o irmão ainda eram pequenos (quem não faria o mesmo!), partindo em seguida para um período sabático indeterminado em Malta, motivo pelo qual Randy buscou refúgio na música e nas drogas, e talvez também tenha sido isso que levou Braque a praticar todo tipo de esporte, destacando-se expressivamente no mais sujo de todos. Analisando minuciosamente, Braque não era nada parecida com a mãe.

Com a família fora de alcance, a mãe passou a se intrometer com os parentes, e com isso o pequeno e batalhador clã Thorvald, a menos de três quilômetros de distância, tornou-se indefeso sob a poderosa ajuda daquela mãe.

– Eva fugiu na noite passada. Ninguém sabe onde está. Fiona e Jarl estão transtornados.

– Como sabe que ela fugiu?

– Porque Fiona jogou fora todos os pés de pimenta.

– Santo Cristo.

– Parece que ela fez algum tipo de óleo sem que eles soubessem e usou isso como arma na escola. Mandou dois meninos para o hospital.

– Você sabe o que ela sofre naquela escola, mãe? Talvez tenha sido provocada por aqueles merdinhas.

– Foi suspensa pelo diretor. Bem, de qualquer maneira, Randy acha que ela pode procurá-la; enfim, talvez seja melhor você sair e distribuir alguns cartazes ou algo assim.

– Eu estou meio que ocupada no momento.

– Mas sua prima está desaparecida!

– Crianças fazem esse tipo de merda o tempo todo, claro que ela deve estar bem.

Um pequeno punho bateu na porta do banheiro.

– Você só está falando ao telefone aí dentro?

— *Ahh, cale a boca!* — disse Braque. Patricia se levantou do chão e deu uma saraivada de tapas na porta.

Braque recolocou o telefone no ouvido.

— Desculpe, não foi com você, mamãe.

— Acho que você está sendo egoísta e preguiçosa — acusou a mãe. — Quando me encontrar com seu pai em Malta, eu vou dizer para ele que você não está ajudando a família.

— Olhe, vou ajudar quando acabar a semana de provas finais. Está bem? Não posso falhar nas provas trimestrais e perder a bolsa de estudos porque minha prima fugiu de casa por algumas horas.

— Não posso acreditar que criei uma filha tão egoísta.

— Mãe, mantenha-me informada. Eu te amo. — Braque balançou a cabeça enquanto pressionava o teclado do celular para encerrar a chamada. — Jesus. Nunca vi ninguém tão carente.

Olhou para Patricia, que estampava um olhar triste e assustado ao lado da pia.

— O que foi?

Patricia estendeu o teste de gravidez, e Braque olhou para as duas linhas cor-de-rosa no quadro de resultados.

— Bem, a porra do teste deu positivo, Patty.

Patricia pôs a mão no ombro de Braque, que se aninhou no peito da amiga e se deixou embalar na cabeça.

— Puta que pariu — falou Braque enquanto a amiga apertava-lhe o ombro.

Soou uma batidinha suave na porta do banheiro. A pequena sombra de um pé no batente da porta estava agora acompanhada de uma maior.

— Eu tenho o CR, o contrato de residente comigo! — disse Katelyn.

10:01

Uma maldita devastação cataclísmica, sem dúvida.

Braque jogou a caixa com o kit de gravidez dentro da lixeira do dormitório em frente ao Chapin, do outro lado da rua. Sua cabeça era um verdadeiro pudim; ela mal conseguia se lembrar de onde era a sala de aula do Micro, ou de quando era a prova final, ou de qualquer outra coisa iminente e relevante. Pensou na agenda, tentando lembrar onde poderia estar naquele momento, mas os pensamentos se quebravam e derretiam, como flocos de neve de abril.

Ela daria um fim na gravidez. Sem dúvida. Ela não tinha tempo para isso. Ela era uma atleta bolsista da Divisão I e uma estudante com média altíssima. Seu trabalho era levar a Northwestern ao título dos Dez Maiores e em quatro anos qualificar-se para a equipe olímpica de 2004, depois seguir para a Kellogg School of Management para se formar em Administração. Esse era o plano. Sem tempo para namorados sérios, e nenhum interesse nisso.

Isso não significava que uma vez ou outra ela não tivesse o desejo ardente de uma transa decente. Mas, para começar, ela ainda nem atinava quem era o pai entre seus dois parceiros daquele trimestre. Luc-Richard, o tenista francês cujo pau era mais largo que comprido? Ele tinha voltado para a França, e ela não dava a mínima. Ou seria Yuniesky Cespedes, o interbase do Kane County Cougars, que acabara de ser promovido para o Daytona, na Liga Estadual da Flórida? Isso não significava que ela quisesse ligar para qualquer um desses caras e falar, ei, você está sentado? Eles não tinham planejado aquilo. Nem ela.

Será que a camisinha tinha estourado? Ela não tomava pílula porque isso mexia com o organismo dela, mas compensava de outras maneiras. Uma vez fez um cara usar duas camisinhas. Claro, ele odiou, mas dê a um macho a escolha entre usar dois preservativos ou voltar para casa com as bolas azuis, e imagine o que ele escolhe. Eles não percebiam quando a camisinha rompia? Será possível? Algumas vezes ela chegou a tomar a pílula do dia seguinte, apenas por achar que a camisinha poderia ter furado. O tal Yuniesky sempre jogava a camisinha na privada e dava descarga. Seria ele?

Quando Braque entrou no saguão do Chapin, onde alguns calouros idiotas tomavam cerveja e jogavam pingue-pongue, o celular tocou.

Era uma mensagem de texto.

SWET PEPER JELY, parecia estar escrito na tela.

Braque se deteve e respirou fundo. Desviou os olhos do celular e olhou para trás. As palavras desapareceram.

Um idiota com uma camiseta de *Star Wars* tentou passar por ela com pilhas de copos plásticos azuis.

– Com licença – disse.

– Não. – Ela não saiu do caminho. Olhou para o celular outra vez. Era um Nokia 3210 novo em folha. Quase todos da equipe tinham um desses; mensagens de texto eram mais fáceis que chamadas. A mensagem não podia ter sido deletada.

Ela examinou o histórico de mensagens. Nenhuma SWET PEPER JELY. Sabe-se lá o que tinha acontecido. Quando finalmente o nerd grandalhão conseguiu passar espremido com os copos de plástico, ela guardou o celular, empurrou o cara e seguiu para o quarto no dormitório.

10:10

Para Braque, o dormitório da área de Humanas era um pé no saco. Tinha sido sua quinta opção entre cinco. Só depois que chegou à escola é que soube que todos que o marcavam como opção em *qualquer* ordem acabavam mandados para lá. Alguns o marcaram como primeira opção. Todos, sem exceção, eram enormes imbecis, como a caipira Katelyn, que usava uma combinação estúpida, uma camiseta cor-de-rosa dos Chicago Bears (ela provavelmente não poderia citar sequer um único jogador do Bears) e uma bermuda branca de cintura alta. Katelyn estava deitada na cama enquanto lia algum exemplar idiota de literatura vitoriana.

– Só para mantê-la informada – disse, sem levantar os olhos do livro. – Minha irmã Elodie chegará aqui em dois dias, e falei que ela poderia ficar com sua cama.

– Nem fodendo – disse Braque, jogando as anotações de Micro dentro de uma velha mochila JanSport. – Sua irmã não pode ficar no nosso quarto, e muito menos na minha cama. Fim de papo.

– O contrato de residente diz que pode, sobretudo porque você não me deixou entrar no banheiro.

Braque jogou a mochila no chão.

— São tantos problemas que nem sei por onde começar. Para início de conversa, Katelyn, vocês são ricos. Hospede-a no hotel. — De fato, o pai de Katelyn era advogado de uma grande firma em Minnesota, e a família morava perto de um lago em Orono, e também era verdade que ela parecia orgulhosa quando tinha rapazes por perto.

— Eu não sou rica. Minha família é relativamente bem-sucedida, mas não sou pessoalmente capaz de bancar quartos de hotel para ninguém.

— Bem, talvez ela mesma possa arcar com a despesa. É o que fazem os adultos.

— Você está sendo egoísta só porque está sendo incomodada. Você sempre procura manter os inconvenientes longe de sua vida, por minúsculos que sejam.

— Isto não é minúsculo — retrucou Braque de pé no batente da porta aberta. Já estava atrasada e não chegaria adiantada na sala de aula, como sempre fazia. — Você está tentando me chutar de minha cama na semana das provas finais. E se eu chutasse você de sua cama?

— Você me deve pelas quatro noites que dormi no corredor porque você estava transando com alguém aqui.

— Depois a gente continua. — Braque fechou a porta atrás de si. A pequena pentelha até que tinha certa razão. Mas apesar das mágoas passadas, não havia razão alguma para que a irmã de Katelyn não pudesse se hospedar num hotel na semana das provas finais. Além do mais, quem fazia visitas nas semanas das provas finais? As irmãs das riquinhas que não davam a mínima para notas, porque nunca teriam que se preocupar com dinheiro na vida.

A política de atribuição de colegas de quarto de Northwestern era sádica: no primeiro ano, os alunos que recebiam auxílio financeiro ficavam sempre juntos com alunos que não recebiam auxílio financeiro, e isso só serviu para Braque aprender que os ricos eram pessoas muito mesquinhas. Katelyn ia para Vail durante a primavera e nem sequer esquiava, mas depois voltava com uma semana de atraso e ainda usava todo lava-roupas Seventh Generation de Braque, sem pedir. Agora oferecia a cama de outra aluna como se fosse dela. Aqueles riquinhos que se fodessem.

12:50

Os grupos de discussão Micro 1 e História Americana acabaram sendo uma névoa de substantivos vagamente familiares. Ela só conseguiu se concentrar em uma de cada cinco palavras. E ao sair do Kresge Hall, sentia-se pior que antes.

Ela não religara o maldito celular depois do estranho episódio matinal. Mas se Eva realmente fugira de casa, o que parecia provável, ia acabar telefonando para Braque – especialmente se a prima não estivesse com Randy.

Havia uma mensagem de texto e duas chamadas não atendidas. Os correios de voz eram da mãe; ela ouviu as mensagens enquanto caminhava para almoçar com as companheiras de equipe no Stucco Palace.

A mensagem de texto era de Patricia: `hei BD, tds aqui apoiam & amam vc. Até mais <3`

Pensou em enviar uma mensagem de texto como resposta, algo idiota como *diga a todos para pensarem em mim quando tocarem uma*, ou algo igualmente profano e ao estilo Braque, como normalmente fazia quando confrontada com sentimentos sinceros, mas desta vez apenas digitou: `obg`.

12:59h

Depois de perder o treino da manhã e o almoço, Braque sentiu o açúcar no sangue despencar como de um penhasco, e também sentiu um cheiro de peru grelhando, mesmo a ainda meio quarteirão de distância do Stucco Palace quando Ann Richards – a arremessadora texana da equipe, de 1,92 de altura, sem qualquer relação com o ex-governador – abriu a porta. No aparelho de som, "Pony", interpretada por Ginuwine, e Ann saiu dançando pelo piso de madeira adentro, seguida por Braque.

– Vamos lá, BD! – disse Ann quando Maya Cromartie, a jardineira central novata, juntou-se a ela na sala de estar. As melhores jogadoras do time moravam no Palace, e sempre tinha sido assim, há muitos anos. Se não houvesse em Northwestern uma regra estúpida segundo a qual os primeiros anos tinham que ser vividos no campus, Braque também estaria morando naquele lugar.

— Não posso. Fiquei doente o dia inteiro — disse Braque, acenando para Tangela Bass, a primeira base, que usava fones de ouvido e digitava no laptop, e tinha entrado na cozinha para abraçar Patricia, que a essa altura se curvava sobre o fogão para polvilhar uma pequena e pungente pitada de alho picado nos hambúrgueres de peru quase prontos.

— E então, qual é a última? — perguntou Patricia.

— Nem sei por onde começar — disse Braque. — Mas já tenho em mente. Só sei que quero me livrar dessa coisa.

Patricia enlaçou-a com o braço.

— Você tem cem por cento de certeza?

Braque assentiu com a cabeça.

— Coma alguma coisa — disse Patricia, entregando um prato e levantando a tampa de uma travessa fumegante com brócolis e cenouras. O alho fresco do hambúrguer de peru chegou às narinas de Braque como o mais incrível do mundo; à mesa, Maya Cromartie derramou molho de pimenta habanero em cima de tudo, como se fosse molho de carne no purê de batatas.

Braque estremeceu só de assistir àquela perversa ofensa à santidade de um almoço saudável.

— Você passou a odiar o sabor da comida assim, de repente? — disse.

— Esta noite nós iremos para uma Hell Night — disse Maya. — Preciso me preparar.

Aquilo soou para Braque como um tema ridículo de festa de fraternidade, mas, pelo que ela sabia, ninguém no Stucco Palace frequentava fraternidades.

— Explique-se — ela disse.

— É no The Truth, em Wrigleyville. Eles fazem uma Hell Night, na qual colocam pimenta em tudo. Este ano vamos ganhar essa merda.

Ann Richards rodopiou na sala de jantar e agarrou Braque pelos ombros.

— Você vai? Você tem que ir!

— Você tem que assinar um termo de responsabilidade para pedir a comida — disse Maya. — Alguns foram parar no hospital da última vez.

— Isso parece terrível – disse Braque, mastigando outra garfada de arroz integral. – De toda maneira, tenho prova final oral de francês às nove. Enquanto estiver lá de pé, tentando me lembrar de conjugações verbais, não quero sentir meu esfíncter em chamas.

— Ouvi dizer que comida picante pode provocar aborto – sussurrou Patricia. – Claro, é mais barato que a outra opção.

— Nada disso – disse Braque. – Eu quero que os nós dos dedos peludos de alguém rasguem de verdade essa coisa por dentro de mim. – Ela encarou as silenciosas companheiras de equipe.

— Alguém conhece alguma clínica barata fora de Red Line?

13:26

Enquanto Braque caminhava ao longo de Noyes rumo ao campus, atravessando gigantescas árvores repletas de passarinhos e casas centenárias e resistentes, o brilho do céu irradiava aquele olho de prata sempre odiado em dias de jogo. A bela manhã evoluíra para um dia calorento típico do Meio-Oeste, e sem o alívio da entrada de uma frente de baixa pressão vinda de Minnesota. Ela sentia aquela coisa estúpida, ainda por nascer, se revirar na barriga, ou pelo menos assim parecia. Será que se ela tivesse uma insolação aquela coisa também teria?

Ah, foda-se. Não havia um jeito fácil de escapar daquilo. Ann Richards conhecia uma clínica que cobrava 445 dólares por um aborto até nove semanas de gravidez; claro, o tipo de sangue de Braque era O negativo, de modo que ela também teria que gastar um extra de 65 dólares para uma vacina Rho-Gam. Acontece que, mesmo que suspendesse totalmente a dieta e o regime nas duas semanas seguintes, o que *não* pretendia fazer, ainda assim não teria 510 dólares. Teria de encarar um trabalho noturno detestável em algum restaurante no centro de Evanston e trabalhar muitos dias seguidos para juntar a grana. Também não poderia desgrudar da cama do Stucco Palace até lá. Ela não levaria aquele feto para casa, em Iowa, de jeito nenhum. Se a mãe descobrisse, seria o fim de tudo.

No saguão do Chapin Hall, vinte pessoas agrupavam-se em torno da mesa de pingue-pongue; elas pareciam formigas em cima de um punhado de Doritos molhados; as semanas finais da Beer Pong Classic estavam em pleno andamento. Os rapazes a reconheceram, mas não a chamaram para jogar. Não que ela quisesse. Odiava cerveja, mesmo as ditas "de qualidade", e a perspectiva de beber uma Keystone Light quente em meio a uma bola de pingue-pongue flutuante e suja tinha tanto apelo quanto mastigar chiclete do chão de um ônibus. Mas por que pelo menos não perguntaram? Bando de cagões.

A porta do quarto estava entreaberta. Que estranho. Braque a abriu com um leve pontapé, e de uma das camas Katelyn arregalou os olhos e levou um dedo à boca, fazendo "shhhhhhh!" e apontando com o outro indicador para o lado de Braque no quarto.

– Você que faça silêncio, sua capô de fusca – disse Braque para a companheira de quarto cuja protuberância pélvica parecia um capô de fusca dentro de uma ridícula bermuda de cintura alta. Só depois olhou para onde ela apontava.

Eva, prima de Braque, oito anos mais nova e mais alta que Braque, dormia enrolada na cama, vestindo uma calça jeans preta e a camiseta da banda Bikini Kill que ganhara de presente de aniversário da prima.

13:35

De pé no corredor, Katelyn pôs as mãos nos quadris enquanto apreciava a confusão do momento.

– Então, é assim – disse. – Sua prima pode te visitar na semana das provas finais, mas minha irmã não pode.

– Eu nem sabia que ela vinha pra cá – disse Braque.

– Você deveria verificar os seus e-mails. Essa pobre menina pegou um ônibus em Iowa, e você não estava aqui para deixá-la entrar no prédio. Sabe quem fez isso? Eu fiz. Eu sou esse tipo de pessoa.

– Não é, não – disse Braque.

– Imagino que ela tenha fugido sem dinheiro suficiente para um quarto de hotel, não é?

– Ela tem dez anos. Não, onze. Então, vamos supor que ela não veio com dinheiro.

— Nesse caso, então, se ela pode ficar aqui, Elodie também pode, com certeza.

— Olhe, vou conversar com ela. Será por uma noite, no máximo. Talvez nem isso.

— Não foi o que ela disse.

Uma bola de pingue-pongue molhada rolou pelo corredor em direção a elas. Um cara com óculos de armação pesada e camiseta vermelha chegou correndo e parou quando viu as duas garotas.

— Ah, oi, Katelyn — disse. Braque o reconheceu; Brian alguma coisa, ou talvez Brady alguma coisa. Ele pareceu olhar para o capô de fusca de Katelyn.

— É sua bola do jogo? — perguntou Braque, caminhando até a bola de pingue-pongue molhada e esmagando-a debaixo do pé direito.

— Vai se foder! — Ele olhou por cima delas, deu um passo instável para trás e acrescentou rapidamente: — Não, não é com você! Desculpe! — E depois saiu correndo pelo corredor.

Braque se virou. No umbral da porta, Eva observava a corrida do cara que agora se queixava para os amigos sobre a vadia que tinha amassado a bola.

— Já ouvi coisas piores — ela disse.

Braque se aproximou e a abraçou.

— Você sabe que está numa enrascada, certo?

— Sim, não me importo — disse Eva. — Eles que penem por alguns dias.

— Está vendo? — disse Katelyn. — Alguns dias?

— Vamos dar uma caminhada — disse Braque, puxando a prima para o corredor. — Agora.

O jogo de pingue-pongue silenciou quando elas atravessaram o saguão.

13:42

O espaço oficial do campus para ensaio e prática dos estudantes de música ficava atrás do Chapin Hall. Chamavam o prédio de Colmeia, porque durante as aulas ecoava um conjunto atonal de cordas, metais e teclados pelas janelas; segundo Braque, as pessoas mais criativas é que o comparavam a um agradável zumbido de insetos. Para ela, no entanto, o prédio soava chato, e por isso ela o chamava de Palácio do Palhaço Chato.

Naquela hora o ambiente do Palácio do Palhaço Chato abafaria a conversa entre as duas primas, de modo que nenhum idiota intrometido do dormitório poderia ouvir os podres dela. Quando elas estavam sentadas no gramado, no lado sul do prédio, Braque planejou estudar apenas quarenta e cinco dos sessenta minutos de tempo do dia para a prova final oral de Francês do dia seguinte. Já tinha um A em Francês, e a prova final oral constituía apenas vinte por cento da nota, o que provavelmente seria obtido com uma preparação mínima. Quanto à História Americana, a tarefa seria bem mais difícil, porque equivalia a cinquenta por cento da nota e ela teria que decorar um monte de merda.

Ela apagou isso da mente quando a prima de grande estatura rolou no gramado e olhou para o céu aberto, como se assistisse a um filme. Que criatura fascinante! Como é que elas podiam ter parentesco?

– A camiseta fica bem em você – disse Braque.

– Obrigada – disse Eva. – O que é Bikini Kill?

– Uma banda punk de Olympia, Washington. Você gostaria delas. Nossa treinadora escuta essa banda sem parar.

– Legal. Obrigada.

– Que horas você chegou aqui? – perguntou Braque.

– O Megabus me deixou na Union Station às 6:50 da manhã, e eu não sabia se você já estaria acordada. Peguei o metrô até o Ann Sather e comi panquecas suecas com *lingonberries*.

– Como ficou sabendo de Ann Sather?

– Li na internet que era um lugar legal. Também quero ir a outro lugar, mas ainda não está aberto. Você já foi a um lugar de comida picante chamado The Truth? Nós podemos ir lá mais tarde?

– Já ouvi falar dele. De qualquer forma, preste atenção. Amo você e sei que você quer deixar sua mãe zangada, e acho isso bem compreensível, porque sei o que ela fez com suas plantas – disse Braque. – Mas este não é um bom momento para mim.

– Eu não tinha outro lugar para onde ir – disse Eva. – E alguns meses atrás você me disse que eu poderia visitá-la quando bem entendesse, desde que Chicago não estivesse na temporada de softbol.

— Ah, sim, eu disse isso, não disse? Bem, você chegou na semana das provas finais. É que as coisas estão meio loucas agora. Sinto muito, mas nem sei como posso alimentar você ou seja lá quem for. Eu tenho alguns abacates, manteiga orgânica de amêndoa e outros itens aleatórios, mas não muito de nada.

— Está tudo bem. Estou com cento e sessenta e oito dólares e posso arcar com minha alimentação.

— Uau. Que baita mudança. Dinheiro do aniversário?

— Do aniversário e da venda de pimentas. E também ganhei dez dólares de um cara na estação de ônibus.

— Como isso aconteceu?

— Ele não conseguiu comer as pimentas jalapeño de um sanduíche e falei que eu conseguiria; ele quis fazer uma aposta e eu disse que apostava dez dólares que conseguiria comer todas, e comi. — Eva remexeu o bolso e tirou uma nota de dez dólares. — Está vendo?

— Legal. Você já fez isso antes?

— Não, mas poderia. Posso comer pimentas bem mais ardidas que as jalapeños.

— Por dinheiro? — perguntou Braque.

13:56

Felizmente, Katelyn não estava no quarto do dormitório; fazia sabe-se lá que raios no campus, de modo que Braque pôde digitar as senhas do seu computador para Eva sem que sua intrometida companheira de quarto bisbilhotasse. Eva esquadrinhou o quarto enquanto esperava e se deteve na decoração do lado de Katelyn no quarto. Eram as besteiras habituais das garotas de faculdade: citações inteligentes e inspiradoras escritas em tiras de papel em tons pastéis coladas na parede junto a um cartaz emoldurado do *Le Baiser de l'Hôtel de Ville*, de Robert Doisneau, já visto por Braque em pelo menos três outros quartos do dormitório.

— Os dormitórios são bem mais frios do que pensei — comentou Eva.

— São como uma prisão, mas o sexo é pior — disse Braque.

— Por que você não tem nada parecido com isso no seu lado do quarto? — perguntou Eva. De fato, o lado do quarto de Braque exibia apenas um cronograma anual dos dez mais do softbol.

– Porque não quero que meu quarto se pareça com uma loja Hallmark, só por isso – disse Braque.

Eva aproximou-se e leu em voz alta uma das citações coladas na parede no lado de Katelyn.

– "O único motivo necessário para o triunfo do mal é os bons homens não fazerem nada", John F. Kennedy.

– Besteirol total – disse Braque, levantando-se do computador e girando a cadeira para ficar de frente para Eva. – Tudo bem, eu tenho que estudar para uma prova final e também tenho que assistir a uma aula. Vá em frente e pesquise os lugares onde você possa descolar uma turma.

– Você tem Netscape? – perguntou Eva.

– Netscape é para idiotas. Use o Google. Talvez para procurar "comida picante em Chicago", ou algo assim. Basta desconectar e desligar o computador quando terminar a pesquisa. Estarei de volta lá pelas quatro horas.

– Está bem – disse Eva, sorrindo para a prima mais velha.

Braque se virou de costas para Eva, cuja cabeça estava iluminada por uma luminária, e saiu do quarto. Seguiria até a biblioteca principal, uma enorme edificação de concreto nas proximidades do lago Michigan, na linha costeira da região pantanosa que a fazia afundar algumas polegadas a cada ano – isso porque não haviam considerado o peso dos livros lá dentro. Era uma pena, porque aquela biblioteca tinha os melhores refúgios de estudo fora dos limites da escola.

13:59

Braque percorreu a área sul do campus, descendo pela calçada riscada que anunciava grupos musicais à capela e uma estúpida batalha de bandas, e depois atravessou a Rocha, um bloco de pedra de 1,50 de altura enfiado em um terreno próximo a uma sebe e um murinho de retenção. A Rocha era uma das tradições de merda do campus, repintada a cada dois dias por algum estudante interessado em algum grupo especial. Ela gostava da faculdade por causa da equipe de softbol e do quadro acadêmico, mas odiava as típicas besteiras estudantis como aquela. E por isso não teria dado um segundo a mais de atenção se não houvesse algo escrito na Rocha: SWET PEPER JELY.

●●●

Braque olhou para a frase na pedra, olhou para o lado e olhou de novo para a frase. Desta vez a mensagem não desapareceu. Ela girou a cabeça e olhou novamente, e ainda estava lá SWET PEPER JELY.

Desta vez realmente estava lá?

Ela acenou para uma transeunte – uma mulher curvada e malvestida, que pelos óculos de lentes grossas devia ser estudante de Letras. Ela pediu para que a mulher lesse o que estava escrito na Rocha, um pedido que assustou a outra e a fez pensar que era uma pegadinha de uma câmera escondida e planejada para fazê-la parecer estúpida. Isso a fez sair apressada. Como é que se podia viver desse jeito, como se o mundo sempre causasse problemas? O que faz alguém pensar assim?

Braque parou um tipo bonito e musculoso que vestia camisa polo cor-de-rosa e bermuda. Esses tipos confiantes eram geralmente diretos. O cara suspirou, como se desapontado por ser parado na rua por uma mulher que não fazia o tipo dele, mas pelo menos se mostrou disposto a ajudar.

– Sweet Puma Belly – disse.

Braque olhou novamente. De fato, estava escrito SWEET PUMA BELLY.

– Que porra é essa? – perguntou.

– É uma banda de rock. Eles estão na batalha de bandas – respondeu o cara de camisa polo enquanto se afastava. Só então ela percebeu a frase BATALHA DE BANDAS pintada na frente do murinho de retenção. – Coloque os óculos, mocinha.

Ela encarou novamente aquela estúpida rocha, só para ter certeza. Até então não achava que estava enlouquecendo, mas começou a suspeitar de que talvez estivesse, e isso a entristeceu profundamente.

O celular tocou.

Era a mãe dela.

– Sim, o quê? – disse Braque.

– Já soube de alguma coisa? – perguntou a mãe.

— Não, ainda não.

— Seu pai está voltando de Malta para ajudar a família.

— Você falou com ele?

— Bem, ainda não falei. Mas quando falar, eu farei de tudo para que ele pegue o próximo avião.

— Você sabe se ele está em Malta? — O pai de Braque partira para um ano sabático quando ela tinha quinze anos. Isso fazia quatro anos.

— Não. Não me venha com essa conversa outra vez.

— Tanto faz. Olhe, tenho certeza de que Eva está bem. Ela estará de volta em poucos dias.

— Ela pode ser estuprada e assassinada em poucos dias. Você está só tentando arranjar um pretexto para não ajudar. Tudo gira em torno de você, não é mesmo? Tudo gira em torno do seu umbigo o tempo todo.

Braque desligou.

Enfiou a mão na mochila, tirou metade do abacate do plástico e mirou o U de PUMA a fim de fazer um *strike,* depois seguiu até a maldita biblioteca, o sol queimando o topo de sua cabeça loira.

16:15

Olhando pela janela da Linha Roxa, a parada Sul da Howard na El estava lotada — embora menos que a do norte, agora apinhada com a primeira leva de passageiros suburbanos, esgotados pela cafeína da manhã e da tarde e o bombardeio de açúcar no sangue. Fazia trinta e três graus, dentro do trem a sensação térmica era de quarenta, mas Braque não se incomodava com a cabeça de Eva apoiada em seu ombro. A sinceridade e simplicidade do gesto eram extremamente raras e maravilhosas. Isso a fez se lembrar do dia em que conheceu Eva, um dia registrado mentalmente como especial. Somente ela segurou a priminha por algumas horas, uma vez que todos os adultos zanzavam aos gritos e faziam chamadas telefônicas. Ninguém pensava em consolar Braque, mas isso não importava. Naquele dia ela derramou toda a força que tinha naquele bebezinho, abraçando-o e sussurrando repetidas vezes que tudo ficaria bem, e Eva não chorou uma única vez durante o tempo em que esteve no colo de Braque.

Onze anos depois, com a cabeça da prima encostada no ombro, Braque teve a sensação de que a segurava de novo; a despeito daquele trem que cheirava a metal quente e suor masculino, aconchegou Eva com o braço e a manteve pertinho e segura durante todo o percurso até 95th/Dan Ryan e de volta, em um infinito volteio de prata.

Quando chegaram à estação de Argyle, Eva esticou a cabeça, olhou ao redor e começou a remexer na grande mochila preta aos seus pés. O que tinha lá dentro?

– Quero ir a este lugar. – Ela apontou para um nome que constava de uma lista de restaurantes classificados por ordem de culinária desumanamente ardida. – Hell Night, no The Truth.

Braque afirmara para as companheiras de time que não pisaria no The Truth de jeito nenhum, e não queria correr o risco de encontrá-las nesse lugar e muito menos com uma prima adolescente. Uma das garotas poderia mencionar a gravidez e o aborto acidentalmente. Ela teria que lidar com o feto de maneira rápida e eficiente, e Eva, que a tinha em alta estima, jamais poderia saber. No fundo, ela achava que Eva poderia menosprezá-la se descobrisse – talvez porque no fundo também menosprezasse a si mesma.

– Esse lugar vai ficar aberto até tarde. Antes vamos a outros lugares. Qual é o próximo de sua lista?

– Jack Cermak's Tap Room. Fica na parada de Logan Square. Eles têm um prato chamado Asinhas do Círculo do Inferno. Os garçons tocam um sino com música ao fundo quando o levam à mesa. Eles colocam o nome e a foto dos que conseguem comer uma porção inteira no quadro do Anel de Fogo.

– Como é que você quer fazer isso? – perguntou Braque.

– Bem, nós pedimos a porção e apostamos com quem achar que não serei capaz de comê-la.

Braque balançou a cabeça.

– Não. No final da aposta você vai ficar entupida de asinhas. Nós teremos que fazer diversas apostas em cada restaurante.

– Talvez eu possa vomitar em algum canto ou sei lá onde.

– Não, esquece. Você disse que tocam um sino cada vez que fazem um pedido. Seguiremos o sino até a mesa e assistiremos aquele que tentar comer, e depois direi: "Aposto que essa menina é capaz de comer isso aí." Assim não gastaremos dinheiro.

– Odeio ser chamada de menina. Fique sabendo – disse Eva, afastando-se um pouco da prima.

– Eu sei, você já tem 11 anos, mas tente parecer mais jovem. Isso vai pesar a nosso favor.

Eva olhou para o chão sujo.

– Pode ser.

– E quanto à minha parte? – perguntou Braque. – Cinquenta por cento?

– Talvez quarenta por cento – respondeu Eva.

Braque sorriu.

– Para que você precisa de sessenta por cento?

– Bem, eu é que vou comer tudo, não é?

Eva tinha razão.

Ela observou as janelas de um edifício de tijolinhos pela janela do trem em movimento.

– E vou precisar de muita coisa quando voltar para casa. Novas instalações, com certeza. Mamãe disse que me deixaria cultivar qualquer coisa, menos pimentas.

– E o que você achou disso?

Eva deu de ombros.

– Sei lá. A princípio, não concordei. Mas fiquei pensando nisso no ônibus, tipo, como posso tornar as pimentas mais ardidas? Isso é algo estúpido que qualquer garoto faria? Cultivar uma pimenta tão ardida que ninguém possa comê-la? Enfim, na verdade quero utilizá-las em receitas. Mas o último lote que fiz; não sei, não. Quero cultivar outras coisas.

– Como o quê?

– Talvez frutas. Estou pensando em fazer o meu próprio sorbet vegano caseiro, ou algo parecido.

– Isso seria legal. De onde tirou a ideia?

– Foi papai que mencionou isso.

— Eles são bons para você? — Braque percebeu que sem pensar tinha feito uma pergunta difícil e potencialmente reveladora. Havia um acordo no seio da família de nunca se discutir a origem de Eva, cuja mãe biológica era aparentemente a pior mulher na história do mundo.

Mas Eva não pareceu alarmada quando olhou pela janela e disse:

— Às vezes acho que sim. Quando eles não jogam fora as minhas plantas. Eles são assim, não sei, normais. Eles ficam cansados o tempo todo de tanto trabalho. De um jeito ou de outro, raramente gostamos das mesmas coisas. Eles têm um gosto muito plebeu.

Braque sorriu. Amava o vocabulário da priminha mais nova.

— Muita gente se sente assim em relação aos pais no mundo inteiro. — Ela tentou apagar o que tinha dito antes. — Mas você sabe que no Natal eles a presentearam com aquelas lâmpadas de cultivo. E seu pai não dirigiu um bocado para levá-la naquela convenção de pimentas em Madison?

— Acho que sim.

— Se quer saber, para uma menina você é muito inteligente e motivada. E para ser sincera, acho que às vezes você os intimida. Mas sei que eles adoram você.

— Pois é.

Se Braque ponderava sobre a situação adversa de Eva naquele momento, o Natal anterior não podia ser esquecido. Embora Eva não tivesse percebido, Fiona e Jarl tinham ficado muito felizes quando a filha desembrulhou o presente. E quando Eva olhou para as lâmpadas de cultivo e começou a gritar de alegria, Jarl caiu em prantos.

Braque sabia que tinha sido um presente muito caro. Embora Amy Jo tivesse tentado contribuir com algum dinheiro, Fiona e Jarl se recusaram. Faziam questão de serem os únicos responsáveis pela felicidade daquela maravilhosa e estranha menininha que estavam criando. Era como se quisessem se assegurar de que eles próprios poderiam fazer Eva muito feliz.

— Acho que eu ainda os amo — disse Eva, se virando abruptamente e encarando a prima. — O que planeja comprar com sua parte do dinheiro?

Braque balançou a cabeça.

— Ainda não decidi.

Era hora do rush, e o trem chicoteou pela desconhecida parada do Lado Norte El. O vagão sacolejou forte, e os corpos dos jovens no corredor absorveram o choque com um balanço indiferente, como se estivessem prestes a dançar e tivessem mudado de ideia de repente.

17:15

De fato, o Jack Cermak's Corner Tap era o oitavo círculo do inferno. Naquele bairro remodelado como Logan Square, a abertura de um bar asséptico e dispendioso com aparência de lugar barato era simplesmente doentia. Sem mencionar os antigos pôsteres de cervejas que não eram servidas nas paredes. Braque disse para si mesma: Old Style, Grain Belt, Schmidt, Special Export.

Claro, o espaço preenchido com TVs de tela plana sintonizadas em canais de esportes cheirava a gordura de batata frita, vômito de cerveja e desinfetante com perfume de laranja. Ela ficou nauseada e se lembrou da última vez que tinha vomitado, e isso a fez pensar naquele maldito feto.

Elas se sentaram numa mesa embutida na parede e pediram ao garçom de macacão um milk-shake de baunilha (para Eva) e uma salada sem molho (para Braque). Esperaram, e logo depois o sino tiniu. Quando as trombetas de Johnny Cash estouraram "Ring of Fire" nos alto-falantes, dois membros da equipe de garçons levaram uma bandeja de vinho e uma travessa com asas de frango douradas e fumegantes para a mesa de dois homens rechonchudos de gravatas afrouxadas e sapatos polidos. Braque conhecia bem aquele tipo de homem em Des Moines e Evanston: só mais dois caras que não tinham batalhado o bastante na vida para fazer diferença para alguém ou para alguma coisa. Provavelmente aquele pedido de asas de frango era a maior realização deles no mês.

Quase todos no restaurante se voltaram para a mesa, e Braque se certificou de que eles não tinham percebido a dimensão da coisa. O que fez o pedido deu uma mordida na primeira asa e a deixou cair em cima da calça, bebendo água com sofreguidão e fazendo todos rirem.

Ele lacrimejava e esfregava um guardanapo na boca quando Eva se aproximou da mesa, sozinha.

– Desculpe – disse. – São tão picantes assim?

Ele cuspiu, manchando de laranja o guardanapo branco, e balançou a cabeça.

— Essas asas são de outro planeta, menina.

Eva manteve uma expressão neutra.

— Aposto que consigo comer uma.

Os dois homens se entreolharam sorrindo.

— De jeito nenhum – disse um deles.

— Onde estão os seus pais? – perguntou o outro.

Eva apontou para Braque, que acenou de volta a algumas mesas de distância. Eles sorriram, e Braque entendeu isso como uma deixa para seguir em frente.

— Quanto me daria para comer uma inteirinha? – perguntou Eva para o sujeito do guardanapo.

— É melhor você deixar esses simpáticos senhores em paz – disse Braque. – Essas asas realmente parecem muito picantes.

— Sim, elas são de lascar – disse o sujeito do guardanapo.

— Estou falando sério, quanto? – perguntou Eva.

Braque puxou o braço de Eva.

— Venha. Essas não são como as que mamãe faz em casa.

— Aposto dez dólares – disse o amigo do sujeito do guardanapo. – Mas você tem que comer uma inteirinha.

— Vinte por duas? – retrucou Eva.

— É impossível que ela consiga passar da primeira – disse o sujeito do guardanapo, encarando Eva.

— Eu vou comer mais de duas – afirmou Eva.

— Não vai, não – disse Braque. – Você vai ficar doente e eles vão levar todo o nosso dinheiro.

A estratégia funcionou; de repente, o sujeito do guardanapo pareceu farejar sangue.

— Está bem, então. Apostamos quarenta por quatro. Meninas, vocês têm quarenta dólares?

— Quarenta dólares? – o outro interferiu.

— Isso pagaria nossa conta – disse o sujeito do guardanapo, e o outro balançou a cabeça, satisfeito com o raciocínio.

O garçom, um jovem magro de barba escura com camisa quadriculada vermelha, se aproximou e ficou entre a mesa e Eva.

No crachá dele estava escrito DANE.

– Como estão as coisas aqui? – ele perguntou, sorrindo profissionalmente, e pôs as mãos na mesa. – Gostaram das Asinhas do Círculo do Inferno?

– Você já viu essa menina aqui antes? – perguntou o amigo do sujeito do guardanapo. Uma pergunta pertinente, pensou Braque.

Dane balançou a cabeça em negativa.

– Geralmente não permitimos que menores de idade comam essas asas – disse. – Onde está o pai ou o tutor legal dessa menina?

– Aqui – disse Braque, dando um passo para frente.

Dane pareceu impressionado.

– Está disposta a assinar um documento?

Braque deu de ombros e pôs quarenta dólares sobre a mesa.

– Se ela quer. Fica por conta dela. Ela terá que aprender de um jeito ou de outro.

– Certo. – Dane puxou um pedaço de papel e uma caneta do bolso da frente do avental e entregou-os para Braque. – Ela não precisa assinar, basta você.

Em seguida, o garçom pegou o documento assinado, dobrou-o e recolheu o dinheiro da mesa. Evidentemente, já tinha feito esse tipo de coisa antes.

– Este é o dinheiro? Oitenta dólares? Qual é a aposta?

O sujeito do guardanapo empurrou o prato de asas em direção a Eva.

– Ela tem que comer as quatro asas. Se conseguir, recebe a grana. Caso contrário, ganhamos.

– Vou dar um milk-shake para ela – disse Braque.

– Não – disse o sujeito do guardanapo. – Nada disso, só depois que ela comer as asas. – Os dois homens já estavam ficando nervosos. Quanto mais cedo começassem com aquilo, melhor. O sujeito do guardanapo abriu espaço, e Eva entrou na cabine.

Encarou os adultos reunidos.

– Só me digam quando devo começar. – Ela olhou para a travessa com pedaços fumegantes e alaranjados.

— Tudo bem, pode começar – disse Dane.

Eva traçou as quatro asas com a destreza de um pica-pau fazendo um buraco, limpando-as por inteiro em pouco mais de um minuto e enfileirando os ossos descarnados.

— Puta merda – disse Braque.
— Essa não – disse o amigo do sujeito do guardanapo.
— Estavam um pouco mais ardidas do que pensei – disse Eva, voltando-se para o sujeito do guardanapo. – Sinto muito por ter duvidado de você. Estavam de lascar, como você disse.
— Espertinha – disse o sujeito do guardanapo, sem graça.

Dane entregou os oitenta dólares para Braque.
— Acho que isso é de vocês.

Braque pegou o dinheiro, acenou com a cabeça, agradeceu a todos pela tolerância e puxou Eva para longe dos pobres coitados e de volta à mesa onde estavam.

— Jesus – disse Braque. – Eu não fazia ideia.
— Achou que eu ia perder? Achei que você só estava sendo uma boa atriz.

Braque entregou cinquenta dólares para Eva.
— Bem, aí estão os seus sessenta por cento. Você me deve dois dólares.
— Na verdade, as asinhas não estavam muito ardidas – disse Eva, embolsando o dinheiro. – Só tentei fazer o cara se sentir melhor.

19:39

Eva e Braque embolsaram cento e oitenta dólares no Jack Cermak, antes das queixas da inconsolável equipe de garçons intromedidos e perdedores, que as colocaram para fora. Em seguida fizeram cinco dólares rapidamente no célebre Every 1's A Wiener, um carrinho de cachorro-quente em Andersonville, apenas com uma mordida num cachorro-quente apimentado chamado Fire Dog. Eva deu efetivamente duas mordidas, só para mostrar quem ela era.

Descontando viagem e despesas, Eva arrecadou quase noventa dólares, e Braque cerca de setenta dólares, mas uma grande pontuação ainda as aguardava. Se de um lado Eva insistiu durante uma hora para que fossem ao Hell Night, do outro, Braque insistiu em esperar até as oito da noite, porque não queria se encontrar com as companheiras de equipe. Aquelas garotas eram exatamente iguais a ela: deitavam cedo e, às seis da manhã, já estavam fazendo flexões, simplesmente porque se concentravam naquilo que importava. Exatamente como ela.

No percurso até a parada de Berwyn El, no trem até Addison, e depois andando até o The Truth, na Clark, Braque convenceu Eva a interrogá-la sobre o século XIX, para a prova final de História Americana, com os cartões preparados anteriormente.

— Presidente nos anos 1853-1857? — perguntou Eva.
— Franklin Pierce, democrata.
— Quem ele derrotou na eleição de 1852?
— Winfield Scott, do Partido Whig.
— Vice-presidente?
— William Rufus DeVane King.
— Eles vão mesmo perguntar isso amanhã?
— É uma prova final sobre o século inteiro, tenho que estar preparada para tudo.
— Acho que você vai se dar bem nessa prova.
— Faz mais uma pergunta.
— Essa fila é para quê?

Uma fila formada principalmente por tipos brancos e mal-encarados alinhava-se na lateral da rua Clark. Braque olhou para frente. A fila desembocava na entrada do The Truth Kitchen & Barbecue Pit.

Braque parou na frente da fila e olhou para um cara de olhos arregalados em roupas sujas de couro. Ele parecia ganhar a vida testando capacetes de motociclista.

— É a fila para o The Truth? — ela perguntou.
— Que merda você quer saber? — O cara arregalou ainda mais os olhos.

Mais atrás, um garoto com olhos de águia e uma camisa polo American Eagle se mostrou disposto a ajudar.

— Sim, com certeza — disse. — Faz duas horas que estou aqui. Registrem-se lá e entrem na fila.

— A fila se estende por toda Grace! — Alguém disse mais atrás.

Braque se virou para dizer para Eva "parece que estamos ferradas", mas a menina já estava dentro do restaurante, passando como um raio pelo *maître* e por todo aquele caos lotado e pegajoso da Hell Night.

20:10

Mesmo em noites normais, o The Truth era insuportável. O piso era coberto de serragem, as músicas nos alto-falantes eram baladas melosas dos anos 1980, luzes natalinas cintilavam sem sincronia a um ritmo que induzia dor de cabeça, e as paredes cobertas de cartazes de madeira falsa estampavam todo tipo de porcaria:

QUEM BEBE VIVE MENOS
MENOS TRISTE
MENOS DEPRIMIDO
MENOS TENSO
MENOS DOENTE

e

CERVEJA GRÁTIS: AMANHÃ

e

DAMAS 18-30:
SEM BLUSA, SEM SAPATOS, SEM PROBLEMAS!

Naquele momento o lugar estava tecnicamente no limite de sua capacidade, a maioria composta de homens — altos e musculosos, com tatuagens e olhares de esguelha — já asfixiados pelas primeiras bocadas no molho de pimenta bhut jolokia The Truth XXX, eles espancavam as suas próprias bocas abertas com canecos de cerveja barata aos gritos e aos berros, xingando, ofegando, chorando.

Eva esquadrinhava o ambiente serenamente, como uma jogadora novata no campo à procura dos pais nas arquibancadas.

Braque a agarrou pelo braço.

– Nós vamos ser expulsas daqui – disse.

– A fila é para as mesas – disse Eva. – Não vamos precisar de mesa para o que vamos fazer. Ah, olhe, reconheço aquela turma. Do calendário grudado na sua parede.

Braque olhou para onde Eva apontava. Patricia, Tangela, Maya, Ann Richards e Nate, a amiga gay de Ann, e ainda a nova receptora Rachael "Trovão" Rhodes, uma garota forte de Nebraska cujo braço esquerdo se dava bem em quarenta e seis por cento das tentativas de roubo na base. Sentadas frente a cinco tigelas de isopor com pimentas quase intocadas, elas mastigavam pão e bebiam leite e água.

– *Você veio!* – disse Patricia, atravessando o salão para abraçar Braque. – É sua prima? Juntem-se a nós!

Foi o que Braque fez. Apresentou Eva para todas e, depois que estavam instaladas e apertadas dentro da cabine, enfrentou uma saraivada de perguntas sobre por que tinha mudado de ideia e se juntado ao grupo e se não deveria estar estudando e toda essa baboseira.

– Eu não sabia que sua prima tinha chegado para visitar. O que vocês têm feito? – perguntou Patricia.

– Quanto você paga para vê-la comer um pouco dessa pimenta? – disse Braque.

– Essa pimenta? – disse Maya. – Mal consigo mordê-la.

– Pois é, quem aposta que Eva não consegue comer duas colheres disso?

– Duas colheres? – disse Maya. – É melhor ter um pouco de leite à mão.

– Quanto?

Maya olhou para o prato apimentado.

– Pago dez dólares para vê-la tentar, mas ninguém desse tamanho consegue lidar com isso.

– Não sei – disse Tangela. – Estou fora.

– Vinte dólares – disse Rachael Rhodes. – Para mastigar e engolir.

– Aposto cinco – disse Patricia.

— Acho que ela consegue fazer isso – disse Ann Richards. – Não aposto contra ela.

— Também não aposto – disse Nate.

— Dinheiro sobre a mesa? – Eva pôs trinta e cinco dos seus dólares sobre a mesa.

Maya passou uma tigela de isopor branco, e Patricia tirou uma colher limpa de um cilindro no centro da mesa. Eva pegou-a e se serviu de uma colherada de pimenta.

— Oh, meu Deus, não acredito que ela realmente vai fazer isso – disse Patricia.

— Quantos anos ela tem? – perguntou Tangela.

— Onze – disse Eva.

— Então, pode encher essa colher – disse Rachael.

Cristo, quando queria, Rachael podia ser uma vaca.

Em prol de sua credibilidade, Eva mergulhou a colher novamente sem protestar. Exibiu os pedaços de pimentas vermelhas e marrons fumegantes e depois os enfiou na boca.

Pela primeira vez naquela noite, Braque notou que a prima estava nitidamente incomodada pela dor. Eva puxou a colher dos lábios enquanto empalidecia e lentamente limpou o resto apimentado em torno da boca. Fechou os olhos, e os nódulos do rosto arrastaram-se para baixo da garganta. Sua língua irrompeu da boca e fez um circuito completo e lento em torno dos lábios. E depois ela abriu a boca e os olhos, soltou o ar e ingeriu outra colherada cheia.

— Caracaaaaa – exclamou Rachael.

— Eu falei! Eu falei pra vocês, suas vadias! – disse Ann Richards, inclinando-se para dar os cinco de Tangela Bass e mais cinco para as duas garotas que não tinham apostado contra Eva. Ao invés de uma demonstração forçada de solidariedade, Eva juntou o dinheiro sem palavras e sem mudança de expressão.

— Como foi? – perguntou Braque.

— Legal – disse Eva.

— Você comeria mais?

Eva assentiu com entusiasmo.

— Só me dê um minuto.

Em seguida jorrou uma enxurrada de perguntas sobre como Eva tinha desenvolvido a tolerância para especiarias picantes, e sobre onde as duas primas tinham estado naquela noite (todas, cada uma a sua maneira, ficaram igualmente espantadas com o fato de que a menina tinha comido as Asinhas do Círculo do Inferno do Jack Cermak's), e sobre quanto mais ela poderia comer. Isso porque a equipe queria arrasar com aquela sala de homens arrogantes e brutos e limpar os bolsos de todos eles.

— Antes de começarmos, onde fica o banheiro deste buraco? – perguntou Braque.

— Atravessando a loja de presentes – respondeu Maya.

Claro que seria atravessando a porra da loja de presentes.

20:31

A loja de presentes do The Truth era pior do que Braque imaginara. Primeiro porque lá dentro não havia um caminho em linha reta; ziguezagueava como o *freeshop* de um aeroporto internacional, obrigando-a a topar com o nome THE TRUTH em cada pedaço de merda *Made-in-China* conhecida pela humanidade – camisas, bonés, xícaras, canecos de cerveja, chaveiros, pratos emoldurados, bonés de caminhoneiros, coletes e fivelas de cinto. E ainda uma linha completa de molho Truth, óleo Truth, tempero Truth, e mais outra coisa que chamou a atenção de Braque.

Ela caminhou até o caixa.

— Que geleia de pimenta é essa?

A garota tatuada atrás do balcão balançou a cabeça.

— Todos os produtos alimentícios daqui são de alta qualidade. São feitos em Batavia.

— Já experimentou?

— Só experimentei a verde. A verde é impressionante.

— Certo, volto depois e pego a verde.

Quando retornou ao caixa, Braque encontrou uma fila. O garotão da frente era aquele que estava com camisa polo American Eagle na outra fila. Corado, suado e com olhos vermelhos, ele segurava um bilhete dourado. Ela não estava a fim de dizer porra nenhuma para aquele esquisito, mas ele se virou e a encarou.

– Olá, senhorita fura-fila – disse, sem hostilidade.

– Eu já estava com um grupo de pessoas aqui – disse Braque.

– Ah, bem, por que não disse isso? Achei que explodiria uma revolta lá fora depois que você entrou aqui daquele jeito.

– Que se fodam os outros, não estou nem aí – disse Braque.

– Gosto de sua atitude – disse o garotão, colocando-se no espaço vazio à frente do caixa e entregando o bilhete para a mulher atrás do balcão.

– Quanto tempo levou para terminar isso, Benny? – A garota pegou o bilhete.

– Três minutos e quatro segundos – ele disse.

– Qual é seu tamanho?

– Masculino grande – ele respondeu. Em seguida vestiu a camiseta preta que recebeu da garota por cima da camisa polo. Na camiseta estava escrito EU AGUENTO A PIMENTA DO TRUTH à frente de uma pia batismal berrante, e às costas, HELL NIGHT, THE TRUTH, CHICAGO ILLINOIS.

– Você acabou de chegar aqui – disse Braque. – Já deu cabo de uma tigela inteira daquele chili?

– Ah, este ano está bem mais fraco. O que você pegou? Oh, essa coisa é uma bomba.

– Que bom que você aprova – disse Braque, entregando a geleia de pimenta verde para a garota. Foi quando ocorreu a ela que deveria ter roubado aquela porcaria; por que a tinha comprado e apoiado aquele estabelecimento sinistro?

– Sabe quem faz a melhor geleia de pimenta no mundo?

Braque odiava quando os homens lhe faziam perguntas que evidentemente só eles sabiam as respostas.

– Não tenho a menor ideia – disse.

– Uma mulher, no Novo México. Mas você tem que ir lá pessoalmente. Ela não aceita encomendas on-line.

– Vou pensar um pouco e depois te peço mais detalhes – disse Braque.

– Ficou em cinco dólares e dez *cents* – disse a garota atrás do balcão.

— Você já distribuiu muitas camisetas dessas hoje à noite? — Braque quis saber.

— Não, é a primeira — disse a garota.

Braque se virou para dar os parabéns a Benny, mas ele já tinha saído.

20:37

Ela se sentou numa privada cor-de-rosa como Pepto-Bismol no banheiro das mulheres, que estava vazio, e abriu o pote de geleia de pimenta verde. Mesmo com o som do AC/DC ecoando e o cheiro de água sanitária barata subindo pelo rosto, o odor da geleia oprimiu todos os sentidos. Só então ela percebeu que tinha se esquecido de pegar uma colher ou um garfo, mas logo se deu conta de que não tinha esquecido nada; era uma compra de impulso. Por que a garota do caixa não tinha oferecido uma colher? Talvez porque não tivesse pensado que ela sairia correndo para experimentar a geleia no banheiro. Tudo bem, então. Ela enfiou os dedos no pote e levou um bocado da gosma verde ardida à boca.

Uau. Era a melhor coisa que Braque havia experimentado na vida. Era a melhor coisa que havia comido na vida, talvez. Espalhou outro punhado na língua. Incrível. O que ela estava esperando? O que ela *estava* esperando?

Seu celular tocou. Ela limpou as mãos na dobra do papel higiênico e puxou o celular da bolsa. Estava escrito na tela, EU TE DISSE.

Ela sentou-se de novo e pensou por um segundo.

Ainda estava meio atordoada com o que presenciara ao longo do dia — as palavras fugazes SWET PEPER JELY numa barra de proteína, na Rocha do campus, no celular novo, talvez algum tipo de sonho febril e loucamente subjetivo. Nem se importou em esconder aquilo de Patricia, contou tudo a ela. Até porque poderia ter inventado aquilo.

Agora, com a confirmação, ela não se importou em escrever de volta. PORRA, VOCÊ NÃO ESTAVA BRINCANDO, digitou. ESSA MERDA É INCRÍVEL. POR QUE GOSTO TANTO DISSO?

PORQUE EU GOSTO, escreveram em resposta.

Braque digitou POR QUE VOCÊ NÃO GOSTA DE ALGUMA COISA NÃO PROCESSADA E DE BAIXA CALORIA?

VAMOS PARA O NOVO MÉXICO AGORA MESMO, escreveram.

NÃO VAMOS, NÃO, digitou Braque, MAS DÁ TESÃO.

O CARA DISSE QUE A MELHOR SWET PEPER JELY ESTÁ NO NOVO MÉXICO.

FODA-SE O CARA, digitou Braque.

NÃO VAMOS, digitaram de volta.

A bile subiu à garganta, e Braque vomitou a salada e a geleia de pimenta verde por todo o azulejo em frente ao banheiro.

Ela digitou: VOCÊ ME FEZ FAZER ISSO?

SIM, surgiu na tela.

BEM, VOCÊ QUE SE FODA, escreveu Braque. Se aquilo não estava acontecendo e era apenas alucinação ou sonho, ela poderia assumir uma linha dura.

VAMOS PARA O NOVO MÉXICO, escreveu. ISSO VAI MUDAR SUA VIDA.

Braque jogou o celular dentro da bolsa. Saiu do reservado do banheiro e, mesmo sendo observada por duas periguetes excessivamente perfumadas que estavam perto das pias, manteve-se lá dentro e engoliu o último bocado daquela geleia maravilhosa.

Depois de raspar o restinho com a língua, ainda sendo observada pelas garotas, jogou o pote vazio na lata de lixo do banheiro.

20:48

Havia uma barulheira na parte principal do restaurante, igual à dos bares esportivos durante a Stanley Cup ou a World Series ou o Super Bowl ou coisas do gênero. Torcer e bater os pés e depois longos aplausos. A garota não estava mais no caixa; ela estava de pé entre a loja de presentes e o restaurante, observando o que acontecia no salão de jantar. Todo mundo estava de costas para a loja de presentes.

Braque fez uma jogada. Surrupiou todos os potes de geleia de pimenta verde e de algumas vermelhas e enfiou na bolsa. Antes de esconder os dois últimos nos bolsos, resolveu saborear um dos potes. Por que não, diabos?

• • •

O rugido da multidão se aproximou e ela se espichou com o punho e os lábios lambuzados daquela deliciosa geleia de pimenta verde. Olhou por cima do corredor a tempo de ver a prima sendo carregada no alto pelo time de softbol e depois colocada no balcão próximo à caixa registradora. Benny tirou a camiseta da HELL'S NIGHT e a deslizou sobre Eva. Ann e Tangela reergueram-na aos uivos da multidão.

Quando finalmente se deu conta do que estava acontecendo, Braque soltou um grito e ergueu o punho manchado de verde. Abriu caminho até Eva e, justamente quando a pegou pela mão, a prima se dobrou e vomitou um rio de pedaços marrons e vermelhos em cima da caixa registradora. O vômito cheirava a mistura de peido e pneu em chamas.

A garganta de Braque se abriu e evacuou quase duzentos e cinquenta gramas de um lodo verde não digerido no chão. Que cena! A aglomeração recuou aos gemidos e gritos. Alguém chamou pelo faxineiro. Em meio a tudo isso, sob um rude brilho de vômito e alegria, Braque finalmente ergueu a mão da prima ao céu.

WALLEYE

Não era apenas a opinião de Will Prager, mas também uma verdade imparcial, que você precisava ter *algo mais* para conquistar as garotas da escola. Um algo mais que provavelmente significava ter mãe ou pai advogado e viver em uma casa bacana com piscina. Talvez ter um abdômen "tanquinho". Talvez ser um nerd da computação que passava a Noite do Baile no porão da casa dos seus pais, ouvindo Rush e pensando na teoria das cordas. Para todo mundo, sempre havia alguém, contanto que você *fosse* alguém.

Até o primeiro ano, Will Prager não tinha o tal algo mais. Ele não era um supergênio, nem inteligente, nem praticava esportes, e não era bom o bastante para ganhar uma bolsa de estudos em algum lugar. Um dia, alguns veteranos que tinham uma banda chamada Smarmy Kitten o convidaram para um show. Brandon Spencer, o guitarrista e líder da banda, que sempre usava camisetas com nomes obscuros como Merzbow e Tzadik Records, olhou no fundo dos olhos de Prager e disse:

— Hei, cara, você devia ir ao nosso show. Você vai gostar.

Bem, Will Prager fez isso e gostou. E desde então só pensava em música.

No verão de 2005, por dez vezes Will dirigiu sozinho os quarenta e cinco minutos de distância de River Falls, Wisconsin, até Minneapolis, onde assistiu Built to Spill, Drive-By Truckers, Spoon, Heiruspecs, Dillinger Four, Boiled in Lead, Maitiera, Tapes 'n Tapes, Owls e Atmosphere with Brother Ali, na maioria das vezes com os amigos Vik Gupta e Ken Kovacs.

Will também fundou uma banda chamada Lonesome Cowboys, com Vik na bateria, Ken no baixo, Zach Schmetterling na *pedal steel*, Erick Travis no violino e ele próprio na guitarra e nos vocais. O grupo tocava músicas tristes de caubói e adaptava outras músicas a este estilo. O cover de "No Diggity" era sensacional! Fazia as garotas gostosas se esquecerem de que você era um idiota, o que, afinal, é o objetivo de toda música. As garotas eram mais sortudas porque não tinham que ter algo mais. Só tinham que ter boa aparência, frequentar os shows e não ligar o tempo todo para falar bobagem.

Mas, no terceiro ano, no primeiro dia de aula, no quinto tempo de História Americana com o professor Killer Keeley, a nova garota que se sentou na última fileira da sala certamente tinha algo mais. Ela calçava uma bota Doc Martens vermelho-sangue e tinha unhas pintadas de preto, minissaia preta, cabelo vermelho brilhante ao estilo Manic Panic e uma camiseta branca onde se lia THE SMITHS e MEAT IS MURDER. Totalmente gótica.

– O que era a América do Norte antes da chegada dos europeus? – perguntou Killer Keeley.

Will Prager levantou a mão, e o professor continuou olhando ao redor da sala. Era hora de Prager definir o tom para o desempenho do ano.

– Mais alguém? – perguntou o sr. Keeley, talvez à espera de uma alternativa melhor que Prager, mas ninguém mais ergueu o braço. Era o quinto tempo, primeira aula após o almoço, de modo que todos estavam entupidos de comida. Fazia quase trinta graus lá fora e a pergunta era insolentemente ampla.

– Só quero estar apaixonado – disse Prager. – Você vai me ajudar ou não?

– Eu não o chamei, William – disse Keeley.

Prager tinha cantado os primeiros versos de "Where Is the Love", fazendo sorrir a bonita garota gótica da última fileira.

Segundo os rumores, Killer Keeley tinha pegado leve ao longo dos últimos dois anos. Mas agora, graças a Prager, ele estava perdendo o lote dos novos alunos em tempo recorde.

• • •

Ao final da aula, Prager deu uma boa olhada na garota que sorrira de sua comovente interpretação do clássico soul de Roberta Flack/Donny Hathaway. A garota era ainda mais gostosa que à primeira vista. Os seios e a bunda eram surpreendentes demais para as mãos frias e nervosas dos garotos simples de Wisconsin; ele a imaginou de biquíni em Miami, montando um golfinho ou pilotando veleiros entupidos de homens cheios de tesão. E a garota era alta, no mínimo 1,88 de altura, um bálsamo para Prager, porque ele media 1,95. E ela o tinha achado engraçado, o que também era muito sexy.

Uma hora depois, ele entrou na aula de francês de madame DuPlessis, no sétimo tempo, e lá estava a garota, sentada na última fileira. Talvez tenha sorrido quando a viu, mas reprimiu o sorriso quando ela olhou. A carteira à esquerda da garota estava vazia e, embora ele nunca se sentasse atrás porque não tinha uma visão muito boa, ele pegou o lugar.

– Oi – disse olhando para ela.

– Oi – respondeu ela de forma vivaz e talvez até acolhedora, ele pensou consigo.

– Qual é seu nome? – ele perguntou.

– Eva. E o seu?

Hum, ah. Ele tinha pensado em uma frase que soasse memorável.

– Will, Will Prager – disse. Ele agora tinha que manter o fluxo da conversa de qualquer maneira. – Quer dizer que você gosta dos Smiths? – Ele olhou para a camiseta, tentando não olhar para o peito dela.

– Sim, eles são OK – ela disse.

– Você é vegetariana?

– Não. Eu só queria a camiseta dos Smiths. Você é?

– Sou, mas estou só começando. – Na semana anterior Prager tinha visto um documentário sobre galinhas na casa de Ken Kovacs que convertera a ambos. E agora isso se somava ao que eles tinham além da banda.

Com um vestido sem mangas pelo calor que fazia e os cabelos castanhos e lisos sob as luzes fluorescentes, madame DuPlessis postou-se em frente à classe. Era bonitinha, mas também era mãe de um calouro, e isso era estranho.

— *Regardez ici, s'il vous plaît* — disse.

— *À bientôt* — disse Will Prager para Eva. Porra, que coisa melosa, ele pensou quando desviou os olhos para a professora.

Eles tiveram que falar e escrever em francês nos cinquenta minutos seguintes, e houve pouco tempo para interações significativas até o tocar do sino, que, após uma eternidade infernal, finalmente tocou.

— Você gosta de Radiohead? — perguntou Will para Eva. Achou que ela levaria um tempo para responder, mas ela retirou os livros da mesa rapidamente e os colocou dentro de uma mochila preta.

— Sim, eles são legais — ela disse aparentemente apressada.

— Minha banda costuma fazer cover de Radiohead — disse Will. Era preciso enfatizar o fato de que tinha uma banda antes que fosse tarde demais. — Temos um ensaio esta noite.

— Qual é o nome de sua banda? — ela perguntou enquanto se levantava.

— The Lonesome Cowboys.

— Bacana, talvez eu veja vocês qualquer dia desses — ela disse. — Prazer em conhecer você.

— Você tem planos para esta noite?

— Preparar uma sopa francesa de cebola com meu pai. Vejo você amanhã — falou ela e se foi.

Quando chegou em casa naquela noite, Will Prager pegou um livro de receitas na cozinha do pai e encontrou esta receita:

Sopa francesa de cebola (8 porções)

¼ de xícara de manteiga sem sal

5 cebolas médias, em fatias finas

1 folha de louro

½ colher de chá de tomilho seco

2 colheres de sopa de Xerez seco

3½ xícaras de caldo de carne

1½ colher de chá de sal kosher

½ colher de chá de pimenta-do-reino

8 fatias de pão torrado

1½ xícara de queijo Gruyère

    Aqueça a manteiga numa panela de sopa, em fogo médio, até que esteja derretida. Adicione a cebola, o louro e o tomilho. Após 15 minutos, ou assim que a cebola começar a dourar, reduza o fogo para médio-baixo e tampe a panela, mexendo sempre, até a cebola assumir uma tonalidade dourado-escuro, aproximadamente 30 a 40 minutos. Cuidado para não cozinhar demais as cebolas; paciência é essencial para uma caramelização perfeita. Acrescente o Xerez.

    Aumente o fogo, mexendo vigorosamente, até que todo o Xerez esteja incorporado. Junte o caldo de carne, espere ferver e cozinhe por 20 minutos, parcialmente coberta. Tempere com sal e pimenta. Remova a folha de louro antes de servir. Coloque oito tigelas refratárias em uma ou mais assadeiras. Encha as tigelas de sopa, coloque no topo de cada tigela uma fatia fina de pão torrado, e cubra-as delicadamente com 3 colheres de sopa de queijo. Asse em forno bem quente, até que o queijo esteja derretido e ligeiramente dourado. Utilize Gruyère autêntico suíço, senão você vai jogar seu tempo fora.

Aquilo era tão bonito, tão rigoroso e tão complicado! Prager jamais imaginaria preparar um prato como aquele. Mas alguém da mesma idade o fazia, uma garota gostosa de quem ele gostava muito, e isso o fez se sentir inadequado e lascivo.

Eli, pai de Will Prager, assistia na sala ao primeiro jogo da temporada do *Monday Night Football*, e Prager estava sentado sobre o linóleo no piso da cozinha a uns três metros de distância e ainda debruçado na receita. Eli era mais baixo e mais magro que o filho, mas sempre ocupava mais espaço onde estava; seu rosto com cicatrizes e barba longa de motoqueiro e seu cheiro gorduroso e cortante de loja de motos eram como madeira molhada jogada na fogueira; ninguém bloqueava o caminho de Eli, nem em casa.

– Ei, pai, vamos fazer uma sopa francesa de cebola qualquer dia desses? – disse Prager.

– Sopa francesa de cebola? – Eli repetiu. – Por que diabo você quer isso?

– Sei lá, algo diferente – disse Prager. – Mas que negócio é esse de que só presta se for com Gruyère suíço? Esta receita deixa bem claro que tem que ser um queijo da Suíça.

– Quem diabo sabe? Esse livro de receitas é do início dos anos setenta. Não acho que os agricultores de Wisconsin fizessem esse tipo de queijo naquela época.

– De quem era este livro de receitas?

– Essa merda era de sua mãe – disse Eli. Às vezes ele falava como se a morte da esposa fosse uma enorme carroceria de caminhão bloqueando a estrada. Já para Will a morte da mãe era como uma grande rachadura na calçada de concreto da casa onde moravam; todo dia ele sentia, via e caminhava sobre essa rachadura, mas era grande e estranha demais para ser consertada.

– Então, devemos preservá-lo – disse Prager.

Julie, irmã dele, entrou na cozinha e pegou um shake de proteína na geladeira. Ela vestia a roupa habitual de verão, camiseta de algodão com a gola e as mangas cortadas, top esportivo e short. Fazia seis meses que a mãe tinha morrido, e Prager estava preocupado com a forma pela qual a irmã caçula lidava com isso. Ela e a mãe não estavam se entendendo bem quando a mãe morreu. Depois disso, Julie abandonou a equipe de softbol, o que já era estranho, e agora só se preocupava em correr e não fazia mais amigos. Os outros perguntavam se a irmã de Prager estava deprimida, e ele não sabia o que dizer. Era a garota de treze anos mais enigmática e inconstante do universo conhecido.

— Papai, você vai fazer alguma coisa ou estamos por conta própria para o jantar? – ela perguntou.

Eli não tirou os olhos do jogo.

— Se quiser pedir alguma coisa, fique à vontade.

— Por Deus, pai – disse Julie. – Você é tão indolente. – Ela adorava dizer grandes palavras o tempo todo, sem nenhum motivo.

— Se não gosta, pode se mandar daqui – disse Eli.

— O que vai fazer para comer? – perguntou Julie para Will.

— Vou aquecer burritos no micro-ondas – ele disse. – E depois vou comê-los na pia como um autêntico nababo.

— Você é tão preguiçoso que isso chega a me matar. Nem ao menos se dá ao trabalho de lavar uma droga de prato.

— Pois é – disse Prager, observando os três minutos para o timer digital iniciar a contagem regressiva.

Por algum motivo, ele não parava de pensar em Eva. No rosto dela. Que altura linda, impressionante, as coisas que a garota tinha dito e como tinha dito. Droga. Prager gostava daquela garota. E o algo a mais de Eva era mais do que simplesmente ser gótica. Era a gastronomia.

No dia seguinte, antes do início das aulas, em frente às máquinas de venda automática, Will Prager perguntou a Vik Gupta, baterista da banda, aonde poderia levar uma garota interessada em gastronomia para comer em Minneapolis. O pai de Vik era professor titular da Universidade do Wisconsin em River Falls e costumava levar a família a lugares realmente elegantes.

— Vejamos. Gostei do Goodfellows – disse Vik. – Também gostei do Café Un Deux Trois. Do Hutmacher's. Do Locanda di Giorgio. Mas todos são *très cher*. – O francês soava bem na boca de Vik. Ele era do tipo que usava gravata na escola, e os padrões de gosto da Nils P. Haugen Senior High só exigiam o uso de camiseta sem palavrões escritos em cima. – Quem é a garota?

— É nova na escola, se chama Eva Thorvald.

— Carne nova – disse Vik. – Pense grande, Prager, surpreenda-a. No primeiro encontro, apele para o luxo mais opulento.

— Bem, isso é meio o oposto do que tenho feito durante toda a vida — retrucou Will. — De qualquer forma, não achei que você estabeleceria um padrão tão alto logo de cara.

— Você está solteiro agora, certo? Isso significa que todos os seus planos anteriores falharam. Gosta mesmo dessa garota?

— Acho que mais do que tudo.

— Então, senhor, nós não temos escolha.

Não demorou para o início do quinto tempo. Ela estava ainda mais surpreendente do que ele se lembrava. Com a mesma roupa, só que desta vez com uma camiseta do Nick Cave.

— E a sopa francesa de cebola? — ele perguntou porque, por experiência própria com a última namorada, sabia que as mulheres adoram quando você se lembra das bobagens que elas contam e o amam quando você as repete para elas. Mas nesse caso estava sinceramente curioso em relação à sopa.

— Ah, ficou boa. Obrigada por perguntar — disse Eva.

— Boa, só isso?

— Só. Meu pai comprou queijo azul por engano, em vez do Gruyère; era mais barato. Talvez por isso não tenha saído como devia. O queijo se destacou mais que o caldo.

— Você sabe que o Gruyère suíço é o melhor para a sopa francesa de cebola.

— Uau! — ela exclamou. — Eu não sabia.

Will arquitetara por um longo tempo como encaminharia a conversa até a pergunta seguinte, a principal. Ele não estava mais lidando com a ex-namorada do primeiro ano; a garota de agora era uma novata sofisticada e entendia profundamente de comida. Ele respirou fundo.

— Gostaria de partilhar uma aventura culinária?

— Com você?

Killer Keeley bateu com uma régua na carteira de Prager.

— William — disse. — Já para a fileira da frente.

Que porra, Keeley tinha escolhido uma droga de momento para recuperar a sua autoridade.

— Sim — disse Prager, olhando para Eva enquanto se deslocava para quatro carteiras à frente.

— Claro, talvez seja divertido — ela disse, dissipando com um sorriso todos os outros pensamentos que passavam pela cabeça dele. Ele continuou em êxtase até o final da aula, observando a boca de Keeley fazer ruídos enquanto uma cintilante esperança fluía como sangue nas veias.

Eli devorava um saco de salgadinhos enquanto lia o caderno de esportes quando Will entrou na cozinha e se encostou no balcão.

— Pai, eu preciso muito do carro na sexta-feira.

Eli não tirou os olhos do jornal.

— Por quê? O que houve?

— Tenho um encontro com uma garota.

— Ah, que engraçado, também tenho um encontro nessa mesma noite.

— Você tem um encontro? — Era a primeira vez que Will ouvia o pai comentar a respeito de um encontro com alguém desde a morte da mãe. Ele jamais cogitaria a ideia de que o pai poderia ter uma namorada e muito menos relações sexuais ou o desejo de tê-las.

Considerando as circunstâncias da morte da mãe de Will, projetada da garupa da Harley Panhead, um acidente onde o pai sofreu apenas uma torção no tornozelo, e considerando ainda que Eli não montava uma motocicleta desde o ocorrido, aparentemente ele estaria em estado de luto perpétuo, um curso de ação aprovado por Will e Julie. Qualquer outra coisa seria sentida como uma odiosa traição.

— Sim, com uma mulher que conheci na igreja.

Isso era diferente, bem menos devastador, mas ainda muito irritante; depois do funeral da esposa, Eli passou a frequentar os serviços de uma igreja luterana. Will Prager não entendia isso. Seu avô paterno, um judeu *asquenazi* não praticante chamado Frank, tivera a infelicidade de se casar com uma luterana devota chamada Greta, que tinha educado todos os filhos, inclusive Eli, no rigoroso Sínodo Luterano do Missouri. Will não era tecnicamente judeu, uma vez que nem a mãe nem as avós eram judias, mas teria sido incrível ser educado como judeu, e ele teria amado.

Eli, por outro lado, recusava-se a reconhecer qualquer tradição, sobretudo porque desconhecia todas, e coube então a Will realizar o seu próprio Seder de Pessach e observar os dias santos e colocar a menorá no Hanucá e conseguir uma trombeta para substituir o *shofar* no Purim. Eli nem encorajou nem impediu o filho de nada.

Will, por sua vez, desaprovava as práticas religiosas de Eli, e ainda mais se o pai utilizasse as aulas de estudo da bíblia luterana como mercado de encontros.

— Ah. E aonde você vai? — Will quis saber.

— Só ao Luigi, no centro.

— Ah. — Will limitou-se a exclamar. Era coisa demais para absorver.

— Mas pode ficar com o carro nessa noite, se não se importar de me deixar no restaurante.

— Ah. — Que negócio terrível para Will Prager; uma sombra se lançava sobre o que poderia ser uma noite incrível.

— Oi — disse Eva antes de iniciar o quinto tempo no dia seguinte. — Só para você saber. Meu pai me quer em casa ali pelas nove, o mais tardar.

— Ah — exclamou Prager. Claro que haveria a droga de um pai superprotetor na jogada. Isso significava que o jantar em Minneapolis estava morto, a menos que eles jantassem às seis da tarde. O mundo seria bem melhor sem os pais.

— E ele quer conhecê-lo — acrescentou ela.

— Para lá, William — disse Killer Keeley apontando para a cabeça do garoto. — Agora.

Prager girou o dial para a estação The Current 89,3 enquanto dirigia o carro do pai pela rua principal em direção ao Luigi. Wilco tocava "Ashes of American Flags".

O pai baixou o volume e perguntou de um jeito irritante:

— E então, com quem vai sair esta noite?

— Só outra garota. — Prager não queria papo. Era quase como se a mãe estivesse viva enquanto ele levava o pai ao encontro de uma amante. Ele pensou por um segundo em acertar o para-choque do carro da frente, só para estragar o horroroso plano do pai, mas o fato de que ele próprio teria um encontro pelo qual ansiava desesperadamente reprimiu qualquer impulso para sabotagem.

– Como ela é?

– Ainda não sei.

– Bem, então falo eu da mulher com quem vou me encontrar. Chama-se Pat. É viúva, o marido morreu há três anos. Tem um filhinho chamado Sam. É mais nova que eu; tem trinta e cinco anos.

– Parece ótimo – disse Prager. Ele queria que o pai se comportasse naturalmente, e não como estava se comportando naquela noite, cheio de prosa e interessado, e que varresse aos gritos aquela mulher e todas as outras para bem longe. Mas não havia esperança quanto a isso. Ele parou junto ao meio-fio na quadra do Luigi. – É aqui mesmo?

– É, sim. Bem, boa sorte no seu encontro. Amanhã cedinho trocamos impressões? – disse Eli de sobrancelhas erguidas, como se exclamando oba, oba. Mortificante.

– A gente se vê – disse Prager.

– Te amo, garoto – disse Eli caminhando em direção à porta da frente quinze minutos antes de um encontro tenebroso com uma viúva luterana.

Eva e a família moravam num robusto prédio marrom-alaranjado a certa distância da rua principal, próximo ao centro de Knowles. A tinta nas laterais do edifício estava descascada e desbotada, e o estacionamento parecia um depósito de carros abandonados, apesar de não tão velhos a ponto de serem apreendidos. Era o tipo do lugar onde Will jamais pensaria que uma garota tão incrível como Eva pudesse morar. Talvez ele já tivesse passado um milhão de vezes por aquele lugar, sem sequer notá-lo. E agora estacionava o Ford Taurus do pai ali, seu coração palpitando sob o esterno, atravessando as embalagens de fast-food e as guimbas de cigarro para chegar à porta de Eva. Do lado de fora da portaria, uma máquina de venda automática de Royal Crown Cola, e debaixo de uma saliência, um cartaz escrito à mão onde se lia QUEBRADA.

– Oi, Will – disse Eva.

Ele nem tinha percebido que ela estava regando as plantas no pátio no primeiro andar. Usava um vestido preto estilo baby-doll, jaqueta do exército alemão e luvas sem dedos. Aquela roupa, aquele sorriso, isso o fez querer se jogar aos pés dela.

– Ah, oi – ele disse sem tirar os óculos escuros. – Acho que é melhor a gente vazar. – Ele tinha dito isso mesmo? Deus, às vezes ele era um idiota.

– Ei, entre por alguns minutos, meu pai quer conhecê-lo.

Ele estava torcendo para que ela tivesse esquecido essa parte.

Sentado numa poltrona azul-marinho com pufe, assistindo ao game show *What a Life* e bebendo uma lata de Old Style enfiada num cooler azul brilhante, um homem se levantou quando viu Eva e apresentou-se como Jarl Thorvald. Prager fechou a porta atrás de si. Sua primeira impressão foi de que aquele homem não se parecia em nada com Eva. Era um sujeito baixo, gordo e careca; usava camisa de manga curta abotoada até a metade, gravata azul afrouxada e calça de moletom manchada. Ele não parecia ser capaz de cozinhar nem de saborear uma sopa francesa de cebola com queijo azul, muito menos com um Gruyère suíço.

– Como vai? – Jarl acrescentou depois que se apresentou a distância. Abotoou a camisa até em cima e ajeitou a gravata.

Prager esquadrinhou o pequeno e escuro apartamento enquanto se dirigia à sala de estar. Mesmo com as cortinas da varanda fechadas e apenas com a luz da cozinha, era visível que o lugar tinha pouca mobília e que a sala de estar não tinha sofá, somente uma poltrona, uma cadeira dobrável, uma TV preta e um leitor de DVD sobre um suporte barato de madeira compensada, e na pequena sala de jantar só havia uma mesa de vidro e duas cadeiras estofadas e dobráveis empilhadas com revistas esportivas e latas de cerveja. E não havia nada pregado nas paredes, a não ser um calendário de um banco local. Era um apartamento típico de um solitário, sem nenhuma evidência da presença de uma adolescente.

– Fiquei sabendo que você tem uma banda – disse Jarl, tomando um gole da Old Style. No cooler onde estava a lata lia-se MANTENHA A ROTATIVIDADE sob a imagem de um pescador. – Que tipo de música?

— Baladas country tristes – disse Prager.

— Gosta de Jimmy Buffett?

Pergunta estranha, pensou Prager. Jimmy Buffett não era propriamente country. A música de Jimmy Buffett era mais para gente que odiava música. Mas de repente aquele pai tornou-se um novo objeto de afeição, considerado pela determinação com que emitira um gosto pessoal, e Prager então respondeu:

— Ele é legal, acho.

— Legal? É o músico mais influente do século XX. É o que ele é.

Nem chega perto, pensou Prager. Nem sequer no topo da lista de mil. Talvez estivesse em algum lugar nas quatorze centenas entre Poco e Edison Lighthouse.

— E seus pais acham tudo bem você ser um músico country?

— Sim – disse Prager. – Meu pai não se importa, e minha mãe, bem, ela faleceu, mas imagino que onde quer que ela esteja, ela é uma fã. – Ele balançou a cabeça e franziu os lábios. Falava pouco da mãe, mas quando falava trazia o assunto à tona como se já o tivesse superado, para deixar as outras pessoas à vontade.

— Nós temos que ir, pai – disse Eva.

— Ah, sim, tudo bem – disse o velho, exalando o entusiasmo e a autoridade de um inspetor de escola. – Voltem ali pelas nove.

— Já sei. – Eva beijou o pai e conduziu Prager até a porta.

— Ei – disse Jarl. – Aonde vocês vão?

Eva olhou para Prager como se dizendo: *Melhor contar para ele*.

— Vamos ao Steamboat Inn, em Prescott – disse Prager. Era o restaurante mais bonito nas proximidades, e era para ser uma surpresa.

— Sinto muito por sua mãe – disse Eva quando Prager abriu a porta do carona. – Eu não sabia.

— É triste, mas acontece – ele repetiu a frase que sempre dizia em situações como aquela, olhando para o supermercado do outro lado da rua.

— Minha mãe também morreu, dois anos atrás – disse Eva.

— Sério? De quê? – ele perguntou.

– Câncer de pulmão. E a sua?

– Acidente de moto.

– Chegue aqui. – Ela o abraçou ali mesmo no estacionamento, à vista dos que tiravam os filhos de dentro de minivans, dos que transportavam sacolas de compras e dos que passavam em carros esportivos. Uns dez segundos depois, soltaram-se do abraço... Ele fez isso primeiro e a observou. Ela agora parecia mais velha, uma mulher com quem ele poderia andar de mãos dadas na escuridão, uma mulher cuja escuridão combinava com a dele, de modo a poderem se corrigir um ao outro, mesmo sem pensar, mesmo sem sequer falar a respeito.

No carro, Eva explicou que se mudara para River Falls com o pai, vindos de Mankato, onde Jarl trabalhava como atendente de estacionamento antes de ser demitido por alguns mal-entendidos. Isso não por culpa dele, segundo ela. Depois de levar um longo tempo para encontrar trabalho, no mês anterior ele tinha sido contratado para um serviço de transporte de meio expediente na Loomis Home Products, uma empresa de River Falls que produzia a grande novidade em coolers de cerveja para lojas de conveniência em paradas de caminhões. Ela perguntou se Prager queria um cooler, e com a resposta afirmativa vasculhou uma bolsa preta sorrindo e entregou-lhe um onde se lia VOVÔ SENSUAL.

– Guardarei para sempre. – Ele achou que isso poderia soar sarcástico, mas acabou dizendo, mesmo soando extravagante. Era um presente dela, alguma coisa dela, como um pedaço do coração dela, o que indicava que ela gostava dele. Ele não soube ao certo onde colocar o Vovô Sensual, portanto o apoiou no painel de controle, entre os olhos dele e a estrada, e o objeto brilhava sob as luzes dos outros faróis.

O rádio tocava "Super Bon Bon", de Soul Coughing. Ele aumentou o volume, acima do ponto deixado pelo pai, baixou o vidro da janela do motorista e estendeu a mão no ar noturno, o ritmo do baixo da música reverberando nos corpos dos dois e atravessando árvores, cercas e mosquitos em direção ao céu. Ela então abriu a janela e também estendeu o braço para fora; ele sorriu, e talvez ela também tenha sorrido para ele.

• • •

Atracado às margens do rio Saint Croix, o Steamboat Inn – um barco a vapor transformado em restaurante – era ainda mais extravagante que o esperado; nas mesas, guardanapos e velas, e sem TVs em lugar algum. Prager tinha feito reserva, o que nunca ocorrera antes, e talvez isso impressionasse a ela tanto quanto a ele.

Enquanto estacionavam, Eva contou que naquele ano só tinha comido fora duas vezes, ambas durante a mudança da família de Mankato para River Falls, pois os utensílios de cozinha estavam encaixotados num depósito da U-Haul. Na infância ela raramente comia em restaurantes, apenas em aniversários e ocasiões especiais, a não ser durante a viagem que fez a Chicago aos onze anos de idade, quando quase todas as refeições eram feitas fora de casa. Eva recontou essa história com tamanho brilho nos olhos que Will Prager ficou seguro de ter feito a coisa certa ao levá-la àquele restaurante no primeiro encontro.

Eles conseguiram uma boa mesa, não muito distante das janelas com vista para o rio, apesar de ao anoitecer o máximo que podiam avistar era o reflexo do interior do restaurante. Eles certamente eram os mais novos sem a companhia dos pais naquele restaurante, e isso imprimia neles um ar meio durão.

O cardápio, no entanto, era muito caro, mais de quinze paus para a maioria dos pratos, e ele então tinha feito bem em economizar a grana recebida no emprego de verão na Sam Goody. A salada Caesar era um dos pratos mais baratos, sete dólares.

– A salada Caesar parece interessante – ele disse.

– Walleye grelhado – ela disse observando o item que custava dezoito dólares. – Com salada do dia e batata à escolha.

Os garçons dos restaurantes frequentados por Pager eram estudantes universitários e do ensino médio. No Steamboat Inn, eram uma mulher de uns vinte e poucos anos de idade e outro garçom mais velho. Ela chegou à mesa e perguntou se queriam algo além de água.

– Vocês têm *root beer*? – perguntou Will. Eles tinham.

– Fico com água, obrigada – disse Eva.

– Já podemos pedir? – ele perguntou e a garçonete disse que sim, caso já tivessem decidido, e em seguida ela perguntou se antes eles não queriam ouvir as especialidades da casa.

– Claro – disse Eva.

O prato especial era um pato canadense assado e laqueado com molho de bordo sobre um leito de arroz selvagem ao açafrão, servido com couve lombarda, por vinte e oito dólares. As palmas das mãos de Prager suaram. O pai não o deixava ter um cartão de crédito, e ele só tinha trinta e cinco dólares para aquele encontro.

– Parece bom – disse Eva. – Mas você recomendaria o walleye?

– Claro que sim – disse a garçonete, acrescentando que era recém-pescado no lago Mille Lacs.

– Uau, então você também conhece a procedência do peixe?

A garçonete assentiu com a cabeça.

– Legal – disse Prager. – Nunca ouvi falar disso.

Eva pediu o walleye, com batata cozida e salada sem molho.

A garçonete perguntou se Prager queria frango na salada Caesar por mais 3,99 dólares.

– Absolutamente não – ele disse. – É uma questão moral.

Quando a garçonete se retirou, Eva olhou sério nos olhos de Prager.

– Quer saber por que concordei com tudo isso?

– Ahn, claro. – A pergunta tinha mexido com ele; ela ainda não tinha assistido à banda. O que mais poderia ser? Por que ele era bonito e engraçado? Isso seria bom, talvez.

– Aquilo que você disse no primeiro dia da aula de história. "Só quero estar apaixonado", quis mesmo dizer aquilo?

Ele tinha dito para ser engraçado e sem pensar no que aquilo significava.

Enquanto ele pensava na resposta, ela se inclinou em direção a ele.

– Nunca ouvi nada mais incrível, mais vulnerável e mais honesto em nenhuma sala de aula.

– Acho que eu quis mesmo dizer aquilo – ele disse.

– Bem. – Ela se recostou na cadeira. – Você parece promissor.

•••

– Você prefere algum tipo de culinária? – Prager fez a pergunta após uma pausa. Que fraseado sofisticado, pensou consigo mesmo. Se alguém estivesse ouvindo aquela conversa de jantar no rádio, certamente os confundiria com adultos.

– Não – ela disse. – Gosto de quase tudo. Antes gostava mais de comida picante, mas agora nem tanto.

– Por que não?

– Já comi muito disso, mas depois resolvi dar um tempo – respondeu Eva.

– Adoro coisas picantes. Coloco molho de Tabasco em quase tudo. Chego até a colocar no iogurte.

Por alguma razão ela olhou para ele como as mães costumam olhar para o filho adolescente que se gabou de ser capaz de se vestir.

– O quê? – ele quis saber.

– Você não devia fazer isso. Tente provar o verdadeiro sabor daquilo que você come.

– Você tem razão. Nunca mais vou usar Tabasco. – Ele tinha lido que um relacionamento adulto implica em se dispor a mudar. Saber quando você está errado e assumir isso... essa era a definição apropriada de um adulto. Ele ficou emocionado com a oportunidade de amadurecer diante dos olhos dela.

– OK. – Ela encolheu os ombros.

Ao servir os pratos, a garçonete perguntou se ele queria pimenta na salada Caesar, oferecendo o mesmo moedor de pimenta de madeira que ele tinha visto em uma ou duas outras ocasiões, sem que nunca o tivesse experimentado.

– Só um pouquinho – disse Prager. – Quero ver se consigo sentir o sabor da salada.

Eva deu uma garfada no walleye grelhado. Ele percebeu que ela mastigou o peixe sem engolir, limitando-se a movimentá-lo dentro da boca. As pessoas experimentadas em alimentos se comportavam assim? Era fascinante.

— Que tal? — ele perguntou.

— Muito bom. Talvez apenas um pouco carregado no alecrim — respondeu ela.

Prager nem sequer se lembrava de ter visto alecrim na descrição do prato.

— Onde está o alecrim? — Ele apontou para os pontinhos verdes em cima dos filés. — É essa coisa verde?

— Não, isso é salsa — ela disse. — Provavelmente se livraram do alecrim. Mas se você já provou antes, você conhece o gosto. — Ela pôs um naco no garfo e ofereceu para ele.

Ele pensou em repetir que era vegetariano, mas com Eva Thorvald prestes a lhe dar comida na boca, do próprio garfo dela, achou que poderia abrir uma exceção, uma vez.

— Sim, você tem razão — disse, sem ter a menor ideia de como era o gosto do alecrim.

Alguns minutos depois a garçonete chegou com o jarro d'água e perguntou se estava tudo bem.

— Ótimo, apenas um toque a mais de alecrim no walleye — disse Prager.

A garçonete olhou para ele como se ele estivesse falando em código e disse que passaria a informação para o chef.

— Se não fosse por isso, estaria excelente — disse Eva quando a garçonete se afastou.

— Quer experimentar um pouco de minha salada? — perguntou Prager.

— Não, isto aqui está muito bom. — Ela cortou o walleye em pequenos nacos, espetando-os com o garfo que sustentava no ar como uma antiga piteira de cigarro. Que elegância natural, sem esforço algum, sensacional, pensou Prager. — Você não precisava ter dito aquilo. Eu não posso dizer que já comi *muito* walleye, mas talvez este seja o melhor que já comi.

— O engraçado é que vem de um lago específico. — Foi tudo que Prager pôde pensar em dizer.

– Pois é, não é? Mas me pergunto o quanto este walleye tem a ver com o lago de onde vem, será isso tão importante assim?

Eles não notaram a aproximação de um nativo americano magro, vestido de branco e com rabo de cavalo grisalho.

– Com licença, sou Jobe Farnum, chef da cozinha daqui – ele disse.

– Oi – disse Prager de boca cheia. Ele e Eva se entreolharam. Estariam em apuros? De repente, ele se sentiu um idiota por ter reclamado do prato em nome dela. Isso tinha arruinado o encontro, ele sabia disso.

– Como a noite está meio devagar, pensei em dar um alô em quem fez comentários sobre o meu walleye grelhado – continuou Jobe.

Eva olhou para ele.

– Oh, meu Deus, sinto muito – disse. – O prato está muito bom. Provavelmente o melhor peixe que já comi.

– Não se desculpe – disse Jobe. – Digamos o seguinte, geralmente o cliente que pede este prato o faz acompanhar de um Sauvignon Blanc. Que combina bem com alecrim. Então, digamos que eu esteja curioso em saber como é que alguém que não pede um bom vinho para acompanhar este prato é capaz de prepará-lo de um jeito melhor. O que você faria de diferente? Sou todo ouvidos.

– Humm, talvez um pouquinho menos de alecrim? – disse Eva. – Acho que tudo mais no prato está excelente.

– Você sentiu o alecrim que nem aparece no prato. O que mais está presente neste prato?

– Quer que o prove e diga o que há nele?

Prager parou de comer e cruzou os braços. Aquele chef de cozinha já estava se tornando chato. O papo estava rolando perfeitamente bem até ele aparecer.

– Dê um palpite – disse Jobe.

– Oh, Deus. – Eva engoliu um pedaço e olhou para Jobe. – Vejamos. Salsa. Limão. *Alecrim*. Pimenta-do-reino. Sal. Se não me engano é cozido em manteiga e em outra coisa mais, algum tipo de gordura ou banha, não sei ao certo.

– Gordura de pato. Eu teria ficado de queixo caído se você tivesse acertado essa. Mas muito bom. Isso foi tudo.

– Foi? É simples assim?

– A receita não precisa ser complicada. Este prato ganhou medalha de prata no Taste of Wisconsin do ano passado.

– Uau! Sério?

– Grande parte depende do frescor dos ingredientes. Ah, dito isso, você se esqueceu de uma coisa.

A essa altura Prager já queria chutar aquele cara. Ele olhou para a garçonete, levantou o cesto (tinha recebido uma cesta de pão de cortesia, sem nenhuma razão!) e pediu outra porção de pão.

– Ah, claro, o walleye – disse Eva.

– Você prepara walleye em casa?

– Lá em casa não podemos pagar por esse tipo de coisa – ela respondeu, desviando os olhos.

– Quantas vezes você cozinha em casa?

– Todo dia, geralmente duas vezes – ela disse, olhando de novo para Jobe. – Somos apenas eu e meu pai, e como ele não cozinha, alguém tem que cozinhar.

– O que você faz em casa?

– Procuro fazer algo diferente a cada dia. Tenho um trabalho de meio expediente numa loja de produtos naturais e consigo desconto nos ingredientes.

Prager finalmente teve a chance de falar.

– Ela trabalha na Whole Earth – disse.

Jobe balançou a cabeça.

– O que você preparou na última vez?

– Fiz uma lasanha vegetariana com massa de quinoa na noite passada.

Prager se animou.

– Adoro quinoa. Tem muita proteína.

Eva se serviu de outro naco do walleye.

– Eu adoraria se pudesse ver você fazer isso; que pedaço incrível de peixe.

– Se puder chegar aqui lá pelas três ou quatro da tarde de um dia útil, com certeza – disse Jobe. – Me ligue e vamos pensar em alguma coisa.

— O quê? Você está brincando.

— Sério, se puder me trazer alguma coisa da Whole Earth. Fica por conta do restaurante.

— Ah, meu Deus, com certeza – disse Eva. – O que você quiser. Vou usar meu vale-desconto de empregado.

Prager achou estranho que Eva admirasse tanto alguém.

— Preciso voltar para a cozinha. Prazer em conhecê-lo – disse Jobe, sacudindo a mão de Prager. – Foi muito bom conhecê-la, senhorita...?

— Thorvald, Eva Thorvald.

— Espero vê-la em breve – disse Jobe, saindo.

— Uau. Legal você poder conhecer esses ingredientes – disse Prager.

Mas o momento ainda não tinha terminado para Eva. Ela permaneceu radiante até um minuto depois, no mínimo.

Prager se voltou para a salada.

— Apenas uma sombra de muita alface nesta salada – disse.

Ao final da refeição, a garçonete perguntou se eles queriam ver o cardápio de sobremesas e, antes mesmo da resposta, o colocou na mesa.

— Não, estou totalmente satisfeito – disse Prager. – Cheio, cheio, cheio.

— Você se entupiu de pão – disse Eva. – Quero o sorbet de amora – acrescentou.

A sobremesa custava cinco dólares. O walleye, a salada e a cerveja somavam 31,92 dólares, sem contar o imposto e a gorjeta. Prager ergueu a tela do smartphone para Eva.

— Você tem certeza? São 8:26 da noite. – Ele agora agradecia pelo toque de recolher de Eva.

— Ora, podemos esticar um pouco mais – ela disse. – Papai gostou de você. Ele não vai se importar.

A garçonete trouxe a conta: 33,52 dólares.

— Deixe comigo – disse Prager. A gorjeta era de quinze por cento? Aquela seria de cinco por cento. O que provavelmente seria muito ruim.

Mas a garçonete não ficaria feliz com qualquer gorjeta? Ele observara que todas as pessoas deixavam dinheiro na mesa após a refeição.

– Bem, obrigada – disse Eva, pondo a bolsa de volta ao chão. – De qualquer maneira, esqueci de trazer minha carteira.

Prager se perguntou se ainda havia algum trocado no cinzeiro do carro do pai. E em seguida percebeu que a garçonete caminhava pelo corredor em direção aos banheiros.

– Vamos embora. – Ele pôs todo o dinheiro que tinha debaixo da conta enquanto ajudava Eva a sair da cadeira.

– Bem, foi uma experiência culinária incrível – disse Eva quando Prager estacionou o carro às 20:59 em frente ao edifício dela.

– Foi, sim, obrigado pela noite. – Ele não poderia correr o risco de sintonizar algo inadequado na estação The Current naquele momento, como "The Distance", do Cake, por exemplo, ou algo executado pelo Rage Against the Machine, ou outra coisa parecida, e por isso colocou um mix do Built to Spill no tocador de CD, fazendo soar a canção "Car", uma trilha perfeita que planejara para aquele momento.

– Não, eu que *agradeço* – disse ela, ainda sentada no carro, sem se mexer.

– Não, *eu* que agradeço – retrucou ele.

– Foi uma noite incrível.

– Foi, sim – disse ele.

Ela suspirou. E depois o beijou. E os dois se beijaram por um longo tempo.

No caminho de volta para casa, com os lábios doloridos e uma ereção insistente, ele acionou o limpador do para-brisa e baixou o vidro das janelas; eles tinham embaçado todos os vidros do carro.

Naquela noite Prager se jogou na cama de roupa e tudo, olhando para cima, para o pôster da banda Radiohead pregado ao teto do quarto, e depois colocou "In the Aeroplane over the Sea", do Neutral Milk Hotel. Desde a primeira vez que ouviu essa música ele queria ter alguém em quem pensar quando a ouvisse, e agora esse alguém existia, um rosto bonito que ele tinha encontrado naquele lugar, e ele então apagou as luzes e colocou a música novamente, um homem mais completo do que tinha sido naquela manhã, deitado no escuro, apaixonado por alguém.

– Por que então não passou a noite toda transando com ela? – perguntou Vik Gupta. – Se você perde o ensaio da banda para sair com uma mulher, você tem que passar a noite toda transando. Na verdade, hoje você estaria atrasado para a escola porque ainda estaria com ela.

Prager se encostou na parede em frente à máquina de Pepsi.

– Foi uma noite quase perfeita do jeito que foi.

– Eu estaria ouvindo você daqui. Você estaria transando tão alto agora que eu estaria me questionando se não seria eu quem estava transando.

– O único problema foi o chef. Saiu da cozinha no meio do nosso jantar e ficou direto em cima dela.

– Ora, isso foi bastante *gauche* da parte dele.

– Claro, o cara ficou conversando com ela, tipo, vou te ensinar a cozinhar walleye, bem na minha frente.

– Você devia preparar um walleye para essa garota, meu amigo.

– Bem, sim. Mas eles trocaram o detalhe de que o walleye deve ser superfresco, deve sair direto do lago Mille Lacs. Nada comprado em loja poderá competir com isso.

– Já sei então o que você deve fazer, Prager. Ir direto até o lago.

Prager tratou de aproveitar aqueles poucos momentos do quinto período antes que Killer Keeley o mandasse para a primeira fila. Eva vestia camiseta preta com decote em V e calça jeans preta *skinny*, uma presença que acabou sufocando os grandes planos para dizer as coisas fofas que ele tinha praticado no espelho do banheiro. Desde a noite anterior não enviava uma só mensagem para ela e, mesmo com uma imagem perfeita de Eva na cabeça, agora, na vida real, a imagem esmaecia sob a força do rosto e do corpo daquela garota. Até quando ela se sentou à carteira, escrevendo alguma coisa com a caneta no lado da mão, tudo nela pareceu perfumadamente americano e brilhante como neon. Ele se aproximou, sem perceber o quanto estava sorrindo para ela. Ela também estava sorrindo, talvez para retribuir, talvez porque ele estava sorrindo.

– Oi – ele disse, olhando para o que estava escrito na mão dela. Era a palavra "Moonglow".

– Oi. – Ela sorriu.

Embora sem muito tempo para agir, em vinte segundos ele conseguiu um sim decisivo para um encontro no sábado, um dia inteiro de pesca. Ele estava ficando cada vez melhor nos convites.

Só na quarta-feira é que Prager pediu permissão ao pai para colocar uma canoa no teto do carro e usá-lo durante todo o sábado. O pai estava na garagem, debaixo do Ford, com as pernas esticadas em direção à porta de entrada da cozinha, onde Prager se deteve. O rádio transistor da garagem tocava "In the Mood for a Melody", do Robert Plant. Lá fora fazia outro dia bonito de setembro, mas com a porta da garagem fechada o ar exalava um odor doce e quente de óleo.

– Pai, tudo bem se eu colocar uma canoa em cima do carro? – perguntou Prager.

– Que diabos você quer fazer com isso? – disse Eli. – Algum tipo de piada?

– Não, vou pescar no lago Mille Lacs no sábado. O que está fazendo agora?

Eli saiu de debaixo do carro, com o rosto e as mãos enegrecidos.

– Só trocando óleo. Quem vai pescar com você?

– Aquela garota, Eva – disse Prager.

– Ah. – disse Eli. – Nesse caso, aprovo. Traga-a aqui, quero conhecê-la.

– Bem, nós só ficamos uma vez, pai.

Eli ignorou isso.

– Pat Jorgenson vem jantar aqui no domingo. Ela está animada para conhecer você e Julie.

– Quem é Pat Jorgenson?

— A moça com quem tive um encontro na última sexta-feira.
Prager levou um tempo para absorver a informação.
— Não sei nem se estarei aqui – disse.
— Você estará aqui ou nada de carro no sábado, entendeu? – disse Eli, voltando para debaixo do Ford.

Antes de se encontrar com Eva na manhã de sábado, Prager parou na casa dos pais de Ken Kovacs, o baixista, para pegar a canoa emprestada e a amarrou no teto do carro. Era naquela casa que os Lonesome Cowboys ensaiavam. Ken era o quinto filho de cinco e o último ainda na casa dos seus pais, Arnie e May, que pareciam gostar de ter os amigos do filho por perto. Eles eram tão generosos quanto as pessoas que fazem vendas de garagem e dão de presente as coisas que sobram para os que chegam no final.

Nesse meio-tempo Prager concentrou-se na palavra "Moonglow", que ainda o incomodava, até porque se sentiria um perfeito idiota se tivesse que perguntar para Eva o que a palavra significava. Ele queria saber o que ela sabia sem que ela precisasse explicar para ele – isso era um modo mais viril. Ele procurou a palavra na internet. A música de Benny Goodman era improvável; reduziu as opções para um pé de magnólia ou para um tomate amarelo-alaranjado, e pelo que conhecia de Eva, o tomate era mais provável. Será que ela queria tomates Moonglow? Ele poderia comprar alguns se ela quisesse. E caso fossem difíceis de encontrar, ele os encontraria de algum jeito; melhor ainda, arranjaria uma forma de colocá-los no armário dela no colégio, como uma surpresa. Quanto mais raros, pessoais e inesperados, melhores eram os presentes românticos. Ele também poderia abarrotar aquele armário com tomates Moonglow, sem sequer deixar um bilhete. (Mas talvez fosse melhor esperar até ter certeza de que eram mesmo tomates.) Em todo caso, um presente significativo para ela estava em andamento, isso lhe custou absolutamente nada, a não ser o tempo, e estaria pronto em dois dias, no máximo.

Prager estacionou, mandou uma mensagem de texto e quase não a reconheceu quando Eva apareceu de blusa branca de marinheiro, boné de beisebol e calça cáqui com muitos bolsos. Embora ainda com unhas pretas e o mesmo batom e os mesmos olhos pintados, ela quase não parecia mais uma gótica.

— Ei, que roupa maneira — ele disse, só porque tudo que ela usava parecia maravilhoso.

— Obrigada. É o mais próximo que tenho de uma roupa própria para pescaria. Que canoa legal!

Eva jogou algumas sacolas da Whole Earth com material de cozinha na traseira do carro e, quando entrou, eles se beijaram brevemente, como um casal que esteve distante por pouco tempo.

— Como foi sua noite de sexta-feira? — ela perguntou.

— Bem agradável — disse Prager, a essa altura sem conseguir amordaçar por mais tempo o entusiasmo pela baita surpresa pessoal. — Na verdade, comecei a compor uma música para você. Quer saber como se chama?

— Como?

— "Noite quente no barco a vapor".

Eva sorriu.

— O que diz a música?

— Depois que estiver pronta, tocarei para você. — Ele já tinha composto duas músicas para uma garota, e Deus, oh, Deus, isso tinha gerado algumas noites memoráveis.

— Tudo bem — ela disse. — E as varas de pescar, as iscas e tudo mais, onde estão?

— Todas as coisas estão no porta-malas. Encontraremos as iscas no posto de gasolina de lá. — Prager só tinha pescado algumas vezes quando criança, geralmente com os tios ou os avôs. Seus pais não usavam varas; ele nem sequer perguntara se o pai poderia emprestá-las.

— Mal posso esperar para grelhar um walleye fresco. — Eva manteve a mão no braço de Prager, que dirigia. Na estação de rádio The Current, soou "Fade into You", do Mazzy Star. Era um som incrível, e ele desejou que durasse para sempre, e que ela nunca mais tirasse a mão do braço dele, mesmo que se sentisse desconfortável assim.

● ● ●

O carro seguia em meio ao campo de pinheiros da 169-Norte e de repente ele mencionou o caso do pai com uma namorada. Isso não tinha sido planejado, apenas aconteceu. A ideia do pai se encontrar ou se deitar com mulheres era como uma bomba nuclear explodindo num poço de substâncias tóxicas dentro do cérebro de Prager, e se não houvesse Eva para distraí-lo e fazê-lo se sentir bem, sabe lá o que ele seria capaz de fazer.

– O pior é que meu pai não está pronto – ele disse.

– Como você sabe? – Ela aproximou a mão da perna dele.

– Você saca isso só de ficar perto dele – disse Prager. – Ele está muito, muito irritado. Não escuta nem a mim nem a Julie sobre qualquer coisa. Ele só vai partir o coração dessa mulher estúpida.

– Como você sabe que ela é estúpida? – perguntou Eva.

– Se está namorando com ele, só pode ser. No estado em que ele está.

– Você já a conheceu?

– Não conheci e não quero conhecer. Acho que ela também é viúva, ou talvez só esteja desesperada.

– Gente precisa de gente – disse Eva. – O que há de errado nisso?

Esse tipo de sentimento chateava Prager; ele perdia o centro.

– E por acaso seu pai saiu com alguém depois que sua mãe morreu? Não acredito que tenha sido um dia marcado no seu calendário de parede.

– Ele não é o meu pai biológico – ela disse no mesmo tom cortante dele.

Ele fixou os olhos estrada à frente, sem saber o que responder. Infelizmente, ela acrescentou em tom bem mais suave:

– Sinto muito, não sei por que disse isso. Ninguém sabe que sei disso. Quer dizer, meus primos sabem. Mas é isso.

Ele olhou para ela, e ela não retribuiu o olhar.

– Como é que você descobriu?

– Na minha certidão de nascimento, na última vez em que nos mudamos.

– Uau. Então, você sabe quem são os seus pais biológicos? Ainda estão vivos?

— Um deles, talvez. Sei lá. Desculpa ter comentado. Na verdade, não quero falar sobre isso.

— Tudo bem — disse Prager, um tanto sem graça porque Eva ainda não confiava nele em relação a questões pessoais.

— Quem vai tocar no First Avenue este mês? — ela perguntou, deixando claro que o tópico anterior estava fora de questão.

Claro que ele sabia quais seriam as bandas que se apresentariam em outubro. Só que ele realmente não sentiu vontade de nomeá-las e de dizer as que ele queria assistir. Claro que ela só queria mudar de assunto, evitando o que era emocionalmente importante para *ela*, e assim ele se deixou levar e eles acabaram conversando sobre música por quase todo o resto da viagem.

Ainda bem que Eva era alta e forte, porque seriam necessárias duas pessoas para desatar aquela pesada canoa de madeira do carro e carregá-la até o cais. Pelo que parecia, era um dos últimos dias do verão. Fazia um pouco de frio naquele enorme lago entupido de barcos a motor e canoas. Prager olhou para as áreas vazias da margem, imaginando os dois como pioneiros de 1850 que remariam para encontrar uma nova herdade no país de Ojibwa.

No entanto, manter o equilíbrio dentro de uma canoa era bem mais difícil do que parecia. Além disso, sentar naqueles pequenos bancos era uma espécie de malabarismo. Prager não tinha levado coletes salva-vidas e, para sorte de ambos, geralmente pescava-se walleye perto da margem.

Eva não sentiu nojo quando enfiou a mão na caneca de minhocas vivas e fez aquelas carinhas girarem duas vezes no anzol. Prager pensou na mãe. Ela é que sempre enfiava as iscas nos anzóis nas poucas vezes que a família saíra para pescar, mesmo quando eram sanguessugas. Ela, que tinha sido uma excelente estudante na adolescência, também gostava de motos, de beisebol, de mergulho e de sujar as mãos; que mãe incrível.

Foi incrível assistir as mãos de Eva com aquela velha vara de pescar, fazendo as mesmas coisas que ele só tinha visto a própria mãe fazer, espetando a minhoca por duas vezes sem pestanejar. Mas de repente ele se entristeceu, e talvez isso tenha transparecido nos olhos.

Eva olhou para ele.

– Não fique chateado – disse em tom de quase brincadeira. – É a lei do universo. É preciso matar para viver.

Prager respirou fundo e pegou a minhoca na caneca, sustentando o pretexto de que era o assassinato de minhocas que o perturbava, mesmo que isso o fizesse parecer um fracote.

Uma hora depois eles pegaram um peixe de listras douradas e marrons, mas era pequeno e o devolveram à água. Ele jurou que era um filhote de walleye. Ela achou que não era.

Eram 5 da tarde, uma hora depois de inúmeros afogamentos e perdas de minhocas em pequenos aperitivos, quando eles perceberam que a pesca de walleye talvez fosse melhor à noite; obviamente, eles estavam muito ansiosos e tinham começado muito cedo.

Finalmente, pelas 17:30, o anzol vermelho e branco de Eva se agitou na água, e a haste fina e verde curvou-se com um peso revigorante. Outro garotão dourado e marrom, belo e ofegante, se remexia aflito suspenso pelos lábios. Era pequeno, mas bem maior que o outro, e os dois pescadores estavam ansiosos por alguma vitória. O que Prager obviamente queria sem poder confessar era que pegassem o peixe, o grelhassem e o comessem, e depois retomassem as carícias para que ele realmente pudesse agarrar aqueles seios que tinha apenas tocado na última vez.

Ele estava a postos com a caixa de isopor Playmate azul repleta de gelo picado para receber o peixe quando Eva o puxou para o barco, retirou o anzol e fechou a tampa da caixa. Por alguma razão, os dois se cumprimentaram. Até então ele olhava desconfiado para quem fazia uma ligação entre a pesca e o esporte, mas a catarse da experiência lhe trouxe o sentimento de que eles tinham competido e vencido.

– Bem, este grandão é o suficiente para nós dois – disse Prager. – Vamos parar?

– Ora, que nada – disse Eva. – Acho que podemos conseguir mais.

O que na verdade ele temia é que ela quisesse ficar só naquilo. Fazia três horas que estavam no lago e ele achava que uma parte da missão estava cumprida, mas ela agia como se eles estivessem apenas começando.

– Afinal, vamos comer quantos peixes? – ele perguntou.

– Só mais um, vamos lá – insistiu ela. – Nós tivemos muito trabalho para chegar até aqui.

No final, só pescaram um peixe e, quando tiraram a canoa da água, o sol se punha. Em frente ao estacionamento, eles perguntaram a um barbudo de colete que carregava uma caixa de isopor grande onde poderiam grelhar peixes. O cara perguntou quantos peixes eles tinham.

– Só este. É um walleye? – Prager mostrou o peixe.

Foi como se tivessem perguntado ao barbudo se Kirby Puckett era homem ou mulher.

– Não – ele disse. – É uma perca-amarela.

– É comestível?

– Ah, claro – disse o barbudo. – É um peixe saboroso.

O cara recomendou um parque com grelhas ao ar livre na cidade próxima de Isle. Isso pareceu uma oportunidade incrível para estrear o sexo, um lugar gratuito, arborizado e com vista para o lago, se bem que era frequentado por muita gente. Prager decidiu se encarregar do fogo enquanto Eva tirava uma panela e uma faca da sacola de mantimentos.

– Ainda bem que aprendi a cortar filés de peixe – ela disse. – Mas realmente seria preciso uma faca própria para isso.

– Onde aprendeu a cortar filés de peixe? – Ele empurrou um jornal enrolado por entre as pedras de carvão, como aprendera com o pai.

– No Steamboat.

— Sério?

— Sim. Foi incrível. O pessoal de lá é superagradável. Eles me deixam fazer um monte de coisas. Costela. Lagosta. Walleye.

— Quantas vezes você esteve lá?

— Sem contar aquela vez com você? Mais três vezes.

— Será que eles vão contratá-la para trabalhar ou algo assim?

— Sou uma espécie de estagiária na cozinha, o que é fantástico. Eles me ensinam um monte de coisas. Maureen O'Brien, uma cozinheira de lá, é supermaneira. Ela me deixa fazer todos os preparativos.

— E quanto eles estão pagando para você?

— Eu mesma me ofereci para trabalhar de graça.

— Isso soa como trabalho escravo.

— Não é nada disso. Eles me oferecem um jantar... isso é mais do que bom para mim. Levo comida para casa, para meu pai. E Jobe prometeu que me arranjaria um emprego de verdade na cozinha, lá ou em outro lugar legal. Ele diz que tenho um paladar único na minha geração.

— Acho que ele só está tentando te comer, acho isso.

— Vá se foder — disse Eva.

Prager quase perdeu o equilíbrio. Já tinha ouvido isso de outras pessoas, mas daquela vez era diferente. Ele a tinha machucado, e ela o machucou de volta. Mas nem por isso ele deixava de estar certo, ele tinha certeza absoluta.

— Só estou comentando; ele não prestou atenção em *mim* na última quinta-feira.

— Para sua informação, ele não está solteiro.

— Isso não importa. Os homens não se preocupam com isso.

— E como é que você sabe disso?

Aquilo estava se tornando um pé no saco. Ele só queria que ela pedisse desculpas porque não tinha contado nada para ele e não cabia a ele apontar Jobe como um pervertido infiel, o que provavelmente ele era.

— Por que não me contou que estava frequentando a cozinha de lá?

— Você não perguntou. Você nunca me pergunta o que fiz no dia anterior ou na última noite, ou qualquer outra coisa. Quando eu pergunto como foi o seu dia, você sai pela tangente.

— Não, não mesmo – disse Prager. – Já perguntei como foi o seu dia um montão vezes.

— Não é assim que me lembro.

— Bem, fiz isso. Verdade.

— Foi do seu jeito, então – disse Eva. – Como estão as coisas aí com o fogo? Preciso aquecer a panela antes de colocar o óleo nela.

Os filés de perca levemente empanados estavam estalando na panela quando Prager se deu conta de que quem teria que pedir desculpas era ele se quisesse conseguir mais do que apenas um beijo naquele lamentável dia. Ela aceitou o pedido de desculpas, mas ficou em silêncio quando se sentaram lado a lado na mesa de piquenique para comer a perca no escuro.

— Este peixe está mais fresco que qualquer coisa que se consegue no Steamboat – comentou Prager a certa altura.

— Na verdade, está igual – disse Eva.

— Sério? – ele disse. – Eles ficam o tempo todo no lago onde o peixe vive?

— Por que você foi pão-duro com a garçonete no nosso encontro? Jobe disse que você só deixou um dólar.

— Eu deixei cada dólar que levei.

— Se você sabia aonde íamos, deveria ter levado mais dinheiro.

— Bem, eu não sabia que você pediria aquele monte de porcarias caras.

— Já está ficando tarde – ela disse, levando o resto do peixe à boca. – É melhor a gente voltar.

Eva adormeceu no carro a caminho de casa. Prager tentou se convencer de que isso era porque ela estava se sentindo à vontade. Mas quando a deixou em casa e ela apenas o abraçou, ele se sentiu como se um caminhão tivesse despencado de um penhasco e caído em cima do coração dele.

Ele chegou em casa, apagou as luzes do quarto e ouviu "Why", da Annie Lennox, versão *MTV Unplugged*, uma música de um CD que ganhara de uma ex-namorada. Repetiu a faixa diversas vezes, sentindo-se absurdamente triste. Olhou para o cartaz do Radiohead no teto, e as palavras da música ecoaram no coração como uma moeda jogada num poço vazio. Por que aquele barco tinha afundado? Eles mal começavam a remar. Mas afundou.

Ele precisava se desculpar novamente em mensagem de texto para ela, mas passava da 0:20. Ele então achou melhor verificar se ela estava acordada; se estivesse, ele se desculparia. À 0:22 enviou uma mensagem: está acordada? e ficou à espera da resposta, de olho na telinha do celular, até 0:45, e depois desativou as chamadas do celular e o conectou ao carregador de bateria e fechou os olhos.

Ao meio-dia da manhã seguinte, o pai o puxou pelo pé para acordá-lo.

– Você se esqueceu de tirar a canoa de cima do carro – disse Eli. – Eu tive que dirigir até a igreja e voltar com uma canoa em cima do carro.

– Ah – disse Prager. – Desculpe.

– Pat chega às cinco horas para jantar. Tire a canoa de cima do carro antes disso. E vista uma roupa decente.

Vik Gupta e Ken Kovacs estavam tocando na garagem onde ensaiavam quando Prager chegou de carro para devolver a canoa. Ambos ficaram profundamente impressionados ao ouvir a história de Prager e Eva na pescaria.

– Você estragou tudo – disse Vik. – Você tinha uma garota na canoa e não conseguiu traçá-la.

– Você já esteve numa canoa?

– Em qualquer lugar onde duas pessoas podem se encaixar, elas podem transar. É uma lei.

– Que diabo você vai fazer agora? – Ken conhecia Prager há mais tempo e às vezes se intrometia nas jornadas emocionais do amigo.

– Sei lá – respondeu Prager. – Hoje deixei uma mensagem de voz para ela, e uma mensagem de texto ontem à noite e agora pela manhã.

– Talvez seja melhor telefonar de novo para pedir desculpas.

Vik se levantou do banco da bateria.

– Ken, você não ouviu? Ele foi abraçado no final do segundo encontro! Abraçado! Eu não desejo isso para ninguém! Sério, é melhor levar um tapa na cara que ser abraçado!

– Isso é verdade – disse Ken. – Você pode trabalhar para levar um tapa na cara. Há muita emoção nisso, você só tem que lançar a moeda.

– Prager, sabe o que deve fazer amanhã? Flores. Chocolate. E outro presente, algo pessoal, algo que só vocês dois saberiam. Já compôs uma música para ela?

– Já comecei.

– Então, termine esta noite, masterize e ponha para ela ouvir o mais rápido possível.

– E se eu faltar ao ensaio amanhã de novo?

Vik e Ken se entreolharam.

– Nossa banda é country – disse Vik. – Toda essa dor é *comme il faut*. Jeff Tweedy mataria por uma semana como esta. Você poderia tirar um álbum inteiro de letras do dia de ontem.

Ken concordou.

– Vá pegar essas músicas lá fora.

Prager praticava "Noite quente no barco a vapor" no quarto quando o pai bateu à porta. O garoto tinha perdido a noção do tempo; já eram 16:56.

– Ela está aqui – disse Eli sorrindo. – Saia para cumprimentá-la.

Aquela mulher não tinha trinta e cinco anos de jeito nenhum. Talvez cinquenta e cinco. Além das pernas grossas e rugas ao redor dos olhos, cabelos brancos brotavam das raízes. Ela sorria, mas para Prager com toda certeza era um sorriso falso, só para ser educada. Ela segurava uma grande bandeja de cerâmica alaranjada coberta por celofane; à mesa da sala de jantar, dois pratos ainda mais esquisitos.

– O que é tudo isso? – perguntou Prager.

– Pat fez comida caseira para nossa família – disse Eli.

Foi muito perturbador caminhar até a sala de estar naquela tarde outonal de domingo sem deixar de ouvir o barulho escabroso de uma partida de futebol americano que ecoava da TV, e sem deixar de sentir o silêncio triste e significativo, e sem deixar de ver aquela mulher estranha com toda a sua comida e com todos os seus cheiros invasivos preenchendo os espaços vazios da casa.

Pat Jorgenson estendeu a mão.

– Muito prazer em conhecê-lo, Will – disse. – Já ouvi muito sobre você.

– Ah, sim – disse Prager.

– Somente coisas boas. – Eli acariciou as costas do filho, o que quase nunca fazia, e depois gritou: – Julie!

– Só um minuto, pai, meu Deus! – A voz da menina soou atrás da porta fechada de um quarto.

Eli olhou para Pat, como se dizendo: *Adolescentes*.

– Por favor, sente-se. Pat, aceita uma bebida? Comprei uma garrafa de Chardonnay.

– Só água, por agora, obrigada.

– Will, se quiser vinho branco, sirva-se. Ouvi dizer que vinho branco cai muito bem com frutos do mar.

Prager nunca ouvira o pai dizer nada que chegasse perto daquelas sentenças em toda a sua vida.

– Está bem, onde estão os frutos do mar?

– Pat fez caçarola de atum. Na bandeja laranja.

– Pai, você sabe que sou vegetariano.

Pat olhou para Eli, mas evitou o contato visual.

– Tudo bem, desculpe, seu pai não me disse.

– Mas você foi pescar ontem – disse Eli. – Você não deve ser tão vegetariano assim. É só tirar o peixe se quiser.

Julie saiu do quarto usando uma jaqueta dos Minnesota Vikings com zíper fechado até o pescoço, uma calça rosa-choque e uma máscara de Lone Ranger.

Eli balançou a cabeça em negativa.

– Julie.

– É o que quero vestir.

– Jaqueta bonita – disse Pat.

— Estou pouco me lixando para o que você acha – disse Julie. – Por que ela está sentada na cadeira da mamãe?

Pat olhou para Eli.

— Devo mudar de cadeira com você.

Eli não se mexeu, a não ser para procurar o rosto de Julie.

— Pelo menos tire essa máscara.

— Se a máscara sair, eu também saio.

Pat tocou na mão de Eli.

— Está tudo bem.

— Digamos as graças – disse Eli.

— Não dizemos graças nesta família, pai – disse Julie.

— Tudo bem, Eli – disse Pat.

Prager ergueu a taça de vinho.

— *L'chaim* – disse.

— Que lixo repugnante é esse? – perguntou Julie.

— Julie – disse Eli. – Seja legal.

— Por quê? Não estou com a menor vontade de estar aqui.

— Lembra-se do que falei? Nenhum esporte por uma semana?

— Isso me soa como um acordo. Eu posso ir agora?

— Não, só cinco minutos. Conte alguma coisa de você. Pat já ouviu muito de você e quer conhecê-la melhor.

— Tive minha primeira menstruação no mês passado – disse Julie.

Prager deu uma risada; ele não pôde evitar. Pat franziu os lábios e passou as batatas gratinadas que tinha feito pela mesa.

— Julie.

A menina girou uma escumadeira ao redor de uma caçarola.

— O que é isso?

— Batatas gratinadas – disse Pat.

— Batatas podres? É o que parece.

Prager deu outra risada.

Eli socou a mesa.

— Julie. Vocês dois.

Pat olhou para o alto.

— Ela pode sair se quiser.

Julie levantou-se da mesa na mesma hora.

– Deus, obrigada.

Eli apontou para ela.

– Não saia do seu quarto.

Julie bateu a porta do quarto e colocou no último volume a música "My Neck, My Back", da Khia. Prager soltou outra risada.

Eli quase se levantou da mesa, mas Pat o conteve.

– Não – disse. – Ignore-a.

– Will, fale de sua banda country para Pat – disse Eli.

– Esta noite estou muito ocupado, escrevendo uma música para uma garota – disse Prager.

– Bem, faça isso depois do jantar.

– Se importa se eu sair para fazer isso agora? Estou, tipo, cheio de gás.

– Claro – disse Pat. – Farei um prato para você.

Prager pensou em dizer *Tudo bem*, mas ela parecia tão ansiosa para ver os desagradáveis filhos de Eli fora da sala de jantar que encheu um prato de caçarola de atum, vagem cozida e batatas gratinadas antes que ele pudesse protestar.

O garoto pegou o prato sem olhar para o pai e saiu da sala de jantar. Pat disse "Muito prazer por conhecer você", mas ele não respondeu e a primeira coisa que fez quando chegou ao quarto foi despejar o conteúdo do prato no lixo.

Foi realmente difícil compor uma música no violão com um rap pesado soando ao fundo, mas Prager não quis tirar o valor do protesto da irmã. Por um momento tentou pensar no dia em que se sentiu mais próximo de Julie, amando-a de verdade, mas apenas o dia do acidente de seus pais lhe veio à mente.

Uma hora depois o pai ainda estava jantando com aquela mulher, e Prager, morrendo de fome, mas por outro lado tinha terminado "Noite quente no barco a vapor" e finalmente poderia tocá-la para Eva.

O celular dela foi direto para caixa postal. Ele respirou fundo e tentou o telefone fixo, que tocou por um longo tempo. Finalmente, o pai dela atendeu. Parecia entediado.

– Sim? – disse Jarl.

– Olá, é Will Prager. Eva está em casa?

– Não – disse Jarl. – Está trabalhando naquele restaurante.

Isso pareceu estranho, porque já era tarde da noite de domingo.

– Tudo bem, o senhor pode pedir para ela me ligar assim que chegar em casa?

– Claro que sim – disse Jarl. – Você é aquele da banda que toca músicas de Jimmy Buffett?

A lembrança do ligeiro encontro com Jarl deixou Will desanimado e nem um pouco a fim de levar esse lero-lero.

– Sim – ele disse. – Tenho que ir agora, tenho que ir para o ensaio.

– Da próxima vez que tocar, grave uma fita VHS para que eu possa vê-los – disse o pai de Eva.

– Farei isso. – Prager logo se deu conta de que não sabia como poderia fazer isso acontecer, mesmo que quisesse.

– Direi para ela que Jimmy telefonou – disse Jarl, sorrindo antes de desligar.

Prager fez Eva parar no caminho antes do início do quinto tempo. Ela estava com o cabelo para cima e sem maquiagem, parecendo cansada. Até a camiseta branca com SERVIÇOS PRESTADOS COM DESAPEGO à frente parecia uma oferta promocional de um piquenique de empresa ou algo assim; ou seja, estava fora da personagem.

– Por que não retornou minhas mensagens de texto nem minhas ligações? – ele perguntou.

– Eu ia retornar, é que ando superocupada.

– Ocupada a ponto de não poder retornar um texto? O que está havendo?

– O que você quer me dizer?

– Quero tocar a música que fiz para você.

– Não sei se tenho tempo para isso hoje – ela disse, encostando-se nos armários do corredor. – Vou trabalhar na loja a semana inteira depois da escola.

— Bem, então depois do trabalho. A que horas você sai?

— Sete — ela disse.

— Telefono para você às 19:15, está bem? Por que vai trabalhar a semana inteira? É para me evitar ou algo assim?

— Papai foi demitido. Então, vou ter que me virar. O mundo não gira em torno do seu umbigo. — Ela olhou para a porta de entrada da sala de aula de História. — Acho que é melhor entrar na aula.

Prager se sentou na primeira fila e durante uma hora arquitetou o próximo movimento enquanto ouvia a aula de Killer Keeley sobre a Guerra Franco-Indígena. Vik Gupta saberia exatamente o que fazer, mas ele só poderia falar com Vik depois da aula. Claro, ela não tinha se mostrado muito animada naquele encontro, mas uma coisa era certa. Se ele descobrisse um jeito de tocar "Noite quente no barco a vapor" naquele dia, ela cairia de amores por ele em um segundo. Ali pelo final da aula ele se convenceu de que era o único plano que funcionaria.

Às 19:15 e nove segundos, Prager ligou para o celular de Eva e de novo a chamada caiu direto na caixa postal. Ele ligou para o apartamento sem resposta alguma; ninguém sequer pegou no aparelho. Ele tentou novamente três minutos depois e aconteceu o mesmo. Fez outra tentativa às 19:25 e nada mudou. O telefone tocou e tocou, onze, doze, treze vezes.

Ele jogou a guitarra dentro do carro do pai e seguiu em direção a Prescott. A banda Built to Spill ainda estava no toca-fitas e ele simplesmente deixou-a tocar; aquela até que poderia ser a maldita trilha sonora de tudo.

Ele não sabia onde ficava a cozinha do Steamboat Inn e, quando entrou no restaurante, a chefe dos garçons, uma gorda loura com rabo de cavalo, explicou que ele poderia entrar pela porta onde estava escrito SOMENTE FUNCIONÁRIOS, perto do banheiro, ou pela porta lateral do restaurante, junto do estacionamento dos funcionários. Ele agradeceu e depois avistou a garçonete que tinha atendido na noite do encontro. Ele se aproximou do bar enquanto ela colocava drinques sobre uma bandeja e deixou uma nota de dez dólares por entre as bebidas.

– Desculpe pela última vez – disse.

Pela expressão do rosto, ela não o tinha reconhecido.

Prager pegou a guitarra no banco de trás e caminhou até o estacionamento dos funcionários nos fundos do restaurante e notou que a porta de madeira preta que levava à cozinha estava escancarada; entre Prager e a cozinha havia apenas uma pesada porta de metal preto com tela, e mesmo a distância, era possível ver quase tudo que acontecia lá dentro. Era muito claro, uma gritante cor branca de hospital projetada do alto, mas menos extravagante que esperava que uma cozinha fosse. Havia grandes bacias prateadas, estruturas de metal e tapetes esburacados de borracha preta no piso. E ainda umas seis ou sete pessoas vestidas de branco que cortavam carnes, preparavam saladas e descascavam frutas.

Logo Eva surgiu à vista em seu novo estilo de camiseta e calça branca com muitos bolsos. Aproximou-se de uma mulher que Prager não reconheceu, porque estava vestida com a mesma roupa – talvez Maureen O'Brien em pessoa. Sorrindo, elas descascaram alguma coisa sobre uma tigela de metal. O interior era muito iluminado para se ter uma visão nítida do exterior, e na verdade ninguém ficava olhando para fora.

Ele caminhou até o carro, colocou a guitarra no banco de trás e retirou o cooler de cerveja com o Vovô Sensual do porta-luvas, onde o tinha deixado para dar sorte. E depois retornou à porta de tela e silenciosamente deixou o cooler de cerveja por entre a armação e a tela.

Na manhã seguinte, antes de entrar na escola, Eva encontrou Prager perto das máquinas de venda automática.

— Vamos dar uma volta – ela disse.

— Como me encontrou aqui? – ele perguntou.

— Seus amigos me disseram que você costuma ficar aqui – ela respondeu.

Eles caminharam para fora do perímetro escolar, cruzaram com uns tipos mal-encarados que estavam fumando e quase chegaram à autoestrada.

— Bem, recebi sua mensagem ontem à noite.

— Oba!

— Era isso então, você acabou comigo?

— Você é que acabou comigo. Você me disse que estaria em casa às 7:15 da noite e não estava. Foi uma baita sacanagem.

— Ligaram do restaurante e exigiram a minha presença.

— Você poderia ter ligado para me informar a mudança de planos.

— Admito que foi um descuido meu. E sinto muito. Mas parte disso é porque não sei se posso lidar com você agora.

— O que quer dizer com isso?

— Acho que você não está pronto para o que deseja – ela disse.

— Como sabe disso?

— Você sabe, eu, talvez não. De qualquer forma, você realmente é o cara mais intenso de todos os tempos. Isso é demais, está bem? Só estou dizendo, vai com calma. Ficarei aqui.

— Vai ficar aqui?

— Mas nesse meio-tempo seremos apenas amigos.

Prager tinha ouvido isso antes e aprendido na prática a ignorar o que qualquer garota dissesse a partir de então, porque era tudo besteira.

Eles deixaram de conversar antes do quinto tempo e de se sentar lado a lado durante o sétimo período, mas ainda se cumprimentavam quando se esbarravam nos corredores; por delicadeza, ele pensava. Mas os outros alunos nem sequer imaginavam que um dia ele e ela tinham se beijado, e que ele tinha escrito uma música para ela, e que a cada santa noite ela era o último pensamento que passava pela cabeça dele.

Na casa de Prager, por outro lado, Eli, Julie e até a horrorosa da Pat, que agora estava sempre por perto, todos sabiam o que estava acontecendo, e Prager não escondia, sobretudo porque assim podia ser lacônico e desagradável sem ser incomodado. Ele deixou de ouvir Built to Spill, Neutral Milk Hotel, Annie Lennox, Mazzy Star, Soul Coughing e todas as outras bandas que o faziam se lembrar de Eva, nem um tiquinho de nada. A própria banda tomava todo o tempo e já tinha um show agendado para dezembro no Rec Center, onde ele costumava assistir às apresentações do Smarmy Kitten.

No quarto, sozinho e impotente, Prager sempre ruminava o que Eva tinha dito, especificamente as frases "você não está pronto" e "ficarei aqui". E à medida que as semanas passavam, com tudo isso em mente, ele se mantinha calmo, respeitoso e econômico na intensidade. Ali por meados de novembro os dois ainda estavam no mesmo grupo de oito pessoas da aula de História, fingindo-se delegados das quatro colônias do sul. E, no dia anterior ao de Ação de Graças, Eva chegou a tocar no braço de Prager duas vezes. Ele falou sobre isso com Vik Gupta no feriado de Ação de Graças e, na primeira segunda-feira de volta à escola, entrou vinte minutos antes da primeira chamada do sino e ficou plantado perto do armário dela. Ele não podia esperar mais um segundo.

Alguns minutos depois, Eva apareceu com um gorro preto e uma roupa de inverno de loja popular, sem maquiagem e sem unhas pintadas.

– Oi – ela disse sorrindo e surpresa por vê-lo.

– Oi – disse Prager. – Só quero que você saiba que já estou pronto.

Ela olhou para ele intrigada.

– Certo. Pronto para quê?

– Quer fazer outra aventura culinária nessa sexta?

Ela o encarou por um tempo que pareceu de trinta segundos e depois baixou os olhos e o encarou novamente.

– Vou me mudar – disse.

– Ahn! – ele exclamou. À medida que os segundos passaram as palavras de Eva, e o que significavam, ficaram suspensas no ar, apavorantes demais para serem verdadeiras, e o fizeram se sentir como se ela estivesse retirando os tijolos da escola, um por um, e atirando-os no coração dele. – Quando?

– Nesse fim de semana.

Mesmo sem poder manter a compostura diante dessas palavras, a boca de Prager continuou tentando.

– Para onde?

Eva baixou os olhos e disse:

– Maureen foi para um restaurante na região metropolitana e vai me conseguir um trabalho de tempo integral lá.

– Trabalho de tempo integral. – Foi tudo que ele pôde dizer.

– Bem, papai perdeu o emprego aqui e ainda não conseguiu outro. Então, é a melhor opção para minha família.

– E para qual escola de ensino médio você vai? – Ele próprio se surpreendeu pela sentença longa e coerente.

– Acho que farei as provas do GED. De qualquer maneira, não preciso mais perder tempo na escola; afinal, não pretendo fazer faculdade ou o que seja. Sem ofensa, se é que você pretende.

– Ah. – Isso soou insano para ele. Ela não faria faculdade? O absurdo da ideia o encorajou um pouco. – Então, você vai simplesmente ser chef de cozinha.

Ela não respondeu. E ao invés de pegar os livros e o material de aula, esvaziou o armário e enfiou tudo na mochila.

– Foi incrível, Will Prager. – Ela olhou para ele. – Sempre lembro daquela nossa noite quente naquele barco a vapor.

– Jura? – ele perguntou.

Ela balançou a cabeça confirmando.

– Bem, já é tarde – disse.

E depois ajeitou a mochila preta pesada nos ombros e atravessou o corredor. Ele manteve os olhos colados naquele gorro preto e naquele cabelo castanho liso antes que fizessem a curva em direção à saída. De repente, a velha sra. Colwell saiu de uma aula de Inglês para calouros e o encarou, forçando-o a desviar os olhos.

Quando Prager olhou de novo para o corredor, Eva já tinha sumido.

Ele também precisava sair, mas não pela mesma porta. Caminhou de cabeça baixa até o outro lado do corredor, onde abriu caminho por entre os calouros que saíam de um ônibus e que certamente olharam nos olhos vermelhos e rasos de lágrimas daquele garoto.

Fora do perímetro da escola, exposto ao frio e à umidade de quatro graus do final de outono, Prager seguiu pelo gramado em direção à calçada, pisando em folhas macias e amarronzadas, e quase meio quarteirão depois, ao passar por uma casa amarela com uma bandeira americana hasteada na frente, ele se deu conta de que, ao contrário de Eva Thorvald, ele saíra do prédio da escola sem nenhum propósito, sem ter para onde ir, e sem ter qualquer outro lugar no mundo para estar senão o lugar de onde acabara de sair.

Prager se virou em direção à escola, pensando na letra de "Reason to Believe", canção de Tim Hardin que se tornou famosa na voz de Rod Stewart, e em meio à friagem ficou à espera de que seus pés se mexessem, porque mais cedo ou mais tarde eles iriam.

GOLDEN BANTAM

Estacionada a alguns metros da casa de seu amigo Mitch, esperando que o carro da esposa dele saísse da garagem em direção ao trabalho, Octavia Kincade observava os flamingos cor-de-rosa de plástico sobre a neve no quintal do vizinho enquanto vivenciava um momento de clareza, como diria o seu ex-terapeuta. E tudo por culpa de Eva Thorvald, ela se deu conta.

Tudo. Não apenas o fato de que estava quase morrendo congelada dentro daquele maldito Pontiac Aztek com o aquecedor quebrado, mas também a frustrante falta de compromisso de Mitch Diego, ex-chef executivo do Bar Garrotxa, seus dois filhos com Adam Snelling, seu casamento com Adam Snelling, o rompimento do grupo do Jantar da Noite de Domingo e até mesmo o episódio com Lacey Dietsch – a simples presença de Eva engendrara tudo isso. Enquanto esperava a mensagem de texto do segundo celular de Mitch, exclusivo para ela, observando pelo para-brisa gelado aqueles patéticos flamingos e a neve que caía pela segunda vez naquele abril, Octavia sentia-se prisioneira de circunstâncias cruéis que lhe escapavam do controle.

A certa altura ela percebeu que não fazia mais tanto frio e achou melhor esperar fora do carro, talvez até deitada na neve, sem casaco e perto dos flamingos. Era possível morrer de hipotermia em abril? Talvez, se a temperatura ainda estivesse abaixo de zero. Talvez ela fosse a primeira. Já deitada sobre a neve que molhava a calça jeans, o suéter de lã e o cabelo que levara uns vinte minutos para ajeitar, ela tinha certeza de que, a despeito da sobrevivência ou não, isso serviria de mensagem para aquela filha da mãe: *Olha só onde você me trouxe.*

• • •

Cinco anos antes, bem que Octavia poderia ter sido mais esperta. Para começar, não deveria ter estendido a mão cálida e acolhedora para criaturas desamparadas como Eva Thorvald. Mas ela era um tipo acessível, de coração grande e generoso, que sentia pena dos desvalidos e tentava ajudá-los. E a abnegação de pessoas como ela nunca é reconhecida. Elas não são duras nem fazem os outros esperar; elas é que são deixadas à espera, até que tenham as almas esfareladas como pão velho e espalhadas na neve para os pássaros. Embora sigam em frente e sonhem em alcançar as estrelas, só conseguem voar em milhares de pedaços, derretendo nas vísceras quentes de algum predador.

Era o último fim de semana de julho de 2009, em pleno bojo pegajoso do verão, e Robbe recebia alguns convidados na casa próxima ao lago Calhoun comprada em venda a descoberto e depois reformada à exaustão. Cozinha equipada com bancadas em mármore, ilha central, duas geladeiras – ambas com porta de vidro – e uma entrada no piso que levava à adega no porão, sem falar no extremo bom gosto para cada utensílio de cozinha necessário ou desejado.

Octavia, à época com vinte e seis anos, não conhecia ninguém mais de sua idade que tivesse uma cozinha igual, mas Robbe Kramer era incomum entre os amigos. Com vinte e nove anos, barbeava-se todo dia e se formara em Carleton, em 2002, um momento perfeito para participar de uma empresa de empréstimo hipotecário e começar a lançar *subprimes* para as massas, como obras de caridade distribuindo panquecas no café da manhã. Ela não o conhecia desse tempo, e era então difícil acreditar que a coleção de Châteauneuf-du-Papes debaixo dos seus pés tinha sido adquirida à custa da renda de idosos e de famílias operárias. Chegou a mencionar isso uma vez de maneira clara e direta para ele, mas ele se limitou a perguntar "Você estava lá?" e a encarou como se ela tivesse desacatado um Papai Noel de shopping na frente das crianças.

Claro, em 2009 tal modelo financeiro já estava extinto, mas Robbe já tinha enchido os bolsos. Enquanto os chefes do negócio eram levados ao tribunal, ele obtinha uma licença de corretor de imóveis, fazia aulas de culinária e vendia material para um livro de memórias intitulado *Na crista da onda: A trajetória de um jovem durante a Bolha*.

Tanto a casa como a vida de Robbe eram impressionantes, mas Octavia não estava a fim de comprometer a própria imagem, babando sobre cada suportezinho magnético de facas ou cada *tetsubin* texturizado de ferro fundido. Quando ela entrou na cozinha, Robbe explicava o funcionamento de uma panela de pressão para uma jovem alta e desajeitada que descaradamente se fingia de superinteressada, como se nunca tivesse visto uma panela de pressão e a genialidade de Robbe a tivesse inventado. As mulheres parecem estúpidas quando têm uma queda por um homem que está num patamar superior, e Octavia suspeitou que a cena à frente era essa.

— Oi, sou Eva — disse a garota em voz alta quando percebeu que Octavia assistia à cena. Após uma inspeção minuciosa, Eva era grande nos lugares certos e nos errados — não propriamente gorda, mas proporcionalmente grande, uma montagem desajeitada em uma moldura imponente. A camiseta branca e a horripilante calça cargo cheia de bolsos eram lamentáveis, mas o batom sutil, as unhas com esmalte lascado e o cabelo longo e revolto evocavam vagamente um toque mais feminino do que o pretendido; a garota obviamente era descuidada e nada refinada, mas tinha um potencial visível. Eva trouxe à mente de Octavia uma estátua grega em andamento, antes de todo o mármore extra ser completamente esculpido.

— Oi, sou Octavia. — Ela se debruçou sobre a ilha central e estendeu o braço. Sempre que possível tentava ser a mulher mais bonita do lugar, e ali ninguém era páreo para ela. Especialmente quando Octavia usava um vestido amarelo-canário Betsey Johnson (era uma das poucas mulheres que sabia que podia vestir amarelo-canário), brincos de ouro e lápis-lazúli, bracelete de inspiração étnica na forma de cobra enrolada e dois enormes e estonteantes anéis em lápis-lazúli, um em cada dedo médio.

Robbe se postou entre as duas.

— Octavia é o dispositivo elétrico dos jantares de domingo que mencionei.

— Que maneiro! – exclamou Eva. Era um entusiasmo típico e irritante, mas tratava-se de uma jovem, e ela poderia corrigir isso mais tarde. – O que você faz?

— Ora, nada de espetacular, um pouco disso, um pouco daquilo – disse Octavia.

— Ela está sendo modesta – disse Robbe. – Ela faz, digamos, versões sensuais da boa e velha *comfort food*. Ela me faz lembrar de coisas que não me lembro.

— Macarrão ao azeite trufado, queijo, bacon e Gouda defumado. Nhoque gratinado com queijo Pecorino. Caçarola de walleye com creme caseiro à base de sopa de cogumelo – disse Octavia.

— Bem legal – disse Eva.

Robbe olhou para Octavia e cutucou Eva com o cotovelo.

— Essa aqui trabalha na cozinha do Bar Garrotxa.

Octavia ficou impressionada. BG, como era chamado por todos, era o bar mais badalado da cidade. Anderson Cooper tinha sido visto comendo lá recentemente. Foi onde Joe Biden deu uma festa depois de uma tarde de arrecadação de fundos em 2008. E muitos dos mais influentes blogs de alimentos locais o classificavam entre os melhores em Minneapolis/Minnesota/Meio-Oeste. Tudo isso conspirava para fazer do arrojado chef-executivo do Garrotxa uma estrela, e o que aquela desajeitada obra em andamento estava fazendo no BG acabou despertando uma grande curiosidade em Octavia.

— Você trabalha para Mitch Diego? – ela perguntou para Eva.

— Sim, com ele.

— Quantos anos você tem, se não se importa com a pergunta.

— Acabei de fazer vinte anos.

— Uau, ainda um bebê! – exclamou Octavia. Isso explicava muita coisa. E agora ela se perguntava se deveria apenas sentir pena da garota. – O que exatamente você faz lá?

— Eu sou sous-chef. Por enquanto.

Por enquanto. Octavia não podia acreditar em tamanha ingenuidade. Como se alguém daquela idade pudesse fazer melhor.

— Bem, é um lugar incrível para se trabalhar – ela disse. – E como ele é como pessoa?

– Mitch? Legal.

– Isso é tudo? Legal?

Eva deu de ombros.

– Quando está na cozinha, só dá um toque final em tudo. Eu não converso muito com ele.

– Mas, para trabalhar com a comida dele todo dia, você deve amar tudo do cardápio.

– Considerando os ingredientes, está tudo bem. Faço o melhor que posso para ajudá-lo.

Droga. *Considerando os ingredientes, está tudo bem?* Se ela tivesse dito isso na frente de Mitch, Octavia imaginava, aquela garota nem sequer voltaria a cozinhar um macarrão naquela cidade. Certamente ela estava precisando de umas boas palmadas.

– Bem – disse Octavia. – Certamente ele aprecia tudo que você faz.

Octavia sentou-se numa espreguiçadeira Crate & Barrel, ao lado de uma macieira no luxuriante quintal de Robbe, enquanto sua mal-intencionada crítica e ex-companheira de quarto, Maureen O'Brien, fumava um cigarro e jogava as cinzas no gramado. *Cristo*, pensou Octavia. Por que Robbe teimava em convidar Maureen para aquelas festas? Porque ela trabalhava num bom restaurante? Porque ele queria que as festas ficassem mais movimentadas? Claro que não era porque gostava dela. Que pena, com aquele cabelo curtinho, aquela pança de motorista de caminhão e aquelas mãos rudes, bem que Maureen podia ser lésbica. Sempre segurava o cigarro com a ponta para baixo, à altura da cintura, e a palma da mão também para baixo, como os homens, em vez de arquear o cotovelo e o punho, com a ponta do cigarro levemente para baixo e a palma da mão para cima, como as mulheres de casta refinada.

– Qual é a da sua amiga? – perguntou Octavia. – Ela está lá dentro, forçando Robbe a explicar cada item da cozinha. Queira Deus que ela *não goste* dele.

– Eva é incrível – disse Maureen, sem olhar para Octavia. – Deixe-a em paz.

– Como conheceu alguém tão jovem e relevante?

— Nós trabalhamos juntas no Steamboat antes de fechar – respondeu Maureen.

— Por que fechou? Exploração de trabalho infantil?

Maureen deu uma tragada e soprou a fumaça para o chão.

— Essa garota tem o paladar mais sofisticado que já vi.

— Mas ela sabe cozinhar?

Maureen olhou para Octavia e apagou o cigarro no tronco da macieira.

— De um jeito que você não acreditaria.

Alguns dias depois Robbe acrescentou um sétimo endereço de e-mail, o de Eva Thorvald, à lista de e-mails do grupo do Jantar da Noite de Domingo, e Octavia então decidiu apresentar sua melhor cartada, para mostrar à recém-chegada quem era quem. Na quarta-feira, quando cada um tinha que revelar o que estava preparando, Octavia esperou todo mundo se manifestar para só então fazer seu anúncio.

Robbe: Mini-hambúrguer aberto de Kobe. Maionese de chipotle.
Sarah Vang: "Cupins na tora" (sementes de cânhamo sobre homus e aipo)
Lacey Dietsch: Salada de gelatina! ☺
Adam Snelling: Paris-Brest ao estilo corso
Eva Thorvald: Salada Caesar
Elodie Pickett: vinhos, Cabernet Sauvignon (Walla Walla) [para os mini-hambúrgueres]; Sauternes (França) [para o Paris-Brest]; Vermentino (Sardenha) [para a salada Caesar]
Octavia: minha famosa caçarola de tomates autóctones de verão, vadias!
Elodie (eu de novo): Sangiovese (Úmbria) [para a caçarola de tomates]

Fazia apenas três meses que preparavam o Jantar da Noite de Domingo uma noite ou outra, mas o de agora era um menu típico. A ideia era dar uma nova roupagem a receitas de família, mas as únicas que sempre faziam isso eram Octavia e Sarah Vang, a segunda geralmente com algo mais barato e mais fácil de preparar que a primeira. Robbe apresentou a ideia dos temas, mas rotineiramente os ignorava, e em vez disso fazia apenas o que ele estava a fim de comer. Adam, que trabalhava numa padaria em Lyndale, se encarregaria do pão, e Elodie, aspirante a *sommelier*, levaria os vinhos que acompanhavam os pratos.

Havia alguns problemas com Lacey Dietsch, amiga de escola de Octavia. Primeiro porque era mãe de um recém-nascido – um bebezinho meio careca de olhinhos atentos que se chamava Emma – e a levava amarrada ao peito para todas as refeições, como uma gêmea parasita. Se Octavia tivesse adivinhado que Lacey insistiria em ficar o tempo todo com a filhinha, sem deixá-la em casa com o marido uma única vez, Lacey jamais teria sido convidada. Nenhum outro comensal que participava do Jantar da Noite de Domingo tinha filhos ou era casado.

Além disso, Lacey não captava o espírito do tema ou o ignorava de cabo a rabo, trazendo a cada semana uma enjoativa *comfort food* retirada de um livro de receitas luteranas da avó. Lacey tinha sido convidada pela primeira vez em março, quando Octavia descobriu nas mídias sociais que ela trabalhava como garçonete em meio período no Hutmacher's, um bistrô tradicional, frequentado pelas famílias tradicionais, situado no lago Minnetonka, perto de onde elas haviam crescido. Foi triste confirmar que alguém pudesse trabalhar no Hutmacher's sem ter nenhuma classe ou talento na própria cozinha, mas Octavia gostava de Lacey – no passado tinham jogado juntas no time de vôlei – e esperava que um dia ela pudesse levar alguma coisa conveniente ou comestível. Mas o Jantar da Noite de Domingo seguinte, como se viu, não foi o dia.

– Ei, pessoal! – disse Lacey. Seu cabelo encaracolado em ruivo natural brilhava sob a luminosidade dourada do anoitecer, o sol ofuscava o celofane vermelho que cobria uma tigela de vidro com algo estranhamente verde e molenga. Ela irradiava uma cor e uma felicidade que ninguém mais além do marido desejava. Era otimista e inofensiva, como um brinquedo educativo, e nunca parecia falsa – na verdade, era uma praga de sinceridade, a Paciente Zero do mais cuidadoso zelo. Aparentemente, um temperamento que podia ajudá-la como garçonete, mas no trato social fazia o outro odiar o mundo e a vida.

— Eu trouxe gelatina! – disse Lacey. – Com cenoura ralada em cima!

— E como isso pode ser uma releitura da *comfort food*? – perguntou Octavia.

Lacey deu de ombros.

— É comida caseira, com cenouras – disse enquanto levava a tigela para a cozinha.

Com um jeans justinho e uma camisa polo preta de gola vistosa – de alguma forma, todas lhe caíam bem –, Robbe sorriu para Octavia e serviu um Pimm's Cup com pepino macerado a cada um.

— Ei, uma boa notícia – disse ele. – Um velho parceiro de negócios acabou de comprar uma propriedade em Bali. Talvez seja um bom lugar para me entocar e continuar escrevendo o meu livro de memórias, não é incrível?

Ela não se lembrava de ter posto a mão no coração, mas era onde a mão estava.

— Oh, e quando seria isso?

— Primeiro ele vai reformá-la, então talvez pelo final de setembro.

— E quando você precisar fazer entrevistas e pesquisas ou investigar fatos?

Robbe deu de ombros.

— Não vou precisar fazer nada disso. É um livro de memórias. A forma como eu me lembro das coisas é a verdade. É o que torna tudo isso especial.

— Vai ficar fora por quanto tempo?

— Não sei. Se gostar do lugar, talvez alguns anos. Vou alugar esta casa e viver a vida.

— Oh, meu Deus. – Octavia ainda processava tudo aquilo e não soube o que dizer. – Todos vão sentir sua falta.

Robbe piscou para ela.

— Então, vamos aproveitar a festa.

Naquele exato momento, alguém bateu à porta, e Elodie a abriu e lá estava Eva, de blusa branca sem mangas e saia marrom-clara. Ela segurava uma tigela de madeira e uma sacola de lona e abriu um sorriso de alívio, dizendo:

— Uau, ainda bem que me lembrei da casa.

Octavia ajudou Eva a levar tudo para a cozinha, onde a caçarola de tomates de Octavia era mantida aquecida no forno. Eva farejou o ar sorrindo.

— Que cheiro delicioso – disse.

— Pois é, não é? – disse Octavia. – Me baseei numa receita do *Petite Noisette*. Mas fiz um monte de ajustes.

Eva olhou fixamente para Octavia, como se não tivesse entendido a menção ao blog mais recente e mais relevante do mundo da gastronomia. Isso deixou Octavia enlevada.

— Ah, bom – disse Eva. – Que tipo de tomates você usa?

— Early Girl – respondeu Octavia. – É meu tomate autóctone de crescimento precoce favorito.

— O Early Girl não é autóctone. É um híbrido F1 intencional.

— Não, é autóctone, sim.

— Não, é propriedade da Monsanto. São tomates ótimos, mas se você quiser uma boa espécie *autóctone* de crescimento precoce, gosto do Moskvich. Eles são exatamente do mesmo tamanho, redondos, e do mesmo tipo indeterminado de vinha, tudo igual. Johnny Lao os vende no Mercado de Produtores de St. Paul. Crescem muito bem aqui na zona 4b, você só tem que plantá-los em solo quente. Eu começaria plantando as sementes dentro de casa, em cascas de ovo bissectadas.

Octavia tinha parado de ouvir depois de "Monsanto", e Eva finalmente percebeu isso.

— Desculpe – disse. – Estou divagando.

— Bem, com certeza você conhece tomates – disse Octavia. – Eu costumava cultivar San Marzano porque eram os melhores para molho.

— Eu também cultivava quando era adolescente, em Iowa – disse Eva. – E parei provavelmente pela razão inversa. Já não são os melhores para molho, não é? Agora temos Jersey Giant. Opalka. Amish Paste. Não é um alívio enorme saber que enfim o reinado do San Marzano terminou?

— Vamos ver o que os outros estão fazendo – disse Octavia saindo da cozinha.

• • •

Robbe não tinha cadeiras na mesa da sala de jantar e sim dois longos bancos, portanto não havia cabeceira, e todos se sentavam frente a frente, como nas cantinas de escola. Naquele jantar, Octavia sentou-se em frente a Robbe, e Eva sentou-se em frente a Elodie. Adam Snelling, um cara bonitinho e calado que vestia camisa xadrez, sentou-se em frente a Sarah Vang, que usava cores fortes e portava uma gritante bolsa de imitação de grife. E agora eles eram sete porque Lacey sentou-se com seu bebê enrolado e enfiado ao peito no extremo da mesa, de frente para ninguém.

Eva insistiu em preparar a salada Caesar na mesa, o que para Octavia pareceu uma demanda ostensiva para alguém que participava do seu primeiro Jantar da Noite de Domingo, mas Robbe garantiu que historicamente a primeira salada Caesar tinha sido preparada dessa maneira, e Octavia aceitou sem problemas.

Eva esfregou dentes de alho Porcelain cortados ao meio pelas laterais da tigela de madeira e preparou o molho, uma mistura de azeite Koroneiki, gemas mornas de ovos vermelhos caipiras, molho inglês, pimenta-do-reino de Madagascar moída na hora, um dente do mesmo alho Porcelain picado e um pouco de suco de limão Meyer. Colocou uma única folha de alface-romana no prato de cada um e regou com o molho, finalizando o prato com quatro croutons de pão *sourdough* caseiro.

– Espere – disse Sarah Vang, que até então assistia admirada. Ela era baixinha e usava óculos bonitos e modernos do tipo intelectual, mas por baixo de uma aparência recatada se escondia uma voz alta e estridente. – Onde estão as anchovas e o queijo?

Robbe inclinou-se sobre a mesa.

– A salada Caesar original de Caesar Cardini não levava queijo nem anchovas – disse.

– Obviamente, Eva sabia disso – disse Octavia, notando que a garota sorriu para si mesma por um instante.

– Bem, embora não seja a versão da Caesar preferida de todos, realmente remonta à década de 1920 – disse Eva.

Octavia notou que ela baixou os olhos quando todos começaram a mastigar.

– Oh, meu Deus – disse Elodie. – Que loucura.

– Muito bom – disse Sarah, lambendo o garfo.

– Uau – exclamou Robbe, com as mandíbulas cheias de alface-romana e croutons e os lábios lambuzados de azeite Koroneiki. – É oficial. Ela está convidada para todos os jantares.

Todos concordaram. Eva sorriu e agradeceu sobriamente.

Lembrando-se da insuportável explanação de Eva a respeito de tomates e da conversa afiada a respeito de Mitch Diego, Octavia não se convenceu com o ato de humildade. Inevitavelmente, um dia Eva iria longe demais e deixaria sua inexperiência e vulnerabilidade expostas de maneira arrasadora, e caberia a Octavia decidir se brigaria com ela ou se a resgataria. Mas até lá seria forçada a encarar a desgastante tarefa de ajudar a educar corretamente aquela garota arrogante.

– De fato, é uma boa salada – disse Octavia por fim. – Mas deve ser fácil fazer uma baita salada com esses ingredientes caros.

Robbe olhou para Octavia e depois para Eva.

– Não são ingredientes caros. Se fossem, eu saberia. Você não a viu fazendo? É frescor, proporção e tempo, estou certo?

Eva se encolheu, balançando a cabeça.

– Quase me esqueci do vinho – disse Elodie, levantando-se e depois retornando da cozinha com uma garrafa aberta de Vermentino. – Não terminem a salada ainda!

Para a maior parte da mesa, era tarde demais.

Embora Sarah Vang tenha iniciado corajosamente uma discussão acalorada sobre a qualidade dos *food trucks*, colocando como única evidência a popularidade de um único *food truck gourmet* de Los Angeles, a conversa girou em torno da inacreditável salada de Eva. Naquela noite, a cada prato servido, alguém se justificava pelo prato não ter sido preparado na mesa ou sobre onde estava a pimenta de Madagascar. A famosa caçarola de tomates autóctones de verão de Octavia não recebeu um único comentário.

Quando foi servida a desagradável gelatina de Lacey Dietsch, que mais parecia água de aquário congelada com peixinhos dourados despedaçados na superfície, ninguém estava mais a fim de comer e sim de continuar conversando sobre a tal salada Caesar estupidamente simples. E o que aconteceu depois fez Octavia querer cortar os pulsos; no caminho para o banheiro, ela olhou para a cozinha e flagrou Robbe beijando a bochecha de Eva. Um beijo na bochecha, mas um beijo, com ambos de olhos fechados.

Eva não merecia aquilo. Robbe tinha uma sala de jantar com muitas mulheres atraentes, inteligentes e charmosas – mulheres quase da mesma idade dele, que haviam conquistado alguma coisa na vida e que nos últimos três meses se jogavam aos pés dele. E no fim ele escolhia *aquela* garota metida a entender de tomates? Pior, ao voltar para casa naquela noite, Eva se imaginaria na cozinha de Robbe, preparando tortas de maçãs do quintal dele, relaxando com um coquetel no sofá branco e moderno de meados do século, fazendo amor na cama com dossel, sentindo os suaves lábios dele passeando no rosto dela e por fim fechando os olhos diante de tais pensamentos.

Claro que Octavia podia ver o que Eva tinha visto em Robbe. Além da grana e de alguns aspectos superficiais, ele era literalmente uma porta de entrada para um mundo adulto mais sofisticado. Quantas pessoas da idade de Eva participariam de um jantar como aquele? Uma ou outra. O Jantar da Noite de Domingo era uma reunião de especialistas cuidadosamente escolhidos, que estavam no topo de suas respectivas funções, menos a pobre Lacey Dietsch. Maureen O'Brien era uma que nunca tinha sido convidada, e não porque era mesquinha e pouco atraente; é que ela não fazia nada bem o bastante. Claro que Eva sabia qual era o tamanho do privilégio em receber o convite de Robbe. E agora ela também era escolhida a dedo entre as adversárias mais dignas da afeição do solteiro mais cobiçado e sonhado por Octavia; bem, certamente aquela garota estava derretendo como açúcar na língua de Robbe.

O que ele ganharia com aquilo acabou sendo o mais difícil para Octavia descobrir, de modo que ela levou um tempo para se dar conta de que ele não a tinha escolhido, e muito menos a Elodie ou a Sarah, porque a escolha de alguém do mesmo naipe seria um sinal de maturidade, e aquele rapaz não queria amadurecer, pelo menos por enquanto.

A esperança de Octavia é que Eva se tornasse a última aventura juvenil no feno do celeiro de Robbe, e que ele finalmente percebesse que aquelas garotas não tinham nada a oferecer além de ignorância e demandas.

Educada em Minnetonka, no meio de gente endinheirada e com bom gosto, Octavia tinha formação em Língua Inglesa e Sociologia na Notre Dame, o pai era um advogado corporativo e a madrasta era uma ex-modelo que se tornou representante de vendas de uma farmacêutica; ou seja, Octavia era a moça certa para se casar com um homem como Robbe Kramer. Ela não precisava de uma vida melhor do que a que sempre teve; ela não precisava de riqueza, apenas de conforto e de um marido como Robbe, que valorizava o mesmo estilo de vida. Ela sabia que seria mais feliz angariando fundos políticos e encantando as esposas burrinhas dos parceiros comerciais de Robbe. E ela até aprendera a jogar golfe; sabia fazer vinte e sete coquetéis diferentes, e conseguia assistir a uma partida inteira dos Minnesota Vikings, entendendo o jogo e sem fazer perguntas. Ela sabia como agir no meio de homens ricos, e doía ver Robbe se perder, naquele momento, nos olhos gulosos de uma garota sem nome e nada ingênua.

– Acho melhor encerrarmos a noite – disse Octavia.

Após o jantar, precisando desesperadamente liberar a tensão, ela fez algo ao chegar em casa que nunca tinha feito antes; deu algumas pitadas no cachimbo de sua colega de casa. Em abril ela havia pensado em se mudar para algum lugar mais perto do trabalho, na parte alta da cidade, e assim alugou o segundo andar da casa de Andrea, uma divorciada de vinte e nove anos que trabalhava para uma companhia de teatro e fumava maconha enquanto assistia HBO. Da cozinha compartilhada no primeiro andar, Octavia olhou para a sala de estar e notou que Andrea tinha esquecido a maconha e o cachimbo em cima da mesinha de centro. Era a primeira vez que isso acontecia desde que moravam juntas.

Era pra ser. Foi como se a colega de casa soubesse.

A semana seguinte se converteu nos piores cinco dias de toda a vida adulta de Octavia. Houve um teste toxicológico surpresa no centro educacional infantil onde ela trabalhava, e ela acabou sendo pega. Era a primeira vez que ela usava uma droga em anos, e apenas trinta e seis horas antes. Na mesma hora a colocaram em licença administrativa sem remuneração, o que praticamente significava demissão. Por consequência, o pai cortou a ajuda financeira; ela só receberia outro cheque se fizesse uma checagem clínica em Hazelden e um tratamento para vício, do qual o pai sempre suspeitara.

— Filho da puta — ela disse para ele ao telefone e desligou o aparelho, com lágrimas nos olhos.

Para crédito do pai, Octavia Kincade se viu sozinha, sem emprego e sem o dinheiro de casa; ela estava financeiramente ferrada.

E ainda estava de mau humor quando chegou o e-mail compartilhado solicitando a todos o menu do próximo Jantar da Noite de Domingo. Ela esperou pela resposta de Eva, que chegou imediatamente: "Succotash de milho-doce". Octavia deletou esse e-mail.

Octavia acreditava que moralidade se aprendia em construto social, bem como responsabilidade, humildade e generosidade. Os seres humanos nasciam maus, como pequenos sociopatas que se deixavam levar pelos próprios impulsos, e muitos nunca aprendiam a ser bons, nem faziam evoluir características como empatia ou compaixão; pelo contrário, permaneciam como criancinhas egoístas e destrutivas pelo resto da vida. E aquela sem-vergonha, arrogante e chantagista Eva Thorvald era a mais tortuosa de todas as criancinhas que Octavia conhecia; portanto, só aprenderia a lição de humildade quando recebesse um tombo da vida.

Octavia chegou à casa de Robbe na mesma hora de sempre, com uma tigela de cerâmica verde debaixo do braço; entrou sem bater, como de costume.

— Ah, olá — disse Robbe entrando na cozinha. — Chegou cedo.

— O que tem na tigela? — perguntou Eva, logo atrás dele. A garota arranjara um jeito de chegar antes de todo mundo.

— Succotash de milho-doce — respondeu Octavia.

— Que engraçado. Também fiz isso.

Robbe pareceu irritado.

– Você não viu o e-mail?

Octavia balançou a cabeça.

– Não recebi e-mail algum.

– Bem, quando isso acontecer, mande uma mensagem de texto ou ligue para mim – disse Robbe. – Agora vamos ter uma porrada de succotash.

– Posso simplesmente despejar a minha no lixo – disse Eva. – Depois de sua impressionante caçarola de tomate da última vez.

Pelo que Octavia se lembrava, Eva não elogiara a caçarola de tomate na última semana; em todo caso, era tarde demais para fazer uma cena de falsa humildade.

– Eu odiaria ver você fazer isso – disse Octavia. – Depois daquela sua mágica salada Caesar.

– Tive uma ideia – disse Eva. – Vamos colocar as duas em tigelas do Robbe, para que não dê para saber qual é qual, o que você acha?

– O que for melhor para você – disse Octavia, gostando secretamente da ideia.

O problema é que se podia saber qual era qual a centenas de metros; uma levava pimentão vermelho orgânico picado (Octavia), enquanto a outra levava vagem Blue Lake cortada à francesa. E o milho da salada de Eva era mais branco.

– Por que fez a salada com vagens? – Octavia perguntou para Eva enquanto transferia o succotach para as outras tigelas, sem uma boa razão, ela agora percebia.

– Costumo usar quiabo. Mas a vagem está na estação.

– Que tipo de milho você usou?

– O Northern Xtra Sweet bicolor.

– Ah, bom. – Octavia sorriu, porque pesquisara nas duas últimas semanas e sabia que o Northern Xtra Sweet bicolor era uma variedade extremamente comum de milho; podia-se obtê-lo em qualquer lugar. – Onde o conseguiu?

– Ah, esta tarde dirigi até a fazenda do sr. Xiong em Dakota County e colhi direto do pé.

– Hoje? Antes de chegar aqui? Como fez isso?

– Não foi uma viagem longa. Que tipo de milho você usou na sua?

– Golden Bantam autóctone. De uma moça que vende ervas no Mercado de Produtores de St. Paul.

– Uau, eu nunca ouvi falar – disse Eva. – Que vendedora é essa?

– Anna Hlavek. Mas ela não vende para o público, você tem que encomendar. – Octavia seguira uma pista depois que uma amiga disse que namorara Dougie, filho de Anna, no ano anterior.

Era um *round* ganho por Octavia. Cerca de noventa por cento do milho dos campos americanos eram geneticamente modificados; entre os inúmeros cruzamentos, hibridizações e supostas melhorias feitas ao milho, Anna Hlavek, do Mercado de Produtores, cultivava algo quase secreto: uma variedade de milho polinizado que não sofrera muitas mutações em mais de cem anos. Pelo que se dizia, Anna herdara o estoque de sementes do avô, que por sua vez o comprara de um catálogo quando Burpee introduziu a cepa do Golden Bantam 8 por volta de 1902. Era o mesmo milho consumido pelos bisavôs de Octavia na fazenda próxima a Hunter, Dakota do Norte – espigas de caroços gordos, firmes e leitosos, que explodiam na boca e eram tão doces que podiam ser servidas de sobremesa. Ninguém, nem mesmo Eva com seus ingredientes fantasiosos, tinha acesso a esse milho; você precisava achar a pessoa certa para comprar o produto verdadeiro, e Octavia teve a sorte de comprá-lo.

– Mal posso esperar para experimentar – disse Eva.

O mapa de assentos estava um pouco desconjuntado em relação à semana anterior. Adam Snelling ainda se sentava em frente a Sarah Vang, mas agora Eva sentava-se em frente a Robbe, e Octavia, em frente a Elodie. Em compensação, Octavia estava *ao lado* de Robbe, o que em muitos aspectos era bem melhor que estar em frente a ele. Lacey sentou-se de novo com seu bebê no extremo da mesa, sem ninguém em frente.

– Por que sempre tenho que sentar aqui? – Ela raramente reclamava; para Octavia ela devia se sentir feliz só por estar naquela mesa, e imaginava que era assim que ela se sentia.

Todos olharam para Lacey.

– Só calhou de ser dessa maneira – disse Robbe.

– Alguém pode trocar de lugar comigo? – Ela olhou para a amiga que a tinha convidado. – Octavia?

Octavia balançou a cabeça em negativa.

– Preciso ficar aqui para lidar com um dos primeiros pratos.

Robbe também balançou a cabeça.

– Você *não precisa* ficar em qualquer lugar específico, Octavia.

Pelo que parecia, ele não queria estar ao lado dela da mesma forma que ela queria estar ao lado dele, mas ela forçou um sorriso.

– É mais fácil servir daqui. Os pratos dela são sempre servidos no final.

– Tudo bem – disse Robbe. – Desculpe, Lacey.

Lacey meneou a cabeça e suspirou. Antes ela se sentava em lugares mais agradáveis, sempre à frente de alguém ou de alguma coisa – pelo menos até o aparecimento da sofisticada Eva. E talvez tenha feito esse tipo de associação na cabeça.

– Sabe, vou embora – ela disse, levantando-se.

– Está bem – disse Octavia.

– Por quê? – perguntou Adam Snelling. Ele era mesmo um cara bacana.

– Vocês não gostam da minha comida, vocês me obrigam a sentar aqui no final da mesa sozinha, vocês nunca comentam as coisas que eu falo, e vocês nunca se dão ao trabalho de fazer qualquer pergunta sobre mim.

– Você não deve esperar que lhe façam perguntas – disse Robbe. – Eu não espero. – Isso, da parte de Robbe, passava por empatia.

– Bem, até mais – disse Lacey dirigindo-se para a cozinha, de onde retornou com um tupperware de salada de frutas feita com mix de frutas em calda e creme batido industrializado. O bebê começou a chorar a plenos pulmões e ela gritou por cima da choradeira enquanto abria a porta:

– Tenham um bom jantar. Tchau.

Depois que ela bateu a porta, os seis comensais restantes fizeram silêncio, e logo Robbe se levantou e retirou os copos e talheres de Lacey da mesa.

– No futuro, quando convidarmos outra pessoa, acho que talvez seja melhor consultar primeiro todo o grupo – ele disse enquanto entrava na cozinha.

Eva, o membro mais recente, convidada por vontade de Robbe, sem ter passado pela avaliação do grupo, teve a audácia de falar.

– Conheço alguém que talvez possa vir.

– Quero ouvir as impressões de vocês sobre elas – disse Robbe, colocando duas tigelas brancas de succotash na mesa.

Octavia experimentou primeiro a de Eva. Odiou admitir, mas era um prato requintado. Tanto a vagem como o milho estavam ligeiramente firmes, no ponto, o bacon era perfumado e não muito salgado, e os pedaços quase diáfanos de cebola branca estavam naquele ponto certo de ardor, sem predominar sobre os outros sabores.

E depois Octavia experimentou a própria salada. O milho estava duro e farinhento; ela o comprara na manhã anterior e não sabia quando Anna o colhera, mas os caroços não tinham conservado o açúcar. Alguns pareciam dentes soltos na boca. Ela olhou em volta da mesa, e algumas pessoas os cuspiam nos guardanapos.

– Quero mais dessa com vagem – disse Elodie, com o rápido assentimento de Adam.

Aquela vaca da Anna Hlavek. Por que Octavia não exigira da fornecedora de milho-doce a data e a hora exatas da colheita? Isso evitaria aquele terrível contratempo. Claro que Eva utilizara um milho provavelmente colhido umas quatro ou cinco horas antes; *isso* fazia toda a diferença, a despeito das variedades.

– Qual é de quem? – perguntou Sarah, com uma voz alta e desarmônica de harpia.

– Eu trouxe a de pimentão vermelho – disse Eva. – Estava muito bom um dia antes. Não sei o que houve.

Antes que Octavia tivesse tempo de reunir os pensamentos, todos começaram a falar.

– Os açúcares do milho-doce se transformam em amido com muita rapidez – disse Sarah. – Você continua incrível para alguém de sua idade. Incrível.

Eva balançou a cabeça.

– Obrigada. Sei que ainda tenho muito a aprender.

– Talvez esse seja o prato que mais gostei dos que você já fez – comentou Elodie olhando para Octavia. – Ele poderia ganhar prêmios.

Adam balançou a cabeça e sorriu de boca cheia.

– Senhoras e senhores, Octavia está de volta – disse Sarah.

Robbe não disse nada porque sabia que as duas tinham transferido o succotash para suas tigelas. Limitou-se a olhar de lado para a cabeça de Octavia, como se a olhar para a cortina de um teatro momentos antes do início de uma peça.

– Obrigada a todos – disse Octavia, observando Adam que recolhia os pratos com o succotash do Golden Bantam quase que intocado em todos os pratos.

No dia seguinte Robbe insistiu em encontrar Octavia para tomar um drinque no Horseless Carriage, o bar que ele mais gostava para a *happy hour* das 17 horas. Octavia estava ocupada atualizando o currículo – sairia de vez do emprego e apenas diria que tinha feito um trabalho voluntário com crianças nos dois últimos anos –, mas obviamente concordou em se encontrar com ele.

Quando ela chegou, ele estava sentado, tomando um Martini e brincando com o celular debaixo de um cartaz luminoso que anunciava um filé de costela especial. O lugar cheirava a pipoca velha e polidor de metais, e enquanto alguns se debruçavam sobre cartões de apostas no balcão, outros assistiam beisebol em televisões sem som.

Robbe desviou os olhos do celular e acenou com a cabeça, mas não desligou o telefone nem se levantou, como um cavalheiro.

– Eu estou saindo com Eva – ele disse. – Só para você saber.

Octavia suspeitava que o caso estava em andamento, mas ao ouvir isso se viu atingida no coração por uma frigideira de ferro.

– Por que tem que me dizer isso pessoalmente? – ela perguntou.

– Porque sei que você gosta de mim.

— Bem, sim, como amigo, gosto de você como amigo.

— Como quiser – ele disse. – Em dado momento até pensei em transar com você, mas você parece aquele tipo que fica maluca depois.

Ela respirou fundo.

— Ainda bem que não transamos. Mas quero lhe fazer uma pergunta: Por que você não disse nada sobre o succotash no jantar de ontem?

— Como assim?

— Você viu quando colocamos o succotash nas tigelas. Você estava na cozinha.

— Não me lembro disso. Mas provei um pouco.

— Tudo bem. – Ela chamou o barman e pediu um Long Island Iced Tea. Era para lá de fora de moda, mas Cristo, ela precisava de um desses e ninguém naquele bar a conhecia.

— E o que vai acontecer com vocês quando você se mudar para Bali?

— O que vai acontecer com quem?

— Com você e Eva.

— Não sei. Talvez ela vá comigo.

— Que tipo de mulher largaria tudo para fugir com você? – Octavia sairia da cidade e partiria para Bali com Robbe, se assim ele quisesse e pelo tempo que fosse, isso pelo menos até uns cinco minutos antes.

— Já esteve na casa dela?

— Deus, não.

— Ela vive com o pai num apartamento caindo aos pedaços na rua Lake. Eu estive lá alguns dias atrás; enquanto esperava ela descer, pensei seriamente que levaria um tiro. Se eu fosse ela, daria o fora de lá na primeira chance que tivesse.

— Então, é isso. Você acha que pode salvá-la.

— Quem sabe – disse Robbe. – Mas sabe quem ela vai levar para o próximo jantar? Mitch Diego. Ninguém vai ter que levar coisa alguma. Ele vai fazer toda a comida. O que acha disso?

— Estou intrigada – disse Octavia.

Para o jantar com Mitch Diego, Octavia escolheu a melhor roupa, um vestido de noite marrom da BCBG, com um decote ousado e um cinto de lã vermelha que marcava a cintura. Não era uma cor de verão – o vestido era do outono de 2008 –, mas literalmente fazia os homens pararem na rua; então, dane-se.

Mitch Diego era uma versão ligeiramente mais pesada das imagens do site dele, mas tinha uma aparência que Octavia cobiçou: barba quase grisalha, cabelo encaracolado cor de obsidiana e estonteantes olhos castanhos que mais pareciam topázios. Ela até gostou dos pelos pretos que a abertura da gola da camisa xadrez deixava entrever; uma aparência nada elegante, mas admirável nos homens que a assumiam. Ele a observou de cima a baixo, mas sem se apresentar, e muito menos ela, mas ela o flagrou a olhando tantas vezes que cruzou os braços para esconder os seios.

No canto da cozinha de Robbe, próximo à batedeira Kitchen Aid, Eva observava Robbe e Mitch a distância. Robbe tocava nela cada vez que passava por perto; ela retribuía o toque, sem quase falar com ele ou com Mitch, mas visivelmente feliz por estar naquela requintada cozinha com um homem rico e bonito e um lendário chef local.

Adam Snelling congelou quando entrou na cozinha e viu Octavia.

– Você está linda – ele disse de um jeito que pareceu espontâneo, como se não pudesse *conter* as palavras, o que era bom, e depois tirou um cigarro do bolso e o balançou entre os dedos.

– Me dê um desses – disse Octavia, levando-o para o quintal.

Sabe-se lá por quê, Mitch Diego os seguiu.

– Pode me dar um cigarro? – ele perguntou para Adam.

Adam estendeu o maço.

– Você não precisa estar na cozinha? – perguntou Octavia, cruzando preventivamente os braços na frente do peito.

– Um segredinho sujo – disse Mitch. – Eva salva a minha vida. Faz tudo que posso fazer e ninguém nota a diferença. E agora tenho tempo para escrever um livro.

– Qual é o título?

– *Garotas das tapas e sangria à vontade: momentos quentes nas cozinhas da Espanha*. Conhece alguém que possa me ajudar com uma editora?

Robbe sentou-se em frente a Eva na extremidade da mesa; Sarah, em frente a Elodie, e Adam, em nova reviravolta, em frente a Octavia, na outra extremidade. Mitch estava na posição de Lacey Dietsch, e ela achou que ele se sentaria ao lado dela, mas ele saiu assim que viu a mesa e voltou da outra sala com uma cadeira que colocou na cabeceira. Octavia se perguntou por que ninguém tinha pensado nisso antes.

— Menu desta noite — anunciou Mitch Diego. — Creme de milho-doce Golden Bantam. Prato principal: tacos de paleta de porco orgânico em cocção lenta com hortelã, feijão-preto e queijo Feta de Wisconsin, ao molho de tomates Nebraska Wedding e Cherokee Purple autóctones. Como sobremesa, torta crocante de maçã Paula Red.

Todos aplaudiram, e Octavia notou quando Eva se levantou e desapareceu em direção à cozinha.

A refeição que Eva preparou, com crédito para Mitch Diego, estava extraordinária, como previsto. Imploraram pelas sobras, Sarah Vang exigiu que Mitch Diego abrisse um *food truck*, e Robbe declarou que era a melhor refeição já preparada naquela casa.

Os comensais se debruçaram sobre o molho extra, uma bela mistura de tomates amarelos e roxos que Johnny Lao cultivava e vendia no Mercado de Produtores de St. Paul.

— Por que você compra dele? — Mitch Diego queixou-se de Eva na frente de todos. — Ele é muito caro e é um idiota.

— Ele sempre foi bom para mim — disse Eva.

Pode ter sido a temperatura de mais de trinta graus e a ingestão excessiva das surpreendentes harmonizações de Elodie Pickett, junto ao fato de que Sarah teve que sair mais cedo para buscar alguém no aeroporto, mas as três mulheres e os três homens restantes formaram pares e começaram a dançar na sala de estar, tocando os corpos suados e se despencado nos colos uns dos outros durante os intervalos.

De repente, Octavia se viu deitada nas pernas de Adam, a cabeça apoiada no braço do sofá, olhando de ponta-cabeça para Elodie, Mitch, Robbe e Eva, que dançavam ao som de "Kids", do MGMT, sobre o piso de madeira. O sorriso no rosto invertido de Eva era tão incontido e bonito que Octavia se sentiu feliz por aquela garota estúpida. Embora ainda não conseguisse ver Robbe a beijando, ela começava a se sentir bem com a virada das coisas. Talvez.

Octavia começou a achar Adam atraente, e isso também a deixou surpresa; afinal, ele não fazia o tipo dela – desengonçado, corte de cabelo barato, barba por fazer e camisa xadrez de manga curta sem graça. Ela mal tinha falado com ele nos primeiros meses de jantares naquela casa. Ainda não o tinha registrado como um ser sexual. E de repente queria levá-lo para os fundos da oficina e tirar as roupas para ele, sem saber exatamente por quê.

Se o brilho do sexo ao ar livre não tivesse se estendido pelos dias seguintes, aquela teria sido outra semana ruim na vida de Octavia. Em primeiro lugar, como é que ela poderia saber que o alarme naquele painel estúpido do BMW indicava que o fluido refrigerante estava zerado? Agora tinha que trocar o radiador e um monte de mangueiras, e não tinha mais aquele dinheiro todo.

Para completar, um telefonema na segunda-feira à tarde de sua amiga de escola Jessica Mitchelette, uma companheira na linha de frente no time de vôlei. Foi quando ficou sabendo que Lacey Dietsch empurrava o carrinho de bebê pelo bairro na noite de domingo quando um reboque a atropelou numa curva, arrastando-a sob a caminhonete por alguns metros antes de parar. Sua barriga ficou aberta e os intestinos projetados no asfalto. Ela morreu antes da chegada da ambulância. Encontraram o carrinho intacto no canteiro central, com o bebê dormindo profundamente lá dentro.

Mais tarde, naquela mesma semana, Robbe anunciou que só haveria mais um jantar de domingo porque se mudaria para Bali com Eva, e que seria um grande jantar – uma grande celebração do Dia do Trabalho, com queijos e vinhos para levantar fundos para custear o lar dos idosos e o tratamento médico do pai de Eva, que precisaria de cuidados enquanto ele e Eva estivessem afastados. Cobrariam centenas de dólares por cada prato, sem exceção, mas acreditavam que as pessoas pagariam um bom preço por um dia e uma noite de festa regados a vinhos e aperitivos preparados por Mitch Diego, o afamado chef-executivo do Bar Garrotxa.

Octavia chegou cedo, com um vestido sem mangas cor de marfim (última chance de vestir branco em 2009!), depois de pegar uma carona no Honda Accord de Adam e de aparecer de braço dado com ele na porta da casa de Robbe.

– Pagou com antecedência? – perguntou Robbe da porta. Ele estava de terno e gravata e segurava uma prancheta.

– Pagar? – perguntou Octavia. – Nós somos seus amigos, entramos de graça.

– Ninguém entra sem pagar – disse Robbe. – O pai de Eva tem muitas contas médicas e precisa de cuidados em tempo integral numa casa de repouso. O evento é para isso.

Desde quando Robbe Kramer se tornara altruísta?

– Uau, sua namorada deve ter uma vagina mágica – ela disse.

Robbe franziu a testa. Para um sujeito conhecido pela franqueza, ele odiava conversa perversa ou indecente; achava que grosseria era coisa de gentinha que estava abaixo dele. Octavia presumia que todo homem, ou pelo menos uma criança de quatro anos de idade no corpo de um adulto, como Robbe, teria que ter um código.

Ela o encarou.

– Você sabe que estou sem dinheiro. Faz um mês que eu estou desempregada. Já não posso pagar nem mesmo pelo conserto do meu carro.

– Eu pago para você – disse Adam, porque ele era um cara muito bacana.

– Não, você trabalha numa padaria, não pode gastar duzentos dólares em aperitivos.

– Sim, mas é para o pai de nossa amiga – ele disse.

– Na verdade, não. Só assim esse aí pode fugir com a namorada de vinte anos.

Enquanto conversavam, um tipo brutamontes com cara de jamaicano chegou na calçada atrás deles.

– Ei, paguei antecipado – ele disse. – Ros Wali da Small Space Solutions.

Robbe checou as reservas e acenou para o cara. Pelo tamanho da lista, ele não teria dificuldade alguma para fazer dinheiro e não precisava descartar os amigos.

Robbe virou-se para Octavia e Adam.

– Se precisam ir a um caixa eletrônico, podemos esperar por um tempo.

– Dane-se – disse Octavia, virando as costas. – Vamos embora, Adam.

Ela nunca mais viu Robbe Kramer.

Octavia viu Eva Thorvald mais três vezes. A primeira em um popular café em Loring Park, a uma quadra do apartamento que ela não conseguia mais pagar. Isso foi duas semanas após o Dia do Trabalho, e a folhagem ainda não estava mudando de cor, apesar de haver um ligeiro frio no ar e os moradores de Minnesota aproveitarem os últimos dias de verão nas mesas ao ar livre. No interior do estabelecimento de tijolinhos, lotado de jovens munidos de laptops e celulares e de elegantes casais debruçados sobre bolos e pães no café da manhã, Eva estava sentada a uma mesa de madeira sólida distante das janelas, sob um cartaz francês vintage de Lillet. Seu cabelo estava mais despenteado que o habitual, e seu rosto, avermelhado e manchado.

– Obrigada por me encontrar – ela disse.

– Desculpe-me de novo por não ter participado da arrecadação de fundos. Nós estávamos sem dinheiro.

– Tudo bem. Soube alguma coisa de Robbe?

– Faz algum tempo que não o vejo – disse Octavia, deixando Eva aparentemente destroçada. – Pensei que vocês estavam de partida para Bali.

– Ele partiu. – Eva levou as duas mãos ao rosto, com tremores no corpo e respiração profunda.

Isso não passou despercebido para Octavia.

– Robbe já partiu para Bali? Pensei que você ia com ele!

Eva enxugou o rosto.

– Não pude ir com ele. Só levantamos seis mil e setecentos dólares. Não era o suficiente. Eu não posso deixar o meu pai para trás. Eu simplesmente não posso.

Fazia dois meses que Octavia não falava com o pai, por isso se sentiu comovida e confusa com a lealdade de Eva a um pai que parecia desleixado e que só dava importância ao dinheiro. E, mais importante, ela se sentiu como se tivesse pressentido e escapado do sr. Kramer.

– Seis mil e setecentos para pagar...

– Ainda devemos quarenta mil pelo transplante de fígado – disse Eva. – Além disso, alguém precisa cozinhar para ele e aplicar a insulina conforme o cronograma, e ainda ajudá-lo com a roupa e tudo mais. Isso é muito caro.

– Mas quase sete mil dólares podem ajudar.

Eva sacudiu a cabeça.

– Robbe roubou metade. Ele disse que cabia a ele.

– O quê? Que merda. Ele não precisa do seu dinheiro. Abra um processo contra ele.

Eva passou um guardanapo de papel marrom nos olhos marejados.

– Um advogado para isso seria estupidamente caro. E não posso pagar um advogado.

– Mas é uma questão de princípio. Talvez você possa ganhar uma indenização.

– O dinheiro se foi. Ele roubou.

– Quer saber? Faça outro jantar de arrecadação de fundos.

– Com a mesma finalidade? Duas semanas depois do último?

– Então, não o chame de arrecadação de fundos, chame-o de jantar extravagante.

– Mas não tenho onde fazer o jantar.

– Bem, faça em qualquer lugar, deve haver algum lugar disponível por aí. Enquanto o clima estiver bom. Se Mitch Diego cozinhar novamente, você valerá ouro.

– Ele nem sequer apareceu no último.

– E mesmo assim levantou quase sete mil dólares? E a clientela ficou feliz?

Eva balançou a cabeça e enxugou o rosto.

– Então, dane-se Mitch Diego. De qualquer maneira, não gosto dele.

– Sabe, o engraçado é que parece que ele realmente gosta de você. Fala de você o tempo todo.

Material interessante para se pensar, mas Octavia estava feliz e nem um pouco interessada. Adam agora ia de bicicleta para o trabalho, para que ela pudesse procurar um emprego de carro. Uma ideia dele, não dela. Que bom ter pessoas por perto que agiam assim.

— Estou com alguém — ela disse. — Um bom homem.

— Bem, tenho que fazer o almoço para meu pai — disse Eva, terminando a água.

— Se souber de Robbe, avise-me, sei que vocês eram próximos.

Que sanguessuga, pensou Octavia quando abraçou Eva. Claro que Robbe não a amava; roubou dela, se aproveitou dela e a descartou, deixando-a presa em Minnesota com um pai doente enquanto escrevia um livro de memórias em Bali. Robbe tinha um objetivo e, portanto, sabia quem poderia ajudá-lo e por quanto tempo deveria mantê-la por perto. E ali estavam Octavia e Eva, a milhares de quilômetros de Robbe, falidas e amaldiçoando o nome dele.

O segundo encontro de Octavia com Eva se deu três semanas depois. Fazia um bom tempo que Octavia não ouvia falar de Elodie Pickett quando recebeu um e-mail no qual Elodie dizia que ela e Eva tinham uma proposta de negócio e a convidavam para um encontro. Octavia acabara de arranjar um trabalho de meio expediente na rua Lake, como consultora de arrumação da firma Small Space Solutions — contratada por um tal de Ros Wali, que participara do jantar do Dia do Trabalho na casa de Robbe para arrecadar fundos para Eva. Octavia entrava na casa dos clientes para dizer quais eram as coisas que eles deviam jogar fora. Ela já estava achando que tinha talento para essa função.

O apartamento de Eva é bem perto, disse Elodie por mensagem de texto. Vamos nos encontrar lá.

O apartamento de Eva era indiscutivelmente pior que o descrito por Robbe. Cheirava a mofo e caldo de carne, e o único assento disponível estava ocupado por um gordo que só podia ser o pai de Eva. Ele assistia a *Cater-Mania with Miles Binder*, um dos programas favoritos de Octavia, o episódio em que Miles e sua equipe de loucos tentam organizar em apenas três meses um jantar de Ação de Graças para uma centena de pessoas. Um clássico.

Eva beijou a cabeça do pai, perguntando:

– Por que está vendo isso?

– Me faz lembrar de você – ele disse.

Ela riu.

– Esse programa me tira do sério.

Ele se virou e olhou para Octavia.

– Quem é ela?

Octavia, sentindo-se violentamente constrangida e sem desejar olhar aquele gordo, entrou na pequena cozinha. Era o único cômodo generosamente equipado. Estava repleto de louças e aparelhos bastante usados, com pilhas de panelas e tigelas empilhadas em cada boca do fogão. Mas antes que pudesse observar tudo, ela se viu puxada para dentro do quarto de Eva.

Era como uma extensão do resto da casa e, exceto pelos vestidos e blusas pendurados no armário, nada indicava ser o quarto de uma garota, com os lençóis brancos e lisos e uma cabeceira aglomerada de branco. Em vez de uma cômoda, pilhas de caixas de plástico transparentes guardavam roupas íntimas e meias. O toque mais interessante eram os velhos cartazes das bandas The Smiths e Bikini Kill colados nas paredes e os livros de receitas empilhados no chão, muitos com os marcadores saltando em diferentes ângulos, com as etiquetas de desconto das livrarias nas lombadas.

Sem qualquer outro lugar para se sentar, não restou alternativa senão em cima da cama, como colegas de faculdade. Octavia sentiu-se desconfortável, mas não tanto quanto no apartamento em geral. A pobreza era aquilo? Ela nunca tinha visto ninguém viver daquele jeito. Até parecia o apartamento de *Trainspotting*. Isso a deixou inquieta, como se estivesse agarrada a uma câmara de ar no fluxo de uma corrente, que ao menor choque poderia sugá-la para aquele padrão de vida junto com aquelas pessoas. Só então se deu conta de que os pobres, embora numerosos, nunca iniciariam uma revolução. Isso porque temiam e desprezavam os que estavam um nível abaixo deles, e por um bom motivo.

— E então, o que houve? – ela perguntou. – Não posso ficar por muito tempo.

Uma voz no fundo do corredor sacolejou os ossos das mulheres.

— Eva! – Era o grito daquele sujeito. – Quando sai o jantar?

— Já vou – disse Eva, pulando para fora da cama. – Desculpem, garotas, estou fazendo um guisado de carne temperado com chalota e alecrim para o meu pai. Vou ver se está pronto.

Isso explicava o cheiro de caldo de carne.

— Não se preocupe – disse Octavia.

— Depois passo as coisas para ela – disse Elodie olhando para Octavia. – Como está?

— Bem. Como estão as coisas na organização sem fins lucrativos?

— Caminhando. Promoveram Sammy para fazer o seu trabalho.

— Humm. Ele não consegue sequer escrever uma carta de apresentação.

— Ele está aprendendo. – Elodie deu de ombros. – Enfim, Eva e eu estamos planejando fazer jantares epicuristas pela cidade e queríamos lhe dizer que talvez a gente precise de sua ajuda.

— O que quer dizer com jantares epicuristas pela cidade?

— Eva disse que a ideia partiu de você. É só uma forma de promover jantares em lugares diferentes, cobrando uma taxa fixa de cem dólares por uma refeição sofisticada e fazendo disso uma espécie de exclusividade.

— Por que não abrir um restaurante?

— Sua ideia é muito melhor. Não teremos que pagar aluguel, verificar legislação de segurança, obter licença para bebidas e todo esse tipo de coisa. E não teremos que abrir nas terças-feiras quando só aparecem duas pessoas para comer. Só precisamos nos instalar em algum lugar por uma noite e depois sair. Está interessada em nos ajudar a cozinhar e fazer o menu?

— Não sei, consegui um emprego. – Depois de estar desempregada por dois meses, Octavia se sentiu quase pomposa ao dizer isso.

— Bem, vai ser apenas uma ou duas vezes por mês. Já temos umas trinta pessoas para o primeiro jantar nesta sexta-feira. Serão pelo menos três mil dólares que vamos dividir por três.

— Sem descontar as despesas, claro.

— Suponho que sim, mas isso não será muito. De minha parte, pagarei pelo vinho.

— Não sei, me parece trabalhoso demais. — Parecia muito trabalho e muita despesa para Octavia, e sem o nome de Mitch Diego anexado e o dinheiro e as conexões de Robbe, como é que elas poderiam ter certeza de que apareceriam mesmo trinta pessoas? Eram mulheres talentosas, sem dúvida alguma, mas era preciso muito mais que isso; de onde elas começariam, daquele quartinho de um apartamento caindo aos pedaços, sentadas em lençóis baratos de péssima qualidade? O mais provável é que entrassem pelo cano, e àquela altura Octavia não precisava de ainda mais vergonha em sua vida.

O programa *Cater-Mania with Miles Binder* soou significativamente mais alto no fundo do corredor. Eva apareceu na porta.

— Ei, vocês podem falar mais baixo, por favor? Está incomodando papai.

Elodie se virou e olhou fixamente para Eva.

— A porta estava fechada?

— Sim, mas ele disse que podia ouvir pela porta. Acho que não está mais acostumado com a presença de gente.

Octavia assentiu com a cabeça.

— Nem precisa dizer.

— De qualquer forma, aceitam um pouco de ensopado de carne? Já está quase pronto.

Octavia levantou-se da cama.

— Eu tenho que ir.

Eva se voltou para Octavia ainda a caminho da porta do quarto.

— Elodie lhe falou sobre o nosso jantar na sexta-feira?

— Não vai dar para mim, garotas. Eu tenho muita coisa a fazer.

Eva pareceu sinceramente decepcionada.

— Você é uma das melhores chefs que já conheci. De verdade.

— É bom ouvir isso de você — disse Octavia.

— E não queremos você como empregada ou algo assim, queremos você como sócia.

— Eu sei e fico lisonjeada. De qualquer modo, obrigada.

Eva e Elodie trocaram olhares, como se dizendo *O que vamos fazer agora?*, olhares percebidos por Octavia; isso era realmente um toque de que as duas garotas a levavam em consideração. Pelo menos uma vez.

– Você ao menos podia passar aqui para uma boca-livre e nos dizer o que pensa – sugeriu Eva quando Octavia atravessou a porta.

Octavia e Adam se esqueceram completamente do assunto ao longo da sexta-feira e nem sequer ficaram sabendo como tinha sido, de modo que Octavia achou que o negócio não tinha se saído bem e que não seria mais solicitada pelas garotas.

A última vez que Octavia encontrou Eva foi quatro anos atrás, na seção de legumes e verduras do Seward Co-Op. Octavia foi até lá porque estava em horário de almoço, era barato, e ela passara a comprar algumas coisas no atacado para a família que constituíra com Adam e que agora incluía duas crianças, uma de três e outra de um ano de idade.

– Octavia? – Ela ouviu uma voz feminina.

Eva Thorvald não era mais a ingênua desajeitada que Octavia conhecera na cozinha de Robbe Kramer; evoluíra em todos os sentidos possíveis. Ela agora era uma grande e luminosa mulher de vinte e quatro anos, com longos braços que pareciam galhos de árvore, lábios de Angelina Jolie, mãos calejadas de chef, pisada firme, seios abundantes e aquele tipo de bunda de que falam nos raps – ela não era uma simples mulher, ela era uma mulher com um sinal de exclamação, aquela espécie de feminino bruto do período Pleistoceno de onde todas as mulheres, grandes e frágeis, são descendentes.

Octavia se sentiu aliviada ao ver que aquela Eva forte e deslumbrante ainda se vestia da mesma maneira – entretanto, numa versão mais suave e agradável do antigo vestuário –, mas com um corte de cabelo aparentemente caro, maquiagem de bom gosto e sapatos novos, elegantes e harmônicos.

– Como está? – perguntou Eva. Octavia deu um passo para trás quando Eva acrescentou: – Vi seu blog, parece que você está indo bem.

O blog que documentava exaustivamente a vida rotineira dos filhos de Octavia tinha sido escolhido um dos dez melhores blogs maternos de

Twin Cities pelo jornal de Minneapolis, o que lhe rendeu mais atenção. De vez em quando, algum estranho que a conhecia do blog a parava na rua, mas ela nunca imaginaria que alguém como Eva Thorvald pudesse visitá-lo; na verdade, ela praticamente se esquecera de Eva Thorvald.

– Obrigada. Só espero que outras mães de primeira viagem extraiam alguma coisa boa do blog. Você sabe, estamos todas no mesmo barco. Como está você?

– O mesmo de antes. Sem novidades. Só estou comprando um pouco de gengibre para uma emergência.

– O que está fazendo, ainda trabalhando em restaurante?

– Não, não – disse Eva. – Ainda fazendo os jantares que começamos em outubro de 2009. Tem sido muito trabalhoso.

– Elodie ainda está com você?

– Não, não, ela seguiu em frente e abriu um bar de vinhos com o parceiro na parte alta da cidade. O bar está indo muito bem. Ao lado de onde ficava o Bar Garrotxa.

– Ah, sim – disse Octavia, como se já tivesse ouvido falar do tal bar. Fazia mais de quatro anos que não tinha dinheiro para frequentar bons restaurantes e estava por fora de tudo. – Qual é o nome?

– Você vai gostar disso. Ela o chamou de Dietsch, em homenagem à nossa velha amiga Lacey. Uma vez por ano, ela organiza uma degustação de vinhos para levantar fundos para a faculdade de Emma Dietsch. Você devia aparecer por lá, Elodie adoraria vê-la.

– E os jantares estão indo bem? Ainda está recebendo cerca de trinta pessoas?

– Não, não, parece loucura, na verdade estamos recebendo cento e cinquenta em média, mas queremos reduzir para cerca de vinte e fazer eventos ainda mais incomuns.

– Quanto está cobrando por jantar, se não se importa com a pergunta.

– Neste momento, cerca de quinhentos dólares.

– Cento e cinquenta pessoas a quinhentos dólares por cabeça? Com que frequência?

– Uma vez por mês. Nenhum em dezembro, duas vezes a cada agosto e setembro. Mas estamos inaugurando um novo sistema de reservas, ampliando a equipe e arranjando lugares mais exóticos para os jantares.

Isso vai aumentar loucamente nossa sobrecarga de trabalho. Nem queira saber. Vamos ter que aumentar um tanto nosso preço agora, e não queria fazer isso. É um risco gigantesco. Mas poderá surpreender, se funcionar. Enfim, o fato é que estamos com um grande fluxo agora.

Octavia não soube mais o que dizer. Não conhecia ninguém com esse tipo de problema.

– Legal – foi tudo que ela conseguiu dizer.

– Por falar nisso, preciso ir. Vou me reunir com um gerente para um empréstimo às três.

– Tudo bem, boa sorte com isso – disse Octavia. – Espere um pouco; teve alguma notícia de Robbe Kramer?

Eva congelou, como se a criancinha de um desconhecido a tivesse agarrado pela perna.

– Tive, cerca de um ano atrás, tive, sim.

– Vi que fecharam a casa dele. E ouvi falar que ele está vivendo na Tailândia com uma garota de vinte e dois anos de idade.

– Também ouvi isso. Eles estiveram aqui de visita e tentaram entrar em um dos meus jantares sem pagar.

– O que você fez?

– Não o deixei entrar.

– Bateu nele? Cortou os pneus do carro dele?

– Não, ele já tem o que merece – disse Eva. – Bom te ver. Vê se não desaparece.

No estacionamento, Octavia observou enquanto Eva caminhava até uma caminhonete Honda Odyssey metálica e esperou ela sair para que não a visse entrar no velho Pontiac Aztek comprado usado via Craigslist.

Octavia sentou-se no carro, pegou o celular e fez as contas. Quinhentos dólares vezes 150 era igual a 75 mil dólares. Isso vezes 13 era igual a 975 mil. O que dividido por três dava 325 mil. Ela estaria faturando 325 mil dólares por ano, e não os 29 mil dólares que faturava como consultora de arrumação. Mais de dez vezes mais, se quatro anos antes tivesse se mantido sentada naquela cama cafona daquele apartamento de merda.

Mas o que Eva fazia naquela caminhonete se estava ganhando tanto dinheiro? Isso agitou a mente de Octavia. Talvez Eva tivesse medo de ser rica, ou não soubesse como ser.

A partir daí, Octavia passou a gastar mentalmente os 325 mil dólares que poderia estar faturando. Gastava quando estava na fila dos correios, na saída do Walmart, quando fazia rabanadas para o marido e a filha mais velha, quando andava no Mercedes de Mitch, com anos de uso e o para-choque amassado, quando estava deitada na neve do jardim dele, e quando pegava o celular à espera de uma mensagem de texto dele.

O celular dela vibrou. HOJE NÃO, dizia a mensagem.

Hoje não? Aquele velho imprestável não podia dizer hoje não para *ela*. Afinal, depois de ter falido um restaurante popular, Mitch Diego tinha sorte de ter uma amante tão bonita e interessante como Octavia Kincade.

Ela se levantou sobre os saltos e pisou sobre o banco de neve em direção à porta de entrada da casa dele, as roupas molhadas de neve pingando no capacho. O andar de cima estava aceso; claro que ele estava em casa. A porta estava trancada, então ela bateu. Ele não respondeu, ela bateu à porta outra vez. Com ambos os punhos, esmurrou a porta.

O celular dela tocou. SAIA OU CHAMO A POLÍCIA, dizia o texto.

VOCÊ NÃO TEM CORAGEM, ela respondeu, e bateu na porta com a palma da mão aberta.

Ela respirou fundo e digitou, ABRA ESSA PORTA OU TUDO ESTARÁ ACABADO. Observou a porta. Nada. Ela bateu de novo. E bateu mais uma vez e gritou. Esperou um pouco e bateu de novo.

Ela não ouviu o carro estacionar, nem o barulho da porta do motorista fechando, nem os passos atrás de si.

– Madame – ele disse. Ela não se virou. – Madame – ele repetiu.

CARNE DE VEADO

Se Jordy Snelling pudesse mudar alguma coisa em sua vida, provavelmente aquela temporada de caça com rifle duraria uma semana mais e não se sobreporia à temporada de caça com arco. E agora ele estava ali, dois dias depois da abertura, e ainda nem tinha limpado a porcaria da Mauser.

Seu irmão Adam chegara cedo para visitar a mãe, trazendo a nova amiga Eva. Sabe-se lá por qual motivo estúpido não o acordaram ao chegar, e agora ele se levantava justamente quando os dois estavam prestes a sair. Sem falar que ele estava com a mão direita inchada como uma coxa de peru e as juntas dos dedos esfoladas. Isso começou a doer assim que acordou, mas o nariz e o rosto estavam bem. Era o resultado de uma briga? Talvez ele tivesse vencido.

– Olá – disse Eva sorrindo quando Jordy entrou na sala de estar. A garota era mesmo alta, aparentemente agradável e talvez uma chef em algum restaurante chique ou algo assim. Era a segunda vez que a via, mas já tinha cem por cento de certeza de que ela era bem, bem melhor que Octavia, a ex-mulher imprestável de Adam de quem ninguém gostava. – O que houve com sua mão? – ela perguntou.

Jordy sorriu.

– Quisera eu saber. – Ele atravessou a sala em direção à mãe, que dormia reclinada na poltrona. Ele não conseguia mais olhar para aquele corpo ossudo e pálido da mãe. – Como ela está? – sussurrou para Eva.

– Bem – Eva sussurrou de volta. – Estava acordada mais cedo.

— Nós estávamos esperando você se levantar para sair — disse Adam aparentemente cansado, mas ele sempre parecia cansado pelo trabalho naquela maldita padaria. — Os primos de Eva chegarão amanhã na cidade, e ela precisa arrumar a casa para recebê-los.

Eram 11 da manhã; Mandy, a enfermeira, já deveria ter chegado. Jordy não gostava de ficar sozinho com a mãe por muito tempo, muito menos quando ela precisava tomar remédios. E se ele fodesse com alguma coisa? Ela estava com a respiração pesada de novo. Dormia o tempo inteiro e não conseguia mais sair da poltrona reclinável.

Ao saírem de casa, Adam o abraçou e Eva também, um pouco forte demais para alguém que ele não conhecia muito bem, e disseram que tudo ficaria bem e que telefonasse se precisasse de alguma coisa. Eles, os vizinhos e a tia Melanie, em Inver Grove, alguém sempre estava por perto, pelo menos.

Depois que o casal saiu, Jordy olhou de novo para a mãe – ainda dormindo – e seguiu até a varanda do segundo andar do apartamento, o único lugar onde podia fumar. Lá fora, os operários derrubavam o bosque do outro lado da rua, abrindo espaço para novos condomínios. Eles tentavam terminar o desmatamento antes que começasse a nevar. E, com isso, todos os veados do bosque fugiriam para as ruas e os quintais em plena época de acasalamento.

O que as pessoas não entendem sobre os veados é que eles são como parasitas. São baratas gigantes e peludas. Invadem os espaços, se reproduzem a torto e a direito e devoram tudo que encontram pelo caminho. Alguns veados adultos são capazes de ingerir uma horta inteira em duas horas. E não apenas os frutos, mas também os caules, as folhas, as raízes, tudo. Não deixam nada para você.

E pior. Quatro anos antes, Jordy perdera Matt Dubcek, um amigo de colégio, para a porra de um veado. Dubby tirara a carteira de motociclista na semana anterior. Ele estava na sua Honda 350 cilindradas – um motor não muito potente, mas uma boa moto para um novato. Sem muita proteção dianteira, no entanto; sem para-lama, sem para-brisa e sem carenagem dianteira. Era noite, e um veado surgiu na estrada bem na frente dele. Ele não teve nem chance.

Jordy imaginava que teria reagido de maneira diferente; ele tinha reflexos bons e teria saltado para o lado ou jogado a moto para baixo.

Qualquer coisa melhor do que atingir o flanco a quase cem quilômetros por hora. Quando encontraram Dubby, estava praticamente decapitado.

Ele tinha acabado de se casar com Lisa, uma garota que esteve no Afeganistão. E pelo que se soube da última vez, ela engravidara de outro cara em Lakeville e estava trabalhando no novo Cracker Barrel que abrira na cidade.

O interfone tocou; era alguém à entrada do prédio. Ele apagou o cigarro numa lata vazia de Keystone Light que estava na varanda. A enfermeira. Ele abriu a porta pelo interfone e depois olhou para o próprio reflexo no espelho do corredor. Já não dava mais para melhorar o visual.

A porta do apartamento se abriu; era Dan Jorgenson.

– Ei, cara. – Ele esfregou a mão na gordurosa jaqueta Carhartt marrom. – Você esqueceu o carregador do celular no meu carro. – Dan o entregou. Estava pegajoso sabe lá Deus do quê. – Achei que você podia precisar.

– Obrigado. Eu não fazia ideia de que tinha perdido essa porra.

– Cara, você estava mais do que fodido na noite passada. Deu uma porrada e abriu um buraco na parede da garagem do pai de Scotty.

– O que explica isto aqui. – Jordy levou a mão inchada ao rosto de Dan.

– Hoje parece melhor que ontem – disse Dan. – Ei, posso entrar para uma cerveja? Sua mãe está dormindo?

– Está, mas a enfermeira chega a qualquer momento. – Jordy deu as costas para a porta.

– Beleza. – Dan sorriu, tirou o boné Carhartt e deixou as botas pretas com ponteira de aço no tapete ao lado do cabideiro. Seguiu Jordy pelo corredor, em meias grossas e cinzentas, e virou-se para a pequena sala-copa à esquerda enquanto Jordy entrava na sala de estar.

Jordy afagou o ombro da mãe, que agora estava acordada e assistia à TV. Era uma reprise de *Storage Wars: Texas*, e uma mulher baixinha de cabelos castanhos e um sujeito grandão com chapéu de caubói discutiam sobre os objetos de outras pessoas. Jordy nem desconfiava do que poderia acontecer com as coisas da mãe, mas não queria de forma alguma que algum estranho tocasse em algo.

— A enfermeira chegou? – perguntou a mãe.

— Não, foi o Dan.

Ela se virou e olhou por cima do ombro, justamente quando Dan abria uma lata de Coors Light.

— Olá, Dan – ela disse acenando.

Ele ergueu a lata e sorriu.

— Já são onze e vinte – ela acrescentou. – Não deve ser a sua primeira cerveja de hoje.

— Lamento dizer, mas é, Linda. Para curar a ressaca.

— Você devia cuidar deste aqui. – Ela apontou para o filho.

— Com certeza, vou tentar.

— Vamos nessa – disse Jordy um tanto acabrunhado enquanto conduzia Dan em direção ao quarto dele.

Dan sentou-se na cadeira da escrivaninha, ao lado do laptop Acer que tocava suavemente uma música do Tool pelas caixas de som externas, enquanto Jordy sentou-se no colchão no chão e começou a beber uma garrafa de Early Times.

— Isso aqui está cheirando a roupa suja – disse Dan.

— É porque tem uma tonelada de roupa suja aqui – disse Jordy. – Então, o que houve? Por acaso arrumei uma briga com alguém?

— Não, mas você estava muito doido. Foi por isso que o Scotty te trancou na garagem.

— Não me lembro de nada.

— Pois é, e lá pelas três da manhã estávamos, tipo, "Que merda, o que a gente vai fazer com o Jordy?", porque a essa altura fazia três horas que você estava trancado lá dentro. Você estava desmaiado no piso da garagem, ao lado de um limpador de neve. E com a porra de um buracão na lateral da garagem. Como numa placa de gesso.

— E por que fiquei muito doido?

— Sei lá. Eu estava jogando sinuca no andar de baixo. Scotty disse que você simplesmente saiu. Não acho que você acertou alguém ou alguma coisa. Até que Micayla me deu uma decisão, tipo, "Scotty quer sua ajuda com Jordy"; você estava esmurrando as paredes e essa merda toda, e Scotty achou que você poderia quebrar alguma coisa e acabou trancando você na garagem.

— Puta merda. Scotty está chateado comigo?

— Ah, ele supera isso.

Alguém bateu à porta. Dan olhou para as caixas de som. Talvez a enfermeira; alguém a tinha deixado entrar pela porta de segurança no térreo. Talvez porque já fosse conhecida no edifício. Claro, os moradores também conheciam Dan, mas ninguém abriria a porta para aquele sujeito. Jordy tampou a garrafa e a atirou no cesto de roupa suja, depois enfiou uma Altoids na boca.

Jordy abriu a porta e lá estava Mandy e seu traje habitual: blusa branca de manga curta, com botões até em cima, calça bege e bolsa de lona azul no ombro, com os suprimentos médicos. Dan estava certo, Mandy era muito gostosa. Alguns poderiam dizer que usava maquiagem demais, mas para Jordis P. Snelling Terceiro ela usava na medida exata, e cheirava como as garotas na noite do baile de formatura.

Quando ela estava cuidando de sua mãe, ele se reprimia e não olhava para aqueles braços morenos e cabelos castanhos encaracolados, e nunca olhava para a blusa quando ela estava curvada; era uma garota gostosa, mas fazer esse tipo de merda parecia sem sentido. O mais estranho é que Mandy tinha vinte e quatro anos, um ano mais nova que ele, e era perfeita com sua mãe, como se já fizesse aquele trabalho por um milhão de anos. Como é que uma garota como aquela podia ser já uma excelente enfermeira? Talvez porque, quando não se fode a própria a vida, tudo é possível.

— Oi, Jordy — ela disse. — Você está aí?

— Sim, parece.

— Já está pronto para a temporada de caça?

— Ahn, não. Ainda tenho que embalar e limpar o rifle e outras coisas mais.

— Como está sua mãe hoje? — Ela sempre dizia "sua mãe" para Jordy quando a mencionava. Isso sempre mexia um pouco com ele.

— Assistindo *Storage Wars: Texas*. — Ele deu um passo para o lado para ela entrar. — Meu irmão já deu os remédios para ela.

Mandy tirou os tênis brancos sobre o tapete.

– Ah, que bom, seu irmão estava aqui. – Ela parecia confiar mais em Adam que em Jordy; bem, quem poderia culpá-la?

– Sou Dan. – Ele passou a cerveja para a mão esquerda e estendeu a mão direita.

– Lembro. – Ela observou quando ele abaixou a mão. – Desculpe, Jordy, me atrasei um pouco. Tive um problema com o carro.

– O Jetta? – perguntou Jordy.

– Sim. Às vezes morre quando paro nos cruzamentos.

– Talvez seja o cabo do acelerador. De que ano é?

– 1992. Muito velho, sei disso.

– Sabe, você pode mexer no cabo do acelerador para ajustar o ponto morto.

Mandy riu.

– Não sei fazer isso.

– Antes de você sair faço isso para você.

– Está bem, obrigada. É muito gentil. – Ela tocou no ombro de Jordy. Ele sentiu o agrado um tanto vibrante demais, mas talvez apenas tivesse imaginado. Notou que ela evitou esbarrar em Dan quando passou ao lado.

Mandy se anunciou quando se aproximou por trás e se inclinou sobre a mãe de Jordy.

– Quer que traga alguma coisa para a senhora? Um copo d'água?

– Uma Margarita – disse a mãe de Jordy.

Mandy sorriu educadamente.

– Não sei se podemos fazer isso!

– Por que não? – Jordy pegou dois copos brancos de plástico dentro do armário da cozinha.

– Nesta fase do tratamento, é melhor nos concentrarmos na gestão da dor – disse Mandy, como se estivesse lendo um livro. – E a mistura de álcool não é recomendável com este nível de analgésicos.

– Por quê? – perguntou Jordy. – Ela não vai operar maquinaria pesada.

A mãe de Jordy assentiu com a cabeça.

– Isso mesmo.

Jordy vestiu uma jaqueta.

— Vou comprar algumas coisas para a Margarita.

— Bem, não posso controlar o que você faz quando não estou por perto.

— Vamos lá, Dan — disse Jordy, olhando nos olhos de Mandy em seguida. — Não saia até que estejamos de volta.

A mãe de Jordy ergueu a mão esquerda em débil aceno. Ele ia arrumar para aquela mulher a melhor Margarita que o dinheiro pudesse comprar.

Só havia duas lojas de bebidas em Farmington, ambas de propriedade municipal, mas tinham uma seleção muito boa. Jordy e Dan tiveram que ir a outra, na estrada Pilot Knob, porque Kaylee, ex-namorada de Jordy, trabalhava no centro da cidade e ele ainda devia a grana que ela havia emprestado para ele comprar uma pistola Glock, e eles não precisavam ter essa conversa estúpida naquele dia.

A variedade na seção de mistura para Margarita não era lá essas coisas. Jose Cuervo, Mr. & Mrs. T, Margaritaville. Difícil dizer qual era a melhor.

— Ei — disse Jordy para o caixa, um homem velho e gordo chamado Russ Arnsberg que tinha sido gerente de uma pizzaria que acabou fechando. — Como é essa mistura Mr. T?

— Boa o suficiente para o público dela — disse Russ. — Quer dizer, gente preguiçosa que não gosta de preparar a bebida.

Na seção dos refrigerados, Dan encontrou uma garrafa de vidro de setecentos mililitros, onde se lia MISTURA ARTESANAL PARA PREPARO DE MARGARITA N. W. GRATZ'S, CERTIFICADO 100% LAVOURA ORGÂNICA DO OREGON, SEM INGREDIENTES TRANSGÊNICOS, SEM CRUELDADE. Tinha menos da metade das outras garrafas e custava quatro vezes mais.

— Qual é o lance disto aqui? — ele perguntou.

— Eu não daria um centavo por uma caixa disso — disse Russ.

Jordy apontou a mão esquerda para uma fileira de misturas.

— Bem, que porra então você recomenda?

— Recomendo fazer a própria Margarita em casa. Um para um para três, essa é a proporção. Tão fácil que até um porco cego poderia fazer.

Jordy pegou uma garrafa de mistura da marca Margaritaville, uma variedade mais cara e maior cujo rótulo estampava o prêmio "Escolha do Chef". Perguntou aos gritos se Dan tinha encontrado a Patrón.

– Não – disse Dan da seção de cerveja.

– A tequila Patrón está atrás do balcão – disse Russ. – Mas se você vai preparar a Margarita, é um desperdício de dinheiro comprar a Patrón.

Dan se aproximou, com seu celular velho na mão.

– Ei. Goldie vai receber umas pessoas depois que sair do trabalho hoje à noite.

Jordy pegou um pote de plástico branco de sal para Margarita no final da prateleira. Ele bem que podia sair à noite.

– Você tem limões?

– Ninguém compra limões aqui. Ficam passados. Os fregueses costumam comprá-los no Lou's Red Owl.

– Merda – disse Jordy, colocando a mistura e o sal no balcão do caixa. – E também quero a Patrón. Caixa verde.

– Como vai sua mãe? – perguntou Russ enquanto registrava os itens.

Jordy balançou a cabeça.

– Nada bem. Ela está com a enfermeira agora.

– Lamento ouvir isso.

– Bem, o que se há de fazer? – Jordy só esperava que Russ não começasse com aquele papo de Deus, como muita gente fazia.

– Era uma boa mulher – disse Russ, como se ela já estivesse morta. – Talvez você não saiba, mas era uma baita jogadora. No início dos anos 1980 participamos do mesmo campeonato. Ela sempre chutava o nosso traseiro.

– Ahn – exclamou Jordy, porque o que mais alguém diria em resposta àquilo? Ele não estava lá.

Russ puxou as alças de uma sacola de plástico fino onde estavam o sal e as garrafas e os entregou para Jordy.

– Sim, bem, mande um oi para ela. E fique tranquilo. Não faça nada que eu não faria.

Já em casa, Jordy colocou no balcão da cozinha a mistura Margaritaville, a Patrón, o sal e os limões do Lou's Red Owl. Mandy fez vista grossa quando ele tirou a bebida da sacola, ao mesmo tempo em que a mãe se inteirava da situação.

— Caramba, você não precisava disso tudo — ela disse da cadeira.

— Vamos fazer uma Margarita para você.

Dan abriu outra Coors Light.

— Vai ser a melhor Margarita que você já provou, Linda. Como gosta, batida ou com gelo e sal?

— Bem, geralmente batida.

— Batida — repetiu Jordy. Ele abriu as portas dos armários e pegou copos, pratos, canecas, cereal matinal, um pote vermelho de café Folgers, uma garrafa de Bailey's, vinho do porto e uma garrafa de licor Galliano que eles tinham há séculos. Depois de abrir a quinta porta do armário, ele pensou em gritar, *Onde é que está a porra do liquidificador?*, mas não podia fazer isso, então só resmungou, respirou fundo e olhou em direção à sala de estar.

— Mãe. Em que armário está o liquidificador?

— Ao lado do forno — ela disse o mais alto que pôde.

Jordy se atrapalhou com as peças do Black & Decker Crush Master, e Mandy então entrou na cozinha com o copo vazio de Linda.

— Você por acaso já fez Margaritas antes?

— Achei que você fosse contra a ideia — disse Jordy. — As instruções estão aqui na garrafa. Cento e oitenta de mistura para sessenta de tequila.

— Podemos colocar mais tequila — disse Dan.

— Claro, foda-se — disse Jordy, olhando para a garrafa.

Dan puxou a rolha da garrafa de tequila e começou a despejar no processador.

— Que tal metade?

— Não estou aqui, não vi nada — disse Mandy.

— Agora é só completar o resto com a mistura? — Jordy desenroscou a tampa e despejou o líquido verde, que lembrava um anticongelante convencional.

— Vocês ainda nem colocaram o gelo — disse Mandy.

— Porra. Gelo, nem sei se temos gelo.

Dan abriu o congelador.

— Só tem uma bandeja.

— Certo, despeje tudo aí dentro.

Aquele gelo todo fez o conteúdo esverdeado chegar à beira do copo do liquificador.

— Merda – disse Dan. – O líquido está vazando, cara.

— E tem pouca mistura lá dentro.

— Quando batermos, talvez abra espaço.

— Sei lá como se faz essa porra – disse Jordy, tentando colocar a tampa no processador.

Dan ficou confuso com as configurações do Crush Master.

— Suave? Talvez Pulsar?

Pressionou a tecla PULSAR, a tampa voou, e eles ficaram vendo pedaços de gelo, xarope verde e tequila se espalharem pela camisa, o rosto e o cabelo de todo mundo.

— Merda! – disse Jordy.

— Ótimo, ótimo – disse Mandy, olhando para a própria blusa. – Ótimo.

— Dan, porra, sai de perto daqui, OK? – disse Jordy, puxando duas toalhas de papel do rolo e entregando-as a Mandy.

— Nossa, cara. Foi mal. – Dan puxou um montão de toalha de papel do rolo.

Mandy limpou a blusa com a toalha de papel.

— Preciso atender outro paciente em, sei lá, dez minutos.

Jordy observou enquanto Dan se limpava. Ele nunca deveria ter deixado Dan se aproximar do liquidificador. Desde pequeno Dan era um completo idiota com objetos que tinham partes móveis ou exigiam um pouco de pensamento. Ele só tinha conseguido tirar a carteira de motorista na quarta tentativa, e talvez porque o pessoal da avaliação não quisesse mais vê-lo.

— Desculpe, cara – disse Dan novamente.

— Você estragou a porra toda – disse Jordy, limpando o balcão.

— Vou pegar outra camisa no meu carro. – Dan saiu da cozinha para calçar as botas.

— Aproveite e fique lá embaixo – disse Jordy.

— Se ao menos eu conseguisse tirar esse cheiro. – Mandy enxugou a blusa ao lado da pia, ignorando uma possível troca. – Não tenho tempo para trocar de blusa lá em casa.

– Talvez ela tenha uma blusa que possa emprestar para você.
– Isso seria melhor que nada.
Jordy calmamente atravessou a sala e tocou no ombro da mãe.
– Mãe, você pode emprestar uma blusa para Mandy?
– Claro – ela disse. – Pegue o que quiser no meu armário.
Mandy suspirou.
– Obrigada. Pode deixar que eu devolvo.
Jordy apontou para o corredor.
– O quarto de mamãe fica lá atrás.
– Obrigada – disse Mandy, sumindo de vista.

Enquanto ela trocava de blusa, Jordy acabou de limpar a maldita bagunça de Dan e depois voltou à tarefa, segurando a tampa do liquidificador, colocando um pouco mais de mistura, e Dan estava errado, bater o gelo não abriu porra de espaço nenhum, e depois fatiou um limão com a faca Buck e decorou três taças. Ele não sabia ao certo como passar sal na borda dos copos, mas essa parte podia esperar.

Jordy estava servindo a Margarita nas taças quando Mandy voltou com uma blusa jeans azul de manga comprida que a mãe dele usara na última reunião de família, dois anos antes. Ele lembrou que na ocasião ela estava no estágio IV do tumor maligno em um dos ovários, diagnosticado uma semana antes. E ela ainda teria que passar por exames de fígado.

"O médico vai me obrigar a parar de beber novamente, então vou beber agora mesmo", ela disse naquela reunião, esbaldando-se com as irmãs e as primas no Knights of Columbus Hall, e de tal modo que a certa altura subiu na mesa com a irmã Melanie para cantar "Mustang Sally". Todos estavam felizes e ninguém sabia que havia algo errado. E depois aquela blusa apareceu nas centenas de fotos tiradas naquele dia e enquadradas nas paredes e nas páginas do Facebook de todos. Ela nunca mais tinha usado aquela blusa.

– Ficou bem? – Mandy perguntou na sala de estar, esperando a aprovação de Linda.
– Ficou muito bem – disse Jordy.
– Você está lindíssima – disse a mãe de Jordy. – Fique com ela. Sério. Fique com ela.

– Obrigada, mas posso trazê-la de volta na próxima vez, sem problema.

– Não, por favor. Ficou perfeita em você. Fique com ela.

– Obrigada – repetiu Mandy. – Agora, preciso ir.

Jordy trouxe a bandeja de Margaritas para a sala de estar e a colocou em cima da mesa, ao lado da cadeira da mãe.

– Ei, e seu carro?

Lá embaixo, no estacionamento, Jordy levantou o capô do Jetta 1992 de Mandy e reparou que o carro de Dan não estava lá; pelo menos a porra do desajeitado tinha entendido o recado.

Os sete graus no início da tarde de novembro cheiravam a água fria e grama morta, mesmo com o cheiro de metal e óleo de motor que subia pelo rosto. Jordy esperava que nevasse antes de sábado – era mais fácil rastrear veados na neve. Mas essa porra não era provável. Apesar da promissora previsão de tempo nublado para o dia, para sexta-feira era de céu parcialmente nublado e temperatura em torno de cinco graus. Uma pena.

Mandy se sentou no banco do motorista e deixou a porta aberta, enquanto Jordy mexia no cabo do acelerador até que o Jetta desse sinais de que não ia afogar em ponto morto.

– Ah, olhe. – Ele chamou a atenção de Mandy para a marcha lenta do motor. – O coletor não está posicionado corretamente. Ele não está vedando o escape. Você precisa dar uma olhada nisso.

– Eu não sei quando vou ter tempo para fazer isso – ela disse.

Jordy pensou que talvez ela não ganhasse muito dinheiro e não pudesse pagar o conserto do carro, mas que perder o carro significaria perder o emprego.

– Use o meu carro amanhã. Eu posso pegar uma carona para o norte amanhã de manhã com meu pai ou algo assim. Deixe o seu carro aqui e dou uma olhada nele na segunda-feira quando voltar. O único problema com meu carro é que a buzina está ferrada.

– Você não precisa fazer isso.

– Você está cuidando da minha mãe, então...

– Eu sei, mas é meu trabalho.

Eles não disseram nada por um instante. Apenas entreolharam-se. Jordy olhou fixamente para o sinal atrás da orelha esquerda de Mandy. Achou que gostava do sinalzinho.

– Bem, obrigada – ela disse por fim.

– Ah, ei, se estiver livre esta noite e quiser ir a uma festa – ele disse, sem saber por que estava dizendo isso. – Conheço um cara que vai receber algumas pessoas na casa dele aqui na cidade. Se você estiver interessada.

– Sim, talvez. Mande o endereço por mensagem de texto.

Jordy pensou por um segundo se tinha o número dela no celular. Claro que sim, por causa da mãe. Olhou para Mandy na blusa azul da mãe enquanto o acelerador do carro roncava, o coletor rateava e o ar frio cheirava a óleo. Aquilo era perfeito como deveria ser.

A mãe terminava de beber uma Margarita e começava a segunda quando Jordy tirou as botas na porta.

– Mãe, você deveria esperar – disse.

– Este é o manjar dos deuses – ela comentou.

Jordy sentou em frente a ela e pegou a bebida restante. Mesmo a certa distância, o cheiro dizia que era a Margarita mais forte que já tinha bebido.

– Esta é a melhor Margarita do mundo – ela disse sorrindo.

Ele segurou a Margarita com a mão esquerda e esfregou o osso das costas da mãe com a mão direita enquanto assistiam a outro episódio de *Storage Wars: Texas*, devia ser uma maratona.

– Cristo, um monte de gente deixa merda para trás – ele disse.

– Com certeza Mandy é uma garota legal – disse a mãe. – Você deve se casar com ela.

Jordy sorriu.

– Eu não estou saindo com ela.

– Ela gosta de você, garanto. Se perguntar para ela, aposto que ela dirá que sim.

– Certo, que seja. – Ele descansou a taça da Margarita. – Quer que pegue alguma coisa para você agora?

– Almôndegas de carne de veado – disse a mãe. – Cace um veado e faça aquelas almôndegas de carne de veado.

– Ainda pode comê-las?

– Não me diga o que não posso fazer.

– Está bem, então. – Ele olhou para o estacionamento pela janela da sala na esperança de poder atirar em algum veado. Talvez tivesse que ficar na floresta a semana inteira para conseguir. – Talvez eu possa chamar Adam. E Melanie. Poderemos ter um grande jantar com coisas recheadas e purê de batata e tal. Vou pegar um pouco daquele vinho de que você gosta, aquele Zinfandel branco. O que acha disso?

A mãe de Jordy estava dormindo.

– Acho que isso soa muito bem – ele disse baixinho.

Goldie – o amigo de Jordy e anfitrião da festa daquela noite – morava perto da pista de boliche da cidade. Ele dividia a casa com um cara mais velho chamado Cliff Fuzzing, que era interessado em produção caseira de cerveja e fazia uma IPA bastante lupulada que sempre empurrava para as pessoas. Goldie morava ali desde que saíra da marinha. E agora trabalhava como segurança na Treasure Island, onde durante o dia assistia grupos de turistas gastando a herança de seus filhos em máquinas caça-níqueis, e à noite, tentava fazer de sua casa a capital da festa de Dakota County.

Jordy manobrou o Buick numa vaga na rua e avistou Mandy e uma garota bonita, embora não tão bonita como Mandy, caminhando até a casa de Goldie. Sem acreditar que ela realmente tinha aparecido, apertou a buzina para chamar a atenção das garotas. Só depois lembrou que a buzina estava emperrada. As garotas se viraram e o viram. A buzina soou *blrnnnnnnnnnnnnnn*. Mandy sorriu no primeiro momento e franziu a testa quando a buzina continuou tocando. A outra garota não sorriu.

– Qual é a porra do seu problema? – perguntou a outra garota.

Jordy baixou o vidro da janela.

– Está emperrada! – ele gritou esmurrando o volante. A buzina parou e começou de novo, *blrnnnnnnnnnnnnnn*, sem que ele a tivesse tocado. Ele se esticou por trás do banco, pegou uma chave soquete e golpeou o volante até que o imprestável zunido desapareceu.

– Bandeira vermelha – disse a outra garota em voz alta para Mandy quando Jordy caminhou em direção a elas, com uma embalagem de doze latas de Coors Light debaixo do braço. Ele tentava parecer relaxado e tranquilo, o que já era impossível por si só, mas mais ainda depois que detonara a buzina.

– Como está o Jetta? – ele perguntou para Mandy.

– Por enquanto bem, obrigada – ela disse sorrindo. – Como está sua mãe?

– Está bem – disse Jordy. – Tia Melanie está com ela.

– Ah, essa é Emilee.

A outra garota deu um aceno indiferente para ele.

– Oi – disse Jordy.

– Ah, olhe só. – Mandy abriu a bolsa e puxou a blusa da mãe dele que estava enrolada como um burrito. – Lavei e tudo mais.

Ele empurrou a camisa de volta para as mãos dela.

– Não, é sua. Minha mãe quer que você fique com ela. De verdade.

Jordy ouvia a merda da música eletrônica que ecoava da casa de Goldie. Odiava aquele tipo de música, mas as garotas gostavam, então que fosse. Emilee disse que ia na frente e que entraria primeiro. Mandy disse não, iria com ela. Enfiou a blusa na bolsa e agradeceu a Jordy.

Antes esparramado sobre um almofadão, Goldie se levantou quando viu Jordy e as garotas entrarem. Apresentou-se a elas como Mark Goldsmith, como se fosse um corretor de imóveis, um pastor ou um senhor respeitável. Cliff Fuzzing entrou na cozinha quando ouviu voz de mulher. Ele vestia a habitual camiseta do Pink Floyd desbotada e bebia de uma garrafa marrom, com um adesivo impresso que dizia CLIFF'S EDGE IPA. Falou para Jordy que Coors Light estava proibida naquela casa. Em seguida a namorada gostosa e chata de Scotty, Micayla, caminhou até Jordy e perguntou sem rodeios se ele tinha alguns comprimidos de oxicodona da mãe dele.

– Eu não estou distribuindo os analgésicos de minha mãe, porra! – disse Jordy.

Então lá estava Scotty, bebendo num copo de plástico vermelho. Scotty parou na frente da porta do banheiro fechada, com um copo de plástico vermelho na mão, e disse para ele:

– Você deve seiscentos dólares pela garagem do meu pai, seu maluco filho da puta.

A cabeça de Jordy estava doendo demais. Havia um zumbindo. Era difícil respirar pelo nariz. O ar cheirou a sangue. O zumbido de novo. Parecia que estava em seu quarto, na casa da mãe. Estava. Esfregou os olhos. Sangue seco nas mãos. O zumbido mais uma vez. Era o celular. Na beira da mesa ao lado. Na tela, PAI. Sua carona para o norte.
 – Que merda – ele disse.
 – Eu estou aqui embaixo – disse o pai. – Já está pronto para ir?
 Jordy olhou para o seu celular. Eram 8:26 da manhã.
 No dia anterior ele tinha telefonado para o pai e pedido uma carona até os campos de caça nas terras do tio Hobie, em Pine County. E lá estava o pai. Para pegá-lo.
 – Que merda, me dê cinco minutos.
 – Acordei você? – perguntou o pai.
 – Sim, desculpe. Só me dê cinco minutos. Já vou descer.
 – Sem pressa – disse Jordis P. Snelling Segundo. – Hobie vai ficar maluco se atrasarmos para o almoço. Mas tudo que irrita o seu tio liberal é um bálsamo para mim.
 – Já vou descer – disse Jordy, desligando.

Pelo menos todo o equipamento de caça e a Mauser estavam no canto do armário. Ele colocou o pé direito para fora da cama e sentiu alguma coisa embaixo. Dan Jorgenson estava dormindo no chão ao lado da cama, enrolado de lado na jaqueta, com calça jeans suja e meias brancas furadas. Talvez Dan o tivesse carregado novamente. Ele nem sequer se lembrava da presença de Dan naquela festa.
 Jordy deslizou para fora da cama e seguiu direto até o banheiro, mas não acendeu a luz. Ele tinha sangue seco em torno dos lábios e do nariz. E uma porra de um hematoma enorme na bochecha. Cristo, os braços doíam. Ele mijou e depois limpou o sangue do rosto com uma toalha de

banho preta. Empilhou o equipamento de caça dentro de um saco de lixo preto e pegou o rifle e o carregador do celular.

Sentado à mesa da copa, seu irmão Adam digitava no laptop. Viria todos os fins de semana durante a temporada de caça de veados para que Jordy pudesse caçar com o pai e os tios. Jordy estava desempregado, o que significava estar mais presente com a mãe, mas uma pausa era crucial. O primeiro dia do fim de semana de abertura era o melhor dia do ano.

– Caramba, o que houve com você? – Adam encarou o irmão.

– Não tenho a menor ideia. Preciso ir, papai está lá embaixo para me dar uma carona até a casa do Hobie.

– Cristo, você está um lixo – disse Adam.

– Como está a mãe? Já acordou? – Jordy olhou na direção da poltrona. A mãe estava com a estranha máscara antiapneia e roncava suavemente.

– Ela está dormindo. – Adam fez uma careta ao olhar para ele. – Você está usando uma blusa dela?

Jordy se olhou por inteiro pela primeira vez naquela manhã. Ele estava com a blusa azul da mãe por cima da roupa da noite passada. E a parte da frente estava manchada de sangue.

– Foda-se – disse, tirando a blusa. Faltava um dos botões e estava rasgada perto da gola. – Vou arrumá-la e limpá-la.

Ele enfiou a blusa no saco de lixo junto com o equipamento de caça e se arrastou até a cozinha e começou a misturar Gatorade com Mountain Dew em vez de água.

– Eva não está aqui? – perguntou.

– Não, os primos dela estão na cidade. Eles estão se preparando para um daqueles grandes jantares na próxima semana. Mas ela mandou um alô.

– Ela sabe que você está se divorciando?

– Sim, ela sabe de tudo.

– Já conheceu seus filhos?

– Não, ainda não – disse Adam, sem erguer olhos. Provavelmente era um assunto delicado. Embora tivesse sido o único traído, Octavia contratara um advogado caro que obteve uma ordem de restrição contra ele.

Essa atitude era uma grande besteira. Segundo a limitada experiência de Jordy no assunto, isso se devia ao fato de que Octavia vinha de uma família rica, e esse tipo de gente nunca consegue ser gentil com os pobres por muito tempo.

— Cristo, a porra da minha cabeça está me matando. — A mão esquerda, a mão de atirar, também doía, mas não mais que na noite anterior. Isso e a cabeça o faziam se sentir fodido demais para caçar.

— Tome um daqueles. — Adam apontou para os comprimidos de oxicodona da mãe sobre a mesa.

— Não sei, não. — Aqueles comprimidos que rolavam nas festas da região não faziam a cabeça de Jordy. Ele nunca os tinha tomado, sequer uma vez.

— Um comprimido não vai matá-lo.

Jordy abriu o vidro.

— Só tem mais oito comprimidos para ela.

— Eu vou buscar mais hoje. — Adam era um tipo responsável; se dizia que faria algo, você podia contar com isso.

— Então, tudo bem. — Jordy engoliu um comprimido com a mistura de Mountain Dew e Gatorade. Aproximou-se para checar o sono da mãe, depois deixou as chaves do carro sobre a mesa da sala de jantar, ao lado do computador de Adam. — Ei. Falei para a enfermeira que ela poderia usar o meu carro. Ligue para mim se ela o pegar.

— Está bem — disse Adam, sem tirar os olhos da tela. — Ah, sim, tia Melanie mandou dizer que bebeu o resto da Margarita ontem à noite com mamãe, mas que vai lhe dar outra garrafa. — Era gentil da parte de Melanie ficar na casa nas noites em que Jordy tinha que sair, para que pelo menos alguém estivesse por lá. Mas ela quase sempre capotava no sofá porque era ainda mais beberrona que a mãe dele.

— Certo, até mais tarde. — Jordy jogou o saco de lixo por cima do ombro, pegou a caixa do rifle e se arrastou até o estacionamento, com a cabeça latejando.

Jogou tudo no banco de trás do Chevy Silverado preto do pai e varreu os maços vazios de Marlboro vermelho para o piso do carro antes de se sentar no banco do carona. Acendeu o próprio cigarro.

— Uau. Como ficou o outro cara? — o pai perguntou quando viu o rosto de Jordy.

— Eu não tenho a menor ideia de quem era o outro cara — disse Jordy, notando que a luz do teto e a buzina não estavam onde deviam estar; só havia três furos com dois fios. — O que houve aqui?

— É onde o governo coloca os sensores, na luz do teto e na buzina. Espionagem.

— Ah — disse Jordy.

— Recebeu o e-mail que te encaminhei? Se não aceita viver num estado policial, você deve tirá-los.

— Bem, já arranquei a buzina do carro.

— Bom. É bom pensar por si mesmo.

— Nem sei que porra eu pensei na hora.

Jordis ligou o detector de radares e aumentou o volume da estação AM, onde no programa *Fora da pista com Buzz Morgenstern* um cara fazia uma conexão entre o abuso de drogas e o controle de armas e outras coisas.

— Escute isso — disse o pai. — O que ele está dizendo é verdade. A indústria farmacêutica está mancomunada com o governo para nos manter chapados e submissos. E quem liga para o controle de armas além de hippies maconheiros, idosos dopados e mães entupidas de antidepressivos? Pense nessas coisas. Pense nisso. Faz sentido.

— Não se pode descartar nada — disse Jordy.

O analgésico se espalhou pelo cérebro dele como ondas de luz solar. Os dedos começaram a formigar sobre o apoio de braço na porta do carona. Ele tomou um longo gole de uísque do cantil que carregava no bolso, e aos poucos a cabeça se tornou, pela primeira vez depois de um longo e estúpido tempo, um lugar que não doía mais.

Em Minnesota, a temporada de caça com rifle começa ao nascer do sol do primeiro ou segundo sábado de novembro, e durante os últimos treze anos, desde que tinha doze anos de idade, Jordy acordava às 4:30h da manhã daquele dia para estar no estande de veados, trancado e armado, quando a primeira luz rosada incidia sobre a fazenda do tio Hobie.

Jordy se estressara durante toda a viagem ao norte, se perguntando como é que tinha levado o carregador da bateria e esquecido o celular, e não obteve ajuda nem do pai, nem de tia Trudy nem dos tios Hobie e Langford, a maioria dos quais não tinha celular e não via sentido em ter, como disse Langford.

– E se o carro enguiçar na beira da estrada? – ele fez essa pergunta durante o jantar de sexta-feira à noite, carne assada.

– Você conserta – disse Hobie.

– Você não viaja com ferramentas? – perguntou Langford.

– Eu viajei com uma ferramenta. – O pai apontou o polegar para Jordy.

Ele só dormiu umas cinco horas, e não apenas porque o quarto do andar de baixo da casa de Hobie e Trudy cheirava a mijo de gato, ou porque estava apavorado com a enorme foto de Hobie e Trudy mais novos, posando ao lado de Bill Clinton em 1992. Ele não parava de tentar se lembrar da noite de quinta-feira, mas não passava muita coisa pela cabeça. Lembrou-se de Mandy segurando-o pelos ombros com ar preocupado e dizendo "Olhe para mim", mas sem saber se isso tinha mesmo acontecido ou se era apenas imaginação. Mas ele não se lembrava de jeito nenhum como tinha vestido a blusa azul da mãe sobre a própria roupa. Isso era o que mais o incomodava. Dan poderia esclarecer o ocorrido, mas ele não sabia de cor o número do amigo, de modo que o telefone fixo da casa do tio não serviria para nada. Será que Mandy tinha passado na casa da mãe dele para pegar o carro emprestado? Adam ainda não tinha telefonado, mas faria isso.

Fazia dez anos que Jordy construíra a escada para o estande de veado, pregando algumas tábuas de pinho no tronco de uma árvore. Havia luz apenas o suficiente para avistar a presa sem uso de lanterna. Ele subiu os quatro metros até o estande e se acomodou. Talvez Mandy tivesse passado para pegar o carro, pensou. Talvez Adam não tivesse encontrado o número do telefone de Langford e Trudy. Adam nunca tinha caçado nem se aproximado da fazenda de Hobie sem a companhia da família. Como poderia saber o número do telefone? Jordy ajeitou a bunda na madeira fria e ficou esperando, sem mais nada em que pensar.

Os veados são animais noturnos, e havia então uma boa chance de abater algum caso você saísse cedinho no fim de semana de abertura. E, comprovando essa hipótese, em quinze minutos, talvez, Jordy ouviu um *blam* seguido de outro *blam* ao norte. Hobie.

Todos se reuniram na marca de Hobie. Oito maravilhosas pontas na galhada. Pronta para ser dependurada como troféu, nenhuma ponta quebrada. O primeiro tiro como manda o figurino: por trás do ombro, no pulmão. O segundo, um tiro de amador, em cima do lombo, que Hobie admitiu ter sido um erro. Langford quis saber do segundo tiro, e Hobie disse que o veado tinha arrancado e que ele não estava a fim de perseguir um rastro de sangue por um quilômetro e meio. Em outras palavras, por pura preguiça.

– E pelo menos agora o veado não está sofrendo – acrescentou Hobie.

– Coitadinho – disse o pai de Jordy.

Langford riu e Hobie esboçou um sorriso.

Jordy não achou graça nenhuma.

– Provavelmente vai estragar a carne – disse, o que definitivamente era uma possibilidade.

Já com os pulmões e as vísceras retirados e deixados de lado, onde provavelmente eles desapareceriam em doze horas por conta dos coiotes ou de algum urso-negro, o resto do grupo arrastou o veado até o reboque do quadriciclo estacionado na borda da floresta e jogou o animal sobre uma lona de plástico. Trudy chegou para ajudar a estender o papelão no piso da garagem quando eles penduraram o veado pelas pernas traseiras. Seu pai e Langford discutiam sobre subsídios agrícolas antes de iniciarem a habitual rivalidade sobre quanto tempo o veado ficaria pendurado antes do processamento. Langford sempre insistia em ao menos uma semana, mas aquele não era o ano dele; ainda estava muito quente, e a temperatura só chegaria a abaixo de zero novamente na segunda-feira. Aquele ou qualquer outro veado que abatessem ficaria pendurado por uns dois dias, no máximo.

Começaram a cair alguns flocos de neve. Embora derretesse quando atingiam a terra, eram como sinos de trenó sobre o telhado na véspera de Natal. Alguma coisa na primeira neve surtava os veados e os despertava para o acasalamento, o que significava que eles estariam a pleno vigor. Jordy disse que voltaria antes que clareasse demais. Ele só havia comprado licença para abater um animal, portanto era uma boa hora para gastá-la.

Depois de deixar o quadriciclo perto da garagem, ele caminhou até o estande do pai, que era o mais próximo da casa e o mais bonito, com assentos aquecidos, porta-copos e plataforma de madeira ao nível do cotovelo. Ele não podia fumar ali – os veados-de-cauda-branca sentiam o cheiro a mais de três quilômetros de distância –, então resolveu beber. Era preciso fazer alguma coisa.

Definitivamente, em algum momento na noite de quinta, Mandy o agarrara pelos ombros e disse "Olhe para mim" com grande preocupação. Ele agora tinha certeza disso. Ela não parecia irritada, e sim preocupada. Se bem que não se lembrava do que ele próprio disse e do que ela fez em seguida nem de qualquer coisa. Mas era certo que em algum momento ela pareceu preocupada, e não furiosa.

Um floco de neve caiu na ponta do polegar esquerdo dele. E parecia encará-lo enquanto se dissolvia. Mais atrás, bem atrás dele, a distância, uma vibração. Ele levantou o binóculo. Uma fêmea vinha em sua direção. Quanto tempo mais antes que ela sentisse o cheiro dele? Ele estava a quatro metros de altura e com o vento no rosto, então podia esperar. Checou se a arma estava engatilhada; sim, estava. Ainda bem. Um ruído, qualquer ruidozinho no mundo, e os veados disparavam. A fêmea ainda se aproximava, como se levada até ele. Fez uma pausa e olhou para o estande. Ele alinhou o ombro com a vista quando o animal levantou a cabeça e olhou diretamente para ele. Ela não podia vê-lo. Ele sabia disso. A visão dos veados é terrível. Mas ele viu os olhos dela enquanto puxava o gatilho, e a peste tropeçou e saiu correndo. Ele a acertou em cheio.

Engatilhou a arma de novo antes de descer. Encontrou a fêmea a uns trinta metros de distância do estande, com as pernas traseiras magricelas em espasmos. Ele teve sorte; geralmente os veados conseguem ir muito mais longe. Ao tirar a faca para cortar a garganta do animal, sentiu-se observado. Mas de onde? Se fosse o pai ou os tios, ele teria ouvido passos. Então, ele viu. Um filhote. Com pequenas saliências no lugar dos chifres. Por que não tinha visto aquele filhote antes? Seguia os passos da mãe. Olhava para Jordy e depois para a mãe. Ele não sabia de nada.

Jordy teria atirado. É tecnicamente legal atirar em filhotes. Mas ele não tinha uma segunda licença. Aquelas coisas eram como ratos. Aquele filhote cresceria e devoraria as hortas e mataria os motoqueiros. Ele sabia.

– Sai fora! – ele gritou. Em vez disso, o filhote chegou mais perto. Cheirou a nuca da mãe. Talvez ele pudesse atirar e pedir a licença do pai. Mas o pai odiava desperdiçar as licenças com filhotes.

Jordy tirou a faca Buck para começar a eviscerar o animal. O filhote o observou. Ele não queria ser observado enquanto cortava a garganta da mãe daquele filhote. Fossem ou não pragas, isso dava arrepios. Ele levantou as mãos acima da cabeça e gritou mais alto: *Raaaahhrrr!* Finalmente, o bichinho correu alguns metros.

Jordy grunhiu, se ajoelhou e começou a trabalhar. Ergueu os olhos, e o filhote ainda o observa, a uns vinte metros de distância. Jordy grunhiu novamente, mas o filhote nem se mexeu.

Ele ouviu passos atrás de si. Era Hobie.

– Que merda. Não tenho licença para usar no outro.

– Como assim, que outro? – perguntou Hobie.

– Lá na frente – Jordy apontou para o pequeno gamo.

– Essa é mãe dele? Por que diabos a matou? Ela tinha um filhotinho – disse Hobie.

– Eu não o vi.

– Olhe só. É mínimo. Já está tarde para ainda haver um filhote tão pequeno.

Jordy não desviou os olhos enquanto estripava os pulmões da mãe.

– Foi o que pensei.

– Ele não deve durar muito tempo. Sozinho por aí.

– É o que eu estava pensando. Eu podia ter atirado nele, mas já tinha usado a minha licença. – Jordy continuou cortando e parou nos mamilos. – Ah, que merda, os úberes estão cheios.

– Que triste – disse Hobie, olhando para o filhotinho. – Deixa eu te ajudar a tirá-la daqui.

Langford e o pai de Jordy fizeram comentários sobre aquela bela fêmea enquanto Hobie e Jordy a arrastavam até a garagem. Langford deu uma risada e disse que aqueles dois veados deviam ser um casal. Jordy não disse nada sobre o filhote, nem Hobie.

– Adam telefonou – disse Trudy. – Pediu para você ligar para ele urgentemente.

– Até que enfim – disse Jordy, tirando as botas na garagem antes de entrar na casa.

Hobie e Trudy ainda tinham um daqueles robustos telefones antigos de disco com um enorme gancho protuberante de plástico. A manhã avançava, e a cozinha cheirava a café e torrada queimada. No porta-guardanapos de ferro preto sobre a mesa estava escrito: *Ainda que você ache nossa casa uma bagunça / sente-se, relaxe, converse. Nem sempre ela está assim / às vezes é pior do que parece.* Jordy leu essas palavras enquanto ouvia o telefone chamar no apartamento da mãe.

Adam atendeu no terceiro toque.

– Alô?

– Adam, o que houve?

– Ela se foi.

– O quê?

— Ela se foi, ela se foi.
— O quê? Mamãe?
— Sim, ela se foi. — Adam caiu em prantos. — Há cerca de meia hora.
— O quê? Não. De jeito nenhum, porra. Ela estava bem. De jeito nenhum, porra.
— Nós só a estávamos levando para a cama...
— Você e quem? Você e Mandy?
— Não, outra enfermeira. Casey. Ainda está aqui.
— *Porra!*
— E ela começou a respirar muito pesado...
— *Porra!* — Jordy arrancou o telefone da parede e o arremessou na pia da cozinha. Pegou o estúpido porta-guardanapos de ferro preto com aquela merda de citação estúpida e o quebrou ao meio, o chutou por cima da porra da mesa, e em seguida Hobie entrou e o segurou e perguntou que diabo você está fazendo, e Jordy se virou, mas Hobie o agarrou pelos braços e o imobilizou, e Jordy sentiu a resistência fugir do corpo e as estruturas internas cederem, se sentiu sugado, mas não havia nada a fazer, a não ser se largar ali mesmo naquele linóleo frio, sujo e marrom.

Ele não comeu nada naquele dia até tomar o caminho de casa com o pai. Pararam num Subway colado a um posto de gasolina. Quando pediu o sanduíche grande de almôndega ao molho marinara com queijo extra sem salada, ficou se perguntando se o "artista do sanduíche" poderia imaginar que a mãe dele tinha morrido.

O pai era o único que não queria cremar a mãe. Pelo que Jordy e Adam sabiam, ele desistira do voto quando se divorciou dela. O médico disse que o câncer da mãe era tão avançado que apenas as córneas poderiam ser doadas. Todo o resto teria que ser descartado. Eles a cremaram e dividiram as cinzas entre eles e as irmãs dela. Jordy guardou o seu quinhão numa caixinha preta de filme com a tampa fechada com fita Scotch. Ainda restavam pedacinhos brancos de ossos nas cinzas.

∙ ∙ ∙

Melanie providenciara o velório e o funeral, e eles então subiam para Duluth, a região de onde vinha aquele lado da família. Claro, naquele lugar já tinha nevado uma tonelada e continuava nevando naquele dia, retardando o trânsito e os idosos. Jordy seria um dos que carregariam o caixão, mas não tinha um terno preto porque nunca precisara de um terno antes, e ele então teve que pedir emprestado ao pai um velho terno de lã que cheirava a meia molhada. Todos disseram que ele parecia bem, e que estavam muito consternados, mas o fato é que circulavam por perto de olhos baixos e conversavam sobre a neve, visivelmente à espera de que aquilo tudo acabasse logo.

No porão da igreja, após o funeral, uma velha senhora disse que ele precisava comer alguma coisa e lhe entregou um prato de isopor com um pequeno sanduíche de presunto e queijo. Ele se sentou à mesa com Dan Jorgenson e comeu apenas o presunto enquanto olhava ao redor da sala. Apesar do tempo, sentadas às mesas cobertas com toalhas de mesa brancas baratas sob um teto baixo e lâmpadas fluorescentes, muitas pessoas bebiam café e comiam salgadinhos e pequenos sanduíches, como se nada de trágico tivesse ocorrido. Somente os quatro comprimidos de oxicodona ingeridos ao longo do dia o impediam de perder a cabeça.

Ele nunca admitiria para ninguém, mas pensou em Mandy quase o tempo todo. Recebera um bonito cartão branco que dizia *Com a mais profunda simpatia*. Lá dentro, ela assinou, "Com amor, Mandy". Mas ela não tinha passado no apartamento como alguns outros e não tinha retornado as chamadas e as mensagens de textos, nunca. Jordy achou que estava extremamente fodido. Mas guardou o cartão no casaco e vez por outra o olhava.

Jordy não queria mais ficar no apartamento, apesar de estar pago até o final do mês e poder ser só dele, portanto mudou-se com tudo que tinha para a casa do pai em St. Paul. O problema é que o pai nunca tinha nada de bom para comer e a TV estava sempre sintonizada na Fox News, que era chata como o inferno.

— Temos que descobrir o que fazer com toda essa carne de veado — disse o pai na cozinha, cinco dias após a morte da mãe de Jordy. — Se não quer comê-la, faça uma doação.

— Talvez os bancos de alimentos não aceitem carne de veado crua — disse Jordy enquanto retirava do velho e ruidoso congelador Hotpoint do pai os blocos vermelhos, congelados e selados a vácuo. O pai herdara aquela antiquíssima casa do avô, Jordis P. Snelling I, que o herdara do bisavô, Langford Hobart Snelling. Ficava na parte antiga de St. Paul, agora considerada histórica. Isso significava que não tinha máquina de lavar louça e que os equipamentos e aparelhos obsoletos estavam sempre chacoalhando e zumbindo, ao contrário das tranquilas e modernas máquinas do apartamento.

Ele empilhou a carne de veado no balcão da cozinha de azulejos e a colocou nos sacos de plástico que pegou debaixo da pia, os quais o pai provavelmente guardava para quando passeava com o cachorro, mas não fez nenhum comentário.

— Por que não dá essa carne para a namorada do Adam? — o pai sugeriu. — Ela é chef de cozinha.

Aquilo parecia incrivelmente constrangedor. Fazia algum sentido bater na porta da garota e dizer algo como: *Oi, só nos vimos duas vezes, mas será que você quer todo esse veado morto?*

— Como sabe se ela vai querer isso?

— Porque liguei para Adam, ele perguntou para ela e ela disse que sim. — O pai gostava de introduzir temas para debate depois de já decididos.

— Então, ela está esperando a carne, é isso?

— Sim. Acho que está muito animada.

— Talvez seja melhor esperar Adam sair do trabalho. Ele pode ir junto.

— Deixe de ser covarde — disse o pai. — Ela conhece você. Acabe logo com isso.

Jordy realmente não queria mexer a bunda, entrar no carro e despejar uma porrada de carne de veado na garota que o irmão namorava, mesmo ela sendo bacana, mas parecia a melhor forma de se livrar daquilo tudo.

Eva morava numa elegante casa branca de dois andares, em DuPont, no lago Calhoun. Ficava perto de um conhecido jardim de rosas para onde uma garota o arrastou uma vez. Ele gostou das árvores grandes e antigas que ladeavam a rua, mesmo com as folhas caídas na rua. Elas davam uma sensação de segurança e confiabilidade ao bairro. Quando ele levantou os frios e pesados sacos de carne de veado do porta-malas do Buick, uma garota muito gostosa passou correndo, de olhos fixos à frente e vestindo o que parecia ser uma roupa de ginástica nova em folha, e ele subitamente se sentiu milhares de quilômetros longe de casa.

Eva abriu a porta sorrindo. Ele deu um passo involuntário para trás. Se deu conta de que fazia tempo que não sorria. Por que ela parecia tão feliz ao vê-lo, ele não tinha a menor ideia.

– Jordy, entre – disse Eva. – Estava mesmo te esperando.

A casa cheirava a cedro queimado e café, e a grande e ampla sala de estar com lareira e mobília nova minimalista parecia mais agradável que qualquer lugar que ele tinha visto em muito tempo. Um cara tatuado de rosto mal barbeado e cabelo preto e uma loira de olhar intenso – ambos provavelmente na casa dos trinta, difícil de dizer, mas com certeza adultos – estavam em um dos sofás, cada qual com seu próprio notebook, e, sobre um tapete marrom, um adolescente estava sentado, absorto no seu smartphone. Todos o olharam quando ele entrou, e embora não se mostrassem hostis, ele se sentiu atrapalhando.

– Preciso pegar o caminho de volta num minuto – disse.

Eva o abraçou com força.

– Sinto muito pela sua mãe – disse.

– Sim. – Jordy retribuiu com tapinhas nas costas dela. A princípio ficou surpreso por ela já saber, mas claro que ela sabia. – Obrigado.

– Sei que é muito difícil. Minha mãe morreu quando eu tinha catorze anos.

– Uau – disse Jordy. O que mais ele poderia dizer? Talvez tivesse sido uma porcaria, ainda mais naquela idade. Mas pelo visto a morte da mãe não arruinara a vida da garota ou o que quer que fosse.

– Oh, ei. – Eva manteve a mão nas costas dele quando se virou e olhou para os outros na sala de estar. – Todo mundo, este é Jordy, irmão do meu amigo Adam. Jordy, eles são os meus primos Randy e Braque, e aquele é Hatch, filho da Braque.

Braque ergueu as sobrancelhas.

– *Amigo* Adam? – perguntou para Eva.

– Cale a boca. – Eva apontou para Braque.

Braque cutucou as costas de Hatch com o pé.

– Hatch, largue esse celular por um segundo e cumprimente nosso convidado.

Hatch olhou por sobre o celular por um segundo e acenou.

Braque se virou e lançou um olhar para Jordy como se dissesse *O que posso fazer por você?*.

– Ele literalmente ama essas porras desde antes de nascer.

– Odeio quando abusam da palavra "literalmente" – disse Eva.

Jordy percebeu que a gramática foi corrigida, mas o palavrão passou batido.

– O que há nas sacolas? – Randy se levantou para olhar melhor. Ele parecia um cara que tinha passado por alguma merda; Jordy podia jurar.

– Carne de veado – disse.

– Ótimo – disse Randy. – Adoro carne de veado.

Braque não tirou os olhos de Jordy.

– Eva não tem sequer uma foto de Adam. Já estava começando a me perguntar se ele realmente existe.

– Sem mais perguntas sobre o irmão dele – disse Eva.

Ele ficou se perguntando sobre o motivo de Eva aparentemente não falar com os primos sobre o relacionamento com Adam; Jordy tinha informações razoáveis, e ele nem era do tipo que perturbava o irmão por detalhes. Segundo Adam, os dois tinham se conhecido seis anos antes, num jantar, de modo que fazia tempo que se conheciam, mas um dia, dois meses antes, ela foi à padaria em busca de pão para um evento, e desde então eles começaram a sair. Não era nada secreto, estranho ou qualquer outra coisa. Ele não entendia por que Eva parecia tão discreta sobre o assunto, mas talvez apenas fosse uma pessoa reservada. Se era isso, ele respeitava.

Eva sorriu para Jordy, que continuou imóvel.

– Tem certeza que não pode tirar a jaqueta e ficar mais algum tempo? – ela perguntou. – O almoço está quase pronto.

– Eu não sei – ele hesitou. Talvez pudesse comer.

Braque o encarou novamente.

— Escute o que a namorada do seu irmão está fazendo – disse. – Salada de couve-lombarda e repolho roxo, com molho caseiro de óleo de amendoim espanhol, e aloo gobi vegano, com couve-flor roxa da Sicília e batatas autóctones Mercer. Ah, sim, cada ingrediente cultivado numa propriedade dela ou por pessoas conhecidas na região. O que acha?

Jordy odiou admitir, mas estava um tanto confuso. Seu primeiro pensamento foi: Por que tanto trabalho? Será que todo dia ela preparava aquela loucura toda para o almoço? Deve ser desgastante.

— Ele não precisa saber disso tudo – disse Eva. – Basicamente, é apenas uma salada de repolho e um guisado de couve-flor picante com batata. Apenas um teste para o jantar do fim de semana.

— Legal – disse Jordy, sem tirar a jaqueta.

Braque pegou Eva pela mão.

— Ei, vou perguntar para ele. – Ela se virou para Jordy. – Certo, Eva acabou de receber uma baita oferta para substituir Miles Binder no *Cater-Mania*. Você assiste a esse programa?

— Já ouvi falar – disse Jordy.

Eva sacudiu a cabeça.

— Nem em um milhão de anos vou participar desse programa ou de qualquer outro.

Braque apontou para a sala.

— Todos aqui acham que ela devia fazer.

— Bem, eu *não*.

— Você está sendo uma verdadeira idiota. Todos os grandes chefs fazem programas de TV. Você tem que ter um programa e um livro de receitas. Você tem que escrever uma porrada de livros de receitas.

— Já me exponho muito mais do que queria – disse Eva. – Talvez eu seja jurada de outro concurso de confeitaria no próximo ano. Isso é divertido e fácil. Essa outra coisa não é.

— Você nem sequer tem fotos ou receitas no seu site – disse Braque.

— Pois não tenho mesmo – disse Eva sorrindo.

— Odeio discutir com essa maldita garota – disse Braque, sacudindo a cabeça.

Randy deu uma risada.

– O truque é não discordar dela.

Braque olhou para o recém-chegado.

– O que acha, Jordy?

– Sei lá. – Ele ficou ansioso com todos aqueles olhares sem que tivesse algo a dizer. – Acho que tenho que ir embora.

Ele olhou de volta para a sala quando abriu a porta da frente. Randy e Braque pareciam realmente chateados, como se Jordy fosse uma estrela que largava um time de beisebol ou algo do tipo. Claro que era bom que quisessem que ele ficasse, não importava o motivo, mas ele mal conhecia aquelas pessoas, e a discussão e as perguntas que faziam o deixavam nervoso.

Braque se sentou.

– Bem, diga que mandamos um alô para o seu irmão. Espero que ele tenha pelo menos metade da sua beleza.

Ele concordou com a cabeça, torcendo para nunca mais ver Braque de novo.

Eva pegou uma bolsa na prateleira ao lado da porta e saiu logo atrás de Jordy, fechando a porta.

– Quanto, cem? – ela perguntou.

– O quê? – Com o rosto vermelho pelo ar frio lá da rua e o nariz livre dos odores quentes daquela casa estranha, ele nem tinha notado que ela o seguira.

– Cem dólares pelo veado. Acho que é o suficiente.

Jordy pensou em dizer que não fazia aquilo por dinheiro, mas por alguma razão disse outra coisa.

– Cem, tudo bem.

Eva entregou o dinheiro e o abraçou novamente.

– Se precisar de alguma coisa, qualquer coisa mesmo, me avise, está bem? – Ela olhou no rosto dele. – Estou pensando em você.

– Certo, está bem – ele disse. Ela era uma boa pessoa, e talvez até tenha dito isso de coração, mas ele não soube como responder. – Obrigado. – Era a centésima vez que dizia essa palavra naquela semana, desde que percebeu que era perfeita para cortar o assunto. Aquela mulher se esforçara mais que a maioria, e provavelmente merecia coisa melhor.

• • •

No carro, a caminho de casa, ele se perguntou se poderia ter ganhado mais que cem. Ele sempre fodia todo tipo de negociação. Mas tudo bem. Cem era mais do que ele tinha trinta minutos antes, e precisava da grana para mais comprimidos quando os da mãe acabassem, e isso não demoraria muito. Ele só tinha que descobrir onde conseguir. Tinha alguns palpites. Ele era bom nesse tipo de coisa. Ou teria que ser. Isso porque aquele seria mais um dia à base de quatro comprimidos. Ele tinha certeza.

BARRAS

Quem não gosta de barras? Era o que Pat Prager queria saber.

Sentada na cozinha, Pat fazia uma lista mental de todas as pessoas que amavam barras, quer fossem barras leves e crocantes de flocos de arroz, barras de limão azedinhas e doces, ou barras de manteiga de amendoim e chocolate, ricas e pesadas. Essa lista numerava *todo mundo*. Crianças adoravam barras, adolescentes adoravam barras, o pastor Evan adorava barras, e até mesmo a esposa do pastor, Jenni, que sempre fazia uma cena para evitá-las, acabou flagrada em seu carro comendo-as, depois que todos os outros saíram da sala de estudo da Bíblia. Policiais adoravam barras, bombeiros adoravam barras, professores adoravam barras, seu primeiro marido, Jerry Jorgenson, agora no reino de Deus, adorava barras, e até seu segundo marido, Eli Prager, que entre o trabalho e a escrita para aquele blog do Minnesota Vikings, sempre saía de sua toca para surrupiar mais algumas.

Todos sabiam que Deer Lake fazia as melhores barras do condado – uma das produtoras ganhara na categoria barras do Concurso de Confeitaria do condado por seis anos consecutivos –, e todos sabiam que as melhores barras em Deer Lake eram feitas pelas mulheres da Primeira Igreja Luterana.

Pat não gostava de se gabar, mas suas barras de manteiga de amendoim tinham ganhado a fita azul de Melhor Barra em cinco dos últimos seis anos. Ainda assim, ela não podia descansar sobre os louros, porque lá fora havia algumas barras muito boas. Como as barras de bolo de cereja com café de Sandra Bratholt, as barras de creme azedo e passas de Frances Mitzel, as barras de limão de Corrina Nelsen, e as barras de caramelo Kraft de Barb Ramstad:

    1 pacote de caramelos
    5 colheres de sopa de creme de leite
    ¾ xícara de manteiga derretida
    1 xícara de açúcar mascavo
    1 xícara de farinha de aveia
    1 xícara de farinha de trigo
    ½ colher de chá de bicarbonato de sódio
    ¼ colher de chá de sal
    1 xícara de gotas de chocolate
    ½ xícara de nozes picadas (opcional)

Preaqueça o forno a 180º C. Derreta os caramelos e o creme de leite em banho-maria. Deixe esfriar um pouco. Combine manteiga, açúcar, farinha de aveia, farinha de trigo, bicarbonato de sódio e sal. Misture até obter uma massa quebradiça. Espalhe metade da massa num tabuleiro de 23x33cm e leve ao forno por 5 minutos. Retire do forno e polvilhe com as gotas de chocolate, as nozes e a mistura de caramelo derretido. Polvilhe com a massa restante e leve ao forno por mais 15-20 minutos a 180ºC. Não asse demais. Corte enquanto estiver quente. Os caramelos e o creme podem ser derretidos no micro-ondas.

Como vencer uma receita dessas? Bem que podiam distribuir duas fitas azuis. Mas Pat sabia que isso não era factível. Para superar uma receita como essa, só com outra melhor, e por enquanto o que havia era:

2½ xícaras de graham cracker esmigalhados
1 xícara de manteiga de boa qualidade derretida
1 xícara de manteiga de amendoim
2½ xícaras de açúcar refinado
1 xícara de gotas de chocolate ao leite com uma colher de chá de manteiga

Misture as migalhas de graham craker, a manteiga derretida, a manteiga de amendoim e o açúcar. Espalhe num tabuleiro de 23x33 cm untado. Derreta os pedacinhos de chocolate junto com a manteiga e espalhe sobre a massa. Leve à geladeira até firmar. Corte em barras.

Nada mais simples que isso, não é mesmo? Fazia vinte e cinco anos que Pat preparava essa receita, e foi justamente essa que conquistou cinco fitas azuis e uma fita vermelha nos seis anos desde que finalmente cedeu à extrema pressão pública e resolveu participar do Concurso de Confeitaria, no verão. Neste ano, o concurso duraria apenas uma semana, e o prazo para inscrever uma receita e preencher o formulário terminava no dia seguinte.

Naquela noite Pat se reuniria com outras mulheres no Salão Social da Primeira Igreja Luterana para a "grande prova", onde todas que pensavam em entrar no concurso apresentariam um lote completo de barras somente para as outras mulheres da igreja, e votariam entre elas para determinar quem seria encorajada a participar. E agora que as mulheres da Primeira Igreja Luterana se afirmavam como uma força de destaque, era importante que cada uma levasse adiante o que tinha de melhor.

A TV interrompeu *Lawrence da Arábia,* um dos filmes favoritos de Pat, para anunciar a chegada de uma forte tempestade na região. Pat telefonou para todas para confirmar as presenças; elas eram de Minnesota, e não seriam alguns trovões e relâmpagos que as fariam desistir. Somente Frances Mitzel, que tinha sessenta e dois anos e "não era das melhores motoristas", segundo ela própria, expressou alguma hesitação.

• • •

Pat chegou mais cedo à igreja para acender as luzes e colocar pratos e guardanapos na mesa. Estacionou o velho Honda Accord na vaga do ministro e, antes mesmo de sair do carro, notou que as luzes do Salão Social estavam acesas. Talvez os escoteiros tivessem acendido. Mas não parecia obra deles. Ela pegou o tabuleiro de barras de manteiga de amendoim do piso na parte de trás e caminhou até a entrada do salão com ele debaixo do braço. A porta estava aberta. O ar cheirava a ozônio, e uma grande nuvem cor de chumbo pairava sobre as fazendas de milho no limite da cidade. Não havia nenhum som além dos motores dos carros que passavam, e a brisa morna que soprava por entre os salgueiros que ladeavam o estacionamento jogou a franja reta de Pat para cima.

No Salão Social, uma mulher magra em um impertinente vestido branco de verão – sem mangas, decotado e de corte acima do joelho – estendia uma toalha de mesa de algodão cor de marfim sobre uma das mesas dobráveis.

– Olá – disse Pat sorrindo. – Estou aqui com o grupo de mulheres. Nós vamos usar o salão esta noite.

– Eu sei – disse a mulher de rosto bonito, com queixo pontudo e grandes olhos castanhos, sorrindo sinceramente de volta. Era tão elegante e sofisticada quanto uma apresentadora de TV. – Evan e Jenni me autorizaram a chegar mais cedo para ajudar na arrumação.

Ela nem sequer se referiu a Evan como *pastor* Evan.

– Eu sou Celeste. Celeste Mantilla. Minha família é nova aqui.

– Uau. Bem-vinda à Primeira Luterana. Eu sou Pat Prager.

– Oh, meu Deus – disse a mulher magra, usando o nome do Senhor em vão na casa do Senhor. – Você é Pat Prager. *A* Pat Prager?

– Sim – respondeu Pat, tirando a toalha de algodão da mesa dobrável. – Bem, a primeira coisa é que reservamos as toalhas de mesa para funerais e outras funções públicas. Portanto, esta noite usaremos uma daquelas de papel descartáveis.

– Oh, claro, sinto muito – disse Celeste, ajudando Pat a dobrar a toalha. – Uau, eu já ouvi muito sobre você. Seis vezes vencedora da fita azul.

– Apenas cinco, na verdade.

– Ora, serão seis na próxima semana, tenho certeza. Trouxe algo esta noite, mas já me sentirei muito sortuda se pelo menos puder participar.

– Quem lhe contou sobre o evento?

– Ah, Barb Ramstad. Compramos a casa a duas de distância da dela.

– Aquela grandona?

– Pois é, não é? Muito grande para nós. Limpar um único banheiro já é um suplício, imagine quatro. Lá se vai metade do seu dia. E não quero nem pensar na conta da calefação no inverno. Mas é bom estar perto dos Ramstad. Eu tenho um filho no ensino médio que tem a mesma idade do filho deles.

Aquela mulher tinha um filho adolescente? Ela não parecia ter mais de trinta. E aquele comentário mal dissimulado sobre o tamanho da casa era tão estupidamente pedante. Pat acabara de conhecer a mulher e já podia dizer que a maneira com que ela ostentava riqueza certamente causaria problemas para todos.

– Ah, que bom – disse. – Então, de onde vocês vieram?

– Fort Myers, Flórida. Meu marido conseguiu um emprego na 3M, por isso nos mudamos.

Provavelmente, um engenheiro rico.

– Há igrejas evangélicas luteranas em Fort Myers? Pensei que eram mais do Sínodo de Missouri.

– Nós temos quatro em Fort Myers. E somos abençoados por encontrar esta aqui agora.

Pat viu o sutiã da mulher magra quando ela se curvou. Que maneira de se vestir para uma igreja, mesmo para o Salão Social! Talvez na Flórida eles cantassem hinos de biquíni, mas isso não funcionava ali.

– Bem, certamente também somos abençoados por ter algumas caras novas em nossa congregação – ela disse.

Quando elas estenderam a toalha de papel branco barata sobre a mesa, Pat se sentiu desconfortável pela avaliação negativa que tinha feito de Celeste. Ela era uma estranha em terra estranha, e ali na casa de Deus era dever de Pat ser acolhedora, como gostaria de ser tratada na mesma situação. Sem mencionar que a família de Pat tinha suas complexidades. Afinal, seu filho Sam era aparentemente o maior traficante de maconha do colégio, o que não era exatamente algo a ser exibido em adesivos no vidro traseiro do carro. Mesmo assim, ele não era um fracasso total como Dan Jorgenson, o primo dele de Farmington. Sam tinha a média escolar de 3.4, e os professores diziam que ele parecia promissor. Não havia punição que o transformasse; ele jurava que nunca tinha experimentado drogas pesadas e que as vendas de maconha eram para poupar dinheiro para os futuros gastos com a faculdade, e que de qualquer maneira a maconha scria legalizada em um ou dois anos. Além disso, ele agia corretamente e pagava o dízimo.

Pat ouviu os passos pesados de Sandra no corredor, que entrou seguida por Barb logo atrás, ambas carregando uma bandeja com suas barras especiais, e depois Corrina chegou correndo, com um guarda-chuva e suas barras já cortadas empilhadas dentro de um Tupperware verde-hortelã. Por que haviam concordado em mandar apenas três receitas para o concurso daquele ano? Pat queria poder votar em todas. Ela esperava que Sandra e Corrina avaliassem a magra recém-chegada de cima a baixo, mas pelo visto Barb as tinha apresentado para Celeste em algum evento do qual Pat não ficou sabendo.

– Gosto dessas calças capri, Barb. – Celeste apontou para os bolsos e costuras da calça abaixo da cintura de Barb.

– Oh, obrigada. Comprei na Kohl's. Antes custavam cinquenta dólares, mas baixaram o preço para vinte e nove e comprei por dezenove, graças a um cupom.

Todas se admiraram pelo bom preço.

– A blusa foi um negócio ainda melhor – continuou Barb. – É da Guess, antes custava setenta e nove dólares, mas comprei na T.J. Maxx por dezoito.

– Uau – disse Corrina. – Nunca vejo nada assim quando vou lá.

– Bem, você precisa saber quando ir a esses lugares.

– Como foi o trajeto de carro pela cidade? – perguntou Celeste.

– Muito vento – disse Sandra em sua camiseta GGG surrada e seu bermudão jeans, nitidamente ansiosa para que aquela conversa sobre moda terminasse. – É melhor fazermos isso rápido.

– Onde está Frances? – perguntou Pat.

– Ela não quis dirigir com esse tempo – disse Corrina.

– Bem, eu não gostaria que ela perdesse depois de fazer as barras.

– Está tudo bem, Pat – disse Barb. – Ela disse que de qualquer jeito as barras dela não ganhariam.

– Então, somos apenas nós quatro para três indicações? Celeste olhou para o grupo.

– Eu fiz algumas – disse e se abaixou para pegar uma enorme sacola de lona apoiada na parede. Um trovão sacudiu as luminárias quando ela retirou da sacola um tabuleiro com uma mistura de branco e marrom escuro. – Estas são minhas *Mississippi mud bars*.

– Você tem a receita? – perguntou Pat.

Celeste tirou um cartão de sua bolsa Louis Vuitton que estava no chão.

– Sim, aqui. – Ela entregou o cartão para Pat:

4 ovos

1 xícara de manteiga de excelente qualidade, amolecida

2¼ xícaras de açúcar

1 colher de chá de baunilha

1½ xícara de farinha de trigo

½ xícara de cacau

1 xícara de nozes picadas

210ml de creme de marshmallow

Preaqueça o forno a 180° C. Numa tigela grande de cobre, em velocidade média, bata os ovos, a manteiga, o açúcar e a baunilha até obter um creme leve e aerado. Acrescente a farinha e o cacau. Bata até a mistura ficar homogênea. Incorpore as nozes. Espalhe num tabuleiro de 23 x 33cm untado. Asse por 40-45 minutos. Assim que sair do forno despeje colheradas do creme de marshmallow por cima e espalhe até ficar homogêneo. Deixe esfriar por uma hora.

Cobertura:

⅓ xícara de manteiga de excelente qualidade
½ xícara de cacau
2½ xícaras de açúcar refinado
⅓ de xícara de creme de leite
1 colher de chá de baunilha

Derreta a manteiga; acrescente o cacau. Cozinhe por 1 minuto. Adicione o açúcar refinado, o creme de leite e a baunilha, e misture até ficar homogêneo. Espalhe por cima do creme de marshmallow. Pode ser congelada.

– Parece deliciosa – disse Pat, devolvendo o cartão.
– Pode ser um pouco engordativo para alguns – disse Celeste. – Mas as crianças adoram.
– Pat, você acha que devemos servir as suas? – indagou Sandra. – Você sabe que nós estamos lutando apenas pelas outras duas vagas.
– Bem, sem dúvida alguma eu quero prová-las – disse Celeste.
A chuva começou a cair num ângulo que golpeava as janelas. Era como se pessoas, pessoas más, estivessem atirando pedras na igreja. Pat chegou à janela e viu pedaços de gelo do tamanho de ervilhas quicando pelo gramado.
– Está chovendo granizo – disse.
– Caramba – Barb falou enquanto começava a cortar suas barras.

Quando Pat estava comendo uma das próprias barras, a título de comparação, as lâmpadas fluorescentes piscaram e logo depois soou o lamento frio da terrível sirene de aviso de tornado a três quarteirões de distância. Como se elas precisassem de sirene para saber que a luz tinha acabado. O tempo entre raios e trovões tornou-se mais curto, e agora a tempestade estava exatamente em cima da igreja.
– Que divertido – disse Celeste sorrindo.

— Bem, se ficarmos presas aqui, pelo menos não morreremos de fome — disse Sandra enquanto cortava uma *Mississippi mud bar*.

— Oh, meu Deus — exclamou Corrina ao dar uma mordida. — Celeste, essas barras são incríveis.

Sandra olhou para sua bandeja de barras e balançou a cabeça.

— Bem, não tenho mesmo chance este ano. Celeste, se não terminarmos com isso tudo aqui, sou capaz de roubá-las e levá-las para casa.

— Obrigada — disse Celeste, olhando os próprios pés. — É apenas uma velha receita de família, nada de especial.

— Por que uma tigela de cobre para a mistura? — perguntou Pat.

— Ah, para as claras de ovos — disse Celeste. — É para estabilizá-las. Não me pergunte como.

Barb olhou para Pat.

— Você não sabia disso?

— Eu realmente não separo os ovos para as barras. Quando estou fazendo suflê ou pão de ló, adiciono um pouco de cremor de tártaro às claras, e isso faz a mágica.

As outras mulheres assentiram com a cabeça.

— Mas não me entenda mal. Quem não gostaria de ter uma tigela de cobre? — acrescentou Pat rapidamente. — Mas a nós cabe trabalhar com o que Deus nos dá.

— Eu uso um batedor de cobre — disse Barb.

Sandra terminou a *mud bar* e lambeu o garfo de plástico.

— Acho que temos nossa vencedora bem aqui. O que acha, Pat?

Pat mordiscou a *mud bar*. Quando levou a barra de Celeste à boca, percebeu que deixara uma espessa mancha gordurosa no prato de papel. Na boca, literalmente sentiu os grânulos de açúcar; suas obturações gritaram em protesto. Encarou a grossa laje amanteigada com um copo d'água, com a qual bochechou antes de engolir.

— Definitivamente, uma de nossas três finalistas, claro — disse sorrindo.

Quando a chuva arrefeceu e todas puderam voltar para casa em segurança, Pat entrou no seu Accord velho e enferrujado, que não parecia grande coisa, claro, mas levava uma pessoa do ponto A para o ponto B de modo confiável, e tinha sido leal à família apesar dos pesares. Nem mesmo Julie, a filha ingrata de Eli, conseguira destruir aquele carro. O problema em dias como aquele é que o vidro de uma das janelas traseiras não subia o bastante para fechá-la, e apesar de colarem um saco de lixo com fita adesiva para cobrir a diferença, a tempestade o tinha arrancado. Agora a parte de trás estava encharcada, e ela teria que enxugá-la mais tarde, para não mofar.

Por que Deus a testava dessa maneira? Com tempestade, banco molhado e, o mais doloroso, com uma provação chamada Celeste Mantilla. Talvez porque Deus achava que ela vencia com muita facilidade a fita azul, ano após ano, com as barras que fazia. Talvez Ele acreditasse que ela precisava de um desafio. E por isso tinha enviado aquela força demoníaca, sob a forma de uma mulher bonita, para se opor a ela com aquelas barras exageradamente doces, colocando as coisas em perspectiva para fazê-la lembrar o que era realmente importante. Como Ele disse em 1 Pedro 1:7: "Para que a sinceridade da vossa fé seja atestada, muito mais preciosa que o ouro que se corrompe." O que era verdade. Mas por que os mais piedosos eram sempre os mais severamente testados?

Não responda a isso, Senhor, ela disse quando entrou na rua onde morava, sussurrando em seguida uma breve oração de desculpas. Ela também perdoou as amigas pelo fato de que as *Mississippi mud bars* tinham provado que, se o espírito era forte, nunca a carne tinha sido tão fraca. Um dia elas iriam perceber o erro cometido, mas, quando chegasse o tempo da contrição, ela seria dadivosa e as perdoaria e *não* diria que reconhecera Celeste à primeira vista como puro mal, até porque ninguém gosta de ouvir eu-bem-que-avisei.

Em casa, a energia elétrica ainda não tinha voltado, e a porta da garagem não pôde ser aberta. Pat cuidadosamente subiu a escada molhada de concreto até a entrada, com a bandeja de barras pela metade, e caminhou até a cozinha. Seu marido, Eli, e seu filho, Sam, bebiam leite e tomavam sorvete Schwan de menta com chocolate à luz de velas, observando os relâmpagos ao longe pela janela da cozinha.

Enquanto enxugava o rosto e a cabeça com uma toalha de papel, Pat observava a enorme taça de sorvete de Sam sem dizer nada.

— Mãe, ia estragar se a gente não fizesse nada. A geladeira está desligada.

— Vocês pelo menos deixaram um pouco? – ela perguntou.

— Um pouquinho – disse Eli, tomando o sorvete direto da embalagem e virando-a para que ela olhasse.

— E aí, mãe, quem mais além de você vai participar do concurso? – perguntou Sam, esguichando mais calda de chocolate Hershey's em cima do sorvete.

— Eu e Barb, e uma nova mulher, Celeste. – Ela colocou a bandeja de barras sobre o balcão da cozinha.

— Quando a luz acabou – disse Eli, colocando o copo vazio de leite na lava-louças sem enxaguá-lo antes –, eu tinha acabado de escrever umas seiscentas palavras no blog sobre a lesão de um jogador da linha de defesa. E então, blam! Tudo se foi.

Sam olhou para o padrasto sem dizer nada. Na verdade, o filho do primeiro casamento de Pat não era fã do Minnesota Vikings, nem de qualquer outro esporte, e Pat também não, mas isso não impedia Eli de contar a eles tudo que escrevia no blog.

— E eu estava *quaaaaase* pronto para salvar o que tinha escrito e desligar o computador.

Pat retirou o copo de leite da lava-louças e o lavou na pia.

— De qualquer maneira, essa tal de Celeste é difícil de engolir – disse.

— Bem, eles nem sequer têm os resultados da ressonância magnética do cara. Mas eu sabia que devíamos ter escolhido um *safety* no esquema. Nós mudamos para um Tampa 2 D, e temos *um cara* que é um *safety* Tampa 2. E adivinha quem se machucou hoje no treino?

— E as barras dela! Bombas de gordura, basicamente. Claro que vocês sabem quem morreu de amores pelas barras.

— E não há jogadores decentes à disposição nessa época do ano. Nossa chance foi pelos ares.

— Elas não percebem quão constrangedor será inscrever aquelas barras no concurso. O nível deles exige que você seja mais sutil. Os juízes não são um bando de crianças de oito anos de idade.

— Talvez um dos *corners* possa jogar como *safety*. Era o que eu estava sugerindo.

— E vocês deviam vê-la. Posso apostar que ela nem sequer tocou naquelas barras. Ela parece uma modelo.

— Quem parece uma modelo? – perguntou Eli.

— Celeste, a nova mulher na igreja.

— Você devia convidá-la qualquer dia desses – disse Eli, abrindo o congelador. – O que mais temos aqui? – Ele pegou dois retângulos planos e marrons embrulhados em papel celofane. – O que são essas coisas?

— Meus comestíveis – respondeu Sam. – Brownies. Cada um custa quarenta.

— Comestíveis. A quantidade neles dá cadeia?

— Não, seria crime se pesasse mais de quarenta e dois gramas. Esses aí embrulhados pesam bem menos. Vinte e oito gramas cada, no máximo.

— Você devia vender só destes, então.

— Eu não vendo. Meus amigos vendem. Eu cultivo e beneficio.

Pat saiu da cozinha sem olhar para trás.

— Eu não quero saber de nada disso – disse caminhando para o quarto. – Fiquem à vontade com as barras.

No dia do concurso era sempre melhor irem todas no mesmo carro, de modo que Pat concordou em se encontrar com Barb na casa de Celeste, próxima ao lago. A casa de pedra com cinco quartos e quatro banheiros ficava no lugar mais bonito e mais caro da cidade; pertencera a um advogado cível e sua família. Pat nunca tinha entrado naquela casa e estava curiosa para vê-la. Claro, provavelmente tinha muito espaço para um casal com dois filhos adolescentes. Mas para que tantos quartos de sobra? Talvez eles fossem acumuladores.

Pat tocou a campainha e ouviu o som ecoar pelo amplo espaço interior, como uma voz solitária em um túmulo vazio. Pensou em 1 Timóteo 6:9: "Os que ambicionam ficar ricos caem em tentação, em armadilhas e em muitas vontades loucas e nocivas, que atolam muitas pessoas na ruína e na completa desgraça."

• • •

Um homem parecido com Peter O'Toole jovem atendeu a porta. Por um segundo aquele homem terrivelmente bonito olhou para Pat como se dissesse: *O que você está fazendo aqui?*, mas de um modo sexy.

– Sim? – ele disse por fim, com um sotaque dolorosamente acolhedor.

Por um momento Pat não conseguiu se mexer nem falar. Olhava para o cabelo castanho-claro e ondulado, o rosto impecavelmente barbeado e os olhos incrivelmente azuis daquele homem, e os botões da camisa branca não deixavam entrever protuberância alguma na região do umbigo; embora nunca tivesse visto um "abdômen tanquinho" de perto, ela estava certa de que ele tinha um. Pat rapidamente lembrou a si mesma que amava um Eli de rosto com marcas e barba por fazer. De fato, o que a tinha atraído nele era a promessa de um grande coração necessitado de cura debaixo daquela carapaça dura e tosca. Ela se recompôs, olhou nos olhos do homem bonito e disse:

– Oi, estou aqui para ver Celeste. Ela vai nos dar uma carona para a feira.

O homem olhou por cima dela.

– Aquele carro é seu?

Ela se voltou para o Accord enferrujado, com um novo saco de lixo preto colado na janela traseira.

– Sim, com certeza.

– Se importa de movê-lo uma casa ou duas? – ele disse com ar pensativo e tocando o queixo. – Acabamos de nos mudar e não quero causar má impressão nos vizinhos.

– Está bem – disse Pat.

– Deixe-me ajudá-la. – Ele pegou a bandeja e colocou-a no chão, perto dos sapatos.

– Obrigada. Já volto – disse Pat, descendo o caminho de entrada, pensando na má impressão nos vizinhos e sucumbindo a cruéis pensamentos a respeito do evidente e vulnerável orgulho daquela gente.

Depois de estacionar o carro duas casas abaixo, ela voltou à porta de entrada e encontrou Celeste à espera.

— Oscar fez mesmo você deslocar o seu carro na rua? Estou tão envergonhada – disse Celeste.

Pat pegou as barras ao pé da porta, e Celeste a conduziu ao longo de um ambiente que ela chamou de "sala da justiça" até uma ampla e espartana sala principal, com uma horrível e modernosa mobília de meados do século XX, como a que os pais de Pat tinham na década de 1960. Um estilo que supostamente retornava à moda, mas que só a fez lembrar das apalpadelas desconfortáveis de meninos abusados e das insuportáveis noites de diversão da família quando o pai se embebedava e xingava todo mundo.

— Eu adoraria mostrar a casa inteira para você, mas receio que Barb já esteja querendo ir – disse Celeste. – Transferiram a inscrição para as 9:30. Então, é melhor a gente sair.

A campainha tocou e lá estava Barb com suas barras diante da porta.

— Vamos logo, senhoras!

No caminho de saída da casa, Pat entreviu um esbelto vulto rosado descendo pela escada atrás delas, e ao virar topou com uma adolescente em blusa curtinha modelo spaghetti, com uma franja reta ao estilo Zooey Deschanel, o rosto angelical distorcido por alguma frustração juvenil.

— Mãe! – disse a bela ninfeta. – Que merda você fez com a porra do meu carregador do iPad?

— Deixei no seu quarto, querida – disse Celeste ao lado da porta, pousando a bandeja com as barras para calçar os sapatos de salto alto e solado vermelho.

— Qual? No de dormir ou no de estudo?

— No de estudo.

— Pelo amor de Deus, mãe. Quantas vezes eu tenho que dizer pra você não mexer nas minhas coisas?

A menina se voltou para Pat, que a observava ainda perturbada com o linguajar que acabara de ouvir – isso a fez se lembrar de Julie antes de finalmente partir –, e a adolescente sorriu em resposta à expressão desaprovadora de Pat.

— Oi – disse a garota, sem absolutamente nenhum constrangimento. – Você é a mãe de Sam Jorgenson?

– Sim, eu mesma – disse Pat, sem olhar no rosto da menina.

– Diga a ele para responder minha mensagem de texto, OK?

Barb puxou Pat pelo braço e sussurrou para que saíssem. Celeste beijou a filha no rosto, gritou um adeus para o marido, ajeitou os óculos escuros Ray-Ban e seguiu Pat e Barb pela entrada da garagem.

– Uau, que sapatos lindos! – exclamou Barb. Entre as mulheres de Deer Lake, Barb era a especialista em marcas, pelo menos até você-sabe-quem aparecer na cidade. – Tem certeza de que quer usar Louboutin na feira do condado? Como é de se esperar, lá tem cocô de vaca e cavalo por toda parte.

– Ah, estes são imitações – disse Celeste.

Houve dúvida sobre se iam no Jeep Cherokee de Barb ou no Mercedes GLK de Celeste, mas após uma breve discussão decidiram ir no carro de Celeste, porque Pat nunca tinha andado de Mercedes antes. Barb sentou-se na frente para ajudar Celeste a percorrer as longas e solitárias estradas rurais até os domínios da feira, e Pat sentou-se atrás para ficar de olho nas barras.

Enquanto passavam pelo lago, Celeste chamou a atenção de Pat pelo retrovisor.

– Acho que minha filha Madison está apaixonada pelo seu filho Sam – disse.

– Oh, Deus – disse Pat.

– Ela o conheceu no café Professor Java. Ele trabalha lá, certo?

– Sim, não o bastante.

Celeste sorriu.

– Aparentemente, ele está jogando duro com ela.

– Bem, ele tem uma vida muito ocupada.

– O que mais ele faz?

Pat pensou em dizer para Celeste que Sam era o maior revendedor de drogas de todo o ensino médio, sabendo que isso colocaria permanentemente por terra qualquer relacionamento futuro entre seu filho e a peste da filha dela.

— Bem. Ele mantém a média de 3.4 de aproveitamento escolar. É vice-presidente do clube de skate. Gosta de música. Um adolescente típico, eu acho. E sua filha?

— Bem, ela foi finalista do National Merit. Mas teve ajuda de um professor particular para ensinar os truques da prova. Ela entrou para a turma do International Baccalaureate, por pouco. Equipe de vôlei do colégio, dança. Desistiu da dança francesa, graças a Deus. Quanto à faculdade, ela quer ir para a NYU, mas essa menina só vai estudar em Nova York por cima do meu cadáver. Eu e Oscar estamos tentando convencê-la a ir para Michigan. Fica mais perto. E Oscar gosta da equipe de futebol americano de lá.

— Claro — disse Pat.

— Nosso filho, por sua vez, nunca sai do quarto — disse Celeste. — Provavelmente só fazendo as coisas dele, mas espero que não esteja se metendo em nada estranho quando faz isso.

Pat preferiu não dizer nada a respeito.

— Outros filhos? — perguntou Celeste.

— Bem, Eli tem dois filhos de um primeiro casamento. Will e Julie. Eles são adultos, ambos vivem próximo a Chicago.

— Que bom. Deve ser divertido visitá-los.

— Na verdade, eles não falam com a gente.

— Ficaram do lado da mãe no divórcio?

— Não, a mãe deles morreu. Foi isso que aconteceu. De certa forma, ainda estão do lado dela. Eles não me suportam. Nunca me suportaram.

— Isso é mesmo muito chato. Você ajudou a criar essas crianças, você as encaminhou para a faculdade, certo? Quantos anos eles tinham quando você conheceu Eli?

— Dezesseis e treze.

— Uau. E você nunca recebeu atenção. Nem mesmo um agradecimento pelo que fez.

— Foi difícil no começo, mas agora... Tento não levar para o pessoal.

— Bem, se serve de consolo, tenho certeza de que meus filhos serão tão ruins como esses. Sei por experiência própria que Madison só vai ligar quando precisar de dinheiro.

Um ronco estourou do rosto de Barb. Pat e Celeste contiveram o riso quando olharam para a amiga, zonza de sono no banco do passageiro.

– Eu estava me perguntando por que ela não estava chiando – disse Pat.

– Sabe o que gosto em você, Pat? – perguntou Celeste. – Você é autêntica. Acho que você é a pessoa mais autêntica que conheci aqui. Não há um pingo de falsidade ou presunção em você. Nem dá para dizer o quanto gosto disso.

– Obrigada – disse Pat.

Celeste olhou para o painel do GPS e virou à esquerda, em direção a uma estrada vicinal.

– Fico feliz por sermos amigas – ela disse.

Elas eram participantes e tinham o direito de parar no estacionamento gratuito próximo à tenda principal das comidas, onde eram realizados os concursos. Às 9:15 já fazia quase vinte e sete graus; ou seja, o dia seria muito quente.

Elas pisaram no gramado e seguiram um homem velho de colete amarelo brilhante até a tenda para inscrição e entrega das barras. Era importante fazer isso logo, porque as barras poderiam sofrer os efeitos adversos do calor.

Lá dentro, os sentidos de Pat foram invadidos por uma névoa de canela, gengibre, chocolate, baunilha e massa amanteigada. A extensa tenda abrigava mais de cem pessoas, a maioria mulheres, muitas carregando produtos frescos, com algumas tortas ainda exalando um suave vapor pelas aberturas e dobras.

Celeste, claro, mal podia acreditar.

– Que lugar – disse por fim. – Que honra viver nesta parte do mundo, que ama a boa e velha forma de cozinhar.

– Mamãe costumava dizer que uma casa sem torta dá vergonha até estar morta – disse Barb.

Elas seguiram em frente e cruzaram com garotos armando cadeiras dobráveis antes de chegarem à mesa de registro, na outra extremidade.

• • •

— Bem, não sei quanto a vocês, senhoras, mas eu gostaria de comer alguma coisa depois disso – disse Barb ao olhar a fila que elas enfrentariam.

— Vocês podem guardar o meu lugar? Eu quero ver quem são os jurados desse ano – disse Pat.

Barb olhou como se Pat tivesse sugerido que elas corressem como loucas pela feira, tirassem as blusas e destruíssem tudo.

— Faça as honras – disse.

Pat nunca se importava muito com esse tipo de frase e não era hora de emitir opiniões, de modo que saiu da fila e disse que logo estaria de volta.

— Ei, Pat – ela ouviu a voz de uma jovem assim que ela entrou na tenda.

Pat se virou e lá estava Susan Smalls, uma jovem da igreja. Numa conversa recente entre elas, Susan contou que era casada com um veterano da Guerra do Afeganistão aposentado por motivos médicos e que ainda estava à procura de trabalho. Eli estava tentando marcar uma entrevista para o rapaz na UPS, onde Eli passou a trabalhar depois da falência da oficina em River Falls onde trabalhava antes – talvez a empresa de Minnesota que salvara a família de Pat pudesse salvar mais uma. Infelizmente, até o momento as orações deles não tinham sido atendidas, e Pat estava tentando evitar Susan até que tivesse uma boa notícia para ela.

— Que calor danado – disse Susan sorrindo. Um menino de três anos de idade se enroscava por entre as pernas dela, e Pat admirou a jovem mulher de cabelo curto prático e maquiagem modesta em seu rosto redondo e bonito.

— Nem me fale!

— Como vai a família? Eles estão aqui? – perguntou Susan.

— Não, este ano estou só com umas amigas. E você?

— Ah, meu marido está aqui. Conseguiu um emprego no estande de rosquinhas.

— Ah, em qual estande de rosquinha?

— O da Luterana.

— Bem, claro – disse Pat, e ambas riram.

— Sabe, detesto incomodar você com este assunto, mas o chefe de Eli na UPS já disse alguma coisa?

— Ainda não. Mas tenho certeza de que vamos ter alguma notícia a qualquer momento.

— Você acha que seria rude se enviássemos o currículo de novo? Talvez tenha se perdido na primeira vez.

— Acho que não faria mal. — Pat tocou no canto do tabuleiro sob o braço de Susan, ansiosa para mudar de assunto. — E então, com que você vai entrar este ano?

— Uma novidade. Pão doce da ressurreição.

— Pão doce da ressurreição?

— Isso mesmo. A receita é simples, você passa marshmallows em manteiga derretida e depois os rola em açúcar e canela. Em seguida os envolve com a massa e leva ao forno por doze minutos. E enquanto estiverem assando, isto é importante, leia João 20, versículos 1 a 18.

Pat tentou lembrar. Não sabia de cor João 20.

— "Ao amanhecer o primeiro dia da semana, estando ainda meio escuro, Maria Madalena foi ao sepulcro e viu que a pedra que fechava a entrada havia sido removida" — disse Susan. — O mesmo acontece com os marshmallows. Você os tira do forno, parte o pãozinho ao meio e os marshmallows desapareceram. Ele ressuscitou.

Pat sorriu.

— Pão doce da ressurreição. Isso é que é uma receita vencedora.

— Bem, não vou mentir. Claro que o primeiro prêmio de Confeitaria Diversa seria bem-vindo. Este ano é um vale-presente de cinquenta dólares da Target. Do jeito que meu filho está crescendo, e com meu marido só fazendo bicos, bem, o prêmio ajudaria.

Pat concordou. O vale de cinquenta dólares não era de se jogar fora, mas os primeiros prêmios das categorias de Barras, Tortas, Biscoitos e Bolos eram cartões de setenta e cinco dólares. As grandes estrelas.

— Bem, boa sorte, Susan, eu estarei torcendo por você.

— Fico feliz por não estar competindo com você, Pat — disse Susan. — Deus a abençoe.

Já na extremidade da tenda de inscrição, Pat buscou um ângulo de onde pudesse olhar atrás de uma divisória na mesa dos jurados. Eles não eram anunciados com antecedência, e modificados a cada ano para prevenir a corrupção, mas estavam sempre presentes para o registro. Depois de olhar seis rostos conhecidos, ela suspirou profundamente com tristeza, engolindo a dura realidade de que Deus guardara sua prova mais difícil para o fim.

Eis os juízes:

> **Victor "Churrasqueiro Sexy" Strycek:** um bombeiro solteiro de vinte e oito anos, nascido e criado na cidade de Deer Lake. Três anos antes, para levantar dinheiro, os bombeiros tinham publicado um calendário de "carnes", e a página de Victor (novembro) o apresentara sem camisa, grelhando bifes numa churrasqueira. Não era uma foto atraente, mas depois disso todas as jovens passaram a chamá-lo de "Churrasqueiro Sexy", e agora ele até respondia. Não votaria de jeito nenhum em ninguém além de Celeste Mantilla.
>
> **Irmã Lois Freehold:** uma freira católica de Deer Lake, irmã Lois integrava o júri a cada seis ou sete anos e, no único ano em que isso ocorreu e Pat era uma concorrente, as barras dela ganharam a fita vermelha em vez da azul. Uma receita de alguma católica fervorosa da St. Boniface, de Deer Lake, ou de St. Elizabeth Ann Seton, de Deer River, receberia sem dúvida alguma o voto de primeiro lugar daquela mulher.
>
> **"Tia" Jenny Sjoholm:** tia Jenny era o baluarte da central da comunidade de confeiteiras de Minnesota. Ela também era presidente da Comissão Julgadora da Confeitaria desde 1976. E uma entusiasta das barras de Pat Prager.
>
> **Clarence Peterson:** aos oitenta anos de idade, Clarence Peterson era um lendário mecânico local, capaz de "consertar qualquer coisa que não tivesse coração nem computador", como ele mesmo dizia. Havia duas grandes desvantagens aqui contra Pat: ela e Eli nunca levavam nada para Clarence consertar, e ele nunca tinha sido juiz em concursos de confeitaria. Era o tipo de homem que nutria uma queda por rostos bonitos e guloseimas engordativas.
>
> **Ross Peterson:** aqui, três grandes desvantagens contra Pat. Ross era o neto deficiente mental de Clarence, um gênio em reparos de pequenos motores – o Rain Man dos cortadores de grama. Outra coisa: ambos eram metodistas;

portanto, embora a Primeira Igreja Luterana de Deer Lake dominasse as barras durante os últimos sete anos, uma receita forte da Igreja Metodista do Calvário teria automaticamente dois votos para o primeiro lugar.

Rachael Bauer, finalista do concurso Miss Minnesota: aqui as coisas melhoravam. Todos sabiam que garotas magras não gostavam de bombas de açúcar e manteiga, que engordavam e arruinavam a pele. Mas em seguida Pat reconheceu o vestido chique da pessoa que estava conversando com Rachael. Celeste e Rachael falavam às gargalhadas! Elas se conheciam! Celeste acabara de se mudar, pelo amor de Deus. Como isso podia ter acontecido?

Além disso, que concurso de confeitaria era aquele, que tinha três homens como jurados? Um, tudo bem, mas três? Aquilo era claramente uma reparação politicamente correta e exagerada em relação às seis juradas do ano anterior. E entre as três mulheres restantes, uma era católica e a outra era uma amiga da terrível Celeste. Isso era ruim, isso era muito ruim.

Pat entrou na fila da mesa de inscrição atrás de Barb e Celeste, onde duas senhoras em chapéus de sol pegavam os nomes, as receitas e as barras.
– Celeste Man-tí-a? – uma das senhoras pronunciou o sobrenome de Celeste de um modo que mais tarde Pat aprenderia que era o bom estilo espanhol.
– Não, Mantilla, como baunilha – disse Celeste.
– De onde você é? É um belo sobrenome.
– É do meu marido, da Flórida.
– Não, originalmente, originalmente.
Celeste suspirou.
– Ele é meio francês e meio cubano.
– Eu sabia – disse a velha. – Já que ele é da Flórida.
– A senhora vai pedir as árvores genealógicas também? – Celeste olhou para Barb e para Pat. – Vá em frente, temos o dia todo.
– Estou só perguntando – disse a velha. – Meu marido e eu passamos nossa lua de mel em Cuba, em 1955. Lindo lugar.
– Bem, nós não conhecemos.

– Acho que é melhor essa fila andar. – A velha olhou para Pat. – Próxima.

Embora tivesse dito antes que queria comer alguma coisa, Barb primeiro queria mostrar para Celeste a área 4-H, do concurso pecuário. Celeste ainda reclamava do racismo da velha senhora durante a inscrição; Pat nunca admitiria abertamente, mas sentia certo prazer por ver Celeste um tanto ofendida. Alguma coisinha de nada teria que dar errado para Celeste Mantilla naquele dia, pois para Pat somente assim o Senhor poderia restaurar um sentido de harmonia e equilíbrio no mundo.

– O que acha disso, Pat? – Celeste perguntou enquanto elas entravam no empoeirado nevoeiro de cocô que circundava o celeiro dos porcos.

Pat ficou desconcertada por lhe pedirem opinião e ela não ter uma resposta pronta.

– Bem, se você não pode controlar outras pessoas, você pode controlar como você reage a elas. – Foi o primeiro pensamento que lhe ocorreu.

Celeste se deteve e balançou a cabeça.

– Uau – disse. – É a coisa mais inteligente que ouço em muito tempo.

Dito aquilo, Celeste pareceu empolgada. As três mulheres caminharam ao largo de uma edificação de madeira muito quente que cheirava como se estivessem assando feno, sujeira e excrementos num forno. As três tiverem um arrepio ao mesmo tempo diante daqueles porcos preguiçosos e premiados, e não mencionaram mais o incidente ocorrido na inscrição.

A premiação das barras seria a segunda do dia, às 12:15, após a premiação de Confeitaria Diversa, ao meio-dia. Cada jurado tinha seis pontos para atribuir às receitas: três para o primeiro lugar, dois para o segundo e um para o terceiro. As barras de Pat tinham obtido dezoito pontos por três vezes – ou seja, todos os seis votos de primeiro lugar –, incluindo o ano anterior. Ela achava que isso não aconteceria naquele ano e já estava conformada em ganhar uma fita vermelha ou até mesmo uma branca. Ela nunca participara daquele concurso sem ganhar uma fita. Nunca.

• • •

A caminho da tenda principal do concurso, Celeste e Barb pararam numa barraca e pediram espetinho empanado. Sem fome, Pat pediu uma garrafinha de água e, quando notou que a pálida pele nórdica de Barb se avermelhava sob o sol da manhã, ofereceu a ela um protetor solar FPS 50, que Barb aceitou com relutância, porque queria se bronzear. Faltavam vinte minutos para os resultados e nem Barb nem Celeste pareciam ansiosas. Isso surpreendeu Pat.

Barb passou a discorrer sobre o melhor momento para comprar roupas na T.J. Maxx.

– A da St. Louis Park é a única no estado com uma seção alta-costura – disse. – Se você for lá numa terça ou quinta-feira, quando renovam o estoque, dá para conseguir um vestido Marc Jacobs por, tipo, noventa e nove dólares.

– Marc Jacobs ou Marc by Marc Jacobs? – perguntou Celeste.

Pat não fazia ideia sobre o que elas estavam falando.

– Faltam quase quinze minutos para o meio-dia – disse. – Nós realmente precisamos chegar à tenda, se quisermos bons lugares para os resultados.

– Marc Jacobs – disse Barb. – Não esquenta, Pat, só mais um minuto.

Celeste mastigava bem devagar – obviamente pela falta de hábito com alimentos no espeto – e caminhava mais devagar ainda naqueles estúpidos saltos de sola vermelhos, de modo que elas só conseguiram chegar à tenda de julgamento de alimentos às 12:03, após o anúncio dos resultados de Confeitaria Diversa.

– E agora apresentaremos o favorito do condado: Barras – disse irmã Lois Freehold ao microfone no momento em que as mulheres entravam na tenda. – Já temos as vencedoras do primeiro, segundo e terceiro lugares e entregaremos os prêmios em cerca de dez minutos.

Pat avistou Susan Smalls do outro lado da tenda e, pela expressão em seu rosto, ela não ganhara o vale-presente de cinquenta, nem o de vinte e nem mesmo o de dez dólares da Target como prêmio de Confeitaria Diversa. Pat sabia que Susan era o tipo de mulher que certamente faria bom uso de pouco dinheiro. Foi devastador observá-la de pé, cansada e suada ao lado do seu filho pegajoso e quieto de três anos, que vestia um calçãozinho amarelo de elástico e uma enorme camiseta "Big Dogs" manchada na frente. Mulheres trabalhadoras jamais vestiriam os filhos daquela maneira se tivessem escolha.

A irmã Lois se aproximou do microfone. Isso intrigou Pat – por que era irmã Lois quem falaria? Tia Jenny sempre se encarregava da entrega de prêmios. Pat se levantou da cadeira dobrável branca e notou um homem louro, de meia-idade, sentado na cadeira de tia Jenny, que ela não sabia quem era.

– Com licença – disse Pat para Celeste e Barb quando passou por elas no corredor entre as cadeiras. – Preciso ver o que está acontecendo com os jurados.

Quando Pat se aproximou da mesa dos jurados, ela e irmã Lois se olharam fixamente nos olhos, do mesmo jeito que um diretor e um aluno expulso da escola.

– Senhora Prager, aguarde a leitura dos resultados – disse irmã Lois. – Como todos os outros.

– Quem é aquele? – Pat apontou para o homem de meia-idade e barba por fazer que estava sentado na cadeira onde tia Jenny sempre sentava.

– Stevie, filho da tia Jenny. Tia Jenny teve insolação, e o filho a substituiu como jurado. Agora, por favor, retorne ao seu assento.

O tal de Stevie, seja lá quem fosse, olhava para frente, alheio à troca. Isso deixou Pat ainda mais assustada.

– Certo – disse Pat. – Então, ele julgou? Ele votou?

– Por favor, sente-se, sra. Prager.

Pat se deu conta de que os ocupantes das primeiras fileiras a observavam e retornou à sua fileira. Celeste e Barb se moveram para abrir espaço e, infelizmente, a mudança fez Pat se sentar ao lado de Celeste para aguardar os resultados.

– Ei, conheço aquele cara. – Celeste olhou na direção do cara desconhecido sentado na mesa dos juízes. – Ele trabalha na 3M. Está no departamento do meu marido. Oscar é chefe dele.

A irmã Lois Freehold caminhou até o microfone e começou a falar.

O coração de Pat ficou preso na garganta, e ela agarrou os joelhos e olhou para baixo. Lembrou-se do dia em que Sam, aos três anos de idade, tentou dar descarga na locomotiva de brinquedo e a deixou entalada no encanamento – irrecuperável, esquecida e besuntada de excrementos. Sim, ela se sentia exatamente assim.

– Tudo vai ficar bem – disse Celeste, tocando no ombro de Pat.

– Em terceiro lugar, com cinco pontos – disse irmã Lois, sem levantar os olhos da prancheta que segurava na mão esquerda. – Barras de caramelo Kraft, de Barb Ramstad.

O público aplaudiu educadamente. Pat respirou fundo. Cinco pontos não eram nada. Isso significava uma dificuldade dos jurados em decidir entre as duas primeiras barras, e quaisquer que fossem, tinham levado sozinhas quase todos os votos restantes, e o resultado provavelmente tinha sido apertado.

– Barb Ramstad – disse irmã Lois. – Por favor, venha pegar o seu vale de dez dólares da Target aqui.

Barb sorriu quando se levantou. Celeste deu uma palmada na bunda de Barb, como fazem os jogadores de beisebol.

– Parabéns, Barb – disse Pat sorrindo sinceramente.

Pat notou que Barb caminhou lentamente até a frente da tenda, provavelmente apenas para irritá-la. Irmã Lois esperou que Barb recebesse o prêmio e a fita antes de anunciar a vencedora do segundo lugar, o que levou alguns minutos; por que, pelo amor de Deus, deixaram Ross entregar as fitas, se ele não sabia qual era a cor da fita do terceiro lugar e Clarence teve que corrigi-lo?

– Certo então, onde eu estava? – irmã Lois se dirigiu à plateia.

Pat mordeu o lábio e apertou as mãos.

Celeste pôs a mão nas costas de Pat. Estava gelada e esquisita, como uma aranha gigante.

– Segundo lugar? O segundo lugar, com nove pontos – disse a irmã Lois. – Barras de ruibarbo e morango, de Jessica Duncan.

– *Yeahhhh!* – uma voz se ergueu da multidão, e uma jovem vibrante, vigorosa e gorducha, com cabelo encaracolado tingido de vermelho, disparou da cadeira em meio ao coro de aplausos da fileira por onde passava. Não perdeu tempo para chegar à frente e pegar o prêmio.

Naquele momento, Pat teve certeza de que voltaria para casa sem uma fita. O que não era tão ruim quanto imaginara; a ansiedade por aquele momento tinha sido bem mais aterrorizante. Mesmo assim, sentiu o peito oco de raiva. Sentiu vontade de chorar, mas nunca faria isso. Sentiu a frieza e a confiança sem coração que emanava do corpo de Celeste, ao seu lado. Celeste tinha sido enviada para magoá-la e levava isso a cabo, e a mente de Pat remoía isso repetidamente, voltando-se contra o perdão para o qual nascera, a remissão que lhe dera forças para se casar com Eli e permanecer casada, suportar em conjunto a incrível mágoa que recebera de Will e Julie, e os pecados do próprio filho. O perdão se quebrava face à perspectiva de perder as fitas para aquela meretriz.

– Uau, o que é aquilo? – Celeste observou enquanto Jessica Duncan pulava no palco depois de receber a fita vermelha e o cartão de vinte e cinco dólares.

Pat não respondeu. Ela mal podia olhar para Celeste naquela hora. Felizmente, uma senhora atrás interveio.

– É Jessica Duncan. Ela frequenta a Igreja Metodista.

Pat olhou para a senhora e acenou com a cabeça em aprovação, embora obviamente não fosse metodista.

– Ela vai para a Juilliard no outono. Escola de atuação – disse a senhora, aparentemente um tesouro de informações sobre Jessica Duncan.

– Uau, e ela também faz sobremesas campeãs – disse Celeste. – Certamente o cara que ficar com ela será um sortudo.

Quando a irmã Lois se aproximou do microfone, Pat respirou fundo. Celeste se inclinou para frente.

– Tenho que admitir, estou animada – disse.

Pat mentalmente jogou Celeste por uma janela até cair num pátio de pedra, onde os cães devoraram o corpo dela.

– Primeiro lugar, com treze pontos – disse irmã Lois. – Barras de manteiga de amendoim, de Patricia Prager.

– *Sim!* – Celeste ergueu os braços e gritou mais alto do que o aplauso educado do público. Antes que Pat pudesse se mexer ou pensar, Celeste a abraçou, e quando Pat percebeu o que estava acontecendo e finalmente se levantou, atendendo às expressões sorridentes de irmã Lois e dos outros juízes, Celeste a agarrou por trás, repetindo "Eu sabia!" sem nenhum traço de inveja ou desprezo na voz, só de felicidade, uma felicidade que o espanto impedia Pat de sentir naquele momento.

Ainda segurando a fita azul e o vale-presente de setenta e cinco dólares da Target em uma das mãos – como se temendo que desaparecessem se os largasse –, Pat serviu o restante das barras que os jurados venderam por um dólar cada para a caridade. Quando estava servindo as últimas, Clarence Peterson colocou um dólar sobre a mesa e pegou uma barra.

– Eu pagaria cinco vezes mais – disse. – Se alguma vez precisar trocar o óleo ou os pneus do seu carro, aceito essas barras como pagamento.

O Churrasqueiro Sexy colocou dois dólares.

– Uma para mim e outra para Rachael – disse enquanto passava um prato de papel para a antiga finalista do concurso Miss Minnesota. – Realmente incrível, sra. Prager.

O tom e o olhar sincero daquele homem a fez entender por que as mulheres se apaixonavam por ele, apesar da sua reputação. Também lhe ocorreu que era a segunda vez em único dia que ela chegava tão perto de um abdômen tanquinho, e tinha *visto* o daquele homem. Rachael sorriu quando aceitou a barra de manteiga de amendoim das mãos do Churrasqueiro Sexy. Pelo visto, ela seria a próxima pessoa a ver.

– Ei, parabéns! – Era a voz de uma mulher baixinha.

Pat se virou, e a voz era de Susan Smalls, que estendeu o braço livre em meio abraço enquanto continha o filho agitado com o outro.

– Fico feliz que uma de nós tenha ganhado alguma coisa.

– Eu também – disse Pat quase que instintivamente, e depois percebeu que soara arrogante. – Quer dizer, eu gostaria tanto que nós duas tivéssemos ganhado. Eu queria que você ganhasse.

— Posso ver a fita? — Quando Susan se inclinou para frente, o filho se soltou e saiu em disparada pela tenda. — Connor! — ela gritou, largou a mochila aos pés de Pat, resmungando um rápido "Tome conta de minhas coisas, por favor", e saiu correndo atrás do filho.

Com Susan de costas para ela, Pat olhou para aquela mochila de lona aos seus pés. O conteúdo dava uma forma desconfortável à superfície da mochila, que também tinha manchas cremosas nas laterais, que Susan ou não tinha notado ou não tinha se preocupado em limpar. Pat também tinha sido mãe de um menino levado e se lembrou dos próprios esforços, vãos, inúteis, para manter um estrito padrão de limpeza, e da liberdade que foi desistir.

Observando Susan de costas, ainda lutando com o filho teimoso, Pat se ajoelhou e enfiou o cartão de setenta e cinco dólares por entre as coisas dentro da mochila suja.

No carro de luxo de Celeste, a caminho de casa, Pat estava de novo sentada no banco de trás com as bandejas de barras, uma vazia e as outras pela metade.

— Sabe o que eles me falaram, Pat? — perguntou Celeste. — Todos acham que você tem que levar suas barras a um novo patamar.

— Oh, Deus, sei lá – disse Pat. Aquilo soou como um modo educado de dizer saia por cima e dê uma chance a outra pessoa. O que talvez fosse uma boa ideia.

— A feira estadual tem três diferentes concursos para diferentes tipos de barras, sabe – disse Barb. — E outro à parte para barras sem glúten.

— Esqueçam isso — disse Celeste. — Desculpem a linguagem, mas foda-se a feira estadual.

Pat se irritou com o som da palavra. Ela gostava da feira estadual.

— Você precisa inscrever as barras no concurso do *Petite Noisette* — continuou Celeste.

— Nossa! — exclamou Barb. — Esse custa quarenta dólares só para entrar.

— Sim, mas o primeiro prêmio é de cinco mil dólares. E sabe o que mais? Quase todos que terminam nos três ou quatro primeiros lugares recebem ofertas de emprego em restaurantes profissionais em grandes cidades.

— Que *Petite Noisette* é esse? — perguntou Pat.

— É um site de culinária e estilo — disse Celeste. — É a grande novidade do momento.

— E eles são da região — disse Barb. — Ficam nos arredores da cidade, em Loring Park.

— Ah, bom — disse Pat, tentando se lembrar de onde ficava Loring Park.

— Se você ganhar, você será confeiteira executiva em algum restaurante chique na região metropolitana — disse Barb. — Faturando sessenta mil por ano. Ou mais.

Sessenta mil era mais do que Eli ganhava.

— Isso não vai acontecer se você só for à feira estadual — disse Celeste. — É outro nível, muito acima.

Pat tentou se lembrar de outra situação em que topara com um vasto campo de escolhas, para qualquer coisa, e nada veio à mente. Grande parte do tempo era difícil até mesmo que a quisessem para qualquer coisa. Exceto quando se tratava das barras.

— Bem, talvez, quem sabe — disse.

Com as costas apoiadas na geladeira, a luz da janela da cozinha refletindo em sua careca brilhante, Eli tomou um gole de Grain Belt. Pat esperava mais entusiasmo com a perspectiva de a família ganhar muito dinheiro.

— O problema com esse concurso é que eles deviam dizer que o primeiro prêmio é de quatro mil novecentos e sessenta dólares — disse Eli. — Se eles vão lhe cobrar quarenta dólares para entrar. Isso é o que eu acho.

Isso não foi de grande ajuda.

— Você acha que eu devo entrar ou não?

— Caramba, eu não sei — disse Eli.

— Mas os vencedores também recebem ofertas de emprego na metrópole que pagam até sessenta mil.

— Para mim, isso é só uma isca — disse Eli. — Além do mais, por que todo dia dirigir uma hora para ir e uma hora para voltar por um trabalho na cidade? Talvez você até consiga um bom rendimento, mas tem que pôr o custo da gasolina na equação. E quem vai tomar conta das coisas aqui? Você precisa pensar em muita coisa.

Pat não tinha pensado no custo do combustível. Mas valia a pena. Sobretudo se faturasse uns sessenta mil.

Eli esmagou a lata de cerveja e a colocou no balcão da cozinha.

– Ei, onde está o vale-presente? Pensei em comprar um pouco de carvão para a churrasqueira.

– Dei de presente para Susan Smalls.

– O quê? Por que fez isso?

– Eles estão em dificuldades, Eli. O marido dela ainda não encontrou um emprego.

– Ora, não me espanta. O cara tem um transtorno de estresse pós-traumático tão forte que mal consegue amarrar os sapatos.

– Eu sei, mas não é culpa dele. Pensei que a UPS queria contratar veteranos.

– Os que conseguem amarrar os sapatos – disse Eli. – Sabia que ele não consegue pegar nada com o braço esquerdo? Por que nessa terra de Deus você sugeriu que ele se candidatasse a um emprego onde tudo que se faz é levantar coisas o dia todo?

– Imaginei que no mínimo haveria um emprego de escritório.

– Olhe, não cabe a nós cuidar de cada veterano ferido no mundo. Suponho que os militares cuidem melhor do seu pessoal, e não é nossa responsabilidade assumir essa tarefa. De jeito nenhum. Eles têm família para ajudá-los.

– Se quer saber, eles também têm igreja, amigos e vizinhos – disse Pat.

– Eu não mandei ninguém ir para o Afeganistão e voltar com a metade do ombro explodido.

– Lembra da história que contei sobre aquela mulher em Nova York, esfaqueada em público até a morte com um monte de gente assistindo e ninguém fazendo nada? Lembra que você ficou enojado com a história? Bem, é o que você está fazendo agora. Assistindo de camarote e não mexendo uma palha.

Pat saiu da cozinha e entrou no quarto, batendo a porta. Sentiu-se feliz por ter dado aquele cartão de presente para Susan Smalls. E entraria naquele concurso da cidade não importa o que Eli achasse. E ela rezaria por orientação, mas não pediria perdão ao Senhor pela briga com o marido. Por enquanto, a briga continuaria valendo.

Na manhã seguinte, a caminho do serviço voluntário que fazia na igreja, Pat se imaginou pegando uma curva à direita, em direção à interestadual, e dirigindo até a cidade. Ela se imaginou fazendo algo que amava, cozinhar, e faturando sessenta mil por ano com aquilo. E quanto ao que irritava Eli, uma hora para ir e uma hora para voltar, aos olhos de Pat era uma bênção. Ela se imaginou se dedicando totalmente a si mesma duas horas por dia, ainda que fosse dentro de um carro. Ela poderia começar com livros em fita cassete, ou aulas de espanhol. E depois? Com o dinheiro, poderia viajar para a Espanha e aprender tango. Ela teria um instrutor chamado Rodrigo, que teria uma queda por ela, mas se manteria fiel a Eli.

Quanto mais se informava sobre o tal concurso, menos intimidante ele parecia. Ela não conhecia os "jurados-celebridades": uma mulher que dirigia um "clube de jantares itinerantes" chamada Eva Thorvald, um "blogueiro de comida de rua" chamado Hyannis Jackson, um fotógrafo de comida chamado Kermit Gamble e uma mulher chamada Sarah Vang, dona de um *food truck* – um *food truck*! – chamado Pho sobre Rodas. Talvez os chefs realmente bons tivessem recusado; nenhuma daquelas pessoas trabalhava em restaurante ou confeitaria, e um deles trabalhava na droga de um *food truck*.

No fim das contas a inscrição para o concurso anual "O Melhor da Confeitaria" do *Petite Noisette* era um pouco mais complicada que a inscrição na feira do condado, nada que Pat não pudesse resolver. Ela teria que submeter os nomes de duas pessoas ligadas à indústria da gastronomia ou da hotelaria dispostas a indicá-la; telefonemas para tia Jenny Sjoholm e Joe Cragg, seu ex-chefe nos dias de garçonete no Perkins, em River Falls, antes de casar com Eli, garantiram esta parte. Uma semana depois o pessoal do *Petite Noisette* enviou um e-mail informando que Pat ganhara uma das cinquenta vagas e pedindo os quarenta dólares de taxa de inscrição, e em seguida enviaram outro e-mail com um número de registro e informações do evento. E foi isso. Ela estava dentro.

Ao contrário da maioria dos concursos de culinária, o do *Petite Noisette* ocorria às oito da noite num hotel chique de Minneapolis chamado Millennium, cujas atrações eram apresentadas por "Qwazey" e "DJ June Gloom". Com toda a atenção voltada para essas outras coisas, raciocinou Pat, talvez houvesse menos atenção para a comida, ou seja, uma vantagem para ela. Ela sabia por experiência que os mais jovens não se dedicavam mais à arte da confeitaria, e então se perguntou se não acabaria dando início a uma inundação de senhoras de Deer Lake loucas para ganhar o primeiro lugar do concurso anual Melhor da Confeitaria, e, quando ela fizesse sessenta anos, talvez eles mudassem para um horário mais razoável.

Quanto ao próprio *Petite Noisette*, parecia um pouco estranho. Nada que ela se importasse em ler regularmente. O blog se dedicava a resenhar restaurantes e hotéis-butique e parecia muito preocupado com coisas como de onde vinha o algodão das toalhas de banho ou onde tinha sido cultivada a cebolinha usada no recheio de uma batata. Eles apontavam a fonte de todos os ingredientes de cada refeição avaliada e marcavam tudo em pequenos mapas. Pat supôs que não fossem pessoas muito confiáveis.

Na semana que antecedeu a competição, Pat decidiu preparar as barras mais uma vez, mas com manteiga de altíssima qualidade, do tipo usado por Celeste, só para ver se faria muita diferença. Ela tinha acabado de colocar os ingredientes sobre o balcão da cozinha quando ouviu uma batida na porta.

Madison Mantilla, usando um biquíni escandaloso e uma camiseta sem mangas meio grande demais por cima, estava parada debaixo do umbral com uma caixa elegantemente embrulhada debaixo do braço, digitando no celular.

— Ah, oi – disse olhando para Pat. – Desculpa, geralmente o Sam me deixa entrar direto. Mandei uma mensagem, ele sabe que estou aqui.

— Você me deu um susto danado – disse Pat.

— Desculpe. — Madison enfiou o celular na cintura do biquíni e entregou a caixa para Pat. — Ah, sim, mamãe mandou isso.

Pega de surpresa, Pat se esqueceu de se manter ofendida pela grosseria da menina.

— Obrigada. O que é isto?

— É só abrir.

Ficou claro que Madison queria que Pat abrisse o embrulho na frente dela. Pat delicadamente retirou a fita adesiva do papel com a ponta da unha – talvez pudesse utilizar aquele elegante papel novamente – e se deparou com uma caixa da Sur La Table contendo uma bela tigela de cobre.

— Mamãe disse que é para você usar no concurso. E desejou boa sorte e tudo mais.

— Eu não posso aceitar isso – disse Pat.

A voz estridente e instável de Sam invadiu o diálogo das duas.

— Ei, o que está fazendo aí fora? – Ele estava no ponto onde o corredor se encontrava com a sala, encarando Madison. — Para de ficar ciscando e entra logo.

Pat olhou para o filho. Onde ele tinha aprendido a falar assim com as mulheres?

— Fica quieto por um segundo, porra! – disse Madison. — Estou estabelecendo uma ligação com sua mãe aqui.

— Tudo bem, eu vou começar sem você, então – disse Sam, que se virou e caminhou de volta pelo corredor. *Começar o quê?*, Pat pensou, mas teve medo de perguntar.

— Bem, agradeça a sua mãe – disse, querendo encerrar a conversa. — Acho melhor você ver meu filho agora. – Ela recolocou a tigela de cobre na caixa e levou para o quarto, mas Madison a seguiu.

— Você tem o seu próprio quarto? Bonito – disse a menina de pé na porta do quarto de Pat, entrando em seguida.

Pat gostava daquele modesto quarto cuja cama era tamanho *queen* com moldura de madeira e decorado com mesa de madeira escura, pequeno abajur IKEA e cômoda amarela.

— Sim, tenho – disse Pat, voltando-se para a porta.

Madison pegou uma foto emoldurada de Eli, Pat e Sam na cômoda.

— Por que não divide um quarto com seu marido? Ele é muito nojento?

— Deixei a manteiga de fora – disse Pat saindo do quarto e atravessando o corredor até a cozinha.

— Por que deixou isto no seu quarto? – perguntou Madison seguindo Pat até a cozinha com a tigela de cobre na mão e colocando-a sobre o balcão.

Pat olhou para a tigela. Era brilhante e perfeita e de longe seria a coisa mais cara na cozinha.

— Sei lá – disse.

Madison se encostou no balcão e disse aos suspiros:

— Meus pais deviam ter quartos separados.

Pat olhou para ela e pensou num pavão descansando.

— Eu não sei por que diabos eles ainda estão juntos – acrescentou a menina assim do nada.

Pat se perguntou por um segundo se Madison era espiã de Celeste, enviada para descobrir os verdadeiros sentimentos dela, mas não. Madison parecia sincera no que dizia. Talvez simplesmente não tivesse outros adultos para conversar, alguém que pudesse ver as coisas de fora, como Pat. Depois de refletir sobre tudo isso, ela finalmente retrucou:

— Porque é o que se faz – falou de frente para a menina. – Você faz um voto diante de Deus, isso deve significar alguma coisa.

— Para muita gente, não – disse Madison.

— É um trabalho – disse Pat. – E o trabalho nunca para.

— Mas por que ficar juntos, se não é divertido e dá tanto trabalho? Meus pais não fazem nada divertido. O único momento em que minha mãe se diverte é quando sai com você.

Foi interessante para Pat ouvir isso, mas ela decidiu não esticar o assunto.

— Porque não é só trabalho – disse. – É família.

— Mamãe pelo menos deveria ter o próprio canto quando eu for para a universidade – disse Madison. – Falei que ela pode ficar com meu estúdio.

— Isso é gentil de sua parte – disse Pat.

— Por falar nisso — Madison apontou para o quarto de Pat —, é melhor dar um toque mais feminino no seu quarto. Talvez algumas peças antigas de mobiliário francês.

— Não sei, não. — Pat não estava mais com vontade de falar, mas prosseguiu: — Há outras prioridades de gastos no momento.

— Bem, talvez quando você ganhar essa grande competição.

— Talvez, então. — Pat se endireitou e olhou para a menina, a fim de terminar a conversa. — Obrigada. Agradeça a sua mãe.

— O quê? Ah, sim, a tigela. Dãaã. Bem, foi bom conversar com você, mãe do Sam.

Pat ouviu as batidas de Madison na porta trancada de Sam, esperou que se abrisse, esperou pelo barulho da porta se fechando, e só depois respirou e se concentrou. Diante do balcão, debruçada sobre a tigela de cerâmica, ela transformou com as mãos tudo que a afligia em algo delicioso, para que todos pudessem desfrutar. Deus não fez dela uma pessoa vingativa; Deus fez dela uma pessoa generosa, e até mesmo naquela casa de pessoas que às vezes eram tão odiosas e duras, o único dom que tinha a oferecer era servi-las e torná-las felizes, do jeito que até uma árvore seca oferece sombra.

No dia do concurso do *Petite Noisette*, na metrópole, Pat não encontrou uma única amiga para acompanhá-la. Todas ou estavam recebendo parentes ou fora da cidade, ou acabado de chegar de fora da cidade e ainda não tinham se acomodado. Finalmente, ela convenceu Sam a acompanhá-la, em troca do uso ilimitado do carro na última semana antes do início das aulas; ela iria a pé para a igreja ou pegaria uma carona. Seria um tempo de ligação entre mãe e filho antes do início do ano letivo. Além do mais, seriam seis horas de vida nas quais ele não estaria à frente do seu império de maconha ou saindo com Madison, ou seja, uma bênção.

O carro de Pat só tinha um toca-fitas, mas Sam levou um adaptador que ligava o pequeno tocador de MP3 ao carro e podia ouvir suas músicas. Ele colocou Pink Floyd, e isso a fez lembrar de Mark, seu irmão mais velho, e em como desafiara a vontade dos pais ao partir para Milwaukee no final da década de 1970 com os amigos. Mark disse na ocasião que queria que a viagem tivesse sido mais longa, para que pudesse ficar mais tempo longe dos pais.

Pat esperava que Sam não se sentisse dessa maneira em relação a ela, mas às vezes era difícil saber.

Na verdade, fazia mais de dois anos que Pat não viajava até Minneapolis, e à medida que envelhecia, em cada viagem que fazia, ela se sentia oprimida e esgotada antes mesmo de sair do carro. Estava prestes a tirar os sapatos quando viu o preço do estacionamento na garagem do hotel, mas se convenceu de que era bem mais seguro do que estacionar naquelas ruas.

No saguão, amplo e chique, talvez um pouco exagerado na decoração, ela não viu muitas mulheres da mesma idade nem parecidas com ela, e com certeza nenhuma carregava barras em travessas de vidro cobertas com filme plástico. Só depois que eles tinham percorrido o trajeto até o andar do salão de festa é que apareceu alguém que carregava alguma coisa provavelmente comestível. Uma loura alta de uns vinte anos, com um vistoso vestido listrado e inquietantes tatuagens de tigres atrás das coxas e nas panturrilhas à mostra, carregava uma sacola retangular marrom que parecia uma versão mais agradável das mochilas de entregadores de pizza.

Pat e Sam a seguiram até uma mesa de registro colocada ante duas grandes portas. No cartaz montado num cavalete lia-se EVENTO PETITE NOISETTE, O MELHOR DA CONFEITARIA. Eles observaram quando a mulher entregou a enorme sacola para as bonitas garotas sentadas atrás da mesa, uma delas saiu apressada para dentro do salão enquanto a outra conferia o nome da mulher numa lista e lhe pedia que assinasse alguns papéis.

Quando a mulher tatuada se dirigiu para o salão, uma das garotas na mesa olhou diretamente para Sam.

– Senhor? – ela disse. – Seu nome e número de registro?

Sam olhou fixamente para o rosto alegre da garota.

– Hein? Não, estou aqui com minha mãe.

– Ah. – A garota bonita se voltou para Pat. – Ah, legal.

Pat colocou as barras em cima da mesa.

— Oi, eu sou Pat Prager, e este é meu filho, Sam.

— Certo – disse a garota. — São vinte dólares de admissão para convidados.

— O quê? Oh, Deus – disse Pat.

— Eu tenho, mãe – disse Sam, abrindo uma carteira surpreendentemente polpuda; Pat não quis nem saber.

A garota aceitou os vinte dólares de Sam e depois olhou para Pat, enquanto a outra garota cutucava com uma caneta o invólucro de plástico vermelho das barras de Pat.

— Esta é sua receita?

— Sim, são minhas barras de manteiga de amendoim.

— Trouxe um cartão informativo com a receita ou os ingredientes?

— Ah, não, eu não sabia que precisava trazer.

— Está bem. Elas são veganas, sem glúten, celíacas, sem ingredientes transgênicos, todas as opções?

Pat olhou para as garotas e depois para Sam.

— Não, acho que não.

— Algumas dessas opções?

— Nenhuma delas, eu acho.

— Qual é a origem dos seus ingredientes? – perguntou uma delas. – São locais?

— Sim – disse Pat. — São de uma loja a um quilômetro de distância da minha casa.

A outra garota atrás da mesa deu uma risada.

— Desculpe – disse.

Pat ficou confusa.

— Bem, eles são, sim. Talvez a nota fiscal esteja na minha bolsa.

— Não, isso basta. Siga em frente, a votação pública já começou e vai até oito e meia. Peguem as cédulas na mesa vermelha.

— Eles têm que assinar os formulários de autorização – disse a outra garota.

— Ah, sim, assinem isso aqui. É uma autorização para vídeo e áudio, e basicamente diz que você é responsável por aquilo que você come e apresenta para ser comido, e exime o *Petite Noisette* de qualquer dano.

Pat nunca tinha ouvido falar de alguém que tivesse processado os organizadores de um concurso de culinária, mas sabia que ali não estava lidando com pessoas habituais. De bom humor, ela e Sam assinaram tudo e entraram no salão.

O lugar parecia saído de um filme. Uma parede inteira estava tomada por uma meia abóbada de triângulos de vidro virada para o céu escuro, reluzindo sobre o horizonte de Minneapolis. Jovens em roupas amarelo-ovo e verde-claro cruzavam o piso escuro acarpetado carregando bandejas que cheiravam a canela, caramelo e baunilha, arrumando os doces em pequenas mesas de cor creme etiquetadas com números pretos. No alto de uma escada, no outro extremo da longa sala acarpetada, havia uma jovem tatuada usando um gorro comprido e camisa de basquete atrás de dois laptops, ladeada por alto-falantes que emitiam um som nervoso. Pat lembrou-se dos tempos em que a música popular não soava como motosserra caindo pelos degraus de uma escada de concreto e realmente estimulava as pessoas a dançar.

Ao recuar até a porta do salão, de repente Pat ouviu a conversa entre as garotas da mesa do registro.

– Ingredientes locais – disse uma delas. – De uma loja a um quilômetro de distância da minha casa. Eu devia postar isso no Twitter.

– Elas são tão esquisitas e nojentas.

Ainda de pé na porta de entrada do salão, Pat observou quando uma garota da recepção levou a bandeja de barras para um homem de terno preto, que por sua vez as levou para uma longa mesa e as transferiu para uma bandeja marcada com o número 49.

Pat achou que estava prestes chorar.

– Você ouviu isso? – falou para o filho.

– Ouvi, elas que se fodam – disse Sam, fazendo-a sentir verdadeiramente algum prazer ao ouvir o palavrão do filho. – Eles são um bando de esnobes. Vamos ver que merda que eles acham que é tão boa.

Sam caminhou até a mesa mais próxima, onde algo identificado como BOLINHOS DE CHOCOLATE E AVEIA E PEDACINHOS DE BANANA – VEGANO/SEM GLÚTEN/SEM SOJA repousava numa travessa ao lado do número 3.

Pat olhou para o cartão ao lado da travessa.

2 xícaras de aveia sem glúten da fazenda orgânica de Seymour e Peonie Schmidt, Faribault, MN, sem pesticidas e sem transgênicos, moagem caseira

½ xícara de aveia inteira não processada (mesma fonte acima)

½ xícara de açúcar mascavo, caseiro: melado fresco sem enxofre, misturado em açúcar de cana orgânico havaiano de comércio justo, ambos comprados na Cooperativa de Frogtown

½ colher de chá de canela do Ceilão: comércio justo, comprado na Cooperativa de Frogtown

⅓ xícara de purê de maçã Gala, caseiro, maçãs provenientes dos Pomares McBroom, Hudson, WI; orgânicas, sem transgênicos e sem pesticidas

2 bananas orgânicas médias e bem maduras, comércio justo, compradas na Cooperativa de Frogtown

2 colheres de sopa de xarope artesanal de agave-azul da marca Sunrise Hills, com baixo teor de frutose, comprado direto do fabricante, Taos, NM

Pat parou de ler ali. Sam jogou um dos bolinhos de aveia na boca.

— Nada de especial — disse ele. — Meio estranho. Tipo, uma barra de cereais sabor banana, ou algo assim. Quer um?

Pat balançou a cabeça em negativa. Ela não queria saber como aquilo era.

— Quer saber de uma coisa, mãe? — disse Sam. — Eli teria um acesso de fúria se você servisse essa merda de sobremesa.

— Esses ingredientes são tão específicos — disse Pat. — Essas pessoas fazem a própria farinha de aveia e o açúcar mascavo?

— No dia seguinte tudo fica igual na privada — disse Sam, fazendo Pat rir um pouco. Graças a Deus ele estava ali.

Um rapaz com jeans apertado, camisa xadrez e gravata-borboleta se aproximou de Sam. Apesar do estilo estranho de se vestir, ele estava sorrindo, e isso é que contava.

— Ei, cara — disse. — Você precisa de uma cédula.

— Ah, sim, certo — disse Sam. — Temos que votar.

— Qual é seu nome?

— Sam Jorgenson. — Ele olhou para a mãe.

— Eu sou Dylan, e aquela é minha esposa, Oona — O rapaz apontou para uma jovem de aparência radiante em calça amarela de cintura alta que estava perto da DJ. Não fazia tempo que aquele tipo de calça saíra de moda? Talvez estivessem em liquidação e ela tentou economizar uma grana.

— Trouxe sua mãe com você, que legal.

— Pois é — disse Sam.

Ao perceber que o filho era tido como o chef, Pat deu um passo atrás e ficou em silêncio, lembrando-se da última vez que tinha aberto a boca com aquela turma.

— É muito bom ver alguém tão jovem e tão sério na cozinha. Quantos anos você tem?

— Faço dezessete semana que vem.

— Talvez você seja o mais jovem aqui. Não pude deixar de vir para cumprimentar você. Qual é sua especialidade?

— Brownies.

— Bacana. Onde compra os seus ingredientes?

— Bem, eu mesmo cultivo o ingrediente principal em casa.

— Adoro isso! — exclamou o rapaz realmente animado. — Isso é tão incrível.

— Obrigado.

— Nós fizemos a Torta Crua de Chocolate Sem Forno, número 8. E você, entrou com seus brownies?

— Ah, não, nós entramos com as barras de manteiga de amendoim, número 49.

— Vamos prová-las — disse Dylan, acenando para a esposa. — Vou votar em você, se você votar em mim.

— Certo.

— Peguem suas cédulas na mesa vermelha — disse Dylan para Sam e Pat. — Bem, encontro vocês no número 49.

— Que rapaz simpático — disse Pat. Ela olhou para aqueles jovens bonitos e estranhamente vestidos ao redor da sala. Celeste a colocara a par disso. Se de alguma forma as barras conquistassem aquela multidão de consumidores exigentes, ela mais uma vez teria encontrado um obstáculo e saído vencedora. Se Pat havia mantido a fé na feira do condado, e Deus a abençoara, talvez naquela terra estranha Ele a abençoasse novamente.

Sobre a mesa vermelha, Pat e Sam encontraram uma pilha de folhas com quadradinhos para marcar de 1 a 50, e uma linha para comentários ao lado de cada quadradinho. Pat achou que era muito estranho que uma competição culinária abrisse os votos para os concorrentes, mas não disse nada para ninguém. Ela só queria pular para a final.

Olhou ao longo do salão, e agora Dylan e Oona experimentavam as barras de número 49, ladeados por uma jovem de aparência séria e compleição sólida que aparentava vinte e poucos anos de idade. Ela vestia uma camiseta branca e uma calça cargo e se destacava da maioria por causa das roupas básicas, sem estampas.

— Ei — disse Sam. — Lamento que todos achem que o chef sou eu.

— Por mim está tudo bem — disse Pat. — Acho que estou pescando na lagoa errada aqui.

— Não sei, não. Acho que você vai arrasar. Você é a única pessoa que faz uma coisa que ninguém conhece. Quer experimentar aquela torta de chocolate?

— Não sei, não. Experimenta você.

Pat ouviu uma voz.

— Com licença.

Ela se virou, e a garota de calça cargo estava em pé ao lado deles. Era bem mais alta de perto, e suas roupas, embora casuais, eram novas e de marca.

— Eu sou Eva — ela disse. — Vocês é que fizeram as barras de número 49 da tabela?

— Sim — disse Sam, aparentemente já habituado a falar por eles.

— Eu só queria confirmar isso. E você é?

— Sam Jorgenson. E essa é minha mãe, Pat Prager. Ela é quem faz as barras. Eu só estou aqui de acompanhante.

— Que maneiro — disse Eva, olhando para Pat de um modo estranho, mas acolhedor, como se Pat fosse uma carta com dinheiro enviada pelos pais. – Pat, eu não comia uma barra como a sua desde que era criança, em Iowa.

– Obrigada – disse Pat. – Não sei quantos anos você tem, mas sei que a receita não mudou nesse tempo todo.

Antes que Eva pudesse responder, um jovem barbudo de colete a enlaçou pelo ombro, sussurrou algo no ouvido dela e rapidamente a conduziu até uma mesa de jovens mais adiante. Enquanto se afastava, Eva olhou para Pat e deu de ombros com tristeza, como se dissesse: *O que se pode fazer?*

Enquanto observavam Eva agora envolvida em outra conversa, Pat sussurrou para o filho:

– Ela é um dos jurados.

Para passar o tempo, eles se juntaram a uma pequena multidão em torno da bandeja de número 8, a Torta Crua de Chocolate Sem Forno. Pat leu as instruções:

Tempo de preparo: 30 minutos
Tempo de congelamento: 2 horas

Ela começou a ler os ingredientes, mas parou quando chegou em "abacate".

– Como assim? – disse. – Como se pode fazer uma torta com isso?

Ela percebeu que todos os jovens aglomerados ao redor da mesa começaram a sair de fininho, como um bando de pais saindo de uma piscina onde o filho de alguém tinha feito cocô na água.

– E o que esse cru quer dizer? – Pat insistiu. – Torta crua, o que isso quer dizer?

– Quer dizer que nenhum ingrediente é cozido – disse um cara barbudo mais velho, de cabelo arenoso e ralo, que usava uma camisa polo cor-de-rosa abotoada até em cima. – Às vezes fazem alimentos crus em cozinhas que nem sequer têm água quente.

– Ei! – gritou uma voz feminina. Pat, Sam e o barbudo se viraram, e Oona e Dylan acenaram para eles da bandeja de número 49. – Venham aqui!

Pat e Sam atravessaram o salão em direção à bandeja de número 49, e Oona abriu um sorriso largo e exclamou:

– Uau, gente! O que há nestas barras? Elas são incríveis!

– Elas têm um sabor totalmente autêntico – disse Dylan olhando para Oona. – Elas levam o quê?

Sam olhou para a mãe.

– Manteiga – disse Pat. – Açúcar refinado, manteiga de amendoim, gotas de chocolate ao leite. Graham crackers.

Dylan e Oona olharam para ela.

– Manteiga? – disse Oona. – De que tipo? Manteiga de amêndoa?

– Não, manteiga de leite comum. Aquele que vem das vacas.

– Vacas sem hormônio?

– Não sei. Apenas manteiga Land O'Lakes. Era a que estava em promoção.

– Ah – disse Dylan.

– Será que o leite dessa manteiga tem hormônio de crescimento? – Oona perguntou a Dylan.

– Sei lá, mas acho que ele está na lista – disse Dylan. – Você está pensando no bebê?

– Eu não sei, você acha que eu deveria vomitar?

– Sei lá, o que é pior? Bílis e ácidos do estômago?

Pat não podia acreditar no que estava ouvindo. Ela se sentiu como um piloto voando em meio a nuvens, sem visibilidade.

– Por que vai vomitar as minhas barras?

Oona olhou para Pat e Sam de cara amarrada.

– Você está tentando enganar as pessoas ou algo assim? Sem apresentar um cartão de ingredientes? Isso não é engraçado. As pessoas têm alergias graves, preferências alimentares e coisas assim.

– Sinto muito, eu não sabia – disse Pat. – Não sabia que você estava grávida.

Era verdade, ela não aparentava nenhum sinal.

– O leite de vaca é muito ruim, especialmente para as crianças – disse Dylan.

– Ele é cheio de hormônios e toxinas – disse Oona.

Pat olhou para Sam.

— Bem. Comi essas mesmas barras durante quase todos os meses de gravidez e ele nasceu muito saudável.

— Mas isso foi sua escolha – disse Oona. – Não minha. Você tem que se importar com aquilo que as outras pessoas colocam no corpo.

— Sinto muito – disse Pat, hesitante. Ela não tinha sido criada para enfrentar os outros ou se defender em confronto; tinha sido criada para apaziguar, para acalmar, para suavizar, para dobrar pequenos monstros durante a noite, para se desculpar pelas besteiras inconscientes, para perdoar, para adoçar, e suas barras, suas barras faziam isso para o mundo, elas eram um Pedido de Desculpas, elas eram um Goste de Mim, elas eram Amor Grátis.

— Você não pode deixar grávidas comerem essas barras assim às cegas – disse Oona.

— Eu tenho feito essas barras durante a minha vida inteira – disse Pat, quase em súplica. – Durante a minha vida inteira.

— Talvez seja hora de parar – retrucou Oona. – E talvez seja bom você dar uma olhada no que coloca nas suas receitas. – Ela olhou para Dylan e disse: – Vamos sair daqui. – E os dois se afastaram.

Todos os envolvidos com o *Petite Noisette* que tinham ouvido o confronto devastador entre Pat, Dylan e Oona, ou que ficaram sabendo, rapidamente criaram um bolsão de isolamento ao redor de Pat e Sam e a bandeja de número 49.

Foi-se embora a esperança dos cinco mil dólares. Foram-se embora o emprego na região metropolitana e as aulas de dança com Rodrigo. Pat fora longe demais; ela cedera à tentação, e a ganância e o egoísmo a levaram a desejos que a conduziram àquele lugar pecaminoso. Sua família, disse Deus para ela, é tudo que importa. E não o julgamento dessas pessoas com suas receitas abomináveis. De repente, ela sentiu pena daquelas pessoas por perverterem a comida da própria infância, a comida de suas mães e suas avós, e por rejeitarem esse amor incondicional em troca de quê? De quê? Pat não sabia dizer.

Ela deu um passo a frente e seguiu em direção à bandeja de número 8, abrindo caminho por onde passava.

— Como é que vocês podem comer tortas cruas e coisas assim? — ela falou alto para ser ouvida claramente por cima da música. — Vocês não foram criados com essas coisas, nenhum de vocês. Vocês foram criados com boas sobremesas e não com essas porcarias!

— Mãe, vamos embora? — Sam tentou retirá-la.

Pat encarou a multidão. A maioria se constrangeu ao olhar diretamente para ela.

— Respondam — ela disse. — Quem não gosta de barras?

Dois brutamontes em roupas escuras caminharam em direção a Pat e Sam. Com uma expressão no rosto que dizia: *Por favor, não tornem as coisas mais difíceis.*

— Mãe — disse Sam.

— Quem não gosta de barras? — ela repetiu. — Quem não gosta de barras?

Pat nunca tinha sentido necessidade de uma bebida forte. Além do vinho da comunhão, só bebia vinho branco algumas vezes por ano, em jantares de aniversário ou quando saía com as amigas. Mas a verdade é que sentiu uma vontade danada de beber algo forte depois de ir embora daquele salão. Eles só tinham pedido para que ela saísse do evento, não do prédio, e quantas vezes ela ia até o centro da cidade? Além do mais, ela nunca tinha chance de tomar uma bebida extravagante no bar de um hotel extravagante, o que só se lembrava de ter feito duas vezes, uma em um encontro com seu primeiro marido, Jerry Jorgenson, outra depois de um casamento onde os anfitriões não tinham servido bebidas alcoólicas. Isso foi um mês antes de Jerry morrer. Ela precisava de uma recompensa por ter sobrevivido àquela provação.

Sam disse à mãe que estava um pouco nervoso depois do ocorrido no andar de cima e que precisava encontrar um lugar para relaxar um pouco. Ela sabia o que isso significava. Sabia que o filho era perito em disfarçar os próprios hábitos.

Quando a Margarita chegou, Pat tomou um longo gole do canudinho vermelho e amaldiçoou Celeste do fundo do coração. Ela imaginou aquela mulher horrorosa, que apesar de um casamento conturbado ficava sentada em sua bela casa e se divertia com os problemas que causava para os outros. Celeste a tinha colocado naquela situação porque sabia que ela fracassaria. Ficara furiosa e com inveja porque suas barras tinham perdido e as de Pat ganhado, e por vingança encaminhara Pat para aquela jornada errática.

Pat se deu conta de que talvez Celeste não fosse uma Jezebel. Talvez ela, Pat, é que fosse. Os pensamentos e esperanças que a tinham levado até aquele lugar desafiavam e ameaçavam seu casamento, sua família e sua casa. Sim, muitas vezes eles eram ingratos, difíceis e até mesmo desalmados, mas aquela fuga, aquela fuga vislumbrada naquele hotel, lhe ensinara uma lição. Ela deixara de lado seus entes queridos, seu dever de esposa e de mãe, e estava sendo punida pela prostituta infiel que morava em seu coração. Ela era Jezebel, e acabara de ser lançada da torre para o pátio abaixo.

Pat rezou ali mesmo na mesa – sem se importar com os olhares alheios, não havia nada do que se envergonhar – e implorou por perdão.

Depois soltou as mãos e bebeu o resto da Margarita e, antes mesmo que a bebida terminasse, pediu outra, que chegou à mesa ao mesmo tempo em que Sam retornava.

Em meio a tudo aquilo, Pat tinha se esquecido de jantar; tinha imaginado que comeria alguma coisa durante o evento. As duas Margaritas bateram um pouco mais forte que o esperado, mas seu filho estava tão chapado de maconha que provavelmente ela ainda era a mais apta para dirigir, porque era dona do carro e conhecia muito bem as manhas daquele danado, pelo menos melhor que o filho.

Com ajuda de um mapa no celular, eles encontraram a autoestrada e seguiram em direção ao norte, em direção a um lugar que fazia mais sentido, um lugar onde as pessoas amavam os filhos e os alimentavam com comida de verdade. Colocaram Pink Floyd novamente, que para Pat soava bem melhor à noite, e aos poucos o brilho artificial de Minneapolis desapareceu atrás deles, como o fogo brilhante de Gomorra às costas de Ló, enquanto o céu anil de verão estendia a promessa de escuridão à frente.

– Esqueci de pegar minha bandeja de volta – lembrou Pat algum tempo depois.

– Deixa pra lá, mãe – disse Sam.

Um par de luzes vermelhas e azuis apareceu no espelho retrovisor, seguido pela sirene de um carro de polícia.

Pat olhou pelo retrovisor e depois fixou os olhos nas faixas da estrada, que pareciam listras de gelo borradas guiando-os para casa.

– É pra gente? – perguntou Sam. – Que merda.

Ela baixou o volume da música.

– O quê? – Ela olhou em volta. Nenhum outro carro por perto; a sirene era para eles, e somente para eles. Pat sentiu o coração parar. Sentiu o álcool no corpo, e nos olhos, aquela lentidão, aquele embaciado incomum.

Ela não sabia se safar de situações como aquela.

– Você estava correndo? – Sam quis saber.

– Acho que não. Sei lá.

Pat parou o carro no acostamento, e o carro da polícia parou atrás.

– Humm. – Sam olhou para trás. – É uma unidade K-9.

Pat fechou os olhos e pensou em rezar – qual oração se encaixava naquela situação? Ela sabia a resposta. Teve uma ideia.

– Quanta maconha você tem aí? – perguntou ela para o filho.

Sam se ajeitou no banco.

– Nenhuma – disse.

– Não minta para mim, você fumou esta noite. Quanto você tem?

– Não muito.

– Mais de quarenta e dois gramas, no total?

Sam olhou para a mãe, visivelmente assustado com o tom estranho dela.

Pat falou mais alto:

– Mais do que quarenta e dois gramas?

– Sei lá, talvez.

– Passe para mim – disse Pat. – Tudo. Agora, agora, antes que o policial chegue aqui.

– Por quê?

– Agora, agora.

A voz de Pat soou grave como nunca antes, mais do que em qualquer um dos casamentos dela, mais do que no funeral de Jerry e até mesmo mais do que nos funerais dos pais dela. Sam vasculhou os bolsos e a mochila e tirou um pequeno cachimbo, uma trouxinha e um brownie de maconha. Pat pegou tudo e enfiou na bolsa no exato instante em que ouviu a porta do carro de polícia bater. Ela se ajeitou no banco, respirou fundo e notou a sombra de um homem e o feixe de uma lanterna cair sobre ela enquanto o policial dava uma batida na janela do carro.

Pat segurou a maçaneta com a mão esquerda e desceu o vidro com toda a calma do mundo.

– Habilitação e documentos – disse o policial, seus dentes brancos brilhando.

– Estão bem aqui na minha bolsa – ela disse, aceitando o que estava escrito. Segurou o zíper entre os dedos e abriu os olhos contra a luz branca, sentindo-se uma assombração deformada pelo desejo, submetendo-se à divina misericórdia.

O JANTAR

Na sala de degustação, pelo menos uma vez por mês, um cliente perguntava a Cindy como fazer vinho com uvas de supermercado. Às vezes eram do tipo proativos e desorientados, mas na maioria das vezes eram pães-duros, que chegavam com dois cupons para degustações gratuitas e saíam sem comprar nada. De todo modo, ela os corrigia; o vinho é produzido quando o açúcar da uva se converte em álcool, e as uvas de supermercado têm apenas uma fração do açúcar necessário.

Se a colheita estivesse próxima e ela gostasse dos clientes, levava-os até o vinhedo e os deixava saborear uma uva Merlot direto da videira, observando os rostos enquanto eles giravam a bomba roliça de açúcar na boca. Não se compra isso em loja, ela dizia.

Lá pela primeira semana de setembro, a Merlot no vinhedo tinha um Brix de 23, e na opinião dela estava pronta para ser colhida. Era sempre a primeira colheita do ano — Cabs, Zinfandels e Petite Syrahs aconteciam bem depois — e Cindy adorava aquilo. Outros vinhedos deixavam a Merlot esperar mais, colhendo-a entre 26 ou 27, para produzir varietais encorpados, densos, mais alcoólicos, e, embora fossem populares, para ela, faltavam a sutileza e austeridade das uvas que saíam da vinha um pouco mais cedo. Ela também sentia que de certa forma isso aliviava a videira, reduzindo o estresse e evitando usar os nutrientes de outubro em uvas ressecadas, apesar de muitas vezes vinhas estressadas levarem a vinhos maravilhosos.

• • •

No dia 5 de setembro, primeiro dia da colheita da Merlot daquele ano na Vinícola Tettegouche, Cindy estava presa na sala de degustação. Denisse Ramirez, a gerente de vendas e do clube do vinho que normalmente comandava a sala de degustação durante a colheita, estava doente, e o trabalho sobrou para Cindy, a contratada mais recente. Quando ancorou no emprego, como um misto de gerente de vendas e produtora associada, ela afirmou que faria a sua parte para tornar famosa uma vinícola desconhecida, tal como tinha feito com a Daniel Anthony e a Solomon Creek. Seja lá o que fosse necessário.

Ela limpou o longo balcão de mármore preto e ajeitou um único cuspidor de bronze no centro, porque não queria ter que limpar mais de um. Depois tirou os copos da lava-louça e ajustou os aeradores de vinho nas garrafas recém-abertas e as arrumou lado a lado.

Os primeiros clientes do dia eram um casal que chegou assim que a Tettegouche abriu, às onze da manhã. A mulher era uma patricinha com franja, vestido estampado de verão e óculos gatinho. O estilo do homem não combinava com ela; parecia um jornalista esportivo: barba por fazer, boné azul, calça jeans e camisa xadrez de mangas compridas enroladas até os cotovelos. Aparentava ser pelo menos dez anos mais velho que ela.

— Duas degustações — disse o homem, tirando um cupom de duas degustações gratuitas do bolso de trás. Apesar de vinícolas estreantes dependerem daquilo, Jesus, como ela odiava.

— Identidade, por favor — disse Cindy, olhando para o homem. — Só a dela, eu não preciso da sua.

— Vamos começar com o Sauvignon Blanc — ela disse, empertigando-se na frente dele e despejando uma dose de cerca de trinta mililitros em cada taça Riedel.

— Tudo bem — ele disse, gesticulando para Cindy. — Os Bordeaux brancos daqui têm muito *malo*. — Ele usava o jargão de especialistas para fermentação maloláctica, um processo pelo qual o ácido málico, pungente, presente no vinho tinto (e em alguns brancos), transforma-se em ácido lático, mais macio e amanteigado.

– Exatamente – disse Cindy, derramando o copo dele no recipiente sobre o balcão. – O próximo é o Chardonnay.

Ao longo das duas últimas décadas, Cindy topara com milhares de supostos conhecedores esnobes de vinho que tentavam impressionar as namoradas durante viagens de sexo à região do vinho. Nesses casos, a atitude educada era ficar quieta e seguir em frente, deixando o cara bancar o especialista para a mulher; homens adoram isso. Mas ao ver aquele casal cuspir a maior parte do Chardonnay, Cindy perdeu a compostura.

– Não gostaram do nosso Chardonnay noventa e dois pontos, crianças? – Cindy perguntou, maldosa. Não só o Chardonnay não tinha recebido noventa e dois pontos de ninguém, como também nenhum daqueles vinhos tinha recebido pontuação alguma de qualquer crítico de vinhos, em lugar nenhum.

– Não, adorei este – disse a moça. – Estava uma delícia. É que ainda temos seis lugares para ir hoje e precisamos nos manter de pé.

– Ora, aproveitem um pouco – disse Cindy.

– Bem que gostaríamos – disse a moça.

Cindy se lembrou de que fazia exatamente a mesma coisa quando tinha a idade daquela moça, percorrendo meia dúzia de vinícolas em um único dia com homens dez anos mais velhos, que tentavam parecer mais espertos que os próprios *sommeliers*, mas que na verdade engoliam o vinho, não o cuspiam. Que idiotas eles eram. Foi um milagre que tivessem sobrevivido depois das tantas vezes em que dirigiram pelas estradas embriagados, com as janelas abertas e aos gritos no teto solar.

Cindy deixou Jeremy St. George seis semanas depois que eles chegaram à Austrália, em 1989. Ele se sentia ameaçado pela perícia cada vez maior dela; quando, numa noite, ela adivinhou ano e produtor de um Pinot australiano em particular, e ele não, a reação dele foi chamá-la de "estúpida vadia sortuda" na frente de todos – bem, aquilo era tudo o que ela precisava ouvir.

Alguns meses depois, ela dispensou a oportunidade de se despedir quando ele se mudou para Tóquio. Ela imaginou que ele estaria suficientemente abalado para nunca mais entrar em contato com ela, e foi o que de fato aconteceu. Desde então ele raramente lhe vinha à mente; pensava nele quando cometia alguns erros com os homens nos seus anos de solteira, de modo que os Cabernets de Napa e os Pinots da Costa Central que ele apresentou a ela acabaram dissipando as associações sentimentais que ela fazia depois de anos de exposição exaustiva.

Ainda assim, ele era um patife carismático e talentoso, que provavelmente tinha arranjado uma nova mulher depois de uma semana no Japão; mas ela não sentia falta nem pena. Onde quer que Jeremy estivesse no mundo, certamente ele estava bem.

— Entre as sete que vocês vão visitar hoje, qual o ponto alto? — perguntou Cindy.

— Além da Tettegouche? — A moça pronunciou *tet-gu-chê*.

— Te-te-gúch — disse Cindy.

O homem se inclinou.

— Bem, nós fizemos essa viagem principalmente para pegar uma encomenda da Saxum.

— Oh, muito bom — disse Cindy. — E como ficaram sabendo deles?

— Eva Thorvald serviu o Terry Hoage GSM da Saxum em um de seus jantares itinerantes em Minnesota.

— Nós lemos sobre isso na *New Yorker* — disse a moça.

— Ahn — Cindy falou e se afastou do balcão.

A jovem continuou falando.

Aquele nome.

Fazia vinte anos que ela não ouvia aquele nome.

Teria sido bonito dizer que Cindy não passava um dia sequer sem pensar na filha, mas a verdade é que na maioria dos dias ela não pensava.

• • •

Contudo, às vezes uma tarde serena era invadida por uma música do final da década de 1980, um item no cardápio de um bistrô decadente, o vislumbre de um homem calvo empurrando um carrinho de bebê, ou algo brutalmente comum como o rosto de uma menina, mais tarde mulher, talvez com a mesma idade da filha.

Agora aquele nome havia sido pronunciado, e ela ficou congelada, imobilizada pela sensação de que o menor movimento poderia de alguma forma entregá-la.

O casal olhou para ela com um sorriso amarelo, como se estivessem esperando por uma resposta, mas na verdade já soubessem de tudo só pela reação dela.

– Você não a conhece? – perguntou o homem. – Ela organiza uma espécie de clube chamado O Jantar, que faz eventos culinários.

As palmas das mãos de Cindy suavam; ela as escondeu atrás de si, agarrou o pulso esquerdo e perguntou:

– Já foram a algum?

A mulher balançou a cabeça em negativa.

– Quem dera. Faz um ano que estamos na lista de espera.

– Por quê?

– Bem, ela só faz isso quatro ou cinco vezes por ano. Sempre em lugares diferentes. Uma vez foi à beira de um penhasco, e os convidados tiveram que fazer rapel para chegar ao prato principal. Outra vez foi num barco ancorado à beira de uma queda-d'água.

O homem sorriu.

– Bem que nosso amigo Kermit quis transmitir esse pelo Twitter, mas eles não deixaram.

– Pois é. Eles tiram os celulares de todos e só devolvem na saída.

– Como é a comida? – perguntou Cindy.

– Ouvi dizer que é indescritível – disse a jovem mulher.

– Todos dizem que é a melhor refeição que já fizeram – disse o homem. – Nossa única esperança é que ela escolhe aleatoriamente, parte pelos critérios dela, parte pela lista de espera.

A moça franziu a testa.

— Isso não é aleatório. Ela procura variar.

— Claro, certo — disse o homem. — Ela não vai querer, por exemplo, doze banqueiros de investimento.

A moça apontou a garrafa de Merlot.

— É o próximo? Nós não podemos demorar muito.

— Ah, sim, desculpe — disse Cindy, servindo uma dose tripla em cada um dos copos.

Em dez minutos o homem e a moça deram cabo do resto da degustação, e então saíram sem comprar nada.

Ela nunca mais os viu, nunca soube os nomes deles, nunca soube de onde eram. Eles ainda nem tinham chegado de volta ao carro, um BMW branco, e Cindy virou o cartaz na janela para FECHADO, trancou a porta e saiu correndo até o computador no escritório, e, pela primeira vez na vida, digitou "Eva Thorvald" no Google.

A memória do rosto da filha, dos tempos em que ainda usava o nome Cynthia, estava profundamente enterrada pela tranquila passagem de um tempo não marcado. Sem uma foto, restava apenas a imagem cada vez mais vaga de Eva como um bebê inexpressivo, e Cindy não fazia a menor ideia de como aquela criança teria amadurecido. Ela apoiou os dedos agitados no teclado, apertou um botão e um instante brilhante e selvagem fez tudo se abrir.

Eva tinha os ombros largos e o sorriso aberto do pai. E os olhos, o nariz e as maçãs do rosto da mãe. Aquele era seu bebê crescido, vivaz, belo e desconhecido.

Ela não conhecia aquela pessoa, Cindy foi obrigada a admitir, mas ao mesmo tempo, olhando para a imagem, os olhos dela se encheram de lágrimas. Era por essa razão que sempre evitava fazer aquilo, pelo temor de que a perturbasse, apesar de nunca ter se arrependido de partir, nem uma só vez. Ela não tinha chorado no dia em que saiu de casa porque estava certa de que as duas estariam melhor uma sem a outra.

• • •

E Cindy ainda acreditava honestamente que não teria sido uma boa mãe. Ela estava emocionada, não nostálgica, por nunca ter trocado as fraldas, por não ter batido papinha no liquidificador, e por não ter lidado com pilhas de roupas, lençóis e carpete literalmente sujos de merda. E a bem da verdade, a simples ideia de ser obrigada a conviver com uma adolescente a fazia pensar em se jogar na frente de um caminhão. Adolescentes eram as pessoas de que ela menos gostava na face da Terra, e ela nunca teria convivido com uma patricinha adolescente malcriada sem grandes doses de Xanax e toneladas de maconha. Mas ver Eva adulta era como ter alguém arrancando suas entranhas.

Ela enxugou o rosto e olhou para as palavras azuis e pretas na tela branca: "Eva Thorvald, chef *bad-girl* norte-americana." "A controversa chef Eva Thorvald deixa comensais intrigados." "As mesas de Thorvald são as mais difíceis de se obter nos EUA."

Os comentários sobre a culinária de Eva eram surpreendentes: "O jantar de cinco mil dólares de Thorvald é uma experiência para o corpo inteiro." "Uma experiência singular, obrigatória tanto para aventureiros quanto para os mais cautelosos." Cindy não sabia se os críticos só tentavam justificar o preço absurdo – cinco mil dólares por cinco pratos – ou se tudo aquilo, enfim, era verdade.

Eva era uma chef surpreendentemente bem-sucedida; isso estava claro. Lars devia estar muito orgulhoso. Somente o amor dele teria cultivado as habilidades dela e imprimido a confiança necessária para tal nível de realização. Cindy não leu menção alguma a ele, mas certamente ele estava presente, nos bastidores, talvez comandando os cozinheiros, ou pelo menos finalizando os pratos. Era a cara dele ficar longe dos holofotes.

Se Cindy fosse amante da gastronomia, talvez tivesse ouvido falar da filha mais cedo. Ela até que tentara cozinhar quando conheceu Lars, mas preparar grandes refeições dava muito trabalho, e depois ela descobriu o vinho e isso superou todo o resto. Comida seria incrível se fosse fácil, e com Reynaldo, seu atual marido, ela finalmente tinha um cúmplice com quem partilhar prazeres culpados na cozinha. Ela frequentava a academia diariamente, então na verdade não precisava se sentir culpada por nada, mesmo.

Cindy passou outros vinte minutos entrando em diversos links de sua pesquisa no Google. E nada, nenhuma biografia, nenhum endereço, nenhuma entrevista, nenhuma menção a marido ou filhos, nenhuma página no Facebook; as contas no Instagram e no Twitter eram privadas, inúmeros sites de fãs e, claro, a página de reservas para O Jantar.

O texto no site era desolador: sessenta dólares não reembolsáveis pela lista prioritária VIP, vinte dólares não reembolsáveis pela lista não prioritária. Cindy verificou a lista regular. A posição seguinte era o número 2.364, tempo de espera estimado: 295 anos.

A lista prioritária VIP estava na posição de número 194, tempo de espera estimado: quatro anos. Não que ela tivesse outra escolha, mas, se quisesse ver a filha, queria fazer isso a distância, como parte de um público, numa relação profissional, antes de se tornar uma relação pessoal. Quatro anos era um longo tempo, mas pouco se comparados a vinte e quatro. E, de certa forma, até que seria bom, porque precisava de tempo para se preparar psicologicamente. Apesar das aflições e incertezas dos anos porvir, de repente aquele monumental evento parecia provável. Um dia ela veria a filha novamente.

Ela pegou o cartão de crédito na bolsa e inscreveu a si, Cindy Reyna, e o marido, Reynaldo Reyna, separadamente na lista de espera prioritária, cada um com +1. Ela imaginou que, com uma lista de espera tão longa, e o máximo de duas pessoas por nome ou número de cartão de crédito, talvez pudesse duplicar as poucas chances que tinha.

O e-mail com o recibo chegou instantaneamente. Cindy Reyna, 120 dólares pagos com cartão de crédito, não reembolsáveis, para posições de número 196 (Cindy Reyna +1) e 197 (Reynaldo Reyna +1).

Cindy não podia acreditar que tinham sido vendidas mais duas posições durante o tempo que levou para entrar com as informações do cartão de crédito. E ela não sabia como explicaria tudo para Reynaldo. Talvez ele pudesse esperar.

• • •

Parecia que havia se passado uma década antes que um dos dois tivesse notícias.

Nesse tempo, Cindy completou cinquenta anos. Seu segundo ex-marido, Daniel Anthony, falecera devido a um aneurisma cerebral enquanto mergulhava de férias na Tailândia. Um dos sócios saiu da Tettegouche, e o negócio faliu, afogado em dívidas. Mas o que levou Cindy a uma segunda virada em sua vida acabou sendo Reynaldo, que estava fazendo cinquenta e dois anos.

Todo ano, no aniversário de Reynaldo, eles jantavam em um McDonald's. Como tinham dinheiro e não tinham filhos, eles faziam disso uma aventura; no segundo ano de casamento, eles comeram no McDonald's de Paris; no terceiro, no McDonald's branco e colonial do Hyde Park, em Nova York; no quarto, no McDonald's perto do Museu do Comunismo, em Praga; neste ano seria no famoso Rock N' Roll McDonald's, em Chicago. Já tinham decidido que comemorariam o sexto no maior McDonald's do mundo, em Londres.

Quando o voo em direção ao leste ganhou altitude, Cindy abriu a última edição da *The Economist* – reservava as leituras mais inteligentes para situações públicas – e percebeu que Reynaldo arrancava um pelo grisalho da barba, olhando para o próprio reflexo na telinha preta do celular.

– Dane-se o exame anual da próstata – ela disse. – Ligue para a funerária.

– Sim, eu sei. – Ele balançou a cabeça.

– Estou brincando – ela disse.

– Sim. – Ele balançou a cabeça de novo, ainda olhando para o próprio reflexo. Ele parecia ótimo para a idade que tinha; estava careca, mas era forte, enérgico e ainda refletia vida nos olhos. Ele trabalhava na unidade de terapia intensiva neonatal de um hospital em Palo Alto, e o grisalho na barba só tinha aparecido naquele ano.

Talvez porque não tivesse filhos, Reynaldo tinha bloqueado a empatia que poderia destruí-lo a cada vez que perdia um recém-nascido. Às vezes era possível entubar um bebê de vinte e cinco semanas, outras vezes, não. O trabalho tinha que seguir em frente. Ele era capaz de voltar para casa depois de um dia de trabalho no hospital e assistir a um jogo dos Golden State Warriors como se nada tivesse acontecido – o dia em que três recém-nascidos morriam era igual ao dia em que três vidas eram salvas. A regulação emocional, dizia ele, vinha com o tempo.

No avião para Chicago, na primeira classe, na manhã de seu aniversário, Reynaldo estava mais triste que nunca.
— O que está pensando? – perguntou Cindy.
— Setenta – ele disse. – Sabia que meu pai morreu aos setenta anos?
— Setenta está muito longe – observou ela.
— Está e não está – retrucou ele. – Está e não está.

Isso veio à tona novamente no táxi do Drake Hotel para o Rock N' Roll McDonald's.
— Você sabe – ele disse, observando pela janela um parquinho escuro, conforme viravam à esquerda, entrando na rua Clark. – Se eu tivesse um filho este ano, estaria com setenta anos quando ele se formasse no ensino médio.
— Bem, você não vai ter um filho este ano, isso eu posso garantir.
— Só estou dizendo. Nem sei se eu viveria para vê-lo se formar.
— Bem, você não precisa se preocupar com isso. Para que lado fica o Navy Pier? Já passamos?
— Só estou dizendo – ele repetiu.
— Ficou para trás – disse o motorista do táxi. – Bem, bem para trás.

— Eu quero procurar outro emprego quando voltarmos – disse Cindy após o sexo naquela noite. – Estou pensando em ser *sommelier* de novo.

Desde a falência da Tettegouche, ela gerenciava uma sala de degustação no centro da cidade para a adega de um supermercado chique, o que no ramo do vinho era como trabalhar numa floricultura no Dia dos Namorados durante o ano todo. Ela já estava cansada das multidões, da falta de originalidade e da felicidade barata e previsível no rosto de quem não sabia de nada e não queria saber.

– Faça o que você quiser – disse Reynaldo, dando as costas para dormir virado para a janela.

Na manhã seguinte ela estava na esteira da academia do hotel, ouvindo sua *playlist* de corrida repetidamente – "Kiss Me on the Bus", do Replacements, "Head over Heels", do Tears for Fears, "Finest Worksong", do R.E.M., "How Bizarre", do OMC, e "True", do Spandau Ballet. Bem no meio do refrão de "How Bizarre", estúpido, óbvio e clichê, mas que resume como a vida é às vezes, a ficha caiu. Ela apertou o botão PARAR da esteira, saiu e ficou parada no piso de madeira, olhando para a estúpida TV afixada na parede, o rosto em chamas.

Reynaldo estava de cueca, escovando os dentes, quando ela voltou ao quarto, suada, na apertada roupa de ginástica.

– Como foi na academia? – ele perguntou.

– Você quer ter filhos, não é?

– O que você quer dizer? – ele perguntou.

– Você quer ser pai. E aposto que também quer ter os próprios filhos, não adotar.

Ele fez que sim com a cabeça.

– Sim, talvez.

– E o que isso quer dizer? – ela perguntou. Nenhum dos dois se mexeu; eles estavam em lados opostos do quarto, a cama no meio. O brilho da manhã refletido nos edifícios do centro de Chicago reluziu atrás dele, ali, parado, gorducho, careca, peludo e comovente, com uma escova de dentes dependurada na boca.

– Sei lá – respondeu ele.

– Oh, Deus. – Cindy se jogou na cama. Escondeu o rosto no travesseiro e esmurrou o colchão. Falar qualquer coisa agora não faria a menor diferença, ela já sabia como toda aquela merda acabaria.

Reynaldo começou a chorar e se sentou ao lado dela.

– Ainda te amo – disse. – Te amo muito.

Ele pôs a mão nas costas dela e, embora sentida como um punhal de gelo, ela não a repeliu. Deixou ele achar que a estava confortando, até porque não havia mais como consolá-la.

No voo de volta para casa, as revistas *People* e *InTouch* que Cindy comprara no aeroporto jaziam intocadas em seu colo.

– Sabe qual é o pior de tudo, o pior de tudo mesmo? – ela perguntou para Reynaldo, espichado no assento enquanto bebia o segundo Bloody Mary. – Você sempre disse que amava esse estilo de vida. Você sempre disse isso. Você dizia que o seu objetivo na vida era poder viajar quando bem entendesse.

– Amo esse estilo de vida – ele disse. – Mas também quero outra coisa. Também.

– Não é assim que funciona. Você *tem* um ou outro. Ou você voa ao redor do mundo e vive isso como um adulto, ou você se dedica aos filhos. Você não pode ter as duas coisas.

Reynaldo olhou para ela.

– *Você* tem um ou o outro. Porque isso é o que você escolheu para você. E tudo bem. Só não me diga como viver.

– Eu não fiz merda de escolha nenhuma – disse Cindy, lutando para manter um tom controlado. – A porra da biologia é que escolheu. Talvez você concordasse comigo se suas bolas tivessem caído aos quarenta anos.

A comissária de bordo se aproximou, e Reynaldo ergueu o copo de Bloody Mary vazio.

– Outro, por favor.

A comissária olhou para Cindy.

– Outra água com gás para a senhora?

– Não, estou bem. – Cindy observou enquanto a comissária passava para Reynaldo uma garrafa de Grey Goose e outra de mistura artesanal de Bloody Mary N.W. Gratz. Ela olhou o rótulo, estampado com SOLO ORGÂNICO CERTIFICADO DO OREGON, SEM INGREDIENTES TRANSGÊNICOS, SEM CRUELDADE, e balançou a cabeça.

– Jesus.

– A comida está indo nessa direção – disse Reynaldo. – Quer discutir sobre isso também?

– Não. Esqueça. Onde estávamos?

Reynaldo suspirou.

– Você disse que eu a entenderia melhor se minhas bolas tivessem caído aos quarenta e me negassem a escolha de ter filhos.

– Sim. Acho que você seria bem mais compassivo.

– Mas você nunca teve filhos e nunca quis ter. Não é como um sonho que você teve a vida toda e que a menopausa roubou.

– Você nunca quis ter filhos também, era o que você dizia quando mentia para mim cinco anos atrás.

– Eu não estava mentindo. Era verdade, naquela época.

– Ora, isso é uma baita besteira.

– Não, não é – disse Reynaldo, misturando a bebida. – Mas seria mais fácil se fosse.

– De um jeito ou de outro, não é fácil – ela disse. – Não para mim.

Segundo a legislação californiana, os divórcios eram concluídos em seis meses, mas Cindy não podia esperar tanto tempo para seguir com sua droga de vida. Depois de uma procura exclusiva por emprego fora do estado, visto que a Califórnia estava saturada de jovens sabichões com certificados de *sommelier*, conseguiu uma vaga na região hoteleira dos Grandes Lagos, em Charlevoix County, Michigan.

Dessa vez ela era uma sofisticada especialista em vinhos da Costa Oeste de mudança para o Meio-Oeste para roubar o emprego de algum jovem da região. A gerente geral do restaurante, uma descendente de chineses da idade de Cindy com o intrigante nome nada oriental de Molly Greenberg a contratou depois de uma entrevista via Skype, e, duas semanas mais tarde, Cindy estava desarrolhando garrafas de Châteauneuf-du-Pape a treze graus para casais de meia-idade bronzeados após um dia de sol nos barcos. Ela não chegou a conhecer o *sommelier* Nível II de vinte e seis anos de idade que desbancara; ele deixou a cidade, em protesto, o que talvez tenha resultado na melhor chance de Cindy para desfrutar o equilíbrio de uma vida adulta, como uma bela inversão do seu início.

Ela alugou uma pequena casa em Petosky, nos arredores de Charlevoix, fazia as próprias refeições em casa, passava as manhãs lendo na varanda e ia de bicicleta para o trabalho quando o tempo estava bom. Todo dia, depois de acordar, checava os blogs de Eva Thorvald para ver se algum jantar tinha sido agendado, e, em caso positivo, checar os números das reservas dos convidados. Os dias de números chamados eram dias bons, mesmo quando não eram os dela; nos outros dias, ela só tinha que seguir com a vida.

Uma tarde, antes do turno do jantar, Cindy estava no bar, colocando aeradores nos vinhos que eram vendidos em taça, quando sua chefe, Molly, chegou por trás dela e pôs a mão em seu ombro.

Cindy estremeceu; era a primeira vez que alguém a tocava desde que tinha feito o cabelo na semana anterior, e a proximidade de Molly e de seu perfume Chanel Nº 5 e de suas mãos frias e ossudas a assustou. Molly era aquele tipo de mulher pequena e com uns dez quilos a menos do normal; Cindy não era muito alta, mas mantinha-se em boa forma e, ao lado de Molly, sentia-se como um jogador de hóquei.

– Opa, desculpe se te assustei – disse Molly. – Só queria ver se você está se sentindo bem.

– Sim – disse Cindy. – Estou bem.

– Você parecia um pouco preocupada. Algum namorado distante?

Cindy sorriu.

– Não, estou velha demais para isso.

Molly se inclinou até o ombro de Cindy e deu uma pausa.

– Algum caso?

– Por Deus, não – disse Cindy.

– Você parecia estar pensando em alguém.

– Não, só estava divagando.

– Nada que acontece em sua vida fica em segredo nesta cidade... é só um aviso – disse Molly, retornando ao escritório.

Alguns dias depois, Cindy estava lavando seu único prato na pia quando ouviu uma batida à porta. Enxugou as mãos, olhou pelo olho mágico e lá estava Molly.

– Olá – disse Molly quando Cindy abriu a porta. – Eu estava passando e pensei em fazer uma visitinha. Cheguei em momento ruim?

– Que nada – disse Cindy. As duas mulheres se olharam por um instante, e logo Cindy se desculpou e pediu que a chefe entrasse.

Molly era a primeira pessoa que entrava naquela casa alugada por Cindy; ela então observou quando Molly pegou a única cadeira da casa na sala de estar à frente de uma pequena mesa de fórmica de jantar cujo porta-louça tinha um prato, um copo e um conjunto de talheres.

– Uau, mudança pequena, com certeza – disse Molly. – Posso me sentar? Não quero ocupar a única cadeira.

– Ah, com certeza – disse Cindy, até porque estranhamente Molly acabara de se convidar. – Está fazendo uma noite agradável, por que não ficamos lá fora na varanda?

– Tudo bem. Alguma coisa para beber?

– Bem, tenho um Grenache Rosé na geladeira.

– Parece divino – disse Molly, levantando-se e caminhando pela sala, observando sabe-se lá o quê. Não havia TV para ligar, não havia fotos emolduradas e não havia quadros nas paredes; só havia dois livros e uma dezena de revistas na pequena mesa de centro.

Por que aquela mulher estava ali? Elas tomariam um copo de vinho e depois Cindy diria que tinha aula de ioga às sete da manhã (o que era verdade) e que estava muito cansada.

Cindy chegou à varanda com uma garrafa de Santa Ynez Valley-area Grenache Rosé e duas taças Syrah. Molly estava no balanço, e Cindy então deixou o vinho em algum canto e arrastou a cadeira da sala de estar para fora.

Do outro lado da rua, uma menina em vestido cor-de-rosa chorava enquanto era puxada do banco de trás de uma velha caminhonete Dodge.

– Te odeio! – ela gritava entre soluços.

– Vamos, é hora de dormir – disse a mãe exausta, arrastando a menina pela calçada em direção à porta da frente. Empurrou a filha para dentro e fechou a porta.

Molly balançou a cabeça.

– Já teve alguma dessas?

– Não – disse Cindy.

– Eu também não. Brindemos por essa porra.

Depois de apenas um ano em Michigan, Cindy observou que os primeiros cem números prioritários VIPs da lista estavam recebendo convites; estava chegando perto. Fazia pouco mais de três anos que depositara 120 dólares para reserva; talvez houvesse mais jantares, ou mais desistências, ou ambos. Você não podia escolher a data – e se Eva Thorvald o convidasse para o jantar da próxima quinta-feira, e você não pudesse ir, bem, era o seguinte, você perdia o espaço, sem reembolso. Ela também tinha lido que algumas pessoas perdiam o emprego enquanto aguardavam e não conseguiam mais pagar os dez mil por duas pessoas. Todas essas circunstâncias contribuíam para as chances dela.

Era estranho pensar na filha dessa maneira todos os dias, depois de tantos anos sem quase pensar nela. Sem um trabalho intenso, sem um calendário social e sem um relacionamento para distraí-la, como tinha feito durante toda a vida, Cindy começou a sentir que seu tempo em Michigan era uma espécie de exílio ou de retiro, e que este recuo, intencional ou não, lhe emprestava um poderoso foco. A ideia de reencontrar a filha podava cada impulso competitivo, e as prioridades daquela vida anterior tão brilhante e tão difícil acabaram desaparecendo. Essa mescla de obsessão e simplicidade era uma forma surpreendentemente satisfatória de sobreviver.

• • •

— Você precisa de um homem! — disse Molly uma noite, quando elas terminavam uma garrafa de Château La Fleur-Pétrus 2007 da qual algum casal idiota só bebera um copo.

— Não, não, a menos que ele consiga... — Cindy quase disse *me fazer avançar na lista do Jantar*, mas se conteve. Ninguém em Michigan sabia nada sobre aquilo.

— A menos que ele consiga o quê? — perguntou Molly. — Abster-se de beber vodca enquanto corta a grama? Abster-se de adormecer na cozinha? — Molly era mesmo um livro aberto; esse era um traço bem conhecido do marido dela.

— Claro que é emocionante tropeçar no amor de sua vida na cozinha, mas prefiro me masturbar e ir para a cama cedo.

— Eu e Fred conhecemos um cara que seria bom para você, na verdade, ótimo. Fred o conheceu na última vez em que esteve no AA.

— Não agora, Molly — disse Cindy.

— Ele é bonito, não apenas um bonitão de Michigan. Que tal convidar vocês dois para uma berinjela à parmegiana qualquer dia desses?

Kerensa Dille, a gerente-assistente de quem Cindy mais gostava, caminhou até o bar e estendeu o celular.

— Oh, meu Deus, meu amigo está dando uns filhotinhos lindos de corgi galês. Veja.

Eram quatro filhotinhos de olhos fechados e aninhados dentro de uma cesta de vime. Eles eram umas coisinhas lindas, como disse Kerensa.

Molly pôs as mãos nos quadris.

— Você só vai sair desta sala com um filhotinho ou com um namorado. Decida agora, ou está demitida.

Graças a Molly e Kerensa, Cindy tinha um monte de coisas a fazer na manhã seguinte. Alguns meses antes, após a primeira visita de Molly, ela e Kerensa tinham falado para toda a equipe que Cindy perdera toda a mobília em um divórcio brutal com um homem abusivo. E a partir daí Kerensa se tornou a mulher de boa vontade para cada gerente, garçom e ajudante de garçom que quisesse se desfazer de uma mesa, um tapete, uma poltrona, uma gravura emoldurada, um abajur, um vaso de planta. Cindy nem sequer frequentava a igreja de Kerensa, e de repente dois membros da congregação a presentearam com uma velha TV de tubo e um leitor de DVD. Em outra ocasião, três clientes irmãos que passavam o verão em Charlevoix lhe deram um aparelho de som Panasonic ainda na caixa. Ela se sentiu tão culpada por tudo isso que prometeu um curso completo de vinho naquele mesmo verão para todos os doadores.

O primeiro dia na companhia do cachorro que Cindy chamou de Brix acabou sendo um ridículo dia de trabalho. Lanchester Cunningham, um sedutor atacante dos Lions, Diana Vecchio, uma meteorologista sacana do Grand Rapids, e Luc Provencher, um magnata lascivo do peixe congelado, todos tinham feito reservas para aquela noite junto a grandes grupos, e um representante da vinícola Traverse City, conhecida pelo seu Riesling, chegaria às quatro horas para fazer uma degustação. Ela deixou Brix numa almofada dentro de um cercado com uma tigela de água, brinquedo e biscoitos caninos. Fazia algumas horas que era dona do cachorrinho e já se sentia devastada por deixar o rapazinho sozinho.

O rapaz da vinícola Traverse City chegou na hora certa, com bonés da marca, camisetas e algumas garrafas de Riesling, Chardonnay, Pinot Gris e Pinot Noir. Kerensa não precisava aparecer, mas apareceu.

– Como vão as coisas com o cachorrinho? – perguntou Kerensa.

O rapaz do vinho olhou para elas quando abriu o Pinot Gris e perguntou:

– Você tem um cachorro? – Antes que Cindy respondesse, ele continuou: – Cachorros são o máximo. Eu tenho nove.

– Você tem nove? – perguntou Kerensa.

– Eu sei, não é o suficiente, certo?

Kerensa e Cindy se entreolharam novamente. Isso só podia ser uma brincadeira dele, óbvio.

— Bem, eu moro numa fazenda. — Ele serviu duas taças de Pinot Gris. — Ou era uma fazenda, antes do meu pai se matar. Agora, é apenas uma casa em quatro hectares.

Kerensa lançou outro olhar para Cindy. Ele continuou falando:

— Na semana passada, o meu cachorro Eddie desenterrou alguns ossos humanos. Eram totalmente estranhos. Ele chegou correndo em casa com algo na boca que parecia um fêmur. Eu reagi, tipo, oh, uau, são ossos humanos, Eddie. E ele ficou todo contente. De qualquer forma, eis o nosso Pinot Gris. Ele tem um equilíbrio perfeito de toranja, pera e mineralidade, com um leve toque de acidez no final.

— E então, você chamou a polícia? — perguntou Kerensa. — Quando seu cachorro encontrou os ossos?

— O quê? — Ele pareceu genuinamente surpreso com a pergunta.

— Você chamou a polícia?

— Hmm. Como responder a isso?

— Uh, sim ou não?

— Bem... sabe, pensei sobre isso e depois pensei que os ossos eram muito antigos. Quem tinha assassinado aquele cara provavelmente tinha dado no pé. E quem quer que tivesse sobrevivido já devia ter superado aquilo e seguido em frente com a vida. Se o assassino ainda está vivo, provavelmente está lá fora, pensando todo dia sobre ter matado alguém. Com a culpa pairando em cima dele. Isso não é o suficiente? Por que bagunçar a vida de todo mundo por causa de alguns ossos?

O telefone tocou no bar. Era a extensão para reservas.

— Deixa que eu atendo — disse Kerensa, levando a taça de vinho junto.

— Bem, deixa pra lá. O Riesling. Dezesseis meses de carvalho neutro. Sem malo. Mas Eddie é um bom cão. Se ele soubesse que a carne vem das vacas, ficaria deprimido. Já Hecky é capaz de matar um homem e enterrar o corpo. Se algum assassino caminha pelos caminhos tortuosos de minha terra, com toda certeza é Heckerdoodle, o poodle assassino. Mas esse é o tipo de cachorro que você quer para guardar sua erva.

— É para você — Kerensa chamou.

— Desculpe — disse Cindy, bebendo o Riesling enquanto caminhava até bar. — Você está certo sobre a acidez. Uma boa característica para o envelhecimento. — Ela pegou o aparelho na mão de Kerensa. — Alô?

— Alô — disse Reynaldo. — Como você está?

— Reynaldo? — O sangue subiu à cabeça de Cindy. Ela virou as costas para Kerensa e para o cara do vinho, que estavam a uns três metros de distância e podiam ouvir tudo. — Como você conseguiu este número?

— Você é uma mulher difícil de encontrar nos dias de hoje.

— Sim, bem, mudei o número do celular. E então, do que se trata?

— Uau. — Reynaldo pareceu assustado com o tom dela. — Bem, desculpe pelo incômodo, sei que as coisas não terminaram muito bem entre nós.

— Não, elas não terminaram bem.

— Mas, casei de novo e tive uma filhinha e tudo mais.

— Ah, legal. Fico feliz por saber que você realmente seguiu com sua vida. Isso é tudo, então?

— Bem, eu lhe devo cento e vinte dólares e queria ter certeza de que você irá recebê-los. É o principal motivo do meu telefonema.

— Por que me deve cento e vinte dólares?

— Sabe aquela reserva de restaurante que você fez três anos atrás? Eles me telefonaram e me convidaram, e vou com minha esposa. Então pensei que seria melhor reembolsá-la para ter certeza de que estou agindo certo.

Aquele desgraçado estúpido. Ela sentiu que estava sendo observada por Kerensa e o cara do vinho, mas não deu bola — aquela situação exigia algum volume.

— Não e não, essa é a minha reserva — disse Cindy, levantando a voz.

— Bem, eles me chamaram. Pelo telefone da minha casa.

— Veja. Ainda éramos casados naquela época. E o número também era da minha casa. Eu tentei garantir duas posições para que tivéssemos uma chance melhor. — Na ocasião ela achou que estava sendo inteligente ao colocar o número do telefone da casa partilhado por ambos.

— Sim, e eles telefonaram para minha casa. Eu não sabia de nada, mas é o tipo de oportunidade que se tem apenas uma vez na vida. Cassandra está nas nuvens. Ela é que sugeriu o reembolso do depósito. Isso mostra como está agradecida.

— Não, *eu vou*. Fui eu que fiz a reserva.

— Mas não está no seu nome. Por que você não pode esperar até ser chamada?

– Porque ela é minha filha e eu preciso vê-la.
– Que filha é essa?
– Eva Thorvald.
– Agora, você está só complicando as coisas.
– Não estou, não.
– E eu pensando que você não tinha filhos e não queria ter. Foi o que você sempre me disse. Durante cinco anos. Durante seis anos, na verdade, seis anos, contando o ano antes de nos casarmos.
– Bem, tive uma filha.
– E fez o quê, deu o bebê para adoção?
– Não, deixei-a com o pai.
– Ora – disse Reynaldo. – Ora, ora! Então, o pai dela é o seu ex-marido de Minnesota. Aquele de quem você nunca fala. Certo. Tudo bem.
– Sim.
– Por que não vai até onde ela mora e bate na porta dela?
– Eu não posso fazer isso, eu não posso fazer isso. Eu tenho muito medo de fazer isso. Eu só quero vê-la de longe.
– E ela nunca quis saber de você e nunca a procurou.
– Se procurou, eu nunca soube disso. E então, quando é o próximo jantar?
– Amanhã. Bem no meio de Dakota do Sul. Estamos voando para Pierre.
– Amanhã? E você só me telefona agora?
– Foi difícil encontrar você.
– Bem, eu vou.
– Vou consultar minha esposa.
– Eu vou.
Cindy desligou e anotou na mão o número de Reynaldo que aparecia no visor do aparelho. Em seguida se virou para Kerensa e para o cara do vinho que ainda a observavam.
– O que foi tudo isso? – perguntou Kerensa.

Cindy não conseguiu olhar nos olhos de Kerensa quando contou toda a história para a amiga; em vez disso, olhou para os barcos no lago pela janela da sala de jantar.

— Sinto muito – disse.

— Por quê? – perguntou Kerensa. – Eu posso entender por que você não queria falar sobre isso. Queria que a conhecêssemos como você mesma e não como mãe de uma pessoa famosa.

Cindy deixou escapar um suspiro. Depois de décadas de distância do Meio-Oeste, ela já tinha esquecido que a generosidade desconcertante era um traço comum da região. Primeiro, a mobília da casa presenteada, e agora, isso. Era tudo maravilhoso e estranho.

— Obrigada – ela disse. – É uma bondade maior do que a que mereço.

— Ei, todos nós temos segredos – disse o cara do vinho.

— Nem posso imaginar – disse Kerensa, olhando em seguida para Cindy. – Vamos saber quem ela é.

Cindy não acreditava que aquelas pessoas existissem.

Mais tarde, naquela noite, Cindy estava à mesa e respondia a uma pergunta de Diana Vecchio sobre qual Moscato, naquela lista, um rapper chamado Qwazey havia citado numa música quando Molly chegou por trás e a abraçou. Era o mesmo gesto que a mãe fazia quando a abraçava por trás sem motivo algum nos seus tempos de menina. Isso sempre intrigava Cindy.

— Telefone para você na linha de reservas. Seu ex-marido.

Cindy saiu da mesa prontamente, sem sequer dizer "com licença", e saiu correndo até o telefone no escritório.

— Não será possível – disse Reynaldo. – Sinto muito. Já compramos nossas passagens de avião.

— O quê? Pago a passagem de volta para você!

— Eu tenho que priorizar a minha esposa atual e não a minha ex-esposa, e fim de papo – ele disse. Cindy ouviu ao fundo a voz de uma mulher, "Diga que ela tem uma reserva e que só vai ter que esperar", e Reynaldo repetiu: — Você tem uma reserva e só vai ter que esperar.

— Vai se foder, Reynaldo – ela disse. – Nos vemos lá. – E desligou.

• • •

O voo de última hora de Traverse City, Michigan, para Pierre, Dakota do Sul, custou a ela o equivalente a quase dois meses de aluguel, e a partida às seis da manhã significava que teria que estar de pé às quatro, depois de ter trabalhado até meia-noite. Além disso, ela verificou os voos que vinham do aeroporto de São Francisco, e ambos, o voo dela e o voo de Reynaldo, faziam a mesma conexão em Denver; isso significava que eles estariam no mesmo avião para Pierre.

Cindy avistou Reynaldo no aeroporto de Denver a uns trinta metros de distância; ele estava na fila do embarque. Foi estranho vê-lo pessoalmente depois de tentar esquecê-lo por três anos, mas a sensação é de que havia passado apenas um mês. Ele vestia um terno cinza que ela não reconheceu, a barba estava mais grisalha e parecia mais magro. Ele percebeu quando ela se aproximou por trás e se virou. Ela vestia uma roupa que poderia causar boa impressão, pinçada de sua vida anterior de modos e gostos caros: saia lápis cinza-ardósia Donna Karan, blusa de popelina branca, sapatos altos fechados cor de marfim, blazer justinho e óculos escuros Prada enormes. Ela parecia muito bem para quem tinha apenas três horas de sono, e, pela expressão dele, ela percebeu que ele a achou ótima. Não que ela quisesse que acontecesse alguma coisa; ela só queria que ele percebesse o que estava perdendo, e que continuasse percebendo cada vez que olhasse para ela.

– Você me deve a passagem de avião da minha mulher – ele disse, sem sorrir. Se alguma remota afetividade por ele permanecia no coração dela, desapareceu instantaneamente com o que acabara de ouvir. Afinal, depois de tudo que tinham passado, era *assim* que ele a cumprimentava?

– Onde ela está? – perguntou Cindy.

– Ela decidiu não vir – disse Reynaldo. – Ela é extremamente avessa a confrontos.

– Foi decisão dela, não sua?

– Correto.

– Só para ver onde você está.

Reynaldo olhou para o tíquete.

– Em qual poltrona você está?

– 16B – respondeu ela.

– Eu estou na 4B – ele disse.

– Certo, então. – Cindy o viu abrir a boca e esperou que ele não fizesse uma oferta para trocar de lugar com alguém só para se sentar perto dela; a essa altura já tivera o bastante dele. – Vejo você em Dakota do Sul – ela disse, caminhando até o fim da fila e puxando um exemplar da *Economist* da bagagem de mão.

A próxima vez que Cindy viu Reynaldo foi na esteira de bagagens no pequeno aeroporto de Pierre. A mala dele era maior que a dela, o que era atípico. Aparentemente, era um banho de loja da nova esposa.

– Para onde agora, então? – Cindy odiava depender dele para informações.

– Eu não tenho a mínima ideia – ele disse. – Uma e quarenta. Acho que vou fazer check-in no hotel.

– Em que hotel está hospedado?

– No ClubHouse Hotel and Suites. E você?

– No Budget 5.

Só então um rapaz de smoking com óculos de armação de chifre caminhou em direção a eles. Girou sobre os calcanhares polidos, olhou para eles e perguntou se eram Reynaldo Reyna e sua mais um. Doeu para Cindy ser "mais um" para o ex-marido, mas ela balançou a cabeça.

– Os dois formulários de identidade, por favor – disse o rapaz, estendendo um iPad com um scanner de cartão de crédito anexado ao lado. – São dez mil.

– Você está com a equipe d'O Jantar? – perguntou Reynaldo. – Parece que sim, mas é melhor me assegurar.

– Claro. Eu sou Yonas Awate.

Ambos entregaram tudo que ele pediu.

– Metade em cada cartão? – perguntou Yonas, segurando os cartões de crédito.

– Sim – disse Cindy. – E então, onde vai acontecer o jantar de hoje à noite?

— Vocês verão.
— É você que vai nos levar? Você trabalha para ela?
— Sim.
— Pode nos levar para nossos hotéis primeiro? – perguntou Reynaldo.
— O que preferirem – disse Yonas, devolvendo os cartões. – Pegarei cada um de vocês por volta das cinco, para chegarmos na propriedade às seis.

Na saída do aeroporto de Pierre, o ar da tarde de agosto parecia sair da própria caldeira de Deus; Cynthia só tinha estado em Dakota do Sul uma vez e não lembrava que era uma região tão quente e tão plana.

— Uau, alguém deixou o aquecedor ligado – comentou Yonas Awate quando os conduzia até o estacionamento. Ninguém respondeu ao comentário, e ele então gritou: – Humor, gente!

— Eu estou acordado desde as quatro da manhã – disse Reynaldo.

Yonas os conduziu em direção a um Lincoln Town preto. Havia uma poeira barrenta nas rodas e nas partes inferiores das portas. Um sujeito louro e alto de óculos escuros com queixo de modelo de perfume estava sentado no banco do passageiro da frente com a janela aberta. Yonas apontou para ele e o apresentou como um convidado do jantar chamado Holger Schmidt, e depois fez as apresentações de praxe.

— De onde você é, Yonas? – perguntou Reynaldo quando já estavam na estrada.

— Minneapolis – disse Yonas.

— Não, quero dizer, de família.

Yonas mordeu o lábio. Pela expressão do rapaz, Cindy percebeu que ele odiava esse tipo de conversa. A idiota tagarelice social de Reynaldo nunca atraía as pessoas como ele pensava.

— Meus pais nasceram na Eritreia – ele disse e apontou para os controles de temperatura no painel. – Quente, frio, indiferente?

— Estou com um pouco de calor – disse Cindy.

Yonas ligou o ar-condicionado e estendeu para ela uma garrafa de água gelada cujo rótulo branco estampava BUHL R-O.

– O que é Buhl R-O? – ela perguntou.

– É a mais pura água do mundo. É de um poço intocado e profundo nas proximidades de Buhl, norte de Minnesota. Depois de coletada, é submetida a uma adequada osmose reversa e a um sistema de purificação de troca iônica.

– Uau, eu nunca ouvi falar disso.

– Eva Thorvald só usa esse tipo de água.

– E como é ela pessoalmente?

– Como essa água. É tudo que posso dizer.

Cindy abriu a garrafa e a manteve nos lábios. Tinha gosto de névoa espessa e fria.

– Sabe, essa água é engarrafada e realmente tratada conforme a lei dos resíduos perigosos de Minnesota – continuou Yonas. – Acontece que a água que tem todas as impurezas retiradas é violentamente solvente. Mas o engarrafamento estabelece as possíveis bactérias e isso alivia tudo.

Yonas estendeu uma garrafa para Holger.

– Não, isso parece horrível – disse Holger, com um leve sotaque alemão.

– Cada cabeça, uma sentença – disse Yonas.

Reynaldo cutucou Cindy.

– Quer ver uma foto de minha filha?

– Não – disse Cindy.

– Eu quero – disse Holger.

– Claro, com certeza. – Reynaldo passou o celular para Holger, que olhou para a foto por dois segundos e devolveu o celular.

– Não a reconheci – disse Holger. – Eu vou a todos os clubes de Berlim e nunca a vi antes.

Reynaldo pareceu um tanto assustado.

– Bem, tomara que não.

– Estou só brincando – disse Holger.

– Que tal um pouco de música? – perguntou Yonas.

O quarto de hotel de Cindy cheirava a essência de limão e tinha um barulhento aparelho de ar-condicionado à janela. Havia uma mancha no tapete com o formato do mapa de Wisconsin e arranhões em recantos estranhos das paredes, fora do alcance dos adultos e dos móveis. Um fio de metal acorrentava uma velha televisão de tubo a um console, e o controle remoto estava colado à mesa de cabeceira em algum tipo de suporte de plástico.

Quando ela estava com Reynaldo, eles nunca ficavam em lugares como aquele, e com o dinheiro que ele tinha não fazia sentido. Agora era o único tipo de lugar que ela podia pagar, mas não se importava. Depois de décadas de viagens de luxo por conta própria, e também com o segundo e terceiro maridos, sem que importasse o quanto opulento era o quarto, o check-out era sempre às onze horas, e quando ela saía pela porta do hotel continuava sendo ela mesma, mas o serviço exclusivo de quarto e as piscinas privadas não eram mais reais; eram como os corpos emprestados nos sonhos.

O que realmente partia o coração de Cindy era quando a conta chegava e ela pensava nos vinhos que poderia ter comprado com aquele dinheiro. Ela acreditava que nenhum hotel do mundo, existente ou ainda a ser concebido, poderia dominar os sentidos como um Château Margaux 1989 ou embalar mais surpresas em vinte segundos que um Les Clos Sacrés Savennières 2007. Cada aspecto de um quarto de hotel era efêmero; um bom vinho ficava com você para sempre.

Enfim, ela estava absolutamente satisfeita com aquele quarto de hotel com vista para um estacionamento, uma rodovia e um restaurante Happy Chef, tudo isso casta e felizmente americano, desprovido de qualquer glamour ou pretensão ou desculpas para nada.

Ela observava o estacionamento e a saída dos caminhões do restaurante, invejando toda aquela falta de sentido por uma única razão: aquele era o lugar onde ela encontraria a filha, em algum lugar lá fora, em toda aquela Dakota.

Ela se deitou em cima do edredom macio e florido, e, embora tivesse dormido apenas três horas, não estava cansada. Em seu sangue corria a mesma energia de um soldado que está sendo enviado para a guerra. Não havia nada ali que a lembrasse de casa. Apenas, talvez, algo para se sustentar na ausência de uma.

•••

Cindy estava passando o batom às dez para as cinco quando ouviu uma batida na porta.

– Senhora Reyna! – uma voz masculina chamou.

Cindy abriu a porta e topou com um cara malvestido em terno preto no corredor sombrio. Ele parecia um baterista de heavy metal; tinha um monte de anéis nos dedos, e ela apostou que também tinha tatuagens sob as mangas do paletó. Ele estendeu a mão cheia de anéis sorrindo.

– Sou Randy Dragelski – disse. – Seu carro está esperando.

– Yonas está aqui?

– Yonas agora está só com o sr. Schmidt. Eu vou levar a sra. e o sr. Reyna.

– Só um minuto. – Cindy deixou a porta aberta. Randy continuou no corredor. – Pode entrar, só preciso terminar.

Randy observou enquanto Cindy terminava de passar o batom nos lábios.

– Uau, bizarro – ele disse.

– O quê? – perguntou Cindy.

– Ah, nada – disse Randy. – É que você tem os olhos iguais aos de Eva.

– Ah, que coincidência engraçada – disse Cindy.

Cindy ficou aliviada quando soube que era a primeira pessoa a ser pega. Ela ocupou o assento do passageiro da frente ao lado de Randy, que saiu dirigindo com um braço totalmente estendido por cima do volante.

– Há quanto tempo você trabalha para Eva? – perguntou Cindy enquanto prendia o cinto de segurança.

– Faz muito tempo. Fui o primeiro contratado quando apenas ela e Elodie tocavam as coisas.

– Quando foi isso?

– Sei lá, outono de 2009, ou por aí.

– O que você faz para ela?

– Fazia um pouco de tudo, mas agora só faço isso. Relações-públicas com os convidados. É minha parte favorita.

— E como é ela, Eva Thorvald?

— Ela é incrível. — O amor era evidente na voz, mas, depois de um fôlego, ele franziu a testa. — Isso é para um blog ou algo assim?

— Não, eu trabalho num restaurante em Michigan. Eu só estou curiosa. Ela é uma boa pessoa para trabalhar?

— Sim, ou eu não estaria aqui. — Ele assumiu um tom profissional. — Ela é a melhor e espera o melhor.

Cindy colocou os óculos velhos que mantinha na bolsa como uma cópia de segurança e quase não usava.

— Eu me pergunto como ela foi criada.

— Ela não quer que eu comente isso com os clientes — disse Randy.

Cindy ficou surpresa.

— Ah. E você pode me dizer de onde ela vem?

— Do mesmo lugar que eu — disse Randy. — Um lugar que se foi.

Reynaldo esperava de smoking na entrada do hotel. Cindy sacudiu a cabeça.

Ele olhou para Cindy quando se sentou no banco de trás e perguntou:

— O que houve com os óculos?

Só depois que o carro saiu da zona urbana de Pierre pelo campo adentro é que Cindy olhou pela janela. Eles passavam por entre colinas verdes, onde aglomerações de árvores juntavam-se a hectares de capim alto, como pelotões de um exército derrotado e perdido. Surgiu uma placa para Reserva Crow Creek e em seguida algumas placas para algo chamado Wall Drug.

Passado um tempo, Reynaldo bateu nas costas do banco de Cindy.

— O que há de novo em sua vida? — perguntou.

— Nada — ela disse, sem se virar. — O mesmo de sempre.

— Namorado?

— Só tenho um cachorro — ela disse. — Um corgi galês.

— Ah, pensei que você não queria filhos.

— O que quer dizer?

— Ter um cachorro é quase como ter um filho.

— Não, não é como ter um filho — ela retrucou. — Isso é melhor na medida do possível. Então, é como ter um cachorro.

O carro virou para uma estrada pavimentada de duas mãos, e do alto de uma colina florida Cindy avistou um vale forrado de árvores. E depois o carro virou para uma estrada de terra e começou a sacolejar, fazendo a sofisticada água estremecer agradecida no porta-garrafas.

Uma cerca de madeira e arame farpado estendida em ambas as direções fechava algo que Cindy não conseguia discernir. Dois rapazes de terno com walkie-talkie e fone de ouvido guardavam o portão; Randy parou o carro próximo a eles.

— Reynaldo Reyna e mais um, Cindy Reyna — disse Randy.

Cindy observou enquanto os rapazes retransmitiam os nomes para um supervisor. Eva Thorvald agora sabia que eles estavam ali.

Do carro, eles podiam ver o topo de uma colina e duas longas mesas de jantar cobertas por toalhas de mesa cor de marfim.

— São mesas Regency — disse Reynaldo. — Sem dúvida. Dá para ver pelos pés.

Cindy não fazia ideia de quando ou onde o ex-marido cirurgião pediátrico aprendera a respeito de mesas de jantar. Enquanto se aproximavam, uma equipe pequena e diversificada levava cadeiras ornamentadas para as mesas.

O carro parou perto de uma tenda de uns trinta metros de comprimento, que aos olhos de Cindy pareceu uma tenda árabe de xeques do petróleo. Estacionado próximo à tenda, um ônibus de dois andares onde estava escrito TRAILERS WILSHIRE. Ela supôs que era o veículo privado de Eva.

Randy abriu a porta de Cindy e pegou os celulares dela e de Reynaldo, e depois um homem armado e de óculos escuros os revistou. Solicitou que entrassem na tenda, onde eram servidos chás e coquetéis, e acrescentou que encontrariam o banheiro masculino e o feminino naquele luxuoso ônibus.

— Eva se juntará a nós para os coquetéis? — perguntou Cindy.

— Não — disse Randy. — Ela está muito ocupada.

— Onde fica a cozinha?

— É proibido entrar na cozinha, senhora.

— Pode mostrar onde fica?

Randy ligou o walkie.

— Ei, Braque, tem um convidado aqui que quer ver a cozinha.

— Você pegou celular e câmera do convidado? — disse Braque.

— Sim.

— Vou perguntar. Quem é o convidado?

— Cindy Reyna.

— Certo, um segundo.

Cindy observou que Reynaldo seguia para a tenda dos convidados, onde estavam servindo as bebidas. Ela não pôde ver o interior pela rapidez com que ele puxou a aba de lado.

— Fiz um pedido estranho?

— Na verdade, não — disse Randy. — As pessoas pedem para ver a cozinha o tempo todo.

O walkie estalou.

— Negativo.

— Certo — disse Randy, olhando em seguida para Cindy. — Desculpe.

Cindy se virou de costas para a tenda.

— O que você vai fazer agora?

— Receber os clientes tardios — disse Randy olhando para o alto, onde um balão verde e amarelo brilhava cheio de ar contra o azul do céu. — Dependendo das informações que recebemos dos clientes, nem sempre os apanhamos de carro no aeroporto.

— Posso me juntar a você? — perguntou Cindy. — Não quero ficar com o meu ex-marido em espaços fechados.

— Você pode se sujar — disse Randy.

• • •

Cindy seguiu Randy pela colina arborizada abaixo, que ladeava um grande rio azul acastanhado. Galhos caídos, arbustos e folhagens agarravam-se neles; não parecia uma trilha, mas Randy sabia aonde estava indo. Cindy passeara na mata no verão anterior; algumas colegas do trabalho alugaram uma cabana no norte do estado, mas ela ficou dentro da casa quase o tempo todo.

As garotas se surpreenderiam se a vissem naquela hora. Ela arranhou a panturrilha em algum galho afiado e, quando tirou os sapatos, a lama subiu por entre os dedos dos pés. Foi emocionante.

Era tanta lama que ela acabou parando próximo à margem do rio, mas Randy seguiu em frente com as pernas da calça preta marcadas de barro.

– Lá estão os dois. – Ele apontou para o rio. Uma canoa vermelha cruzava as águas em direção a eles com duas pessoas dentro. Randy retornou para a mata, em direção a uma árvore com uma fita preta amarrada em volta. Como é que ele sabia onde estava tudo aquilo, Cindy não entendeu.

Os navegantes desembarcaram; um casal de jovens em calças jeans, camisas xadrez e coletes salva-vidas; eles estavam sujos e molhados e, pela aparência, não dormiam há dias.

– E agora? – perguntou a moça, caindo na beira do rio.

– Certo, vejamos a próxima coisa na lista – disse o rapaz, sentando-se na grama enlameada e puxando um cartão plastificado de um bolso de sua calça cargo. – Aqui só diz: "Árvore do Cão Sem Pelo".

A moça se sentou e olhou para a mata. O rapaz continuou olhando para o cartão, repetindo a frase para si mesmo.

– Olhe. – A moça apontou para a esquerda, mais para cima de onde estava. – Lá no alto, a árvore de casca raspada.

– Sem casca. Ah, essa foi fácil – disse o rapaz, seguindo a moça em direção à mata, onde Randy e Cindy estavam escondidos.

O casal se ajoelhou junto à árvore nua, onde estava um cartão plastificado com as palavras OLHE PARA CIMA.

– Bem-vindos Ao Jantar – disse Randy, caminhando em direção aos dois. – Sigam-me para o chá e os coquetéis.

O casal soltou um grito e se abraçou.

Eles disseram que tinham oferecido um "pacote de aventura" quando aceitaram a reserva, o que significava que teriam que encontrar o caminho a partir de onde moravam, em Chicago, usando apenas pistas e transporte não motorizado. Segundo eles isso exigira apenas uma semana.

– Como se chamam? – perguntou Cindy.

– Will e Katie Prager – disse o rapaz, com um orgulho evidente no fraseado que soou doce.

– Recém-casados? – perguntou Cindy.

– Sim – respondeu Katie Prager. – Na verdade, esta é nossa lua de mel. Nossos amigos fizeram uma vaquinha quando souberam que tinham aceitado nossa reserva. – Fazia tempo que tinham colocado seus nomes na lista, planejando celebrar o casamento pouco antes da data prevista para O Jantar, onde quer que ocorresse.

No caminho de volta, Will mencionou que tinha namorado Eva "por pouquíssimo tempo, um tempo muito sombrio" na escola, mas pelo visto isso não influenciara o movimento do casal na lista.

– Eu me inscrevi no site no dia em que abriram as reservas – contou ele.

– Talvez ela quisesse determinada combinação de pessoas – explicou Randy. – Mas não posso afirmar.

Alguns minutos depois, Randy conduziu Cindy ao longo de um campo onde estava pousado um balão listrado de amarelo e verde.

De repente, ergueu-se de um cesto, um grandalhão em calça larga de algodão nas cores da bandeira jamaicana com uma camiseta que dizia ONDE É A FESTA?. Randy o recebeu com uma escadinha. Havia jamaicanos em Charlevoix e Cindy gostava dos que tinha conhecido, mas não poderia dizer se aquele era de fato um jamaicano antes de conversar com ele.

– Uau. Foi demais – disse o grandalhão. *Não*, pensou Cindy. *Americano. Chato.* Ele ajudou a companheira, menor que ele sem ser pequena, a sair do cesto mais atrás. – Então, é este mesmo o lugar? Eu teria que procurar um cara de cabelo comprido vestido em terno preto sujo.

– Se vocês são Ros Wali e Rashida Williams, sim, é este o lugar.

– Sim, somos nós – ele disse.

– Sigam-me para o chá e os coquetéis – disse Randy. – Faltam vinte minutos para o primeiro prato.

Enquanto Randy conduzia os recém-casados até a tenda, Cindy sorrateiramente aproximou-se das mesas e espiou os nomes sobre os cartões que marcavam os lugares. Eram dezesseis no total, e Eva Thorvald não estava entre eles; ela não faria a refeição com os convidados, como esperava Cindy. Infelizmente, embora previsível, Cindy estaria ao lado de Reynaldo, e ela então passou o próprio cartão para outra mesa e colocou o ex-marido ao lado daquele tal de Holger Schmidt.

Do alto da colina, ela avistou o rio de um lado e o pôr do sol do outro. E também viu dois homens barbudos de colete de pesca que carregavam uma grande caixa de isopor azul. Observou que rodearam a tenda até os fundos. Era onde estaria a cozinha.

Ela começou a descer a colina.

– Ei – disse Randy, aparecendo do nada junto a uma garota de ombros largos e cara fechada. – Se você está à toa, pode ajudar a mim e a Maureen a colher milho para o jantar de hoje à noite?

– Colher milho? – perguntou Cindy.

– Maureen O'Brien – disse a moça. – Sou uma velha amiga de Eva.

Foi surpreendente para Cindy poder conhecer diferentes pessoas de diferentes partes da vida de Eva.

– Desde quando?

– Quando a conheci Eva tinha dezesseis anos e eu tinha vinte e quatro – disse Maureen. – Pois é, milho. – Maureen apontou para uma pequena lavoura de milho, talvez uns sessenta pés, em um lote de terra perto de uma fazenda. – Faz quatro anos que Eva começou essa plantação de milho. E durante esse tempo planejamos fazer um jantar aqui. Quer começar a trabalhar?

Cindy ficou tentada, só para fazer um milhão de perguntas sobre Eva para aquela moça, mas estava suja e odiava os milharais desde os tempos de escola; no verão, o pai a colocava para trabalhar na colheita junto com o irmão. Era para que aprendessem a ética do trabalho, mas o preço era desgastante, e acordar de madrugada era um terror, e como ela usava mangas curtas para ganhar um bronzeado, pelo menos duas vezes por dia, machucava os braços nas folhas de milho, que cortavam como lâminas.

– Eu realmente estou precisando me refrescar um pouco – disse Cindy.

Randy chamou um dos seguranças, um armário de nome Dougie, para acompanhá-la até o ônibus de luxo. A cozinha estava a certa distância da outra extremidade da tenda.

Às 19:30, os dezesseis convidados estavam sentados para o jantar. Cindy estava entre Ros Wali e uma deslumbrante mulher de cabelos negros que se chamava Asgne Fihou (pronuncia-se *Â-ne FÍ-ráu*, ela disse preventivamente), e do outro lado da mesa, Ha Man-hee e Lee Mi-sun, um casal de sul-coreanos. Era visivelmente uma mesa internacional; Holger Schmidt, depois da intervenção de Cindy, era agora o único não americano na outra mesa. Claro que Reynaldo se espantou quando viu que não estava ao lado de Cindy, mas Holger pediu que ele não esquentasse, e ele se sentou sem dizer uma palavra.

O casal da canoa, Will e Katie, estava na mesa de Reynaldo; aparentemente supridos com trajes de tamanho apropriado, mas ainda pálidos e cansados, com rostos de quem havia ficado acordado por dias a fio.

Randy puxou a cadeira para Cindy enquanto os outros membros da equipe faziam o mesmo para os outros convidados.

– Serei o seu assistente pessoal esta noite – ele disse. – Não haverá substituições ou alterações no menu, mas qualquer outra coisa que desejar, avise-me, por favor.

– Eva virá durante o jantar?

– Se fizer isso, será em algum momento após o terceiro prato – disse Randy, entregando um pequeno cartão de velino cor de marfim para Cindy. – É o cardápio desta noite.

Entrada

Fatias finas de PANE DI CASTAGNE tostado na brasa
com paleta de porco curada (tipo copa, do porco de Eva
chamado William, raça Berkshire) & chutney de ameixa Alderman e gengibre

HARMONIZAÇÃO: *Luciano Saetti Lambrusco 2012
Salamino di Santa Croce*

Primeiro

Walleye grelhado
Servido em filé sobre succotash de Golden Bantam
(milho-doce/cebola roxa/vagem Blue Lake)

HARMONIZAÇÃO: *Littorai Mays Canyon Chardonnay 2009,
Russian River Valley, CA*

Segundo

Veado grelhado
Servido com tomates Moskvich grelhados,
couve refogada com vinagrete de geleia de pimenta
(geleia caseira de pimenta & vinagre de xerez & óleo de semente de uva)

HARMONIZAÇÃO: *Marcassin Blue-Slide Ridge Pinot Noir 2005,
Sonoma Coast, CA*

Terceiro

Pavlova com amoras de Dakota do Sul colhidas hoje,
servidas com miniporção de leite gelado de chocolate amargo
com infusão de pimenta habanero chocolate

HARMONIZAÇÃO: *J. J. Prüm Wehlener Sonnenuhr Riesling 1990,
Trockenbeerenauslese*

Encerramento

Receita particular de sobremesa de Pat Prager com (À SUA ESCOLHA)
café Kopi Luwak, chá Sheng Pu'er Qianjiazhai centenário 2002,
E/OU ardbeg Provenance 1974, servido puro

• • •

Cindy ficou ansiosa pela maioria dos vinhos; esperava mais tintos, mas não combinariam com aquele menu. Duas etapas de sobremesa, isso era novidade.

– Caralho. – Uma voz masculina que soou alto de outra mesa a fez se virar. Era Will, o rapaz da canoa. Ele olhava para a parte inferior do menu com ar angustiado.

Todos os presentes pareciam bem-educados, de modo que receberam o palavrão em voz alta com murmúrios de desaprovação, fossem convidados ou funcionários. Will era um doce de garoto, mas precisava pegar mais leve naquele lugar.

– Que porra de coincidência! – ele gritou.

– Feche a matraca! – disse Holger.

– Oh, Deus. – Cindy podia pedir aquele homem em casamento.

A *entrada* foi servida: duas torradas perfeitamente douradas em forma de triângulo isósceles e finas como tortilhas emolduravam um cacho de presunto rosa brilhante, acompanhadas por uma colher de cerâmica branca com um chutney vermelho claro. Serviu-se em seguida o Lambrusco, vertido de um decantador refrigerado, o que não seria de todo necessário caso armazenassem o vinho de modo adequado.

– O que você faz? – perguntou Ros Wali para Cindy. – Trabalha aqui?

– Não, sou *sommelier* em Michigan. E você?

Ros Wali apontou para a mulher do outro lado.

– Eu e Rashida somos consultores de arrumação licenciados. Vamos à sua casa e dizemos quais são as coisas que precisam ser jogadas fora.

– Uau, eu nunca ouvi falar disso. Existe mercado de trabalho para isso?

– E como, você nem faz ideia – disse Ros Wali. – Aqui o meu cartão.

Ele entregou um cartão com as cores da bandeira jamaicana; de um lado, junto ao número do telefone, estava escrito, *Conselheiro de Arrumação Licenciado: Casa ou Escritório – Viva com Simplicidade, Viva Bem!* Do outro lado, USE ROS WALI em letras garrafais.

– Então, hum... *sommelier*, o que nos diz sobre os vinhos desta lista? – perguntou Ros Wali.

– Bem – disse Cindy. – O Riesling alemão vintage 1990 é tido como um dos melhores em sua história. O Chardonnay americano, eu tomei muitas vezes, é um dos meus preferidos; ele tem menos carvalho e é menos alcoólico que muitos Chardonnays domésticos. – Cindy se deu conta de que esbanjava o jargão do vinho; olhou em volta para saber se o público ainda estava interessado, e estava. – Quase tudo do Marcassin é um tiro certo, se bem que um tanto caro, e esse Lambrusco, seco e orgânico, deve ser perfeito com a copa.

– Uau, certo – disse Ros Wali. – Eu já sabia disso, só estava verificando.

Cindy pegou a faca e cortou o presunto ao meio, e usou um pouco de chutney de ameixa para prendê-lo à torrada. É isso que se deve fazer? Ela notou que do outro lado da mesa Man-hee fazia um delicado sanduíche com o presunto.

Ela observou na própria mão o pequeno naco rosado ligeiramente avermelhado e acastanhado antes de levá-lo à boca. Lembrou-se da filha na última vez em que a tinha visto, uma coisa meio estranha, fazendo cocô durante o dia e chorando de fome durante a noite. Cindy odiava amamentar, só fez isso duas vezes e doeu como um inferno, e embora um possível laço com a filha pudesse ter irrompido no coração da mãe naqueles dias passados, a verdade é que isso nunca aconteceu. E de repente agora ela estava sendo alimentada pela filha naquela mesa.

Objetivamente, era um prato surpreendente. A acidez do chutney, o salgado do presunto e a secura terrosa do vinho, tudo isso reunido em feliz desordem, como um encontro de irmãos após um verão separados. Ela não pôde acreditar que só aquele prato custava mil dólares, mas teria comido uma tigela enorme cheia daquilo e não se sentiria satisfeita.

A mulher ao lado, a que tinha um nome impressionante e obscuro, se levantou e saiu com a taça de vinho. Quando Cindy ergueu os olhos, Reynaldo estava sentado na cadeira vazia da mulher, colocando o guardanapo no colo e a taça de vinho sobre a mesa.

– Pronto, assim está melhor – ele disse. – Holger estava paquerando Asgne na tenda de drinques mais cedo; espero que não se importe com a mudança.

Cindy terminou o resto do vinho.

– Uau, que *entrada*, hein? – disse Reynaldo. – Sabe que nós vimos Eva Thorvald mais cedo? Ela apareceu para tomar um chá. Eu procurei você, mas não a encontrei.

– O quê? – Cindy tentou manter a calma. – Você a conheceu?

– Bem, conhecê-la, propriamente, não, mas a vi de perto. Ela só disse "oi" para todos. Onde você estava, afinal?

– Quando foi isso? Ela conversou com você?

Ros Wali cutucou-a.

– Ei, não esquenta. Ela só entrou, tomou um chá, disse "oi" e saiu. Foram dez segundos. Foi tudo que você perdeu.

– Mesmo assim, interessante – disse Reynaldo.

– O que digo é que ela faz um tipo diferente. Só posso dizer isso – disse Ros Wali. – Ela não vem de onde nós dois viemos. Ela vem de algum outro lugar.

A segunda etapa chegou: dois pequenos retângulos cintilantes de peixe branco sobre porções de tamanho idêntico de succotash amarelo e vermelho. Man-hee e Mi-sun deram uma garfada do outro lado da mesa; Mi-sun se debruçou na mesa e segurou a própria cabeça.

Ros Wali olhou para Cindy.

– Será que é melhor mandar isso de volta?

Mi-sun levantou a cabeça com lágrimas e um sorriso no rosto. Man-hee balançou a cabeça para frente e para trás quando mastigou devagarinho e de olhos fechados.

Mi-sun enxugou os olhos.

Reynaldo experimentou o dele.

– Uau. Talvez esta seja a melhor região em Dakota do Sul para pesca do walleye, e se é por isso que fazemos esta refeição aqui, valeu a pena.

Cindy nem sequer tocara no peixe, e o prato de Ros Wali já estava vazio.

— Esse filho da puta estava uma loucura – disse Ros Wali. – Mas o que é isso? Só esses dois pedacinhos? – Ele chamou o rapaz de cabelo loiro comprido que o atendia. – Ei, Jordy, posso ter um papo de alguns segundos?

Jordy franziu os lábios e balançou a cabeça.

— Desculpe, não posso fazer isso.

Ros Wali esmurrou a mesa e todas as taças de vinho estremeceram.

— Que palhaçada, cara! Que porra de palhaçada!

Rashida o enlaçou com o braço e pediu que relaxasse.

Reynaldo fechou os olhos e tocou nas têmporas quando mastigou.

— Deixe de ser irritante – disse Cindy.

— Isto é indescritível, indescritível – ele disse. – O milho tem sabor de açúcar demerara. E o peixe é assim, é assim...

— Indescritível?

Ele assentiu.

— Eu queria tanto que Ayren estivesse aqui.

Não era o nome da esposa dele.

— Quem é essa?

— Minha filha. A-Y-R-E-N. Um anagrama de Reyna. Ayren Reyna. Ela adoraria isto.

Oh, Deus.

— Ela é um bebê – disse Cindy. – Ela só gosta da própria meleca.

— Você não acha que se ela provasse alguma coisa assim, talvez tivesse o curso da vida transformado?

— Duvido.

— Você e Lars nunca alimentaram... ela, com alguma coisa assim? Talvez isso explicasse tudo – disse Reynaldo.

— Claro que não – disse Cindy. – Talvez Lars tenha feito. Provavelmente fez.

— Isso confirma minha tese, então.

Cindy cutucou a perna de Reynaldo com o cabo da faca por baixo da mesa.

— Por favor, não coloque Eva em pauta novamente.

— Você está aqui graças a mim, você sabe – ele disse, atacando o último pedaço de peixe com o garfo.

• • •

Na opinião de Cindy, o walleye e o succotash estavam notáveis. Talvez apenas uma ou duas horas depois de pescado, o peixe estava tenro de partir o coração e derretia na boca como creme. Acompanhamento sábio, Chardonnay ao estilo do Velho Mundo, perfeito; algumas notas de calcário e mel, como um Chablis top de linha. Mas nem por isso ela faria um escândalo na mesa, embora talvez estivesse distraída demais para se submeter ao entusiasmo dos outros comensais.

– Randy – ela o chamou. – Eva aparece depois deste prato?

– Se ela fizer isso, será entre as duas rodadas de sobremesa – disse Randy. – Ela vai estar muito ocupada na cozinha até lá.

O prato seguinte, um pequeno corte de bife de veado, aproximadamente metade do tamanho de uma carta de baralho, com tomates e geleia de pimenta, era um assunto diferente. A carne de veado era firme o bastante para ocupar os dentes e macia o bastante para levar prazer à boca, trazendo sabores novos, sutis e determinados a cada mordida, enquanto os tomates eram extremamente ricos, e de sangue quente, e aquilo tudo era como comer um animal dormindo. O acompanhamento, um Pinot de corpo leve, não apagava essas sensações, mas rastejava por baixo da força delas, sublinhava-as. Era o máximo de sabor que quinze segundos eram capazes de oferecer; após uma garfada e um gole de vinho, Cindy se sentiu luminosa e exausta.

Mi-sun e Man-hee choravam e balançavam para frente e para trás nas cadeiras; Ros Wali sacudia a mesa aos gritos de "A injustiça! A injustiça!"; Reynaldo cortava a carne de veado em fatias quase diáfanas, talvez para fazer aquilo durar mais tempo.

Claro, o prato estava impecável, e o vinho que o acompanhava era sobrenatural, mas aqueles convidados estavam fora de controle. Será que tentavam justificar emocionalmente o preço da refeição? Será que tinham tomado muitos drinques naquela tenda? Era uma refeição de tirar o fôlego, uma das melhores experimentadas por Cindy, mas aquela histeria já estava esquentando o cérebro dela.

• • •

— E agora, a primeira das duas sobremesas.

Depois de anunciar, Randy colocou à frente de Cindy uma pavlova do tamanho de uma rosquinha, com cinco metades de amoras agarradas a um minúsculo platô e um copinho de cobre com dois terços de um líquido marrom escuro cremoso.

— É o meu favorito. — Ele apontou para o líquido. — Beba-o logo depois de comer.

Reynaldo tentou cortar a pavlova em quartos.

— Sabe que nunca fiquei tanto tempo longe de minha filha? — disse. — Saí de casa às quatro e meia da manhã de hoje. São dezesseis horas.

— Catorze — retrucou Cindy. — Aqui o fuso está duas horas à frente. — Depois de colocar tudo na boca, ela tomou metade do shot de leite gelado picante de chocolate. — Uau — exclamou involuntariamente.

— Continua sendo um recorde — disse Reynaldo.

— Bom para você – disse Cindy. — Adoraria ouvir mais sobre isso, mas estou tendo uma conversa muito interessante com Ros Wali aqui.

Ros Wali se inclinou sobre o prato vazio e lambeu uma raspinha de amora.

— Isso parece vivo! — gritou.

Os membros da equipe convergiram uns para os outros e cochicharam; Cindy se virou quase com a mesma rapidez que percebeu Yonas Awate sozinho entre as mesas.

— Eva Thorvald agradece a todos pela presença no jantar de hoje à noite — ele falou, virando-se para olhar no olho de cada convidado. — Eva lamenta que esteja muito exausta para se juntar a vocês pessoalmente, mas está imensamente feliz que tenham compartilhado o maior jantar de todos os tempos já feito por ela. Eva mandou dizer que, embora não esteja aqui com vocês esta noite, ela contou a própria história de vida para vocês por meio dos ingredientes dessa refeição, e, que embora, vocês não tenham podido cumprimentá-la pessoalmente, vocês estão no coração dela. Agora, por favor, continuem comendo e bebendo, e, mais uma vez, muito obrigado.

• • •

Cindy não teve coragem de aplaudir junto com os outros. Que desculpa mais esfarrapada, insincera! Continuou olhando para Yonas, com o coração jorrando ácido pelos ouvidos e pelos olhos.

Ela olhou para o ônibus de luxo ao sopé da colina, e seus olhos varreram a decadência do protocolo ao redor. O casal coreano estava deitado no chão, como crianças desgastadas pelo histrionismo. Contido fisicamente pela companheira, Ros Wali agitava os braços sobre uma vela acesa e uma taça de vinho pela metade.

Reynaldo continuava alheio a tudo.

– Ainda te amo, você sabe. – Ele tombou para frente, entupido de álcool e de nostalgia não correspondida. – Minha esposa só me deixou fazer essa viagem porque prometi a ela que daria um ponto final em nossa história.

– Se ela acreditou nisso, ela é boba demais para você – disse Cindy, olhando em volta. Os membros da equipe, incluindo Randy e Maureen, ajudavam Rashida Williams a controlar Ros Wali. Ele estava realmente fazendo um ajuste de contas com a injustiça; isso cativava a todos.

– Seu segredo está seguro comigo, você sabe. Eu te amo e nunca contarei nada para ninguém.

– Se o último prato chegar, guarde o meu para mim – disse Cindy. – Preciso ir. – Ela tomou um último gole do leite gelado picante, levantou-se da mesa com o álcool bombeando-lhe as pernas e desceu apressada pelo leve declive da colina em direção ao ônibus de luxo.

– Estarei aqui – disse Reynaldo. – Vou guardá-lo com minha vida.

Ela se aproximou do ônibus, espantando os mosquitos do braço. Ouviu um barulho, e a seguir um segurança tatuado parou em frente à tenda e olhou para ela.

– Eu vou ao banheiro – ela disse.

Ela abriu caminho na área dos banheiros daquele opulento espaço – mesmo na penumbra, era mais extravagante que qualquer outro por onde passara – em direção à traseira do veículo. A porta estava entreaberta. Lá dentro estava escuro e vazio.

Só quando se dirigiu para o segundo andar é que se deu conta de que o ônibus estava desocupado; na verdade, parecia pouco usado. Os balcões e as mesas estariam vazios se não fosse pela cópia de um formulário de seguro e um contrato de locação.

Da janela, uma pequena luz bruxuleante chamou a atenção de Cindy. Eram três mulheres sentadas lá fora em torno de uma pequena fogueira atrás de uma barraca; a noite encobria os rostos, mas ela sabia quem estava lá.

Cindy imaginara duas versões para aquela noite – estranhamente, sempre encenadas à noite – por centenas de vezes ao longo dos anos entre aquela manhã na vinícola Tettegouche e aquela noite em Dakota do Sul. Em um dos devaneios se aproximava de Eva Thorvald e dizia: *Olá, eu sou Cynthia Hargreaves*, e elas se olhariam e na mesma hora o magnetismo mãe-filha quebraria os anos de silêncio. Ela abraçaria a filha pela primeira vez desde os tempos em que era um bebê, e depois enxugariam as lágrimas uma da outra e escavariam memórias perdidas a noite toda até de manhãzinha. Talvez até ela se mudasse para Minnesota, assim poderia ficar mais perto e trabalhar como *sommelier* para aquele impressionante império da filha – todos ficariam felizes, e era o tipo de história tocante, humana, que faria Eva famosa nacionalmente –, e a capacidade de *perdoar* se somaria à impressionante lista das qualidades de Eva.

O cenário mais provável é que Lars interpretara o desesperado sacrifício de Cindy de décadas atrás como um gesto de mãe egoísta e má. Isso era fácil de imaginar. Talvez durante a vida Eva tivesse sido convencida da crueldade de sua mãe biológica, que estaria distante e irredutível, como um soldado em um porto estrangeiro. Essa seria a visão de Lars, e um pai só precisava dizer uma vez para uma filha que a mãe verdadeira a tinha abandonado para que as coisas quebradas se tornassem impossíveis de consertar.

No andar de baixo, Cindy tirou os sapatos de salto e espiou pela janela da porta do ônibus, até que o segurança se colocasse fora de vista, e depois saiu correndo descalça em direção à fogueira.

De longe, ouviu os risos das três mulheres. Pareciam estar bebendo cerveja e comendo. Elas continuaram rindo, mas uma delas parou de rir ao perceber que alguém se aproximava e se levantou.

– Ei, quem está aí? – disse.

– Oi – disse Cindy.

– Oi – respondeu a voz de mulher. – Quem é você?

À medida que se aproximava da fogueira, distinguia as três mulheres com mais nitidez. A mais velha era baixinha e gorducha, usava óculos e tinha cabelo curto, a mais jovem era loura e tinha ombros largos e ar enérgico, e o rosto da outra mulher já conhecia da internet.

Cindy nunca tinha visto seus olhos e as maçãs de seu rosto em outra pessoa. Ficavam mais acentuados à luz do fogo e, junto com o nariz de Lars, formavam um semblante notável, de todos os ângulos. Já tinha visto aquele rosto antes, perfeitamente iluminado e retocado para fotos de revista, mas não com bolsas sob os olhos, cabelo desarrumado, calça cargo manchada, cicatrizes nos antebraços e os pés grandes, sujos e descalços apoiados num caixote. Sua filha era o ser humano mais deslumbrante que já tinha visto.

Durante todos aqueles anos, Cindy planejara o que diria, mas agora estava ali e era difícil abrir a boca. O sangue arranhou suas vísceras, e as palavras escaparam por entre os dentes.

– Eu sou Cynthia – disse. – Cynthia Hargreaves.

As três mulheres ao redor da fogueira olharam como se ela tivesse acabado de fazer uma previsão de céu parcialmente nublado para o dia seguinte.

– Oi, sou Pat Prager – disse a mais velha, levantando-se e estendendo a mão. Ela era acolhedora; quando sorriu, pareceu sincera e tranquila.

A menina loira não se moveu da cadeira.

– Braque – ela disse. E depois apontou para um adolescente que limpava os pratos na tenda da cozinha. Cindy ainda não o tinha notado. – Aquele é meu filho, Hatch.

– Hatch – Cindy repetiu.

– Foi inspirado em uma cidade do Novo México – disse Braque, espantando um mosquito do braço. – Essa porra de repelente orgânico é uma merda – disse para si mesma.

Eva se levantou e apertou a mão de Cindy.

– Eu a conheço?

– Acho que não – disse Cindy.

Ouvir as palavras, ver o rosto e tocar a mão daquela jovem mulher era como não saber onde estava, além de estar a mais de mil quilômetros de casa – as duas sensações eram objetivamente verdadeiras –, mas agora o coração traduzia esses fatos opacos como algo branco e frio.

– Não se ofenda – disse Eva, sentando-se novamente e olhando para Cindy como se observando a pintura de um museu. – Conheço muita gente. E você pagou o jantar de hoje com o nome de Reyna.

– Sobrenome de casada – disse Cindy, olhando fixamente para Eva. Seu cérebro, completamente soterrado, fez seus pés congelarem.

O segurança chegou por trás de Cindy e a agarrou pelos braços.

– Vamos – disse. – Você não devia estar aqui.

– Está tudo bem, Dougie – disse Eva, fazendo-o soltar os braços de Cindy. – Sente-se, pegue uma Grain Belt. O cooler está à sua esquerda.

Cindy pegou uma cerveja e, sem nenhum outro lugar para sentar, sentou-se sobre a grossa tampa de plástico branca do cooler.

– Desculpe, estamos sem cadeiras – disse Eva.

Pat se levantou para ceder a cadeira a Cindy, mas Cindy insistiu para que não fizesse isso porque estava perfeitamente confortável.

– O que estão comendo? – foi o que ela conseguiu pensar para dizer. O que tinha nos pratos não se parecia em nada com o jantar dos convidados.

– Brócolis no vapor, macarrão com queijo e cerveja – disse Pat sorrindo. – Acabamos de mandar a segunda rodada de sobremesa e só agora podemos comer.

– Você não pode perder as barras de Pat – disse Braque. – Nós a trouxemos de carro até aqui só para que ela fizesse essas barras hoje à noite.

Hipnotizada pela filha, Cindy quase não ouvia o que era dito.

– Por que está me olhando? – perguntou Eva para ela. O tom era de alguém que fazia a mesma pergunta para uma criancinha.

– Eu não sei – disse Cindy levantando-se. – Acho que devo ir.

– Não, fique – disse Eva. – Você estava tentando vir aqui desde que chegou. O que há?

— Só queria dizer que conheci o seu pai.

— Ah, que bacana. — Eva tinha a vibração de uma celebridade que diariamente ouvia dezenas de elogios e súplicas; a frase emanava uma energia agradável e defensiva de um estoque gasto de respostas.

Cindy respirou fundo. Será que Lars nunca tinha dito para Eva quem era a mãe dela? Era impossível acreditar nisso.

— Como ele está?

— Bem melhor. Está num centro de tratamento em Michigan.

— Oh. — Cindy gostou de ver que Eva se parecia com ela e não enrolava, entrando direto na medula do assunto, mas isso não era o que esperava ouvir. — Em que lugar de Michigan?

— Marquette.

— Oh, Lars está em Marquette?

— Não, tio Lars morreu quando eu era bebê. Meu pai é Jarl.

De novo, não era o que Cindy esperava ouvir. Ela então levou a mão ao coração.

— Oh, não. Lars morreu?

— Sim, você também o conheceu?

Os olhos de Cindy faiscaram.

— Foi o homem mais gentil que conheci — disse. Como é que a filha deles podia ser quem era agora sem a presença de Lars? Isso não fazia sentido. Lars amava a filha com tal intensidade que Cindy se sentia alijada e ciumenta. Lars tinha sido uma das principais razões que a levaram a ir embora e passar a vida inteira sem pensar no que deixara para trás.

— Quantos anos você tinha quando ele morreu?

— Não sei. Eu era um bebê. Não me lembro mesmo.

Cindy achou que tinha visto lágrimas nos olhos de Eva, mas sem muita certeza.

Pat se levantou e olhou para Braque.

— Talvez seja melhor começar a arrumar a cozinha. — Ela pegou a cerveja e o prato e se arrastou para dentro da tenda da cozinha sem tirar os olhos de Braque.

Braque não se mexeu.

— Que interessante — disse.

Cindy não soube ao certo se ela estava sendo sarcástica. Continuou sentada na caixa, a certa distância, ignorando a cadeira desocupada de Pat.

— E você não se lembra dele?

Eva balançou a cabeça em negativa.

— Fiona era sua mãe?

— Sim.

— Onde ela está?

— Morreu quando eu tinha catorze anos.

— Oh, meu Deus, sinto muito – disse Cindy. Ela se lembrava de Fiona como uma babá eficiente e animada, mas que parecia não gostar muito dela. Agora isso não importava.

— Está tudo bem – disse Eva, respirando fundo em seguida. Sua postura esguia se dobrou, e ela se enrolou na cadeira como uma criança.

— Você é casada?

— Todo mundo me pergunta isso. Não, e não tenho planos. E não anunciaria se os tivesse.

— Um namorado, pelo menos?

Eva olhou sorrindo para Braque, que sorriu de volta.

— Nada sério.

Braque não se conteve.

— E o Adam?

Eva chutou levemente a cadeira da prima.

— Você pode ajudar Pat a limpar a cozinha.

— Ele é incrivelmente bonito, admita – disse Braque de pé. – E faz um pão maravilhoso.

— Adeusinho, Braque – disse Eva, observando junto com Cindy enquanto Braque se arrastava até a tenda da cozinha.

— Então, há um cara bonito que é bom na cozinha?

Eva suspirou.

— Ele é um doce. E me faz rir. Nunca resisti aos caras que me fazem rir. É tudo que posso dizer.

— É justo. Então, você não tem filhos ou algo assim?

— De jeito nenhum.

— Me parece muito determinada sobre isso.

— E sou. Acho que eu seria uma péssima mãe. Braque, ali, nem sei como ela consegue. Eu olho para um bebê e... argh.

— Sei exatamente o que você quer dizer.

— E então, como é que você conheceu meus pais e meu tio?

Cindy tomou fôlego antes de falar. Sabia de cor o que diria naquele momento. Vinha praticando ao longo daqueles anos em que lia sobre a jovem Eva, que se tornava cada vez mais bem-sucedida e famosa. Era difícil não se sentir orgulhosa pelo fato de ter transmitido alguma parte de si para aquela criatura extraordinária, na lista de desejos de todas as pessoas. Muitas vezes, quando o nome de Eva Thorvald era evocado em conversas, Cindy morria de vontade de deixar escapar um *É minha filha*, e não apenas por conta do que era dito sobre Eva, mas também, claro, porque seria vista de um modo distinto se os amigos e conhecidos soubessem que ela era a mãe da icônica chef por trás do jantar mais disputado do mundo.

E depois daquele jantar estava claro que Eva era merecedora de toda a fama e todo o deslumbramento. Antes que as bocas pudessem se fechar em torno de um garfo ou de uma colher, Eva lutava pelo controle de todas as variáveis; ela operava milagres a partir de plantas, animais, bactérias, fogo e água, e até mesmo de moléculas de ar, e pelo visto sem deixar detalhe algum despercebido. Embora houvesse outros chefs mais inovadores e mais ousados que ela em relação ao que era colocado nos pratos, nenhum deles provocava tamanho maravilhamento nas pessoas. Cindy se deu conta de que o mundo onde existiam coisas grandes e celestes como aquelas só era possível porque nem tudo pode ser conhecido, nem toda perfeição pode ser experimentada, mas o trabalho de individualidades brilhantes como Eva fazia com que todos duvidassem disso, mesmo que apenas por um instante.

Eva era uma parte de Cindy, mas sua forma notável só era possível porque Cindy não fazia parte de Eva. Cindy poderia pegá-la pela mão como uma mãe renascida dos mortos e instantaneamente preencher o abismo aberto no coração de Eva pela ausência materna. Mas os olhos à frente de Cindy nem sequer pareciam saber que tal abismo existia.

Só cabia a Cindy fazer o inconsciente da filha se lembrar de um abandono no passado e conduzir esse complexo vazio até o centro daquela bela vida de Eva, quer ela soubesse de Cynthia Hargreaves ou não. Cindy se deu conta de que era esse o gesto crítico que jazia sob as razões para que ela estivesse ali, e que isso era inevitável se ela merecesse aquilo que seu coração desejava.

— Eles amavam você? Seus pais?

— Sim, muito.

Cindy deixou escapar um suspiro. Sentiu as pernas trêmulas e agarrou os joelhos. Olhou para a garrafa de cerveja no chão.

— Podia ter sido pior.

— Imagino. Mas eles fizeram o melhor que podiam.

— Eu não quis dizer isso. Você poderia ter sido criada por uma mãe cruel.

— Bem, isso não aconteceu. A única parte cruel é que ela morreu.

— Mas ela a amava? – perguntou Cindy.

— Sim – disse Eva. – Ela me amava.

Lágrimas atravessaram o rosto de Cindy em fitas brilhantes.

— Você está bem? – perguntou Eva.

— Preciso ir – disse Cindy, enxugando o rosto. Se quisesse seguir com a vida, ela não poderia mais olhar para aquela jovem nem por um segundo. Ela virou a cabeça, se levantou e se foi.

— Ei, prazer em conhecê-la! – Eva gritou para ela.

Cindy sentou na grama fria do outro lado do ônibus e enfiou a cabeça nas mãos. De repente, alguém se sentou ao seu lado.

Era Randy.

— Sabe, ela encontrou a certidão de nascimento quando tinha 15 anos – contou ele. – Mas quando se é alguém como ela, muita gente sai da toca. Dizendo que é uma pessoa importante para ela. Pessoas até forjam documentos. Você é a terceira Cynthia Hargreaves em dois anos. Mas foi ela que pediu para fazer esta pergunta. Você é alguém importante para ela?

– Isso não cabe a mim decidir – disse Cindy.

– Falou com ela? – perguntou Reynaldo dentro do Lincoln Town.

– Falou com ela? – Molly e Kerensa fizeram a mesma pergunta antes do trabalho naquela segunda-feira chuvosa, e para todos Cindy afirmou que Eva Thorvald era a pessoa mais bela no mundo, mas que não esperava encontrá-la novamente.

Certas manhãs, enquanto tomava café na varanda, acompanhada do cachorro, Cindy assistia à família que enfrentava a filha mal-humorada do outro lado da rua e se perguntava se sua presença ou sua familiaridade tinham mexido com Eva; se algum dia ela seria procurada por aquela mulher, e se, por algum ajuste do tempo, ela teria uma filha novamente. Enquanto isso não acontecia, só restava a Cindy voltar para a cozinha e lavar o prato, o copo e o garfo e se deixar viver no mundo que ela própria criara, um mundo onde as duas existiam, e nada mais.

AGRADECIMENTOS

Este livro não existiria sem as seguintes pessoas: Brooke Delaney, Pamela Dorman, Ryan Harbage, Erin Hickey, Lou Mathews, Rob Roberge, Jeffrey Stradal.

Muito obrigado a 826LA, Angela Barton, Matt Bell, Doris Biel, Amy Boutell, Cat Boyd, Louise Braverman, Aaron Burch, Leigh Butler, Cecil Castellucci e os homens e mulheres de Nine Pines, Patricia Clark, Carolyn Coleburn, Tricia Conley, Kathryn Court, Winnie De Moya, Brian Dille, George Ducker, John Fagan, Jenni Ferrari-Adler, Clare Ferraro, Hal Fessenden, Susie Fleet, Spencer Foxworth, Gina Frangello, Joan Funk, Rico Gagliano, Kate Gibson, Nathan Gratz, Amelia Gray, Anthony Grazioso, Monica Howe, Sacha Howells, Meg Howrey, Alison Hunter, Julia Ingalls, Sarah Janet, Elin Johnson, Matt Kay, Jay e Amy Kovacs, Diana Kowalsky, Summer Block Kumar, Sarah LaBrie, Brad Listi, Michael Loomis, Brandon Lovejoy, Seema Mahanian, Madeline McIntosh, Anthony Miller, Patrick Nolan, Anna Ottman, Ashley Perez, Lindsay Prevette, Scott Rubenstein, Jim Ruland, Daniel J. Safarik, Kim Samek, Jeremy Schmidt, Roseanne Serra, Joshua Wolf Shenk, Nancy Sheppard, Connie Simonson, Jen Sincero, Olivia Taylor Smith, Aaron Solomon, Eric J. Stolze, Roger Stradal, Jacob Strunk, Dennis Swaim, Mike Tanaka, Mia Taylor, Chris Terry, Alissa Theodor, Shannon Twomey, o grupo Westshire Drive, as famílias Stradal, Johnson e Biel, e todos do setor de vendas da Penguin Random House.

Agradecimentos especiais à igreja de minha bisavó Lois Bly Johnson, a primeira igreja luterana de Hunter, Dakota do Norte, e a todos que contribuíram para a edição do primeiro livro de receitas das mulheres da igreja luterana, em 1984, do qual extraí cinco receitas para este livro.

Finalmente, minha eterna gratidão a Karen Stradal pela minha infância repleta de livros, pelo encorajamento de todos os meus "projetos de pesquisa" e, acima de tudo, por ter me ensinado a ler em minha tenra idade. Depois que você retornou para a faculdade a fim concluir o curso de Letras e passou a ler os seus trabalhos como histórias de dormir, isso acabou despertando em mim um amor eterno pela literatura e pela escrita. Você é responsável por este livro e por tudo mais que escrevo. O amor e a saudade que sinto de você estão além das palavras.

Este livro foi impresso pela
Lis Gráfica e Editora Ltda., Guarulhos – SP.